NO ES
LO QUE PARECE

No es lo que parece

Título original: *The Boy Most Likely To,* de Huntley Fitzpatrick

All Rights reserved including the right of reproduction in whole or in part in any form. This edition published by arrangement with **Dial Books for Young Readers**, a division of Penguin Young Readers Group, a member of Penguin Group (USA) LLC, A Penguin Random House Company.

© Huntley Fitzpatrick, 2015
© de la traducción: Natalia Navarro Díaz

© de esta edición: Libros de Seda, S.L.
 Paseo de Gracia 118, principal
 08008 Barcelona
 www.librosdeseda.com
 www.facebook.com/librosdeseda
 @librosdeseda
 info@librosdeseda.com

Diseño de cubierta: Mario Arturo
Maquetación: Payo Pascual Ballesteros
Imagen de cubierta: © jupiter55/iStock by Getty Images

Primera edición: mayo de 2016

Depósito legal: B 8078-2016
ISBN: 978-84-16550-13-5

Impreso en España – Printed in Spain

Huntley Fitzpatrick

NO ES
LO QUE PARECE

Libros /de
seda

A mi madre, que entendía el amor y tenía debilidad por las personas problemáticas con un corazón de oro.

A mi padre, que siempre ha querido y admirado a las mujeres fuertes.

Y a Georgia Funsten y Patricia Young, las mujeres más inteligentes y fuertes que conozco.

CAPÍTULO 1

Tim

Me dirijo al despacho del hombre de ninguna parte. Cuando entro en lo que más bien parece una cueva gris, él aparece ahí, de espaldas.

—¿Papá?

Levanta una mano sin dejar de escribir en un cuaderno de rayas. Siempre hace lo mismo. Recorro la habitación con la mirada, buscando un lugar donde acomodarme: la repisa de la chimenea, la alfombra, las estanterías, la ventana. Ni hablar.

Mi madre tiene una obsesión por los ositos de peluche vestidos con trajes regionales y por los cojines con proverbios y otras mierdas que ve en la televisión. Están por todas partes. Excepto en esta habitación, decorada a lo John Grisham. Todo está tapizado en cuero y una luz tenue se cuela entre las sombras. El calor de agosto lo inunda todo, menos este lugar. Me quedo mirando la nuca de mi padre, que está encorvado en el robusto sofá gris. Me paso las manos por los ojos y me apoyo en los codos.

En el escritorio hay tres fotografías de mi hermana gemela, Nan, a diferentes edades: con sus esponjosos rizos pelirrojos, mellada y, más tarde, con ortodoncia. Siempre con la mirada preocupada. Hay dos fotos más de ella en la pared, con el pelo liso y una sonrisa radiante, y también un recorte de periódico en el que sale tras haber pronunciado un discurso durante el acto del 4 de julio. No hay una sola fotografía mía y no recuerdo si alguna vez la ha habido. Antes, en los viejos y turbulentos tiempos, siempre venía colocado a estas reuniones de padre e hijo.

Carraspeo y me crujo los nudillos.

—¿Papá? ¿Me has llamado? —Mi voz lo sobresalta.

—¿Tim?

—Sí.

Gira la silla y me mira. Tiene los ojos grises, como los de Nan y los míos. Le hacen juego con el pelo. Con el despacho.

—Ajá —confirma.

Espero a que continúe, controlándome para no tomar la botella de *whisky* de... ¿cómo se llama?, ¿estantería?, ¿aparador? Normalmente, mamá le trae hielo en una cubitera de plata a los diez minutos de llegar del trabajo, a las seis en punto, para que tenga listo el primer *whisky* de los dos que toma. Una sincronización perfecta, como la de los cucos que salen puntuales de las diminutas puertas de madera de esos estúpidos relojes.

Hoy debe de ser un día especial. Solo son las tres y ya está aquí la cubitera, derramando gotas heladas de agua, como yo. De pequeño ya sabía que la segunda bebida se la dejaba a medio terminar y me tomaba hasta la última gota de hielo impregnado en *whisky* sin que él se diera cuenta, mientras se lavaba las manos para cenar. No recuerdo cuándo empecé a hacerlo, pero fue mucho antes de que me salieran pelos en los huevos.

—Mamá me ha dicho que quieres hablar conmigo.

Se aparta algo inexistente de la rodilla, sin prestar interés.

—¿Te ha dicho por qué?

Vuelvo a carraspear.

—¿Porque me voy de casa? Tengo pensado hacerlo hoy mismo. —En realidad lo decidí hace diez minutos.

—¿Crees que es lo mejor para ti? —me pregunta, mirándome a los ojos.

Típico de él. Lo de irme no fue idea mía, sino un ultimátum suyo. Lo único bueno que he hecho últimamente ha sido dejar de beber. A mi padre siempre le gusta darle la vuelta a la tortilla. Qué más da que haya sido él quien me lo ha ordenado. Puede decirme todo lo que quiera sin siquiera mirarme y hacer que me sienta como una mierda.

—Te he hecho una pregunta, Tim.

—Es lo mejor, sí.

Estira los dedos y apoya en ellos la barbilla, tan parecida a la mía, con hoyuelo y todo.

—¿Cuánto hace que te echaron del instituto?

—Eh... ocho meses. —A principios de diciembre. Ni siquiera había deshecho aún la maleta de Acción de Gracias.

—¿Cuántos trabajos has tenido desde entonces?

—Tres —miento, pensando que tal vez no se acuerde.

—Siete —corrige.

Mierda.

—¿De cuántos de ellos te han echado?

—Aún conservo el de...

Se gira en la silla, de vuelta al escritorio, y mira el teléfono móvil.

—¿De cuántos?

—Del despacho de la senadora me fui yo, así que en realidad solo de cinco.

Mi padre se da la vuelta, suelta el teléfono y me observa por encima de las gafas.

—Sé muy bien por qué dejaste ese trabajo. Dices «solo» como si te sintieras orgulloso. Te han echado de cinco de siete trabajos desde febrero y te han expulsado de tres institutos. ¿Sabes que a mí nunca me han echado de un trabajo en toda mi vida? Nunca he recibido una mala crítica, ni una nota más baja que un notable. Y tampoco tu hermana.

Qué bien, ya estamos con la perfecta Nano.

—Mis notas siempre han sido buenas —replico.

Vuelvo a fijar la vista en la botella de *whisky*. Necesito hacer algo con las manos y liar un porro no sería una mala opción.

—Exacto —me responde.

Se levanta de la silla. Es casi tan musculoso y alto como yo. Deja las gafas en la mesa con un golpe, se pasa las manos por el pelo y se sirve un vaso con hielo y *whisky*.

Capto un aroma almizclado a yodo que me encanta.

—No eres idiota, Tim, pero actúas como si lo fueras.

Estupendo, ¿apenas hemos hablado en todo el verano y ahora me viene con estas? Debería intentarlo. Aparto la mirada del líquido acaramelado de su vaso y le miro.

—Papá... Padre. Sé que no soy el hijo que te gustaría tener... especialmente...

—¿Te apetece un trago?

Sirve más *whisky* en otro vaso sin ningún miramiento, lo deja sobre el posavasos de la Universidad de Columbia en la mesita que hay al lado del sofá y me lo acerca. Se lleva su vaso a los labios y, tras darle un trago, lo deja en el posavasos.

Esto es una mierda.

—A ver —tengo el cuello tan tenso que mi voz suena rara, ronca al principio y después aguda—: no he bebido desde finales de junio, desde hace, eh..., cincuenta y nueve días, aunque parece que no le importa a nadie. Lo estoy haciendo lo mejor que puedo.

Mi padre se queda mirando la pecera que hay en la pared, lo que quiere decir que le estoy aburriendo.

—Y voy a seguir haciéndolo... —declaro con voz débil.

Nos quedamos en silencio y me pregunto qué puede estar pensando. Solo sé que mi mejor amigo viene de camino y que mi automóvil, aparcado en la entrada, parece listo para una huida.

—Cuatro meses —señala con la voz desprovista de toda emoción, como si estuviera leyendo, algo perfectamente posible, ya que está vuelto de espaldas, mirando la mesa.

—¿Qué?

—Te doy cuatro meses desde hoy para que pongas tu vida en orden. En diciembre cumplirás dieciocho años y te convertirás en un hombre. A menos que te vea actuar como tal... cortaré el grifo, dejaré de pagarte el seguro médico y el del automóvil y le daré a tu hermana el dinero que te corresponde para la universidad.

No es que haya vivido nunca entre algodones, pero me va a arrebatar la poca mierda que tengo.

Un momento... ¿qué? Un hombre en diciembre. Tal cual, ¡tachán, zasca, catapum! Como si tuviera una fecha de caducidad para... estar en este lugar.

—Pero... —empiezo.

Mi padre comprueba su reloj y presiona un botón; puede que esté iniciando el temporizador.

—Estamos a 24 de agosto. Tienes hasta antes de Navidad.

—Pero...

Alza la mano, como si estuviera pulsando un interruptor para acallar mis palabras. Es esto o nada.

No tengo ni idea de qué decirle, pero da lo mismo, porque la conversación ha terminado. Nuestro encuentro ha tocado a su fin.

Estiro las piernas, me pongo en pie y me dirijo a la puerta en modo automático. Estoy deseando salir cuanto antes.

Al parecer, ambos lo estamos.

Te fastidias, papá.

CAPÍTULO 2

Tim

—¿De verdad te vas?

Cuando mi madre entra en la habitación, me encuentra metiendo las últimas prendas de ropa que quedan en una caja de cartón. Ella nunca llama a la puerta, lo que es bastante arriesgado cuando tienes un hijo salido de diecisiete años. Se pasea con una blusa rosa y una falda llena de, ¿qué son esas cosas?, ¿cangrejos?

—Solo sigo indicaciones, mamá. —Encajo a presión unas chanclas en la caja abarrotada de prendas—. Los deseos de papá son órdenes para mí.

Da un paso atrás, como si le hubiera propinado una bofetada, posiblemente alarmada por mi tono de voz. Llevo sobrio dos meses, pero sigo comportándome como un capullo.

—Cuentas con mucho más de lo que yo nunca tuve en mi vida, Timothy...

Ya empezamos.

—Vas a un colegio privado, a clases de natación, a un campamento de tenis...

Claro, soy alcohólico, me han echado del instituto, pero tengo un revés de puta madre.

Alisa las arrugas de una chaqueta azul con un movimiento rápido, sacudiéndola con ímpetu.

—¿Qué vas a hacer?, ¿seguir trabajando en esa ferretería?, ¿continuar acudiendo a esas reuniones?

Dice «ferretería» como si fuera un «club de *striptease*» y «acudir a esas reuniones» como si fuera a «rodar vídeos porno».

—El trabajo está bien y necesito asistir a las reuniones.

Se entretiene en alisar la pila de ropa doblada; me fijo en las venas azules que resaltan en sus brazos pecosos.

—¿Qué harán por ti unos extraños que tu familia no haga?

Abro la boca con la intención de decir: «soy consciente de que no lo sabes, por eso necesito a esos extraños», o: «al tío Sean seguro que le habría venido muy bien frecuentar a esos extraños», pero no digo nada, ni tampoco lo menciono a él.

Meto un par de zapatos, probablemente demasiado pequeños, en la caja y me levanto para darle un abrazo. Mi madre me da unas palmaditas en la espalda y se aparta.

—Anímate, mamá, seguro que Nan va a Columbia. Solo uno de tus dos hijos la ha jodido.

—Esa lengua, Tim.

—Perdona. Quería decir que la ha cagado.

—Eso suena todavía peor —replica.

En fin, lo que sea.

Alguien vuelve a abrir la puerta sin llamar.

—Hay una muchacha al teléfono y suena como si tuviera laringitis. Es para ti, Tim —me avisa Nan con la vista puesta en las cajas—. Dios mío, se va a arrugar todo.

—No me importa... —comienzo, pero ya ha vaciado la caja sobre la cama.

—¿Dónde tienes la maleta? —Empieza a dividir las prendas en varios montones—. Esa azul con tu monograma.

—Ni idea.

—Voy a mirar en el sótano —comenta mi madre, aliviada por tener una excusa para marcharse—. ¿Y esa muchacha, Timothy? ¿Te traigo el teléfono?

16

No se me ocurre nadie a quien tenga algo que decir. Tal vez Alice Garrett, pero ella no me llamaría.

—Dile que no estoy.

Que me voy para siempre.

Nan lo dobla todo rápidamente y apila las camisetas según su estilo. Extiendo las manos hasta las suyas.

—Déjalo, no importa.

Alza la mirada.

Mierda, está llorando. Los Mason somos de lágrima fácil. La culpa es de los irlandeses (de alguno de ellos). Le paso un brazo por los hombros y le doy una fuerte palmada en la espalda. Empieza a toser, se atraganta y sonríe con timidez.

—Puedes venir a visitarme, Nano. Cuando tengas necesidad de evadirte... o cuando sea.

—No será lo mismo —responde y se limpia la nariz con el bajo de mi camiseta.

No, no será lo mismo. Ya no volveremos a quedarnos hasta casi el amanecer viendo películas antiguas de Steve McQueen porque a mí me parecen la hostia y a Nan le resultan *sexys*. Se acabaron las chocolatinas y todas esas mierdas que aparecen por arte de magia en mi habitación porque Nan cree que una sobredosis de azúcar es la única cura efectiva para la adicción a las drogas.

—Estás de suerte, ya no tendrás que cubrirme cuando salga por la noche, ni inventar excusas cuando no esté aquí, ni aguantar que esté siempre pidiéndote dinero.

Se seca los ojos con mi camiseta. Me la quito y se la ofrezco.

—Para que te acuerdes de mí.

La dobla y se queda mirándola con expresión triste.

—A veces me da la sensación de que estoy perdiendo a toda la gente que quiero. Echo de menos a Daniel y a Samantha.

—Daniel es un capullo pretencioso y una mierda de novio, y Samantha, tu mejor amiga, vive a diez manzanas de aquí, a diez minutos, menos de lo que tardas en escribirle un mensaje de texto.

17

No hace ni caso de mis palabras. Se acuclilla, llevándose las rodillas huesudas al pecho, y baja la cabeza para que el pelo le cubra el rostro pecoso. Nan y yo somos pelirrojos, pero mientras que ella tiene pecas por todas partes, yo solo tengo en la nariz. Me mira con esa expresión suya de aflicción que tanto odio, porque siempre consigue salirse con la suya.

—Todo va a ir bien, Nan. —Me masajeo la sien—. Eres igual de lista que yo, pero mucho menos problemática. Todo el mundo lo sabe.

Mi hermana se aparta un poco y cerramos los ojos. Ambos sabemos la verdad, pero ninguno quiere verla. Nan vuelve a entretenerse doblando con destreza otra camiseta, como si lo único que le importara en el mundo fuera alinear perfectamente las mangas.

—No es así —murmura. No se ha tragado el anzuelo.

Palpo el edredón de la cama en busca de los cigarrillos, tomo uno, lo enciendo y le doy una calada. Ya sé que es malo, pero, por Dios, ¿cómo puede alguien aguantar un día entero sin fumar? Sacudo el cigarrillo en el cenicero y le doy otra palmada en la espalda a mi hermana, esta vez más suave.

—Vamos, no te agobies. Ya sabes cómo es papá. Solo quiere que hagamos bien las cosas y que nos vaya bien. Trabajo, graduación, título universitario. Conseguido, conseguido, conseguido. Solo debo fingir que todo me va bien, puedo lograrlo.

No sé si consigo animar a mi hermana, pero a mí se me forma un nudo en el estómago. ¿A quién voy a engañar? No puedo conseguirlo.

Mamá asoma la cabeza por la puerta.

—Ha venido ese tal Garrett. Por Dios, Tim, ponte una camiseta. —Rebusca en una cómoda y me lanza una de un campamento que creí haber tirado hace años.

Nan se levanta de repente, se seca las lágrimas, se alisa la camiseta y se limpia las manos en los pantalones cortos. Tiene tropecientas manías: morderse las uñas, tocarse el pelo, tamborilear con los lápices. Yo podría sobrevivir con un carné falso, expresión tranquila y una sonrisa; mi hermana parecería culpable rezando.

Se oyen pasos y alguien toca a la puerta, ¡la única persona que llama antes de entrar! Jase pasa y se echa atrás el pelo con la mano.

—Joder, colega, ¿todavía no hemos empezado a cargar las cosas y ya estás sudando?

—He venido corriendo —contesta con las manos apoyadas en las rodillas—. Hola, Nan —la saluda.

Nan, que está de espaldas a él, asiente rápidamente en su dirección. Cuando se gira para seguir metiendo más calcetines en la caja, examina a Jase de arriba abajo. Es el tipo de muchacho al que las chicas miran dos veces.

—¿Has venido corriendo? ¡Si hay ocho kilómetros desde tu casa! ¿Estás loco?

—Hay cinco, y no. —Estira los brazos y los apoya en la pared; flexiona una pierna y se agarra el tobillo para estirar—. Me paso el día sentado en la ferretería y he perdido la forma, y eso que llevo tres semanas entrenando, pero me queda trabajo que hacer.

—No pareces en mala forma —comenta Nan. Sacude la cabeza y el pelo le cae por toda la cara—. No te vayas sin despedirte, Tim. —Sale de la habitación rápidamente.

—¿Todo listo? —Mi amigo repasa la habitación con la mirada, ajeno a las alborotadas hormonas de Nan.

—Eso creo. —Yo también miro a mi alrededor. Lo único que se me ocurre llevarme es el cenicero con forma de caracola—. Al menos la ropa. Soy un desastre haciendo maletas.

—¿Pasta de dientes? —me sugiere—. ¿Maquinilla de afeitar?, ¿libros?, ¿algo para hacer deporte?

—¿Mi palo de *lacrosse* de Ellery? No creo que vaya a necesitarlo. —Tomo otro cigarrillo.

—¿La bicicleta?, ¿el monopatín?, ¿el equipamiento de natación? —Jase me mira y su sonrisa resplandece a través de la llama del mechero.

Mi madre irrumpe en la habitación con tanto ímpetu que la puerta choca contra la pared. Lleva un paraguas y un impermeable amarillo enorme en una mano y una plancha en la otra.

—Seguro que necesitas esto. ¿Te preparo las sábanas? ¿Qué ha pasado con el joven ese tan simpático con el que te ibas a mudar?

—No ha podido ser.

De hecho, ese joven tan simpático, Connell, un compañero de Alcohólicos Anónimos, tuvo una recaída en el alcohol y en el *crack*, me llamó hecho un asco y me soltó un montón de excusas de mierda, así que, por supuesto, está fuera de lugar que me vaya con él. La mejor opción es el apartamento que hay sobre el garaje.

—¿Hay al menos calefacción en ese cuchitril?

—Por Dios, mamá, ni siquiera has visto el maldito...

—Está bastante bien —me interrumpe Jase sin siquiera percatarse—. Mi hermano vivía allí, y a Joel le gustan las comodidades.

—Bien. Bueno, os dejo con lo vuestro. —Se pasa una mano por el pelo; debajo de los mechones pelirrojos se aprecian las raíces canosas—. No te olvides del papel estampado que ha enviado la tía Nancy por si tienes que escribir notas de agradecimiento.

—Ni se me ocurriría, mamá. Olvidarlo, digo.

Jase inclina la cabeza, sonriendo, y carga con la caja de cartón.

—¿Y las almohadas? —pregunta mi madre—. Un joven grande y fuerte como tú puede llevarlas debajo del brazo, ¿verdad?

Dios mío. Mi amigo levanta obedientemente el brazo y ella le acomoda dos almohadas en la axila.

—Voy al Jetta a dejar todo esto. Tómate tu tiempo, Tim.

Examino una última vez la habitación. Del tablón sobre el escritorio está sujeto con una chincheta un recorte con las palabras EL CHICO CON MÁS PROBABILIDADES escritas con rotulador rojo en la parte superior. Es de uno de los pocos días que recuerdo con claridad del pasado otoño; salí con mis amigos de Ellery (los fracasados) y fuimos al cobertizo del embarcadero, donde estaban los kayaks (y los porreros). Se nos ocurrió una alternativa a esas estúpidas listas del anuario: «la persona con más probabilidades de convertirse en millonaria a los veinticinco años, con más probabilidades de protagonizar su propio *reality show*, con más probabilidades de conseguir un contrato en la Liga Nacional de Fútbol». No tengo ni idea de por qué participé en eso.

Retiro la lista, la doblo con cuidado y me la meto en bolsillo trasero de los *jeans*.

*   *   *

Jase me espera en el recibidor y, en cuanto abre la desvencijada puerta de la entrada, aparece Nan.

—Tim —musita. Me agarra del antebrazo con una mano fría—. No desaparezcas.

Como si al salir de casa fuera a evaporarme como la niebla que asciende del río. Tal vez lo haga.

*   *   *

Cuando llegamos a la entrada de la casa de los Garrett ya me he fumado tres cigarrillos. Me dispongo a encender con el mechero del automóvil el siguiente sin siquiera haber tirado el último. Si fuera capaz de fumármelos todos a la vez, lo haría.

—Deberías dejarlo —señala Jase, que está mirando por la ventanilla. No hay reproche en su tono.

Claro, puedo tirar la colilla al lado del cochecito de juguete de Patsy o de la bicicleta azul con ruedas de apoyo del pequeño George, que tiene cuatro años. Además, el hermano de Jase cree que ya lo he dejado.

—No puedo —le digo—, aunque lo he intentado. Además, ya he dejado la bebida, las drogas y el sexo. Tengo que tener algún vicio o seré demasiado perfecto.

Jase resopla.

—¿El sexo? No creo que hayas dejado justamente eso. —Abre la puerta y se dispone a salir.

—Mis antiguos hábitos sí. Voy a dejar de enrollarme con todas las chicas que se me crucen.

—¿También eras adicto a eso? —me pregunta incómodo. Empuja con la zapatilla una pila de periódicos viejos que hay en el lado del copiloto.

—No es que tuviera la necesidad de hacerlo. Era solo... otro modo de evadirme. De huir.

Asiente, como si supiera de lo que hablo, pero estoy seguro de que no es así. Tengo que explicárselo.

—Me emborrachaba en las fiestas y follaba con chicas que ni siquiera me gustaban o conocía. Tampoco estaba tan bien.

Mi amigo sale del vehículo.

—Ya, supongo que no es lo mismo que sea con alguien que no te gusta o que no conoces a que estés sobrio y sea con una persona que te importa.

—En efecto. —Enciendo el último cigarrillo—. Pero espera sentado.

CAPÍTULO 3

Alice

—Hay un búho en el congelador —digo entre dientes—. ¿Puede explicarme alguien por qué?

Mis tres hermanos pequeños me devuelven la mirada, pero mi hermana no la aparta del teléfono móvil. Repito la pregunta.

—Lo metió Harry —contesta Duff.

—Porque me lo dijo él —replica el aludido.

George, el más pequeño, estira el cuello.

—¿De qué clase es? ¿Está muerto? ¿Es blanco como Hedwig?

Le doy un golpecito al animal, duro como una roca, que está metido en una bolsa para congelar.

—Bastante muerto, y no es blanco. Alguien se ha comido los gofres que había congelados y ha vuelto a meter la caja vacía.

Se encogen de hombros, como si se tratara de un misterio mayor que el del búho.

—Voy a probar una vez más. ¿Por qué está este búho en el congelador?

—Harry va a llevarlo al colegio cuando empiecen las clases —explica Duff.

—Sanjay Sapati trajo un cráneo de foca el curso pasado. Esto es mucho mejor. Todavía se le ven los ojos, solamente los tiene un poco podridos.

Harry le da vueltas y más vueltas a la avena de su plato y frunce el ceño. Pensaba que les resultaría divertido tomar un desayuno para el almuerzo. Mi hermano gira la cuchara, pero la papilla de avena no se mueve de lo pastosa que está. Harry levanta la cuchara y me señala con ella.

—Es lo que hay, así que no discutas —le aviso.

—Sí que discuto. Esto es asqueroso, Alice.

—Cómetelo —replico, armándome de paciencia. Todo esto es temporal, solo hasta que papá mejore, hasta que mamá deje de tener que estar en tres lugares al mismo tiempo—. Es saludable —añado, aunque estoy de acuerdo con mi hermano de siete años.

Tenemos que hacer la compra. En el frigorífico solo hay huevos, compota de manzana y salsa de tomate; el armario está vacío, excepto por la avena de Joel, y lo único que hay en el congelador es... un pájaro muerto.

—No podemos dejar un búho aquí, chicos. —Trato de sonar sensata, como mi madre—. El helado va a saber mal por su culpa.

—¿Podemos comprar helado? —Harry suelta la cuchara en el plato y se queda clavada en la avena, como una tumba gris en una colina.

Pruebo a hacerles creer que es como los copos de avena que comían los tres osos de *Ricitos de Oro*, pero George y Harry no se lo creen, Duff, con once años, es demasiado mayor para estas cosas y Andy arruga la nariz.

—Después me la como, ahora estoy muy nerviosa —señala.

—Menuda bobada estar nerviosa por Kyle Comstock —comenta Duff—. Es tonto.

—Tooooooonto —repite Patsy desde su sillita alta. Tiene dieciocho meses y lo repite todo.

—Tú no lo entiendes —responde Andy. Sale de la cocina, seguro que para probarse otro conjunto de ropa antes de ir a la entrega de premios del campamento de vela, para la que aún quedan seis horas.

—¿Qué más da lo que se ponga? Es tan solo una entrega de premios —rezonga Duff—. Esto es vomitivo, Alice. Es una plasta, parece lo mismo que obligaban comer a Oliver Twist.

—Y él siempre pedía más —señalo.

—Porque estaba muerto de hambre —contesta él.

—Deja de discutir y cómete la maldita papilla.

George abre los ojos como platos.

—Mamá nunca dice esa palabra, papá siempre nos dice que no debemos hacerlo.

—Pero ellos no están aquí, ¿no?

George agacha la cabeza con tristeza y remueve la avena con la cuchara, como si intentara encontrar a mamá y papá ahí.

—Perdona, Georgie —me disculpo—. ¿Y si preparamos unos huevos, chicos?

—¡No! —exclaman todos a la vez. Ya han probado mis huevos. Mamá se pasa todo el tiempo entre citas médicas para ella y consultas y fisioterapia para papá, así que ellos ya conocen mis limitadas dotes culinarias.

—Me deshago del búho si nos das dinero para comer en la calle —propone Duff.

—¡Alice! —grita Andy desesperada—. Ya sabía yo que esto no me iba a quedar bien. —Se asoma por la puerta con un vestido que le he prestado cuyo delantero le queda grande—. ¿Cuándo dejaré el club de las tetas diminutas? A ti te crecieron antes de cumplir los trece. —Parece molesta, como si yo gastara la talla de pecho más grande de la familia y fuera la última disponible.

—¿El club de las tetas diminutas? —Duff se echa a reír—. ¿Y quiénes son los socios? Seguro que Joel y Tim.

—Eres tan inmaduro que al escucharte casi me siento más joven —le recrimina Andy—. Alice, ¡ayúdame! Me encanta este vestido, nunca me lo habías dejado y me va a dar algo si no puedo ponérmelo. —Se mueve inquieta por la cocina—. ¿Qué relleno puedo meterle?

—¿Migas de pan? —Duff se parte de risa—. ¿Avena? ¿Plumas de búho?

—Nada de relleno. —Hago un gesto con la cuchara en su dirección—. Es tu talla, acéptalo.

—Pero quiero ponérmelo. —Me mira con el ceño fruncido—. Sería perfecto si no fuera porque no es mi talla. ¿No tienes otra cosa que quede más ajustada?

—¿Le has preguntado a Samantha?

Miro a Duff, que se está metiendo un montón de estropajos debajo de la camiseta. Harry no se entera de lo que pasa, o eso espero, pero como le encanta fastidiar a Andy, está tomando algunos de los pañales limpios de Patsy y siguiendo el ejemplo de su hermano. La novia de Jase es más paciente que yo, a lo mejor porque solo tiene una hermana.

—Ella y su madre han ido a llevar a su hermana al campus universitario. Seguramente no vuelva hasta esta noche. Alice, ¿qué hago?

Se me desencaja la mandíbula con la sola mención de Grace Reed, la madre de Sam. Es lo más cercano a un archienemigo que tiene nuestra familia. O puede que lo sea el búho. «Ay, Dios, sácame de esta.»

—Tengo hambre —nos interrumpe Harry—. Estoy desfallecido, seguro que me he muerto antes de que llegue la noche.

—Tienen que pasar tres semanas para que alguien muera de hambre —le explica George, cuya autoridad se ve mermada por el bigote de chocolate que tiene en el labio superior.

—¡Aaaaah! ¡No le importo a nadie! —explota Andy.

—Tiene las hormonas revolucionadas —le cuchichea Duff a Harry. Desde que oyeron a mi madre decirlo, mis hermanos se refieren a las «hormonas» como si se tratara de una enfermedad contagiosa.

Mi teléfono vibra sobre la encimera. Es Brad otra vez. Hago como si no lo hubiera oído y me pongo a abrir armarios.

—A ver, chicos, no nos queda nada, ¿de acuerdo? Y no podemos ir a por nada hasta que no nos traigan la compra semanal de la tienda. Además, nadie tiene tiempo de ir a ninguna parte y no os voy a dar dinero. Si no os coméis la avena, la otra opción es quedarse con el estómago vacío. A no ser que queráis una tostada untada con mantequilla de cacahuete.

—Otra vez, no —se queja Duff, que se levanta de la silla y sale de la cocina.

—Qué asco —dice Harry, que hace lo mismo después de derramar sin querer el zumo de naranja y dejarlo ahí tirado.

¿Cómo puede mamá soportar esto? Me pellizco con fuerza el cuello y cierro los ojos, tratando de apartar un pensamiento todavía peor: ¿por qué soporta mamá esto?

George sigue haciendo un esfuerzo por comerse la avena, copo a copo.

—No te preocupes, G. A ti sí te gusta la mantequilla de cacahuete, ¿no?

Mi hermano deja escapar un largo suspiro, como si estuviera cansado de la vida con tan solo cuatro años. Apoya la mejilla pecosa en la mano, mirándome con una atención que me recuerda a Jase.

—He «leío» que puedes hacer diamantes a partir de la mantequilla de cacahuete.

—Leído —le corrijo automáticamente, rellenando de pasas la bandeja de la sillita alta de Patsy.

—¡Puaj! —se lamenta mi hermana. Toma una pasa, sosteniéndola delicadamente con dos dedos y la deja caer a un lado de la silla.

—¿Crees que podríamos hacer diamantes con esta mantequilla de cacahuete? —pregunta George, con una mirada esperanzada, cuando abro el bote.

—Ojalá, Georgie —respondo, mirando el armario vacío que hay encima de la ventana. Atisbo un Jetta azul oscuro en nuestra entrada. Se abre la puerta y sale una figura alta. El sol incide en su cabello pelirrojo, encendiéndolo como si fuera una cerilla.

Estupendo, justo lo que necesita esta familia inflamable: Tim Mason, el equivalente humano a un explosivo.

Tim

Subimos los desvencijados escalones que conducen al garaje y Jase se saca una llave del bolsillo, abre la puerta y enciende las luces. Lo adelanto y dejo la caja de cartón en el suelo. El viejo apartamento de Joel tiene el techo bajo y en él hay unas estanterías hechas con cajas de leche, un sofá feo, un pequeño frigorífico, un microondas y un puf con el emblema de los Sox. Las paredes están cubiertas de páginas de una revista deportiva con mujeres en bañador; hay tetas por todas partes y un soporte para mancuernas con un montón de pesas.

—¿Aquí es donde Joel traía a todas esas canguros? Pensaba que se lo curraba más y no recurría a tantos clichés.

—Bienvenido al picadero —me responde Jase con una mueca—. Supuestamente, a las niñeras no les importaba; se esperaban algo así después de ver películas sobre deportistas. ¿Quieres que te ayude a quitarlas?

—No, siempre puedo ponerme a contar partes del cuerpo si me cuesta conciliar el sueño.

—¿Te sirve esto? —me pregunta tras echar un vistazo rápido al apartamento con cara de asco y vaciar las papeleras.

—Claro. —Me saco del bolsillo la lista que tomé del tablón de mi habitación y la coloco en el frigorífico tras apartar a una mujer vestida de rosa chicle.

Jase me observa y niega con la cabeza.

—Mase, ya sabes que puedes venir a casa cuando quieras.

28

—He estado en un internado, Garrett. A mí no me da miedo la oscuridad.

—No seas idiota —me reprende. Señala el baño—. A veces se estropean las cañerías, si ves que con el desatascador no lo puedes solucionar, avísame, que yo lo arreglo. Y te lo repito: eres bienvenido en nuestra casa. También puedes venir conmigo al trabajo de las mañanas. Voy a recoger a Samantha, que al final no ha ido a Vermont. ¿Te vienes?

—¿Con tu perfecta cariñito? No, creo que me voy a quedar a ver si puedo romper el desatascador y así llamarte.

Me hace una peineta, sonriendo, y se va.

Tengo que ir a una reunión. Mejor eso que quedarme solo con un montón de tetas retocadas y con mis pensamientos.

CAPÍTULO 4

Tim

La reunión tan solo me ha serenado en parte. Cuando, al regresar a la casa de los Garrett, camino sobre esa hierba verde tan descuidada que tapiza el jardín, lo primero que veo es a Alice, la hermana mayor de Jase, tomando el sol en el patio delantero.

En biquini.

De color burdeos.

Con las tiras desatadas.

La piel morena.

Las uñas de los pies pintadas del color del fuego.

¿Hay algo que me anime más que Alice Garrett en biquini? Excepto Alice sin él, algo que nunca he visto, aunque tengo mucha imaginación.

Está medio dormida en una tumbona azul y verde. Su largo cabello, ahora castaño con mechas rubias, cuelga a un lado, encrespado por el calor del verano. Como no tengo escrúpulos, me tiro en el césped a su lado y la miro de cerca.

«Ay, Alice.»

Pasados unos segundos, abre los ojos, bizquea un poco, se pone la mano en la frente para tapar el sol y me mira.

—Este sería un buen momento para evitar esas marcas de bronceado tan antiestéticas —le digo—. Puedo ayudarte.

—Este —me responde con una sonrisa amenazante— sería un momento todavía mejor para evitar a los pervertidos.

—Ay, Alice, espero estar ahí para consolarte cuando te arrepientas de haber perdido el tiempo y te des cuenta de que siempre me has tenido a tu disposición.

—Te comería vivo, Tim. —Se inclina hacia delante, se ata las tiras del biquini al cuello y se vuelve a tumbar.

«Ay, Dios.» Apenas puedo respirar. Pero puedo hablar. Eso siempre.

—Claro, Alice, pero tal vez sería mejor empezar con unos mordisquitos.

Cierra los ojos, los vuelve a abrir y me dedica una mirada indescifrable.

—¿Por qué no te doy miedo? —me pregunta.

—Sí que lo haces. Das un miedo de muerte —le aseguro—, pero me gusta. En serio.

Se dispone a replicar cuando aparece la furgoneta de su familia, incluso más maltrecha de lo que está habitualmente. Tiene la pintura del guardabarros delantero desconchada, alguien ha aplicado un antióxido en la puerta corrediza trasera y parece que hubieran rallado con una llave un lateral, en el que además faltan los dos tapacubos. Alice hace ademán de levantarse, pero le pongo una mano en el hombro con suavidad y la detengo.

—Yo me ocupo.

Me mira con los ojos entornados y la cabeza ladeada. Se pasa un dedo por el labio inferior y vuelve a acomodarse en la tumbona.

—Gracias.

La señora Garrett se apea de la furgoneta vestida con un pareo azul y la mirada perdida. Patsy, George y Harry tienen la cara roja y surcada de lágrimas. Patsy está con la boca abierta en una enorme O, sollozando, George también tiene pinta de haber llorado y Harry parece enfadado.

—No soy un crío —me dice.

—Ya lo sé, amigo. —Lleva un bañador estampado con sombreros rojos de bombero.

—Nos ha obligado a marcharnos de la playa. —Señala a su madre con un dedo lleno de arena.

—Patsy tiene que dormir la siesta, Harry, ya lo sabes. Te puedes bañar un rato en la piscina. Después de los premios de vela podemos ir a por un helado a Castle.

—La piscina no es divertida —se queja el pequeño—. Nos hemos ido antes de que llegue el camión de los helados, mamá. Vende polos de *Spiderman*. —Sube los escalones con la espalda huesuda encorvada por el enfado, arrastrando las piernas flacuchas, y da un portazo tras de sí

—Vaya —exclamo—. Eso es maltrato infantil.

La señora Garrett se ríe.

—Soy la peor madre del mundo, ya lo sé... —Mira a George y se inclina hacia a mí. Huele a protector solar de coco. Al principio me da la impresión de que está comprobando mi aliento, porque los adultos nunca se acercan tanto—. No vayas a decir nada que tenga que ver con asteroides —me susurra.

No es mi tema de conversación preferido, así que no hay ningún problema.

George lleva en la mano la revista *Newsweek* y le tiemblan los hombros, y Patsy sigue chillando. La señora Garrett los mira a uno y a otra como valorando a quién atender primero.

—Yo me ocupo de la chillona —me ofrezco.

Me sonríe agradecida y saca a Patsy de la sillita del vehículo. Menos mal, no tengo ni idea de cómo funcionan esas cosas.

En cuanto Patsy se ve liberada, me mira y deja de llorar, así sin más. Todavía hipando, estira los brazos en mi dirección.

—Cari —dice entre hipidos.

No sé por qué, pero esta niña me adora. La tomo en brazos y apoya sus manitas sudorosas en mi mejilla, dándome golpecitos suaves sin importarle mi barba incipiente.

—Cari —repite con su adorable voz y me regala una sonrisa encantadora, mostrando sus incisivos dignos de un bebé vampiro.

La señora Garrett sonríe, saca a George del automóvil y lo apoya en su cadera. El pequeño entierra la cara en el cuello de su madre con la revista entre los dedos pegajosos.

—Vas a ser un buen padre, Tim. Algún día, en un futuro.

Sonrío. No puedo evitarlo.

—Ni en sueños —respondo, reaccionando a la vergüenza que me provoca... no sé... la palmadita que me da en la espalda—. No pienso añadir a mi lista de crímenes y pecados preñar a nadie.

En el mismo momento en que las palabras escapan de mi boca me doy cuenta de lo capullo que soy. Realmente la señora Garrett parece muy joven, y su hijo mayor tiene ya veintidós años. Puede que incluso tuviera que casarse porque se quedara preñada. No tengo ni idea.

Es más, ¿preñar? No es una palabra que se deba decir delante de unos padres.

—Está bien que lo tengas todo planeado —indica sin más.

Lleva a George al interior de la casa y me deja con Patsy, que frota su carita suave y surcada de lágrimas contra la mía. Alice sigue con los ojos cerrados, ajena a la situación de todos los modos posibles excepto físicamente.

—Cari —vuelve a balbucir Patsy, que se echa un poco hacia atrás para plantarme un beso en el hombro y me mira entre sus pestañas húmedas—. ¿Tetita?

—Lo siento, pequeña, con eso no puedo ayudarte.

Evito mirar a Alice, que ha vuelto a desatarse las tiras del biquini. Bosteza y se estira, haciendo que el borde superior del traje de baño se le baje un poco y revele así que no tiene cortes en el bronceado.

Cierro los ojos un momento.

Patsy me agarra de la oreja, como si fuera la perfecta sustituta para la tetita. Tal vez lo sea, ¿qué sé yo de bebés? Ni tampoco de niños, o lo que sean estas criaturas cuando tienen año y medio. A lo mejor lo que quieren es aferrarse a algo, da igual qué. La comprendo perfectamente.

CAPÍTULO 5

Alice

—¿lice?

—Hola.

—Te he reconocido por los zancos.

—Zuecos, papá.

—Eso. Ven, pasa.

Aparto la cortina de hospital. Ha pasado un mes desde el accidente y todavía me cuesta fingir que todo va bien, algo que nunca habría pensado que tendría que hacer con mi propio padre. Tiene mejor aspecto. Hay menos tubos conectados a él, tiene mejor color y los moratones han desaparecido. Pero ver a mi padre en una cama de hospital sigue provocándome retortijones y dejándome sin aliento.

Nunca lo había visto tumbado, siempre ha estado en movimiento. Sin embargo, ahora lo único que mueve es una mano, acariciando el pelo de mi madre, dormida, acurrucada junto a él en la diminuta cama.

—Shh, está exhausta.

Estoy segura de ello. Tiene un brazo bajo el cuello de mi padre y el otro aferrado a su cintura.

—¿Y tú, estás cansada? —Su voz sigue débil, pero amable, la misma que me tranquilizaba cuando tenía pesadillas de niña; los profesores eran demasiado crueles y Sophie McCade, de octavo, difundió rumores de que me había puesto implantes en las tetas en verano.

—Yo podría preguntarte lo mismo, papá.

—Me paso el día tumbado —resopla.

—Tienes la pelvis rota y daños en el pulmón por una embolia pulmonar. Las cosas claras y el chocolate espeso: no es que estés para tirar cohetes precisamente.

Aparta el pelo de mamá para poder mirarme a los ojos.

—¿Qué es el chocolate? He oído hablar de él, pero no lo he probado nunca.

—Ni idea. Si te trajera un poco, ¿te lo comerías?

—Si me acompañas, sí. Podríamos hacer una apuesta. «Mi amigo dice que se traga cincuenta huevos...»

—Por Dios, no. *La leyenda del indomable* no. ¿Qué pasa con esa película? Todos los hombres a los que conozco están obsesionados con ella.

—A todos nos gusta creer que tenemos una mano ganadora, Alice. —Alza la almohada con una mano y le da un puñetazo para ahuecarla.

—Ya lo pillo.

Tomo las cartas de la mesita. Están junto a una jarra rosa de agua, un vaso ovalado para hacer gárgaras después de lavarse los dientes, un vasito vacío para las pastillas y el rollo de esparadrapo para la vía intravenosa. No se parece en nada a la mesita de noche que tiene en casa, llena de tazas y portalápices cutres hechos a mano con barro, montones de libros de ciencia ficción y la fotografía de mamá y él en el instituto, ella con unos rizos enormes y él con cazadora de cuero.

—No me quedan fuerzas para romper tu buena racha —me dice con una sonrisa que le arruga las comisuras de los ojos primero y después el resto del rostro—. Los analgésicos dan una ventaja injusta.

—He ganado seis de siete, papá. ¿En serio dices que es por los analgésicos? —Sonrío.

—Bueno, ahora mismo no estoy bajo sus efectos, así que ya veremos. —Se inclina un poco hacia un lado y se le va el color de la cara. Mira el techo y mueve los labios, contando y respirando profundamente.

—Inspira, inspira, espira —murmuro. Todos en nuestra familia conocemos las técnicas de respiración.

—Debería ser ya un experto. —Su voz suena ronca mientras respira profundamente.

—Mamá dice que aún no lo eres. —Intento sonreír, pero no puedo, así que me centro en las cartas, que barajo una, dos, tres veces—. ¿Quieres que llame a tu enfermera?

Toma las cartas y las baraja a su manera.

—Solo si trae chocolate. Van a echarme pronto —dice de repente—. No hay suficientes camas, llevo aquí mucho tiempo y ya estoy bien. No recuerdo cuál es la última excusa que me han dado.

—¿Y ahora qué?

—Puedo volver a casa —comenta entre suspiros— o ir a una clínica de rehabilitación. Nos dejan a nosotros la elección. —Mira a mamá y sonríe del mismo modo que en la fotografía del instituto. Le mete la etiqueta del vestido por dentro y ella se acurruca aún más contra él.

—En el trato con el demonio están contemplados los gastos de rehabilitación —señalo. Nuestro demonio es una senadora del Estado alta, rubia y conservadora.

—Mejor no valorar eso, Alice. —Sacude la cabeza y pone una mueca de dolor.

Sigue doliéndole aunque se empeñe en repetir que está bien. El bronceado veraniego se está desvaneciendo de su piel, tiene la mandíbula más afilada y los hombros rígidos. Parece, al menos, cuatro años mayor que hace cuatro semanas y todo por culpa de esa mujer.

—Grace hizo esto, papá. Nos ha destrozado la vida, nos...

—Mírame —me interrumpe. Hago un esfuerzo por no encogerme al ver la parte afeitada de la cabeza en la que le practicaron una incisión para aliviar la presión de la herida. Duff, Harry y George lo llaman «el extraño corte de pelo de papá»—. Puede que nos haya fastidiado un poco, pero no ha destrozado nada, eso seguro. Aceptar la rehabilitación, después de todas las facturas del hospital... es caridad.

—No es caridad, papá. Es justicia.

—Sabes tan bien como yo que es hora de seguir con nuestra vida, Alice. Tirar para adelante y volver a casa, me necesitáis allí.

Quiero que vuelva y que todo sea como antes. Llegar tarde de una cita o de donde sea y encontrármelo viendo en la televisión algún canal de historia o un documental del National Gregraphic, bebé tras bebé, primero con Duff, después Harry, George y ahora Patsy apoyada contra su hombro, con el mando a distancia en la mano, adormilado pero lo suficientemente despierto para preguntarme «¿sabes que el aeroplano que Lindbergh pilotó hasta París estaba hecho solamente de tela? Con un poco de pegamento. Es impresionante lo que hace la gente». Ahora compruebo sus constantes vitales, aunque me conozco su historial médico de memoria. Da igual las cosas impresionantes que pueda hacer la gente, el cuerpo tiene sus límites.

—Tú sabes mejor que nadie dónde te necesitamos, lo que tienes que hacer.

Se queda rígido y me pregunto cuánto le dolerá. Debería seguir tomando analgésicos.

Adopto una expresión neutra y me froto la nuca con la mano, preparada para lo que tenga que venir.

Mi madre y yo hemos tenido que compensar su falta ocupándonos de todo, sin ayuda. Esta mañana tuve que preparar el desayuno porque ella tenía nauseas. Mientras, ella concretaba todas las citas médicas propias de la vuelta a clase.

Llevé a Duff al oculista y Andy fue al dentista con ella. Después fuimos a la playa con los pequeños. Más tarde asistimos a los premios de vela. Mamá consoló a Andy en el baño porque Jade Whelan le dijo alguna estupidez, y la llevó a tomar un yogur helado. Yo fui con los pequeños a Castle a comprar perritos calientes. Después, mamá nos llevó al entrenamiento de Jase, vino a ver a papá y se quedó dormida. Yo me quedé en casa hasta que todos, excepto Andy, se durmieron, y vine aquí, dando sorbos a un café grande del Starbucks. Solo soy la doble de mamá, no soy papá.

—Si abandonas el hospital tendrás que recoger a George y Patsy y meterlos en nuestro vehículo para llevar a Harry y Duff a los entrenamientos de fútbol. Estarás todo el día en movimiento, papá, y aún no puedes permitírtelo. Lo único que vas a conseguir es empeorar y ponernos las cosas más difíciles a todos.

Se pasa la mano por la frente y suspira.

—¿No se supone que eres una niña a la que estoy inculcando toda mi sabiduría, Alice?

Mamá se mueve en sueños y aparta la mano de su cintura para apoyarla en su vientre.

Otro bebé, claro. Casi me olvido de eso. De ella. De él.

Papá cubre con su mano la de ella. A él no se le olvida, por supuesto.

Tim

Me apoyo en el alféizar de la ventana y descanso la cabeza sobre las manos. La noche está despejada y solamente se oyen grillos, cigarras o lo que sea que haga esos sonidos en la hierba descuidada del jardín que los Garrett tardan tanto en segar. Si prestas atención, se percibe hasta el río. Cuando mis ojos se acostumbran a la oscuridad, la veo.

Alice está recostada sobre el capó del Escarabajo, mirando hacia arriba. No me mira a mí, sino al cielo. Hay luna llena, unas pocas nubes y estrellas. Solo atisbo su silueta oscura, llena de curvas, contra el vehículo blanco. Tiene un pie sobre el parachoques y la luz de la luna incide en su rodilla.

Jesús.

Qué rodilla.

Ay, Alice.

CAPÍTULO 6

Tim

A la mañana siguiente salgo de la cama tan rápido que mi cerebro prácticamente se estampa contra el cráneo. ¿Dónde estoy? Una sensación familiar de mareo me atenaza. Seguro que me emborraché anoche y por eso estoy tan desorientado.

Pero entonces me acuerdo de todo al ver que doce chicas en doce poses imposibles me observan. Me limpio el sudor de la frente y me dejo caer en el sofá duro como una piedra en el que ayer caí rendido tras pasarme un buen rato jugando a la videoconsola y escuchando el silencio. Nunca me había dado cuenta de la paz que reina cuando estás solo en una casa.

Me levanto y empiezo a quitar pósteres de la pared hasta que estas quedan vacías y yo estoy sin aliento. Después decido salir a correr adonde nadie me encuentre. ¿No lo hace Jase cuando no quiere pensar en nada? Busco sin éxito unos pantalones cortos en la caja de cartón, pero solo encuentro pantalones largos grises, ¿quién los ha echado? Tampoco encuentro mis zapatillas de deporte. Me pongo lo único que puede servirme, unas bermudas desteñidas, y me dirijo a la playa de Stony Bay.

Mi intención es correr hasta el muelle, que debe de estar a aproximadamente un kilómetro y medio, por lo que es un buen comienzo, ¿no? Lo sería de no ser porque un kilómetro y medio es una distancia enorme. El muelle queda aún tan lejos que parece un espejismo y yo ya me encuentro resollando y sin aliento, deseando tirarme en la arena.

Tengo diecisiete putos años, por Dios. Estoy en la flor de la vida, en el esplendor de mi fuerza. La edad de oro con la que un día aburriré a mis hijos. Sin embargo, no puedo correr como el viento, ni siquiera como la brisa. Patsy lo hace más rápido sin necesidad de cargar con un tanque de oxígeno. Me dejo caer en la arena, desplomándome primero sobre las rodillas y después rodando hasta quedar tumbado bocarriba, con una mano haciendo visera para que la luz de la mañana no me moleste. Respiro como si estuviera succionando nicotina.

«Tengo que dejar el tabaco.»

—¿Necesitas un boca a boca? —pregunta una voz femenina.

Maldita sea, no sabía que hubiera alguien más en la playa, y menos alguien tan cerca... Alice. ¿Cuánto tiempo lleva observándome? Me aparto la mano de los ojos.

Gracias a Dios, lleva puesto otro biquini. Voy a morirme de vergüenza, pero al menos lo haré contento. Es como una de esas chicas Bond; lleva una chaqueta verde oscuro con la cremallera de color verde lima bajada y una cincha en la parte de abajo del biquini, a unos tres dedos por debajo de la cintura, justo encima de donde comienzan las caderas. Retuerzo los dedos sin darme cuenta y me meto las manos en los bolsillos.

—Sí —farfullo—. Necesito un boca a boca enseguida.

—Si todavía puedes hablar sobrevivirás.

—Aún no estoy preparado para el triatlón, Alice —comento tras humedecerme los labios.

Lo que hace a continuación me sorprende por completo: se tumba a mi lado, mirándome, y esboza una sonrisa tan radiante como lo es ella.

—Al menos tienes zapatillas de deporte. —Me mira los pies—. No, ni siquiera eso. ¿Quién corre descalzo? —Sus dedos rozan los míos un segundo y se apartan. Mira la arena y dibuja en ella una línea entre los dos.

—¿Importa eso?

—Se trata de adherencia, cariño —responde.

—Pensaba que eso solo servía en el caso de que te rompieras una pierna. He oído que los de la Marina hacen muchas flexiones para evitarlo.

Intuyo que se reirá de mí, pero en lugar de ello sonríe más ampliamente. Apenas es perceptible el cambio, solo si te fijas en sus labios, que es lo que debo de estar haciendo yo.

—Posiblemente tengas que olvidarte de eso hasta que tengas más... aguante.

Podría responder a eso de mil formas.

Se acerca un poco más a mí. Huele a lo que siempre he pensado que olería Hawái: fresco y dulce, a tierra, sol y mar, todo mezclado. Un olor cálido. Tiene destellos dorados en los ojos verdes grisáceos.

—Solo tienes un hoyuelo —señala.

—¿Es eso un inconveniente? Antes tenía dos, pero perdí uno una noche especialmente loca.

Me da un empujón en el hombro.

—Siempre estás bromeando con todo.

—Es que todo es divertido —replico. Pruebo a sentarme, pero me caigo enseguida— si lo miras por el lado bueno.

—¿Cómo sabes que estás mirando por el lado bueno?

Agacha la cabeza, todavía dibujando círculos en la arena con el dedo. Sus nudillos pasan a unos pocos centímetros de mi vientre. No hace aire y tan siquiera se oyen las olas.

—Si te parece divertido —resuello— es que estás mirando por el lado bueno.

—¡Eh, Aleece! —Alzo la mirada y me encuentro gritando al subnormal de su novio, Brad. Es alto, con amplios y musculosos hombros.

—Brad. —Alice se levanta y se sacude la arena del biquini. Su novio me mira y le da una palmadita suave en el trasero para marcar su territorio.

Capullo.

—Llegas tarde. Brad, Tim. Tim, Brad.

—Eh, Tim.

Brad es un hombre de pocas palabras, y todas monosílabas. Uno de esos chicos que son tan anchos como un armario empotrado pero tienen cara de niño con mejillas sonrosadas y ojos brillantes. Imagino que para compensar, se deja una barba desaliñada.

—Vamos, Ally-cari —le dice a su novia—. ¿Estás lista?

«¿Ally-cari?»

—Llevo lista un buen rato. Eres tú el que ha llegado tarde —le responde ella con brusquedad.

«¡Toma ya!»

Alice se vuelve hacia mí y se pasa las manos por el pelo para apartárselo del rostro.

—Estoy entrenando para la carrera de los cinco kilómetros. Brad me está cronometrando.

—¿Es que corres? ¿Por qué no lo sabía?

Abre la boca para responder algo ingenioso, como que por qué tengo que saberlo todo sobre ella, pero entonces agacha la mirada y se aprieta la cincha que lleva en la parte de abajo del biquini, lo que atrae mi atención hacia su vientre plano, el pendiente que cuelga de su ombligo y...

Ruedo en la arena y me tumbo bocabajo.

Brad se aclara la garganta y se cruza de brazos. Tiene una expresión seria.

—No te retraso más —añado.

Alice le lanza una mirada indescifrable a Brad, se agacha, apoyándose en las rodillas, y se inclina hacia mí. Le huele el aliento a caramelo de menta.

—La próxima vez ponte zapatillas de deporte, Tim.

Alice

He terminado el primer *sprint* y estoy jadeando con las manos en las rodillas. El sudor me cae por los ojos y me aparto el pelo de la cara, tratando de reunir tras mi oreja los mechones que se escapan de la coleta.

Brad le quita el tapón a una botella de agua y me la pasa, agachándose un poco para mirarme a la cara.

—¿Vas a contarme a qué ha venido eso? —me pregunta en voz baja. Señala con el dedo la figura distante de Tim, que sigue tirado en la arena con la cabeza apoyada en los brazos.

—¿Qué? ¿Tim? Es amigo de mi hermano, solo estábamos hablando.

—No sé, Ally, ¿solo eso? —Se rasca la barbilla.

Doy dos tragos más y después me echo un poco de agua en la mano y me lavo con ella la cara.

Tim se ha puesto de pie y tiene los ojos entrecerrados, mirando en nuestra dirección. Aparta la vista y mira al otro lado de la playa. Echa a correr en esa dirección sin estirar primero, ni tampoco se preocupa en ir más lento al principio, solo se pone a correr. Uff.

—¿Ally?

—Claro que es solo eso.

CAPÍTULO 7

Alice

Los Garrett siempre tenemos algún tipo de problema cada vez que vamos a la tienda Sam's Club. Harry siempre se pierde en el pasillo de los juguetes, George suele ponerse pesado al elegir su helado, Patsy acaba cansándose y chillando. No obstante, esta vez soy yo la culpable.

—Le estás dando demasiada importancia —expone Joel, que tiene las manos alzadas en un gesto de «menuda sentimental» que me pone furiosa.

Sacudo los papeles en su dirección.

—Dice dos carpetas clasificadoras rojas de veinticinco milímetros. Rojas. Veinticinco milímetros. Solo te he pedido una cosa y era muy simple. Estas son azules y de sesenta milímetros.

—¿Y qué más da? —Mi hermano se rasca la nuca y mira a una muchacha que le sonríe mientras echa unas cajas enormes llenas de pegamento con purpurina en su carro.

—Pues que en la lista de la escuela dice rojas, así que las compramos rojas. Para eso están las listas, para que la gente haga bien las cosas.

—No creo que todo esto sea por la escuela. Estás asustando a Patsy y también a mí.

—Muy bien —exclamo.

—Mal —me reprende Patsy señalándome. Está sentada en el portabebés del carro, con el ceño fruncido.

—No es a ti, cariño. Es a ti, Joel. A lo mejor si te asustas un poco te acuerdas de lo que está sucediendo. Nunca estás cuando se te necesita... o casi nunca. No sabes lo mal que va todo...

—¿Por eso viene todo esto? —Mi hermano se apoya en una estantería llena de rollos de papel y ladea el rostro—. ¿Porque yo no estoy todo el día por allí y tú sí?

—No —respondo—, claro que no. ¿Qué más da que te hayas mudado con tu novia y que estés estudiando en la academia de policía cuando todo está en suspenso? ¿Qué importa?

Joel suspira y toma un puñado de galletas de chocolate que hay de muestra.

—Al, tengo veintidós años. He terminado la universidad, tengo que continuar con mi vida. Gisele y yo llevamos juntos un tiempo, quiero ver si esto funciona. No voy a vivir el resto de mi vida encima del garaje. No es muy funcional.

—¿Desde cuándo te ha importado eso? —le reprocho. Me aparto de Patsy, que intenta bajarme la parte de arriba de la camiseta sin dejar de gritar.

—Desde que pasé mi vigésimo cumpleaños en el hospital la noche en la que papá tuvo el accidente. Quiero a nuestra familia, Al, haría lo que fuera por cualquiera de vosotros. Pero no puedo dejarlo todo, ni tampoco puedo acabar con mi vida.

Precisamente todo se ha acabado. Antes del incidente, en verano, solo tenía que asistir a unas pocas clases y algunas horas de trabajo en el centro de rehabilitación; alguna vez tenía que quedarme en la tienda pero, aparte de eso, solo me preocupaban la playa, Brad y disfrutar de mi época del año preferida. Arena, sal y helados.

Queda poco para el primer lunes de septiembre, el día del Trabajo, y todo —las clases, el deporte, las actividades después de clase— va a cambiar para todos. A saber cuánto tiempo necesitará papá para recuperarse, mamá está embarazada, el horario de fútbol de Jase, Andy y Duff con la banda... Vamos a tener que arreglárnoslas para cuidar de los pequeños, y mi vida actual es...

«Respira hondo.» Relajo los hombros, que prácticamente me llegan a los lóbulos de las orejas.

Joel echa un envase de quinientas salchichas deshidratadas en el carro. Las saco y las vuelvo a dejar en el estante.

—¿Sabes siquiera lo que son?

—¿Estás así porque no te gusta Gisele?

—Sí me gusta —respondo.

No la soporto, de verdad. La última vez que vino a casa, Joel tuvo que hinchar las ruedas de su bicicleta mientras ella movía las manos y lo miraba con su aspecto parisino: con un vestido de rayas azules y blancas y una bufanda roja. Pero más me vale no decir nada, puesto que se ha mudado a vivir con ella, lo que puede suponer el beso de la muerte para su relación.

—Sí, claro. Pues que sepas que Brad no es un portento. —Le pasa a Patsy una galleta de chocolate que mi hermana empieza a restregarse por la cara y el pelo. Después, como si no fuera suficiente, se pasa lo poco que le queda de chocolate por la camiseta rosa.

—Con Brad no voy a durar mucho más —replico.

Ojeo la lista de cosas que comprar para el colegio y tacho algunas mentalmente. Hay que comprarle a Harry doce lápices de colores y un paquete de gomas buenas, sea lo que sea eso. A Duff... no. No pienso comprarle materiales para el proyecto sobre el sistema solar todavía porque, si no, estamos perdidos. Andy puede ir a comprar sus cosas, por Dios, que tiene catorce años.

—Llevo demasiado tiempo con él —termino y, como para confirmar mis palabras, me vibra el teléfono y resulta ser otra foto de Brad en el gimnasio.

—Alice. —Mi hermano le da un repaso visual a otra chica (Gisele, ¡estás perdida!)—. A eso es a lo que me refiero. Se supone

51

que tienes que emplear tu tiempo en ese tipo de cosas. —Le echa un vistazo a la lista—. No en esto.

—¡Por Dios! Esa niña es muy pequeña para comer chocolate —nos sermonea una mujer gruñona que lleva a su bebé en una de esas extrañas bandoleras.

—Nadie le ha preguntado —replico.

La señora frunce el ceño. Joel le sonríe y me aparta, tomándome del codo.

—Pero muchas gracias por el consejo —le responde amablemente—. No lo sabíamos, gracias.

La mujer se alisa la camiseta y hasta le devuelve la sonrisa.

«¡Venga ya!»

*   *   *

Cuando llegamos a casa, nos encontramos a Brad sentado en los peldaños de la entrada, escribiendo un mensaje, posiblemente para mí, con el ceño fruncido.

—Ally-cielo —me saluda y se pone en pie para abrazarme.

Joel levanta una ceja y me sonríe.

—Me voy a ver a papá —murmura y se marcha sin ayudarme a meter la compra en casa.

Jase está en la cocina. Se nota que llega de entrenar, porque está sudado y tiene restos de hierba en la camiseta. Se está comiendo un bol de pollo y arroz integral. Tim está sentado en la encimera, como si fuera lo más normal del mundo, devorando algo cubierto por completo de queso fundido, tan caliente que humea. Duff, Harry y George están comiendo tarta de arándanos con helado de vainilla. Hay platos sucios por todas partes y la cocina huele a hombre y a pies.

Y otra vez Tim. Está relajado, lleva las bermudas con las que ha salido a correr esta mañana y una camiseta de béisbol un poco estrecha. Me sonríe, desplegando el encanto de su hoyuelo.

Me invade una sensación de calor por dentro y por fuera. Seguro que no se ha duchado todavía y tampoco ha tenido cuidado al afeitarse, pues tiene un pequeño corte a un lado de la barbilla. Otro que necesita a una madre, una sirvienta o un representante.

Suelto a Patsy, tomo su taza de aprendizaje rosa de princesas, vierto en ella leche hasta el borde y se la paso a Tim.

—Ten cuidado, que no te pienso llevar al hospital cuando te hagas una quemadura de segundo grado en la lengua.

Tim se lleva una pinchada de queso hirviendo a la boca de forma desafiante. Y otra. Después levanta la taza, me hace un gesto con ella y, sin apartar la vista, se bebe toda la leche.

—Tarta —apunta Brad feliz—. Me encanta la tarta. —Arrastra una silla, la gira, se sienta a horcajadas sobre ella y continúa—: Córtame un trozo extragrande, Allosaurus.

George ladea la cabeza y arruga la nariz.

—Los Allosaurus eran de los dinosaurios más grandes que había. Se comían a los Stegosaurus. Alice no es muy grande y es vegetariana.

Brad puede servirse el maldito trozo de tarta él mismo.

—Sírvete el trozo de tarta tú —farfulla Tim entre bocado y bocado de queso volcánico.

—Alice, Joel se ha ido definitivamente del garaje, ¿no? No tiene que volver para nada. —Jase se sirve un vaso enorme de leche, se bebe la mitad y lo rellena. Al fin tenemos comida, pero a este ritmo se habrá terminado para mañana.

—Gracias a Dios sí —respondo.

—Estupendo, porque le he dicho a Tim que puede quedarse ahí. Se mudó anoche.

—Ya no se me escapa —dice su amigo alegremente.

—Ay, Alice, tienes la cara rojísima —suelta George.

—Al... —empieza Jase, pero titubea antes de acabar la frase.

Tim me mira y se baja de la encimera con la mano extendida.

—Vaya, ¿qué narices he...?

—Cállate... —Levanto la mano—. Hay comida y material escolar en el Escarabajo. Traedlo a casa.

Prácticamente arrastro a Brad de los pelos hasta el exterior.

Tim

—La he vuelto a fastidiar, ¿verdad? —le pregunto a Jase cuando la puerta se cierra tras Alice y Brad.

—Hablaré con ella. —Mi amigo se pasa una mano por la cara.

—¿Iba a mudarse ahí con ese chico? ¿Es que tiene cinco años? «Me encanta la tarta.»

—Alice nunca me cuenta nada, Tim. —Levanta una pinchada de pollo y vuelve a dejarla en el plato.

—La tarta está buena —nos interrumpe George filosóficamente—. Menos tal vez esa en la que hay veinticuatro mirlos dentro, como en la canción. Ya sabes, esa de: canta una canción por seis peniques, el bolsillo lleno de centeno —canturrea con esa voz aguda que me mata de la risa—. ¡Puaj!

—No creas que cuando cortaron la tarta se pusieron a cantar —dice Harry con la boca llena—. Estaban cocinados y muertos.

George abre mucho los ojos.

—¿Es verdad? —pregunta, mirándonos a Jase y a mí alternativamente—. ¿Estaban cocinados?

—Para nada —contesta Jase contundentemente—, porque... —duda un segundo y a George se le llenan los ojos de lágrimas.

—Porque entonces ya no sería una tarta comestible, amigo —continúo yo—. Sería una tarta para una representación. Para hacer reír al rey porque estaba estresado de...

—Tanto contar dinero —termina Jase con un tono seguro, asintiendo—. ¿A que sí, Gman? ¿No estaba haciendo eso? ¿Contando dinero en su oficina?

George asiente muy serio.

—Estaría cansado, como papi en el trabajo. ¿Y le hicieron una representación con una tarta? ¿Como... en una obra de teatro?

—Exacto —confirmo—. Le hicieron una tarta de mentira...

—Para hacerle reír. Como siempre hace mamá. —George asiente como si de repente todo cobrara sentido.

—¿Pero de dónde sacaron los mirlos? —interviene Harry—. ¿Quién tiene mirlos?

—Posiblemente los tuvieran en el establo —señala Duff como quien no quiere la cosa—. Tal vez estuvieran domesticados porque al rey le encantaban los pájaros.

La historia se nos está escapando de las manos, pero George se lo está tragando.

—Podríamos mirarlo en mi libro *Grandes pájaros del mundo*, comprobar si se puede domesticar a los mirlos. —Se baja de la silla y sale corriendo de la cocina con Harry tras sus talones.

—Bien, Duffy —le reprende Jase—. Gracias por meter baza.

—Soy idiota —admite Duff, acabándose su pedazo de tarta—. ¿Que al rey le encantaban los pájaros? Pero al menos lo he intentado, a veces es difícil prever qué va a asustar a George.

—¿Pájaros muertos y cocinados? Yo tendría pesadillas. —Me estremezco.

O con el tonto de Brad y lo que Alice pueda estar haciendo con él en este momento.

Alice

—¿De verdad?

Brad rondará los cien kilos y mide más de un metro ochenta, pero se comporta como mis hermanos pequeños cuando los llevo a comprar zapatos.

—Sí —respondo.

Conduce vacilante. Siempre lo hace como si estuviera en uno de sus videojuegos, acelerando repentinamente para desacelerar acto seguido.

Miro por la ventanilla, pero en lugar de ver los arces que bordean la autopista, solo puedo concentrarme en el apartamento del garaje tal y como pensaba remodelarlo. Los horrorosos muebles de Joel apilados en el desván. La cama de forja de la tía abuela Alice fuera de allí, junto al armario en el que Jase y yo siempre nos metíamos para viajar a Narnia. Las paredes pintadas de un naranja oscuro, un tono que llegó a la ferretería la semana pasada y que difiere mucho del rosa de la habitación que Andy y yo compartimos, y no el blanco gastado que hay ahora. El mes pasado vi en una revista un dosel para la cama. Sábanas de esas que han pasado por un conteo de hilos y que resultan tan suaves que ni las notas. Unos altavoces para el iPod y un rincón lleno de libros, pero no de libros de texto, con un enorme puf y cojines y...

—Vamos, Ally-linda, ¿por qué no vamos al Pizza Palace y me das una paliza en el juego de los sumos? —Brad me da un codazo y me sonríe.

—No me apetece comer *pizza* mala mientras jugamos a videojuegos, Brad.

Ahora soy yo la quejica. Me clavo las uñas en las palmas y acomodo las piernas en el salpicadero. «Vamos, tan solo es un apartamento.» Solo es un lugar para mí por primera vez en mi vida y, por el momento, también por última vez. Puede que vaya a la clínica de cuidados Nightingale en primavera, siempre y cuando la situación en casa mejore y consiga un alojamiento y...

Respiro profundamente, aspirando aire dos veces. Brad me presiona con los dedos en la nuca.

—Uff, estás muy tensa, Allo. No respires de esa forma, que me da miedo. ¿Y si volvemos a mi casa? Le puedo decir a Wally que vaya a buscar *pizza* de verdad, de Ilario's. Así, además, podemos estar solos una media hora. Yo sé cómo hacer que te relajes. —Me acaricia el hombro y me regala una sonrisa radiante y esperanzadora. Con Brad no existe la tormenta, solo la calma, como con la música relajante que ponen en el dentista.

—Estoy viendo una sonrisa, Als. Quieres que vayamos, ¿a que sí? Venga, vamos a casa. Si quieres, puedo a echar a Walster toda la noche. Lo del apartamento es una mierda, habría estado bien, pero yo también tengo un sitio al que ir.

Ese sitio es una casa de tres plantas en White Bay. Los padres de Brad viven en las dos primeras, él y Wally en el sótano y su abuela, que seguramente se refiera a mí como «esa puta», en la planta superior.

Extiende el brazo y me da un apretón en la rodilla cuando adelantamos a una caravana por la derecha tocando el claxon.

Suspiro.

—¿Eso es un sí? Vamos, Ali-soñadora. Podemos ducharnos juntos, mi padre ha arreglado el calentador.

—Vamos a una jaula de bateo, necesito golpear algo.

—De acuerdo, lo que sea para animarte.

No suele ser pesado ni muy firme con sus ideas, lo que viene muy bien cuando no estoy de humor. Se pone a cantar la musiquilla de un anuncio de cruceros que están poniendo en la radio. El suelo que pisamos es firme, aunque las baldas sean poco gruesas.

¿Y el apartamento del garaje? No voy a rendirme sin luchar.

CAPÍTULO 8

Tim

—¿En serio has llamado a la puerta, hermanita? —La abro y me encuentro a Nan con toallas y sábanas colgadas de un brazo y el otro extendido, dispuesta a tocar de nuevo.

—Siempre lo hago —responde, tocándome la nariz—. Yo respeto tu privacidad, no como tú, que lees mi diario.

—Eh, que no se mojen las toallas con la lluvia. —Abro más la puerta para que entre—. Porque son para mí, ¿no? No es que me estés trayendo la colada. Además, ¿en serio?, ¿otra vez con lo del diario? Jesús, fue solo una vez, hace cuatro años, porque tenía insomnio. Tu diario me sirvió de somnífero. «Querido diario: he...» —empiezo a recitar con voz melosa, pero me callo porque me doy cuenta de lo gilipollas que estoy siendo.

Si soy sincero, ese diario me rompió el maldito corazón. Estaba lleno de cartas de Nan a Dios. Sabía que había copiado la idea de ese libro de Judy Blume que tanto le gustaba y que yo empecé a leer con diez años porque alguien me había dicho que hablaba de tetas. Y lo hacía, pero no como yo esperaba. En cuanto a las cartas de Nan, eran tristes; rogaba a Dios como si fuera Papá Noel, ese viejo elfo feliz, y le pedía sacar buenas notas, que sus padres siempre estuvieran orgullosos de ella, un hermano que no la cagara tanto y que Mark Winthrop la quisiera por siempre jamás. Amén.

Mi hermana deja las sábanas y las toallas en el puf de los Sox y mira a su alrededor. Se quita la rebeca y arruga la nariz.

—¿Desde cuándo te gusta tanto el deporte? ¿Y las pesas? ¿De dónde has sacado todo esto?

—Lo he robado. ¿Qué más te da? ¿Y qué haces con todo eso?

—Mamá me ha dicho que te lo traiga y... —se calla de golpe.

—Que me espíes, ¿verdad? Que te asegures de que no ando metido en líos.

—¿Lo estás? —pregunta bruscamente—. ¿Tienes problemas?

—¿Qué? No. Al menos no en más de los que tengo normalmente. ¿Por qué?

—Hay una mujer, o una chica, o quien sea, que no deja de llamar preguntando por ti. ¿Le debes dinero a alguien? Ya... ya sé lo que te dijo papá, pero si necesitas dinero, tengo...

—Nan, estoy bien. No le debo nada a nadie, solo un puñado de disculpas. No te agobies o tu nota media se verá afectada.

Se le encienden las mejillas al oír mis últimas palabras.

—He... he mandado las solicitudes para la Universidad. Si recibo respuesta pronto, no me pasaré todo el curso histérica. Y...

—Nano...

—Para ti es muy fácil, Tim, pero a mí me cuesta mucho concentrarme... —Su voz suena rota. Parpadea continuamente, tiene los hombros encorvados y me mira con esa expresión suya.

—No. No. —Sacudo la cabeza.

Se queda un segundo callada y entonces me responde:

—De acuerdo, muy bien. Y... ¿dónde duermes?

Señalo la puerta de la habitación.

—Como en tu casa. Las chicas borrachas y desnudas están en la ducha, así que no te preocupes.

—Capullo. Tendré que hacerte la cama, porque estoy segura de que no tienes ni idea. Puedes ver cómo la hago y...

—Eh, después me haces la prueba, ¿de acuerdo? Ahora paso, voy a darme una ducha.

—De acuerdo. Cuidado con las chicas desnudas. Parece que cuando están mojadas son escurridizas.

Me río. Nano es un grano en el culo y yo me comporto como un imbécil con ella el noventa por ciento de las veces y, aun así, me quiere. Se ponía histérica cada vez que se me iba la pinza. Ojalá existiera un Alcohólicos Anónimos para los perfeccionistas porque la mandaría allí de una patada en el trasero.

Me devuelve la sonrisa porque me he reído con su comentario. Ya lo decía en el dichoso diario: «Querido Dios: hazme divertida como Tim, porque a la gente le gusta las personas divertidas y puede que así Mark Winthrop...»

La quiera.

—Nano, respecto a toda esa mierda del instituto —digo con el cuello rígido—, no puedo ayudarte más. Lo entiendes, ¿verdad?

Asiente con la mirada fija en el puf.

—Sobre el dinero para la universidad... Papá dice que seguramente me lo dé para ir a Columbia porque tú... —Se detiene y oigo los engranajes de su cerebro buscando la forma de decírmelo. «Porque tú...»

Eres el chico con más probabilidades.

Error. Todo.

Alice

Ahí está otra vez el capó plateado, reluciente bajo la luz de la farola de los Schmidt y brillante por la lluvia. El vehículo se detiene al otro lado de la manzana, como las otras tres veces desde que Brad me trajo a casa. Lo miro y da la vuelta, a pesar de que la calle está totalmente desierta. Aminoro el paso, con los brazos cruzados para resguardarme de la brisa húmeda. Miro las ventanas en penumbras del apartamento sobre el garaje y vislumbro la figura delgaducha de Tim y la de otra persona, una chica con el pelo recogido en una coleta que mueve ambas manos. Mientras los observo, el automóvil se acerca lentamente a la entrada de mi casa y se detiene en perpendicular detrás de mi Escarabajo y del Jetta de Tim. Apaga los faros.

Ya está bien. ¿Qué clase de rarito aparca en la entrada de una casa ajena? ¿Y quién espía una vivienda de este modo? No veo nada a través de las ventanas tintadas.

¿Serán traficantes? A lo mejor el inquilino del apartamento del garaje ha arrastrado su sospechoso pasado con él. O ha traído a algún adicto a la droga para montar una fiesta.

Bajo los escalones, me dirijo al vehículo y toco con fuerza en la ventanilla. Justo en ese momento me doy cuenta de la estupidez que estoy haciendo. No tengo ningún arma, ni gas pimienta, pero puede que estas personas sean vulnerables al poder del sable de luz de Harry, que brilla en la oscuridad, tirado sobre la hierba no muy lejos de mí.

El automóvil vuelve a arrancar y la ventanilla desciende lentamente. Delante de mí hay una muchacha de mi edad o más joven con el cabello largo y castaño y unos enormes ojos azules enmarcados por unas pestañas espesas. No parpadea, a pesar del resplandor de los faros delanteros del vehículo.

—¿Estás buscando a alguien?

Se sobresalta un poco al oír mi voz. Sus dedos, cuyas uñas tienen un esmalte rosa oscuro desconchado, se aferran con fuerza al volante en la posición de las diez y diez.

—Sí. No. Vaya... yo... —tartamudea—. Yo... Yo...

—¿Te has perdido?

Suelta una carcajada.

—Tienes razón. No te preocupes. Ya encontraré el camino.

Sube la ventanilla y retrocede tan despacio como ha entrado.

CAPÍTULO 9

Alice

—Tenemos que hablar —expongo antes de que me abra la puerta.

Tim me mira con los ojos entrecerrados, da un paso atrás y echa un vistazo por encima de mi cabeza, como si esperara ver a unos matones detrás de mí.

—La frase más aterradora del universo. —Lleva puesto un pantalón de pijama a rayas holgado y tiene el cepillo de dientes en una mano y la pasta en otra.

—Déjame entrar —exijo, esta vez más fuerte.

—Por mis barbas que no, pareces una psicópata. —Me mira la camiseta, húmeda por la lluvia—. Y tu pecho no para de subir y bajar, ¿estás jadeando?

—Tim, ya basta. No he venido aquí para esto.

Levanta las manos, todavía con la pasta y el cepillo entre sus dedos, y se aparta a un lado. Paso junto a él y me dirijo al centro del salón. De mi salón. Ha marcado su territorio. Hay una caja de cereales abierta y un cartón de zumo de naranja vacío en la encimera, junto a una billetera de cuero y un puñado de facturas arrugadas. En un rincón tiene calcetines y camisetas arrugadas y hay más ropa en el sofá. El fregadero está lleno de platos y al lado de la televisión están su iPod, una maraña de cables y una videoconsola.

En el puf descansa una rebeca de color lavanda.

—Antes que nada, ¿dónde está la chica?

Nunca había visto a Tim tan lento de reflejos, excepto cuando estaba bebido.

—Eh... ¿te refieres...? —Parpadea—. ¿Qué chica?

—¿Es que hay más de una? Mira... no puedes hacer esto. Necesito este lugar y lo siento si estaba en tus planes utilizarlo para tus reuniones, tus citas o lo que sea. Me da igual lo que le dijeras a Jase que ibas a pagar, no tenía derecho a ofrecerte este apartamento.

Suelta el cepillo y la pasta de dientes en la encimera, toma un paquete de Marlboro, un mechero, saca un cigarrillo y lo enciende, todo en un par de segundos.

Frunzo el ceño. Está fumando en mi apartamento.

—Lo siento, ¿dónde he dejado mis modales? ¿Quieres uno? —me pregunta con el cigarrillo entre sus labios.

Se abre la puerta del dormitorio y de ella sale...

Nan. La hermana gemela e histérica de Tim.

—Bueno. —Enrosca un mechón de pelo en un dedo mientras apaga la luz, de espaldas a nosotros—. Le aseguraré a mamá que he cumplido con mi cometido. ¿Querría también que te arropara? Se me ha olvidado traer a Pierre el osito, pero puedo... —Da un traspié y se detiene de golpe—. Oh, hola, Alice.

—Hola, Nan. —La sonrisa que esbozo es breve pero sincera. Ella me la devuelve dudosa. Esta muchacha es como uno de los animales de Jase a los que su anterior dueño trató mal.

—Podemos saltarnos lo de arroparme —le indica Tim—. Dale las gracias por las sábanas y las toallas, pero cuando papá no esté cerca. Supuestamente debería estar durmiendo sobre unos periódicos en una alcantarilla.

Nan se muerde una uña rosa y tira de la cutícula con fuerza. Las mías casi se ponen a sangrar en señal de apoyo. Se le forma una arruga vertical en el entrecejo, exactamente igual que a Tim, mientras me examina. Toma la rebeca y nos mira a su hermano y a mí alternativamente, pero no se mueve del sitio... hasta que Tim coloca una mano en su espalda y la conduce hasta la puerta.

—Muy bien, santurrona, será mejor que te vayas. No creo que Alice quiera testigos para su homicidio.

Cuando la puerta se cierra tras ella, me hace un gesto como para indicarme que desembuche.

—Quieres que me vaya a la mierda, ¿verdad, Alice? —señala antes de darme tiempo a decir una palabra—. Parece que esto se extiende como un virus. El instituto, el trabajo, mi familia... ¿debería llevar las cuentas? Podemos poner una lista en el frigorífico.

En su tono no hay señal alguna de que esté bromeando. Su voz es dura, sarcástica, y me sienta como una bofetada. No lo había oído hablar así desde que dejó de beber. Me observa, su mirada me recorre desde el rostro hasta los puños y vuelve a mi cara. Se da la vuelta.

—Joder, Alice, lo siento. Iba a mudarme con mi amigo Connell, pero ha recaído, así que imposible. Jase me dijo... no sabía que pensabas quedarte aquí. Debería haberlo imaginado. No te preocupes, soy rápido empaquetando. —Me sonríe del modo en que lo haría cualquiera de mis hermanos pequeños tras rasparse una rodilla: «estoy bien, no me duele».

Se pone a recoger las facturas arrugadas de la encimera y las va metiendo en la billetera, concentrado al máximo en lo que está haciendo.

—¿A dónde vas a ir? ¿Vas a regresar a tu casa?

—No es problema tuyo, ardiente Alice.

Le miro a la cara, pero la tiene girada y lo poco que veo no me da ninguna pista de lo que puede estar pensando. Termina de introducir las cosas en la billetera y va a metérsela en el bolsillo trasero, pero se da cuenta de que lleva los pantalones del pijama y estos no tienen bolsillos.

—¿Por qué estás aquí exactamente, Tim?

Se encoge de hombros y me rodea para alcanzar una caja de cartón vacía que hay en el suelo. Echa dentro la billetera, las camisetas y los calcetines, como si asumiera que voy a darle la patada justo ahora, en una noche lluviosa y con este viento.

Ni siquiera yo soy tan mala.

Justo en ese momento lo entiendo todo y es como si la realidad me propinara una bofetada. Sus padres están en esa lista de gente que lo manda a la mierda, sus propios padres lo han echado de su casa.

Cuando Tim me mira, para mi asombro, se ruboriza.

—¿Qué? —me pregunta con los brazos cruzados.

—¿Cómo...? —empiezo, pero no sé cómo acabar la frase—. No importa. Voy a hacer té y me vas a contar lo que ha pasado.

—¿O qué? Puede que la otra opción me guste más. ¿Me vas a dar un azote? ¿O me vas a torturar con agua? Puedo ir abriendo el grifo de la ducha.

Por suerte hay té, pero no tetera. Echo agua en una cacerola y cruzo los dedos por que haya tazas. Ah, sí, esas tan feas negras y amarillas de Planet Fitness. Joel sí que tiene clase. Me acerco al frigorífico para comprobar si queda leche y me encuentro una lista en la puerta. Una muy larga, llena de colores y garabatos escritos a mano.

«Tim Mason: el chico con más probabilidades...

De convertirse en candidato a un trasplante de hígado.

De dar con el mueble bar con los ojos vendados.

De estrellar su automóvil contra una casa.»

Sigo bajando por la lista.

—Pásame el azúcar —digo—. Y después me cuentas el resto.

—No creo que haya azúcar. Ya veo que es inútil que intente resistirme. No hay gran cosa que contar. Resulta que... Mis padres, bueno, mi padre... Dejar el trabajo con la senadora ha sido la gota que ha colmado el vaso. Vergonzoso. Que si Grace Reed es amiga de la familia, que si blablablá. No quiere saber nada de mí. A la calle y que no me preocupe por ir a cenar el domingo, aunque eso sí que es una ventaja. Tengo cuatro meses para arreglar las cosas o me negará el dinero para la universidad y quizá me tache también del árbol genealógico. Fin de la historia.

—Seguramente no lo dijo en serio... Es tu padre.

Me siento fatal.

Tim baja la mirada y se observa los dedos; alza las cejas como si le sorprendiera no encontrar un cigarrillo entre ellos.

—Mi padre es un hombre serio. —Su voz gana intensidad—. «Es hora de que te comportes como un hombre, Tim.» Debería haber leído la letra pequeña al dejar el trabajo con Gracie. Y por eso estoy aquí. —Señala el apartamento—. Pero bueno, no me ha quitado el vehículo ni me ha retirado el dinero. —La sonrisa que sigue a sus palabras es forzada, no como la que suele esbozar, amplia y pícara—. En su defensa diré que me ofreció una copa antes de partir.

Aspiro profundamente y vuelve a ruborizarse. Se pasa las manos por el pelo y se despeina algunos mechones. Me vuelvo de nuevo hacia el armario para buscar azúcar, pero no hay suerte.

—Te vas a tener que conformar sin azúcar.

—Aquí es cuando yo te digo que tú eres lo suficientemente dulce, ¿no?

—Ni se te ocurra. Muévete, que no quiero quemarte. —Vierto el líquido hirviendo en una taza, después en la otra y asiento en dirección al sofá—. Sigue hablando.

—Aparte de que Ilsa, la loba de las SS, está cañón, no tengo nada más que decir. Seguramente sea temporal. Si a mi padre le parece vergonzoso que no trabaje para la senadora Grace, imagínate qué le va a parecer que merodee por su casa con una taza de latón. —Se deja caer en el sofá, pero deja la taza donde está—. ¿Podemos hablar de otra cosa? De ti y tu interminable colección de biquinis. O de tu bronceado. Me he dado cuenta de que no tienes marcas, ¿quieres mostrármelo?

Tomo las dos tazas y dejo una delante de él.

—Quédate, puedo esperar. Es lo justo, Jase ni siquiera sabía que yo quería quedarme aquí. Cuatro meses no es nada, puedes quedarte ese tiempo y después... —Me quedo callada.

¿Después qué?

Unos afligidos ojos grises me miran durante un buen rato. Suspira y niega con la cabeza.

—No, buscaré otro sitio. Te lo mereces, te lo has ganado.

Como si una casa fuera algo que tuvieras que ganarte con diecisiete años. Es un crío, no un hombre, pero conozco esa expresión con la barbilla alta, significa «saldré de esta, no te preocupes, ya me las arreglaré. Me voy, no tengo nada que hacer aquí». La reconozco en mí, es la misma que yo uso. Reproduzco en mi mente el resto de líneas de esa lista:

«Tim Mason: el chico con más probabilidades de...

Olvidar su propio nombre antes que nosotros.

Rechazar a la más buenorra del mundo por una cerveza fría.

Estar a dos metros bajo tierra antes de nuestra quinta reunión.»

«No sigas por ahí, Tim. Es una pérdida de tiempo.»

—Te lo repito —digo en voz alta—: quédate.

Silencio.

—Quiero que te quedes —añado. Noto que las mejillas me arden. Se desplaza un poco en el sofá y soy muy consciente de su cercanía, del olor a jabón y champú, del calor que irradia su cuerpo

—Por favor, quédate.

Mis palabras inundan el silencio y en ese momento algo cambia entre nosotros. Tim endereza los hombros. Está muy quieto, pero no es que se esté haciendo el duro, no, es más... que está alerta.

—¿De verdad? Bueno, pues me quedaré... —responde con cautela—. Si me lo pides así...

—Pero habrá normas.

—Siempre las hay —replica con rapidez—. Espero que sean muy claras.

«¿Como las que hay en el frigorífico?», pero esto no lo digo en voz alta.

—No es que vaya a seguirlas, pero...

—Se acabaron los cigarrillos. No quiero que quemes esto, y si algún día este apartamento es mío no quiero que huela a bar.

Se levanta del sofá y va a tirar el paquete de Marlboro al cubo de la basura que hay bajo el fregadero. Anuda la bolsa y la deja junto a la puerta. Vuelve a sentarse a mi lado, junta las manos tras la nuca y se estira.

—Lo siento. Estoy intentando dejarlo. Ya tiré un paquete entero... pero compré este por un impulso. Estoy intentando controlar mis impulsos, son una mierda.

Su mirada examina mi rostro, mis labios y después vuelve a mis ojos.

Fuera está lloviendo, el agua repiquetea en las ventanas y el viento sopla fuerte y constante. Aquí dentro se está bien, aunque hace un poco de calor.

Sé muy bien que Tim no es uno de mis hermanos, por muchas normas que intente imponer. Vuelve a mirarme los labios y oigo el sonido de un suspiro. ¿Ha sido él o yo?

Me levanto de golpe.

—Tengo que irme.

—Te acompaño. —Se pone en pie, alcanza la bolsa verde de basura y camina delante de mí—. Este es un vecindario peligroso. Hay un mapache del tamaño de un puma detrás del cobertizo.

Echamos la basura en un pequeño contenedor que hay cerca de los escalones de entrada a casa. Cuando llegamos, Tim arroja la bolsa.

—No le cuentes a Jase lo de... lo de mis padres, ¿de acuerdo? —Su voz suena ahogada—. Uno tiene su orgullo.

Subo los escalones de espaldas, forzando una sonrisa.

—Claro que no. No soy de las que se enrollan y van contando la vida de...

—Un momento, ¿me he perdido la parte en la que nos enrollamos? Espera, vamos a rebobinar. Prometo no resistirme. —Se aparta de delante de mí, sonriendo y levanta las manos en señal de rendición—. Te aprovecharías de mí y yo te dejaría.

Me río y niego con la cabeza; entrecierro los ojos cuando las luces de unos faros enfocan a Tim. Un automóvil retrocede lentamente por el jardín.

CAPÍTULO 10

Alice

—¡Me quedan dos segundos para perder el equilibrio y caerme! —grita Andy, que está haciendo el pino con las piernas apoyadas en la verja del lateral del jardín, bamboleándose de manera descontrolada.

—Tú puedes —la anima Samantha, que está en la misma postura, casi sin aliento—. Saber esto va a ser muy beneficioso para ti, te lo aseguro. Si puedes hacer el pino, lo tienes todo ganado, ¿a que sí, Alice?

—Es lo más importante en gimnasia —respondo. Andy y yo compartimos habitación, baño y la mitad de mi vestuario. Quiero a mi hermana, pero gracias a Dios que Sam la está ayudando a entrenar para la prueba del grupo de gimnasia.

Jase trabaja en su Mustang; mamá supervisa a Duff y Harry, que están lavando el automóvil, aunque sobre todo lo que hacen es echarse agua el uno al otro y tirarse esponjas; George, que está pintando en la carretera, no para de saltar encima del dibujo, una y otra vez; Patsy me saluda desde la piscina infantil.

—¡Ayiss! ¡Yo, Ayiss!

Como de costumbre, la entrada y el jardín están atestados de objetos. Normal con tanta gente. Brad acaba de aparcar al lado del Mustang y mira alrededor, inquieto. Le aterra el jardín. Diría

71

que le preocupa pasar por encima de alguno de mis hermanos, pero también podría ser que tema el destrozo que el cochecito de juguete de Patsy pueda hacerle a su adorado Taurus. Me acomodo en el asiento del copiloto y Brad me da un beso húmedo en la mejilla y un abrazo.

Por la ventanilla veo cómo Harry nos apunta con la manguera, pero mi madre, veloz como un rayo, la tira al suelo y le da una patada.

—No eches agua a la gente, a menos que quieran, Harry. George, cariño, me parece que eso solo funciona cuando está Mary Poppins.

George vuelve a saltar sobre el dibujo pintado con tiza de lo que creo que es una palmera y una tortuga.

—Pues mándale un mensaje, mami.

—Mary Poppins no usa teléfono móvil.

—¿Nos vamos, Ally? Podemos quedar con Wally y nos cocinas unos macarrones con queso. He guardado la pantalla en la que nos hemos quedado de *Annihilation 7: La venganza de los osos*. Voy a darle una paliza a Wally y limpiar el suelo con su pellejo.

Me vuelvo hacia él.

—Brad, he estado pensando y...

Jase me mira con las cejas alzadas. Ya me ha visto hacer esto antes.

—¡Mami! —ruge Harry— ¡Patsy quiere morderme!

—¡Y ha pasado por encima de mi dibujo de la isla y lo ha destrozado! —añade George, señalando a Patsy, que persigue a Harry enseñando sus diminutos dientes y sacudiendo el pelo que tiene recogido en la coronilla.

Mi madre toma a Patsy en brazos y esta se revuelve.

—Yo tigre, mami. —Le ruge a Harry.

—Eres un tigre bueno —responde mi madre—. George, las olas parecen más reales ahora. Da un paso atrás y fíjate bien.

Patsy sigue fulminando con la mirada a Harry.

—Muerdo —le amenaza.

—¡Mamá!

—Un tigre tranquilo. —Mamá le da palmaditas en la espalda—. Simpático con sus amigos de la jungla. Harry, tú eres el elefante, la manguera es tu trompa. Te has dejado una parte en la ventana de atrás.

Brad se ríe entre dientes.

—Tu madre es estupenda.

Y continúa con comentarios del estilo, poniéndomelo aún más difícil. El vehículo de Tim aparece detrás del Mustang de Jase. No lo mete del todo en el jardín, una parte queda fuera, en la calle, para no tapar los dibujos de George. Sam lo saluda con la mano.

—¡Llego tarde a una reunión! —le grita él—. Vengo de correr. Voy a ducharme y me voy.

Pasa al lado del Taurus y se detiene.

—Hola, Alice.

—¿Qué llevas en los pies esta vez? —le pregunto.

—Dedos —contesta, sonriéndome. Levanta un pie y lo posa en la ventanilla bajada, moviendo los dedos. Tiene un corte en la uña del pulgar—. Bueno, dedos y sangre. Me he cortado con una concha marina, pero esta vez he hecho todo el recorrido hasta el muelle. ¿Ves?, como los de la Marina. No he parado de correr, a pesar del dolor, porque estoy lleno de testosterona.

Me controlo para no echarme a reír. Aparto la mirada y me centro en Samantha, que ya tiene los pies en el suelo y nos mira con una sonrisita. Jase, con una mancha de tierra en la nariz, frunce el ceño por algo relacionado con el limpiaparabrisas.

—Desinféctate eso —le sugiero a Tim— y ponle algo para que se mantenga limpio. Las heridas en los dedos de los pies son propensas a infectarse por todas las bacterias que hay ahí.

—Me encanta cuando hablas de cosas sucias. —En ese momento parece darse cuenta de la presencia de mi acompañante—. Hola, Brad.

—Eh, colega, ¿te importa? Estábamos hablando.

Tim retrocede y alza las manos de la misma forma que la otra noche bajo la lluvia. Siento un cosquilleo en el estómago.

Mientras sube los escalones, Andy se acerca a él, gritando:

—¡Tim! Tú eres un chico, ¿verdad?

—La última vez que lo comprobé sí.

—¿Puedo preguntarte algo que no puedo preguntar a mis hermanos?

—No —exclama Jase.

—Eh... lo siento, Andy, tengo prisa, llego tarde a una reunión —responde Tim, que mira a Jase antes de que la puerta del apartamento del garaje se cierre detrás de él.

—¿Qué me decías, Ally-Baba?

A agarrar al toro por los cuernos.

—Mírame, Brad.

Obedientemente, me mira a los ojos. Le ha dado un bocado a una de las barritas con tropecientas proteínas que siempre tiene en la guantera y está masticando. Harry y George han comenzado a jugar otra vez con la manguera y mi madre está comprobando el contenido de la parte trasera del pañal de Patsy. Jase ha levantado de golpe la cabeza y se la ha golpeado con el capó, así que Samantha, que se ha acercado a él, le acaricia la zona, musitándole algo. Andy está haciendo una inversión hacia atrás, pero no está lo suficientemente recta.

Con tanto caos y color alrededor, mi voz suena ahogada. Fría.

—Tu familia es la monda. Están locos, pero ya sabes... —se le apaga la voz.

Más de uno me ha comentado que romper conmigo significa también romper con mi familia, y que eso es lo más duro. Pero tengo que seguir adelante, no voy a echarme atrás. Soy dura, la que más.

Brad traga con fuerza, le da otro mordisco a la barrita y con la boca llena pregunta:

—¿Qué pasa, Ally?

—Brad, pues...

—Eh, Sam, ¿puedes sujetar el capó para que no se cierre? —le pide Jase—. La varilla sigue rota.

—Vamos adentro, chicos —comenta mi madre—. Duff, Harry, George... es la hora del baño y de comer. Andy, tú también. —Todos excepto George, que está saltando en los charcos que hay al lado de la manguera, la siguen. Jase sigue trabajando en su vehículo.

—Hemos llegado al final del camino —le explico rápidamente—. No podemos ir más lejos.

Brad parece desconcertado.

—Es la entrada a tu casa.

—Me refiero a nosotros. Como pareja... Esto no funciona.

—¿Qué? —exclama con el ceño fruncido—. No... Yo... No puede ser.

—¿Me pasas ese rotulador? Pero no dejes de sujetar el capó —le pide Jase a Sam.

—Siempre hemos sabido que esto era temporal. —He recitado estas líneas muchas veces ya. Soy una zorra, lo sé.

—Ah, ¿sí? ¿Por qué? —Arruga la frente y susurra—: ¿Qué pasa, Ally-nena? Salimos, nos enrollamos, hacemos ejercicio. Todo va bien. No lo entiendo.

Me suplica con sus ojos marrones. Jase frunce el ceño por algo que ve dentro del capó y Samantha también parece muy concentrada en el automóvil.

—Brad, nunca hablamos. Nunca... —«reímos». Las lágrimas empiezan a rodar por sus mejillas. Oh, Dios.

—¿Hablar? —repite con voz confusa—. ¿Sobre qué?

Nuestra conversación no va a llegar a ninguna parte, así que mejor que acabemos ya con esto. Poso la mano en su rodilla y le doy un apretón.

—Eres un buen chico.

—No —estalla de repente en voz alta—. No hagas eso, no me digas que soy un buen chico. Soy mejor que un buen chico, soy fantástico. Lo he dado todo por ti, siempre he estado a tu lado.

Es verdad.

Ha soportado conmigo un montón de horas desesperantes: me ha ayudado con los deberes, las tareas de casa y a cuidar de mis hermanos. Pero, por otra parte, yo también he aguantado mucho: he pasado tiempo con su compañero de habitación, he soportado su obsesión por el CrossFit, a la malvada abuela del Oeste y todos esos apodos que me pone.

—Es cierto, Brad, y por eso esto me resulta tan duro. —Mi voz es amable, pero no sirve de nada. Se ha puesto a sollozar, le tiemblan los hombros, las lágrimas corren por su rostro y no deja de sorber la nariz. Fijo la mirada en el apartamento del garaje—. Brad... —¿Cómo ha podido encariñarse tanto sin que me haya dado cuenta?

Esconde el rostro entre sus manos. Intento acariciarle el hombro, pero me aparta la mano.

—Vete. Sal de aquí, Alice.

Más lágrimas.

—Brad —susurro con impotencia—. Siento...

—No sientes nada —replica—. Ni siquiera sabes lo que son los sentimientos. Sal de mi automóvil.

Mis pies apenas acaban de tocar el asfalto cuando cierra la puerta, sale quemando rueda y avanza por la carretera, algo muy impropio de él. Jase cierra el capó y se limpia las manos llenas de grasa en un paño. Cuando el rugido del vehículo se ha apagado, el silencio se hace particularmente intenso.

—Bueno... podría haber ido mejor —dice mi hermano—. ¿No te cansas de esto, Al?

—¿Necesitas hablar? —me pregunta Sam casi a la vez.

Niego con la cabeza. ¿Debería haber sabido cómo se sentía? ¿No he sabido ver las señales?

—No...

Un momento. ¿No es ese que está parado en la carretera el mismo automóvil gris del otro día?

—Está equivocado sobre eso de los sentimientos. Solo estaba enfadado. Los hombres se comportan como unos capullos cuando su orgullo se ve afectado —intenta animarme Jase.

—Es culpa mía —respondo distraída—. Nunca ha sido un capullo.

—¿Quieres que le dé una paliza? —se ofrece—. Es grande, pero puedo contratar a un matón. Si el uniforme es chulo seguro que George se apunta.

—Y Tim estaría encantado de ayudar —añade Samantha.

El automóvil que nos acecha retrocede un poco y después avanza, como suele hacer Brad. ¿Será una de las jóvenes a las que Joel ha dejado tiradas? ¿Algo relacionado con la adicción de Tim? Sea lo que sea, no es mi problema.

Hablando del rey de Roma, me vuelvo al oír los pasos de Tim bajando los escalones del apartamento. Está silbando con la cabeza gacha, contando dinero.

—Vuelvo sobre las siete, ¿queréis...?

La tensión en el ambiente puede cortarse con un cuchillo. Nos mira a unos y otros alternativamente.

—¿Alice? ¿Sam? ¿Qué he hecho?

*   *   *

Cuando todos se han ido, me dejo caer en los escalones, al lado de George. Mi hermano me mira con la cabeza ladeada.

—Estaba llorando.

Suspiro y lo acojo en mi regazo, apoyando la barbilla en su cabeza. Su pelo lacio me hace cosquillas en la nariz cuando inhalo su olor a tiza, hierba y agua.

—Sí, ya lo sé.

—Nunca he visto a nadie tan grande llorar así. Es como cuando el León Cobarde llora.

Seguro que sí y supongo que eso me convierte en la Alice de Hojalata.

CAPÍTULO 11

Tim

La reunión de hoy es en el hospital en el que se encuentra ingresado el señor Garrett. Llego tarde y Dominic, mi padrino en Alcohólicos Anónimos, me mira con el ceño fruncido cuando me siento a su lado.

—No he podido evitarlo —murmuro.

—Pues evítalo la próxima vez —murmura él también.

Así es cómo Dominic se convirtió en mi padrino: me caló rápido. Casi tan rápido como el señor Garrett, que contaba con la ventaja de haber sido líder de mi tropa en los *Boy Scouts*.

El señor Garrett me aconsejó que viniera a Alcohólicos Anónimos y empezamos a hacerlo juntos, pero él a veces no podía asistir a las reuniones porque estaba trabajando o tenía que hacer algo con los niños. Yo seguía yendo esos días, pero me quedaba al lado de la puerta, sentado o de pie, y me iba pronto, algo que nunca hacía cuando él estaba.

Cada vez me iba antes. Después de cuatro o cinco veces, Dominic me agarró del borde de la camiseta al entrar en la sala y tiró de mí para que me sentara a su lado. Estábamos en el fondo de la sala, la parte más lejana de la puerta. Dominic es joven, delgado pero fuerte, de hombros anchos, manos enormes, piel bronceada y barba de dos días. Cuando ese día me levanté diez minutos antes de que acabara la reunión, extendió las piernas delante de mis pies, como si me hiciera una zancadilla.

—¿Qué es esto, una guardería? —dije en voz baja.

—Luego hablamos.

—No sabía que tuviéramos el asiento asignado —solté al acabar la reunión—. ¿Quieres también que te enseñe el carné de identidad? Menudo idiota.

Me miró con el rostro vacío de toda expresión.

—Me has pillado. Pero no te vayas tan pronto, idiota.

Mejor no engañar a Dom.

Más tarde descubrí algunos detalles sobre él: que tiene veintidós años, que se casó justo al terminar el instituto porque dejó embarazada a su novia en la noche del baile. «En el automóvil —especifica siempre—. Ni siquiera le compré unas flores.» Que su mujer lo dejó y se llevó al bebé cuando llevaban un año casados, que se pasó los seis meses siguientes tan borracho que ni siquiera recuerda si fue al trabajo o no, que lleva tres años limpio.

Así que aquí estamos, en la recta final de la reunión, tomados de las manos como si estuviéramos en la guardería. Hace unos meses, esto me hubiera parecido una estupidez, algo que haces cuando eres pequeño, cuando vas a cruzar la carretera con tu madre y esas cosas. ¿Quién sigue haciéndolo después de los diez años?

No obstante, en cierto modo me gusta estar aquí entre Dominic el duro y Jake el dócil, o más conocido como el entrenador Somers, que fue mi profesor de Educación Física en Hodges. Ahora me sonríe, algo que nunca hacía cuando estaba en el instituto. Allí era más de obligarme a tirarme al suelo a hacer cincuenta flexiones por mal comportamiento. Por aquel entonces lo consideraba un viejo idiota que no entendía a los adolescentes. Debe de tener veintitantos años. Ahora, sin embargo, cuando salgo a tomar café con Dominic, Jake me saluda, y eso me gusta.

* * *

Dom y yo nos encontramos en una cafetería donde sirven un café asqueroso pero una tarta buenísima. Estamos hablando de si debería comprarse una vieja camioneta con 160.000 kilómetros cuando de repente alza la mirada, levanta las cejas y me sonríe.

—Ahí hay un joven que tiene algún problema con alguno de los dos y diría que es contigo. Si las miradas matasen, estarías muerto y enterrado.

—Apuesto lo que sea a que es por alguna de las muchachas a las que he roto el corazón. ¿Dónde está?

—Claro, había olvidado que eras el gran Casanova. Tercera mesa a la izquierda. Estoy seguro de que ese saludo con el dedo es para ti. Tiene buena puntería, si tuviera un arma...

—No hay nadie que me odie tanto, a excepción de mi padre.

—Finjo que estoy desentumeciéndome el cuello para echar un rápido vistazo.

En efecto, tiene pinta de odiarme. Es Brad, el novio de Alice.

—¿Vas a ir a pedirle disculpas? —me pregunta—. Seguro que estará encantado de aceptarlas. Y, si no, solo te supera en unos... cuarenta o cuarenta y cinco kilos. A lo mejor se apiada de ti y te deja medio muerto en lugar de matarte y dejar un despojo sangriento en el suelo.

—Parece que te gusta pensar en diferentes modos de que me destrocen, Dom. Tú sí que eres un amigo.

—¿Qué es lo que has hecho? ¿Acostarte con su novia?

—Eh... ¿qué? ¡No! —exclamo en voz alta—. No —susurro.

—¿Te has ruborizado? —me pregunta con un tono divertido.

—No. Bueno... sigue contándome lo de la camioneta, ¿cómo, eh..., cómo funciona?

Dominic baja la mirada y presiona los labios con fuerza para ocultar una sonrisa.

—Sí, como si te importara mucho. —Da un sorbo al café—. Por cierto, ¿qué ha pasado con lo del Certificado de Equivalencia de Educación Secundaria?

Resulta que en Connecticut no puedes sacártelo hasta que tengas diecinueve años, a menos que en el instituto te hagan una carta en la que diga que has «abandonado», que no es exactamente lo que sucedió en Ellery.

Tomo con el dedo un poco de tarta de cereza y me lo lamo.

—Ah sí, ya me he ocupado. No estoy seguro de si está... bien. Los doce pasos de AA, ya sabes.

—No has falsificado nada, ¿no, Tim? Porque...

—¡No! Solo... me centré en usar algo que podía no funcionar. Con la secretaria del instituto.

Dominic levanta una ceja.

—¿El qué?

—Mi encanto.

Mi amigo resopla.

—La sedujiste, ¿eh? A lo mejor se lo ha contado a ese Sonrisitas de ahí.

Dios, Brad sigue mirándome como si le hubiera robado su chupete favorito.

—La señora Iszkiewicz siempre... —Me agacho un poco en el asiento—. Siempre ha pensado que soy mono. Me dijo que escribiría la carta y que se la daría al director para que la firmara. Dobson nunca presta atención a lo que firma, si no es un donativo.

—Venga ya, Tim.

—¿Crees que me pasé de la raya?

Dom toma otro sorbo de café.

—¿Tú qué crees?

—¿Cómo voy a conseguir lo que necesito si no es mintiendo?

—¿Te acabas de escuchar? —Se retrepa un poco en la silla y me mira a la cara.

Maldigo por lo bajo.

—Ya —continúa mi amigo—, pero recuerda que este lugar también tiene como objetivo que nosotros dejemos de ser unos manipuladores.

Brad se levanta para irse y, cuando pasa por nuestra mesa, golpea «accidentalmente» el respaldo de mi silla con su gigantesco muslo.

¿En serio?

¿Qué narices le ve Alice a este imbécil?

CAPÍTULO 12

Tim

Alice tiene las manos entrelazadas a la espalda y le cuelga un bolso del codo. Lleva un uniforme de hospital verde, tiene círculos oscuros bajo los ojos y huele a gel antibacteriano. Aun de esa guisa, sigue siendo capaz de acelerarme el pulso.

—Tengo algo para ti —me dice al pasar junto a mí.

—¿Alguna guarrada? ¿Nos incluye a ti, a mí y aceite corporal?

—Sigue soñando, colegial —me responde resoplando.

—Esos son mis mejores sueños, podríamos hacerlos realidad.

—Toma.

Me da lo que estaba escondiendo a la espalda, que resulta ser un paquete envuelto con papel azul brillante. Al pasarme la caja con tanto ímpetu, tengo que agarrarla rápido antes de que se caiga al suelo.

—¿Me has traído un regalo de bienvenida, Alice?

—Desenvuélvelo ya. —Se dirige al fregadero, que está atestado de platos, la mayoría con restos de cereales.

Abro el regalo y me encuentro una caja con el símbolo de Nike.

—¿Si me las pongo quiere decir que vamos en serio?

—Si te las pones cuando corras, no acabarás por los suelos.

Examino las zapatillas, que parecen de mi talla.

—¿Sabes mi número? —Miro la etiqueta. Sí, un cuarenta y siete y medio.

—Sueles dejar tus asquerosas chanclas de Big Foot en el borde de la piscina. Tus pies son un fenómeno de la naturaleza.

—¿Sabes lo que dicen de los pies grandes?

—Sí... calcetines grandes y apestosos. Déjalo ya, Tim. Si te interesa tu salud, aunque sea remotamente, deberías usar el equipamiento adecuado.

—Confía en mí, Alice, tengo el equipamiento adecuado.

—Por favor. —Suelta una carcajada—. Eres como uno de esos cachorros grandullones que no paran de restregarse con todo.

Se me borra la sonrisa del rostro. Se da la vuelta, con las manos apoyadas en las caderas, para supervisar la habitación.

—Eres todavía más guarro que Brad.

—Impresionante.

Eso quiere decir que ha estado en la habitación del idiota de Brad, lo que me sienta como una patada en el estómago. Aunque, por Dios, claro que ha estado; tiene diecinueve años.

Sigue dando vueltas por el apartamento, examinándolo todo, lo que me resulta bastante embarazoso bajo la luz del día. La última vez que estuvo aquí era de noche. Además del fregadero atestado de platos, tengo un pequeño montón de calzoncillos usados y pantalones en una esquina de la habitación y el pantalón con el que dormí anoche encima del sofá.

—Esto... —Señalo la caja de cereales antes de que descubra la tapa del inodoro levantada y un montón de toallas mojadas en el suelo del baño—. Te ofrecería cereales, pero solo tengo una cuchara y ya sé lo quisquillosa que eres con los gérmenes.

—He estudiado muchas formas de pillar gérmenes. Te he visto beber zumo de naranja del cartón, ¿por qué los hombres hacéis eso? Es repugnante.

—Porque cuando queremos algo, vamos a por ello. Si tenemos sed, necesitamos beber, así que bebemos. Encontrar un vaso limpio, lavar uno que está sucio y toda esa mierda... no. Somos simples. Queremos lo que necesitamos en este momento. O a lo mejor soy solo yo.

—Corta el rollo, Tim, por favor. —Su rostro está tan desprovisto de emoción como el mío. Pero, por supuesto, sigo con lo mío.

—Como en esa canción antigua: «la expeeeextación me hacee esperaaaar». Solo una mujer podría escribir eso, los hombres detestan la expectación. Por eso nosotros escribimos sobre la satisfacción, por eso nunca envolvemos regalos. Me he dado cuenta de que has envuelto el mío.

—Pensaba que era porque eres demasiado tacaño para comprar papel de envolver. O un inútil para encontrarlo en la tienda.

—También, pero, honestamente, si te esfuerzas por comprarle a alguien un regalo, algo que piensas que le va a gustar... ¿por qué esconderlo y hacer que trabaje para conseguirlo? Es una tontería.

Se ríe, aparta a un lado mis pantalones de pijama y se sienta en el sofá.

—No es una tontería. Demuestra... que esa persona te importa. —Se recoge el pelo en un moño, dejando a la vista su largo cuello.

—El regalo es la prueba de que te importa. Pero el papel demuestra que no te preocupa el medio ambiente como debiera. Como cuando te duchas solo. Realmente es un derroche innecesario de recursos.

—¿Alguna vez vamos a tener una conversación sin que te me insinúes, Tim Mason?

—Lo dudo. Queremos lo que queremos, ¿recuerdas? Somos simples, nena.

—Por favor, nada de nena, ni de muñeca.

—¿Prefieres Ally-cari? ¿Ally-o? ¿Ally-ams? Tomo nota.

—Tim, déjalo ya. —Su voz suena un poco molesta. Maldita sea, ¿tanto le importa Brad?

Rebusca dentro del bolso y saca algo.

—Tengo otro regalo para ti, y este no lo he envuelto. —Sostiene una cajita pequeña que parece de farmacia y me la acerca sin mirarme a la cara.

—Parches de nicotina... ¿en serio, Alice?

—Ya te dije que no puedes fumar aquí.

—Y yo te respondí que estoy intentando dejarlo.

—Ya lo sé. —Me hace un gesto para que me siente y se coloca la caja entre las rodillas. La abre con una mano. Cuando me siento a su lado, me sube la manga de la camiseta con sus dedos fríos—. Tienes que ponértelo en una parte del cuerpo que no tenga pelo. No es que seas muy peludo, solo tienes un poco en el pecho. —Sus dedos se detienen un segundo antes de continuar—. Pégatelo en el hombro o en la espalda. O en el costado. Pero ve cambiando el lugar porque la nicotina irrita la piel.

Me está tocando el brazo de un modo muy profesional, muy en el papel de la enfermera en que se está convirtiendo, y, maldita sea, es como si me estuviera desabrochando los pantalones.

Me aparto y me rasco el cuello, un gesto que no duele, pero que me marea un poco. Me toma el brazo y lo coloca sobre su vientre, lo afianza ahí y pega el parche.

—Cámbialo una vez al día y ponlos en lugares distintos. Úsalos de seis a ocho semanas.

—¿Tienes algún vicio oculto, Alice?, porque realmente pareces una experta.

—He leído las instrucciones, otra cosa que los hombres no suelen hacer. —Me da una palmada en el brazo, baja la manga y duda un segundo antes de mirarme a los ojos—. Es muy duro lo que estás haciendo, Tim. Dejar la bebida, las drogas. Vivir por tu cuenta. Y encima dejar el tabaco. Te admiro por ello.

Me quedo mirándola.

—¿En serio?

—Claro. Tengo diecinueve años y sigo en casa. Marcharse no es fácil. —Me toca el punto exacto donde ha pegado el parche—.

No obstante, no siempre tienes que tomar el camino difícil. A veces hay otros más sencillos.

Se me forma un nudo en la garganta. Alice es la última persona de la que esperaba... no sé.

Me tenso ante su mirada sincera. Alzo unos centímetros la mano y la acerco a su mejilla, pero enseguida la vuelvo a bajar, me la meto en el bolsillo del pantalón al levantarme y remuevo las monedas que tengo dentro.

Me inspecciona durante un segundo, como una institutriz con sus gafas. Se lame los labios y aparta la mirada al tiempo que se levanta, pasándose las manos por el uniforme.

—¿Qué te ha dado por los cereales esos? Solo te he visto comer de eso, además de *pizza*.

—Me gustan.

—Vives de ellos. Más que gustarte, es una obsesión.

—Y seguro que eso te pone de los nervios. —Para mantener ocupadas mis peligrosas manos, tomo un bol, saco la leche del frigorífico y la huelo para ver si está bien.

—La verdad es que no es bueno —me responde con un tono entre enfadado y ofendido.

¿Qué pasa? ¿Qué es lo que me he perdido?

—¿Todo esto es por unos cereales? ¿Qué te importa lo que coma?

—Estás muy delgado y pálido, Tim. Por tu aspecto parece que no duermes. Hay gente que se preocupa por ti. —Se coloca el bolso en el hombro—. Debería irme. Esta noche tengo que hacer de niñera.

Me interpongo entre ella y la puerta antes siquiera de darme cuenta de ello.

—Muy bien, Alice. Admito que hay gente que se preocupa por mí, pero mi propia familia no lo hace. Fuiste tú la que te molestaste en venir y salvarme el pellejo. ¿Estamos hablando de que la gente se preocupa... o de que tú te preocupas? —Las palabras salen presurosas de mis labios y se mezclan con el aire. Vuelvo a ser consciente de que Alice, con todas esas curvas, apenas me llega a los hombros. ¿Qué mide?, ¿un metro cincuenta y cinco?, ¿quizá uno sesenta?

Vuelve a ajustar el bolso a su hombro y baja la cabeza, visiblemente ruborizada.

—¿Y bien? —pregunto, porque no pienso dejarlo pasar.

Empieza a enumerar con los dedos.

—Eres el mejor amigo de mi hermano, aunque a veces me pregunto qué ha visto en ti. Eres menor de edad. Eres un desastre en potencia, o más bien un desastre a secas. Eres... —Suspira y cierra los ojos—. Mira, ha sido un día duro: tres clases, trabajo en la clínica. Podríamos... —Su voz se convierte en un murmullo, como si ni siquiera ella quisiera escuchar lo que va a decir—. ¿Podríamos quedar para cenar? Como si fuera... una cita de prueba.

Siento como si hubiera recibido una descarga eléctrica.

Una cita.

¿Con Alice Garrett?

Un momento, ¿una cita de prueba?

—¿Qué es lo que vamos a probar?

Me mira como si estuviera a punto de echarse a reír, pero no lo hace.

—Lo que estás pensando no. No me voy a acostar contigo.

—No me refería a eso, ni siquiera lo había pensado.

—Ya, claro. —Me da una palmadita en el hombro.

—De acuerdo, pero durante un milisegundo, un nanosegundo. Después he pensado en lo mucho que te respeto y que nunca...

Alice me pone la mano en la boca.

—Tim, cállate.

Cierro la boca.

—Vamos a probar eso de ir a cenar.

En ese momento me acuerdo de su novio de cien kilos, que al parecer me tiene manía.

—Un momento, ¿es una trampa? ¿Es que quieres que Brad me parta la cara?

Niega rápidamente con la cabeza, me aparta la mano del rostro y se la mete en el bolsillo del uniforme. El bolso se le escurre del hombro y acerco la mano para subírselo, pero en el último momento decido no hacerlo y me la vuelvo a meter en el bolsillo.

Alice duda un segundo antes de decirme:

—Esto no tiene nada que ver con Brad. Además, realmente a él no le importa.

—Entonces es que es más bobo de lo que pensaba. Me cuesta creérmelo.

—No es eso. —Su mirada se centra en mí un momento y la vuelve a apartar.

—¿No? Pues de acuerdo entonces. Iremos a cenar.

—Quedamos en Gary's Grill, en Barnet. Mañana por la tarde, a las seis y media.

Barnet está tres ciudades más allá de la nuestra. Se ve que Alice no está preparada para que la vean por el vecindario con un menor de edad que está en proceso de desintoxicación.

Le digo que nos vemos allí. Asiente, me regala una versión más discreta de su sonrisa *sexy* y sus labios me rozan la mejilla. Ese olor a Hawái. «Uf, Alice.»

—Nos vemos.

Como me he quedado sin palabras, simplemente asiento, y Alice la tímida se transforma de nuevo en Alice la indestructible y me señala con un dedo.

—Ni se te ocurra llegar tarde. Odio que los tipos hagan como si mi tiempo no valiese nada. Como si el tiempo no os importara mientras que yo espero sentada y el camarero me mira con pena.

—¿Sincronizamos nuestros relojes?

—Simplemente no me dejes tirada.

CAPÍTULO 13

Tim

Qué raro se me hace estar aquí, delante de Hodges, el primer centro de los tres a los que he asistido. Ya había venido antes para alguna entrega de premios de Nan, pero aun así encontrarme aquí hace que sienta un cosquilleo en el estómago. Es como si llevara puesto el viejo uniforme, con pantalones grises y polo blanco.

He venido a recoger a Samantha, porque me he ofrecido a acompañarla al apartamento al que se mudaron ella y su madre hace una semana. Este es el brillante plan de Gracie para alejarse de Jase y el resto de los Garrett, que vivían en la puerta de al lado: instalarse en otra zona de la ciudad. Ojos que no ven...

Mi amiga sale de las enormes puertas de la escuela, baja los escalones bordeados de unos enormes leones, me mira, levanta la mano y, a mitad de camino, la para un grupo de amigas. Se ríen y hacen gestos con las manos, todas con el mismo uniforme, pelo largo y lacio, pinta de estudiosas. Hodges podría utilizarlas para la portada de un folleto sobre el centro.

Sam no es así, pero encaja en ese perfil.

Justo después me fijo en mi hermana, que camina con la cabeza gacha, rebuscando en su mochila, como si quisiera encontrar el Arca de la Alianza ahí dentro. Se la ve tan concentrada que parece que va a chocar contra las otras muchachas, pero las rodea con mucho cuidado. Ahora lo pillo: ella sí las ve, pero no quiere que la vean a ella. Aunque Sam sí lo hace. Levanta la mano para saludarla, pero Nan continúa su camino, concentrada en hallar el tesoro de su mochila.

Mi hermana no es baja, medirá un metro setenta o algo así, pero desde aquí parece muy pequeña.

Le mando un mensaje.

Yo: ¿Estás bien?

Me imagino que mirará a su alrededor y me verá, apoyado en una magnolia a unos metros de la entrada, pero no lo hace.

Nan: ¿Por qué no iba a estarlo?

Me muerdo el labio y valoro si decirle o no que estoy aquí. Seguro que no le hace gracia que haya venido a recoger a Sam. Sabe que seguimos siendo amigos, pero...

Yo: Solo pregunto.

Nan: No es muy propio de ti.

Se ha parado y finge sentirse emocionada por los mensajes que está leyendo para que otros la vean.

Yo: Ya, estoy cambiando. Bueno, ya sabes dónde encontrarme si me necesitas, ¿verdad?

Nan: ¿Quién eres tú y qué has hecho con mi hermano?

Yo: Ja.

Nan: Bueno, tengo cosas que hacer. Me voy.

Claro, ese es el famoso «cosas» que todos usamos. Por Dios, Nan.

Mientras valoro si hacerle gestos para que me vea o no, Sam se me acerca a grandes zancadas, se da un golpecito en una oreja y después en la otra.

—Se me han olvidado los tapones y se me ha metido agua en los oídos. Me va a dar algo, quiero mejorar mis tiempos antes de las pruebas de la semana que viene. ¿Qué pasa? ¿Tú pidiéndome consejo, Tim? ¿Ha llegado el apocalipsis y no me he enterado?

Su tono es alegre, pero no su mirada.

—¿El apocalipsis? Venga ya, si yo no hago más que pedir.

—Tim, te conozco desde que teníamos cinco años. Pides dinero. Y excusas. Pero esto no.

—De acuerdo, entonces me llevo todo lo que tengas.

Tiro de su mochila y me la echo al hombro. Busco a Nan con la mirada, pero se ha perdido entre el resto de personas.

—Es por aquí. —Sam señala la carretera que sube a la colina, la cumbre de Stony Bay, la zona más glamurosa y rica de nuestra ciudad—. Así que una cita, ¿eh?

—No quiero cagarla, así que esfuérzate conmigo. Para empezar, ¿qué narices me pongo?

Samantha se ríe entre dientes.

—No te rías —le pido—. Ya sé que parezco un imbécil.

—Necesitas pasar la prueba del olfato —comenta, olisqueando el aire de forma exagerada, como un sabueso—. Y esa camiseta no la pasa. Y... —me da un golpecito en el hombro— si es mayor que tú, como has dicho, evita las camisetas con emblemas de escuelas. Y, por supuesto, nada de decir que es una asaltacunas.

—No es una asaltacunas.

Alice y yo nos llevamos poco más de un año, no es para tanto. Samantha me observa un segundo y continúa alegremente:

—Dúchate, llévala a un sitio sencillo, escúchala cuando hable, hazle preguntas, pero solo si de verdad te interesan las respuestas, no la interrumpas con anécdotas de la última vez que te emborrachaste.

—No voy a sacar el tema, no te preocupes.

Además, Alice estaba allí. Le vomité encima y ella se quitó la camiseta sin más. Tenía un sujetador negro de encaje con unos lacitos rojos... Es lo único que recuerdo perfectamente de esa noche.

—Te sorprendería saber cuántos lo hacen.

Mi amiga se encoge un poco cuando llegamos a una verja en la carretera con puertas de hierro forjado y carteles en los que pone: URBANIZACIÓN PRIVADA. NO PASAR. Menuda bienvenida.

—Hogar, dulce hogar desde hace una semana. El código es 1776.

—Lo siento, preciosa, debería haberte traído un regalo de bienvenida. Aunque sea un guiso.

—No hay nada que pueda hacer que este lugar parezca más acogedor. Al lado de este apartamento, nuestra antigua casa parecía alegre. Fíjate, estamos justo al lado del club de golf. —Señala un edificio bajo con un techo muy similar al de las casas típicas de Suiza, rodeado de un campo de golf salpicado de personas vestidas en colores pastel que golpean bolas. Parece una ciudad de jubilados.

—Vaya —exclamo sin saber qué más decir.

—Ya. —Samantha niega con la cabeza—. Ni siquiera he traído a Jase. ¿Has visto las calles? Carretera General Dwight D. Eisenhower, avenida Dama del Lago, calle Pettipaug. ¡Ni los nombres tienen sentido! Y fíjate en las casas. Podrías equivocarte y encontrarte de repente viviendo la vida de otra persona. —Hace un gesto con la mano en dirección a las filas y filas de casas idénticas.

—¿A qué hora salen los guapísimos maridos a la puerta con sus maletines a juego con la ropa que llevan?

—Y dejan a sus esposas rubias tomándose un tranquilizante, todas en el mismo segundo. Ni idea, solo llevamos aquí una semana, dame tiempo. Es aquí, la calle Bosque de lobas.

—¿Hay algún bosque? ¿O lobas? —pregunto con los ojos entornados. El paisaje es verde, todo está lleno de hierba y hay un lago que parece artificial.

—No, talaron todos los árboles para construir esto. Ya te mantendré informado sobre las lobas. Hemos llegado. —Señala una estrecha fila de setos—. Vivimos junto a la estatua de un soldado sin nombre de la Guerra de la Independencia.

—¿Tengo que dejarle flores? —pregunto al pasar junto a la estatua sonriente—. ¿O hacerle un saludo militar?

—¿Por qué tuvimos que mudarnos? —Suspira.

Sabe la respuesta a eso, así que lo único que le digo es:

—Ánimo, preciosa. El año que viene te vas a la universidad.

Gracie, la madre de Sam, está en el porche de la finca Clairemont plantando unas flores de un color naranja intenso en unas jardineras perfectamente alineadas.

Se sacude las rodillas cuando aparecemos, con la pala de jardinería en una mano, y cuando se da cuenta de que soy yo quien acompaña a Sam, sonríe, me saluda con la mano y vuelve a ponerse en cuclillas. Por razones que solo ella y Dios conocen, Grace persiste en la idea de que Jase es un delincuente y yo un ciudadano ejemplar.

—Una cosa más, pero es sin duda la más importante —me avisa Samantha tras mirarme unos segundos fijamente—. En la cita compórtate de un modo inteligente, sé divertido y dulce. Como eres tú.

—Estoy seguro de que yo no soy así.

—Sí lo eres. —Se deshace la trenza con los dedos y se sacude el pelo—. Si va a tener una cita contigo, es que seguramente ella también lo piensa. ¿La conozco?

—No.

—Vamos, Tim.

—No es nada serio, solo... —No tengo ni idea—. No sé.

No se lo traga, se le nota en la cara. No obstante, mi amiga sonríe, me quita la mochila del hombro y en su lugar coloca la mano.

—Dos cosas más que son cruciales. No te eches medio bote de desodorante por mucho que creas que es *sexy*. Apesta a desesperación. Te lo digo.

Hago un gesto imaginario al aire como si anotara mis palabras en un cuaderno.

—Hecho.

—Y no permitas que te rompa el corazón.

—Sammy-Sam, me parece que eso ya lo doy por hecho.

Alice

—¡Mirad cómo me pongo de pie! —chilla George.

—Eh, amigo, no puedes subirte en la silla de ruedas, vas a hacer que pierda mi trabajo —le regaña Brad, que maniobra con la habilidad de un buen auxiliar para sacar a mi padre de la habitación del hospital.

Nos dirigimos al área de rehabilitación del Maplewood. Joel arrastra la maleta llena de ropa que hemos traído para que mi padre pueda ir vestido de un modo medio normal, mamá carga con todos sus libros, Andy lleva un montón de dibujos de los pequeños que hemos despegado con cuidado de la pared, Duff tiene la videoconsola y los videojuegos y Harry se encarga de la caja de cartas, los palitos chinos, el dominó y los viejos juegos de mesa que trajimos para pasar el tiempo.

Yo llevo todos los documentos, muchos de los cuales mis padres desconocen.

De todos los auxiliares del Maplewood Memorial, tenían que enviar a Brad a hacer el traslado. Él no me hace ni caso ni yo a él, lo que es bastante extraño. Al menos se porta bien con los niños, y eso que George no deja de mirarlo de reojo, seguramente preocupado por que vuelvan las lágrimas.

Miro la hora. Aún me queda tiempo para llegar a casa y arreglarme para salir con Tim, siempre y cuando esto sea rápido, claro.

Dos horas y media más tarde, el doble de tiempo de lo que se suponía que íbamos a tardar, papá se encuentra en su habitación y todo está más o menos en orden. Mamá se va con los niños, Joel

98

se marcha a las clases de policía y yo me quedo colgando los cuadros en la pared, apilando los juegos de mesa y haciendo que la habitación parezca un poco más acogedora. Papá cierra los ojos, «solo un momento», justo cuando se van, pero enseguida se queda dormido.

Me siento al lado de la cama. Me encantaría tumbarme y apoyar la cabeza en su hombro. Anoche me quedé hasta tarde estudiando y George tuvo una pesadilla y se despertó gritando algo sobre la caldera del parque Yellowstone. Cuando le convencí de que no tenía que preocuparse de nada y al fin se quedó dormido en mi regazo, lo llevé a la cama y busqué información sobre esa caldera. Efectivamente, hay una.

Observo a mi padre: las arrugas provocadas por la preocupación suavizadas, una débil sonrisa, sus grandes manos sobre la sábana blanca del hospital. Me quedo sin aire en los pulmones un momento y en mi campo de visión aparecen unos puntitos negros.

Respiro profundamente. Otra vez. Los puntitos se dispersan y desaparecen.

No hay nada más que pueda hacer, así que decido empezar a arreglarme. Me he traído una muda de ropa para esta noche, solo por si acaso. No es que vaya a emperifollarme, para Tim no, pero llevo todo el día con esta camiseta negra y la falda, y Harry se puso a agitar con demasiada fuerza el cartón de zumo y...

Qué más da.

Me doy una ducha en el baño de la nueva habitación de papá, en el que la mayor parte del espacio está ocupado por un andador, un bastón de cuatro patas y una silla con urinario. Se me ha olvidado traer el neceser, así que tomo el diminuto jabón, el gel y el champú del hospital. Las toallas de estos sitios son ásperas y pequeñas, tengo que usar dos para secarme y aun así el vestido azul que llevo se queda un poco húmedo. No hay secador, así que dejo que el pelo se me seque al aire y se me rice. Cuando me miro al espejo, por fin me reconozco.

Oigo un sonido proveniente de la otra habitación, como un resoplido. Mi padre tiene la frente sudada y el rostro muy pálido.

—¿Papá?

—Al —se dirige a mí amablemente—, vuelve un poco más tarde, ¿de acuerdo?

—Ni hablar, ¿qué necesitas?

Voy a presionar el timbre de las enfermeras, pero él pone su mano sobre la mía.

—Nada, es solo que me han dado tranquilizantes y eso no me gusta.

Se mueve y el colchón de plástico cruje. Aspira aire con dificultad y lo suelta. Me quedo sin aliento.

—Cuenta del uno al diez —digo, intentando ser profesional.

—No soy tu paciente, fiera. Por suerte para los dos.

Sin previo aviso, se me llenan los ojos de lágrimas. No puedo llorar, yo nunca lloro y papá lo sabe. Estira el brazo y me da un apretón en el hombro.

—Eh, no lo decía en serio, ya lo sabes.

Intenta alcanzar el paquete de pañuelos, pero está fuera de su alcance y la estampa me estremece. Mi padre, que es capaz de todo, que siempre lo arregla todo.

—Estás guapísima, Alice —continúa—. ¿Tienes una cita?

—Nada importante —respondo notando mi rubor.

Me observa, pero no dice nada. Espera que sea yo quien le cuente más. Mamá y papá siempre actúan así.

—¿Cómo lo lleva Tim?

Esas dos preguntas no tienen relación alguna, solo trata de darme conversación, distraerme para que no llame a la enfermera ni le suelte un rollo sobre la medicación para el dolor.

La historia de cómo se conocieron mis padres es muy sabida en nuestra familia. Mamá nos la contaba tantas veces que hasta podíamos rellenar sus silencios. No obstante, cuando éramos pequeños siempre omitía una parte: ese encantador y perfecto Jack

Garrett arrastraba un lado oscuro. Estaba, como él siempre cuenta, «enfadado con el mundo entero» porque su madre murió un año antes de conocer a mamá y sus hermanos pequeños, mi tía Caroline y mi tío Jason, se quedaron en Virginia con sus abuelos mientras que su padre se lo llevó a él a Connecticut, solo, a pesar de tener ya dieciséis años y ser lo suficientemente mayor para trabajar. Mi padre tenía un problema con la bebida que empeoró y empeoró hasta que tuvo veintitantos años, cuando llegó a la conclusión de que podía seguir por ese camino o iniciar una vida con mi madre, así que dejó de beber.

Nunca he visto a mi padre tomar una gota de alcohol. Ni siquiera bebe refrescos, aunque es el primero en contar siempre que las plantaciones de café se mantienen gracias a su adicción a la cafeína.

La historia de Tim podría ser igual, o tal vez él tomara el otro camino.

—Bueno, ya sabes. Como siempre.

—Con ese muchacho no existe «como siempre» —replica riéndose.

* * *

Cuando salgo al vestíbulo, me rasco el cuello, cierro los ojos y me aparto el pelo de la cara. Estoy deseando ver a Tim. ¡A Tim! Como si se tratara de un baño caliente después de un largo y frío día.

Tomo el historial médico de mi padre del soporte que hay en la puerta, por fuera. Admisión normal, procedimientos esperados, el usual blablablá.

Y entonces...

Dios mío.

Madre del amor hermoso.

CAPÍTULO 14

Tim

Me pongo a hacer flexiones como alternativa al tabaco y me pregunto cuándo harán efecto los poderes mágicos del parche. De repente alguien llama a la puerta, pero lo hace tan suave que más bien parece un arañazo o un simple toque. Tengo los brazos estirados, temblorosos, y justo en ese momento exhalo una bocanada de aire y me derrumbo en el suelo.

Me limpio el sudor de la frente con el brazo. Llevo unos pantalones cortos de Ellery y un polo negro. Mis pintas no son las mejores para recibir visitas, pero aún me queda tiempo para arreglarme para la cita con Alice. Sea lo que sea lo que estemos probando con esta cita, pensar en ello me hace sonreír. Cuando abro la puerta, el rostro que me encuentro está tan fuera de lugar que tardo unos segundos en asimilarlo.

Enormes ojos azules, barbilla pequeña y puntiaguda, coleta pulcramente peinada. Se sentaba a mi izquierda en la asignatura de Escritores Ingleses de Occidente. Solía prestarme sus lápices perfectamente afilados y yo nunca se los devolvía.

—¿Tim? —pregunta, como si fuera su gemelo malvado.

—Hola, eh... Heather. —No tengo ni idea de cómo doy con ese nombre en mi subconsciente.

—Es Hester. ¿Puedo entrar?

«¿Qué?», pienso al mismo tiempo que le digo «claro» y abro más la puerta para que pase. Se sienta en el sofá y se mira los zapatos. Hester era inteligente y buena, así que no tenemos nada en común. ¿Qué hace aquí? Se alisa la falda de color caqui y se tira de la blusa blanca, el uniforme del instituto. «La ropa perfecta para controlar la natalidad», solíamos bromear los idiotas de mis amigos y yo. Todas esas chapas, los aros dorados en sus orejas, el pelo castaño recogido... Mierda, ¿es que es una testigo de Jehová o algo así? No tengo tiempo para esto. Tiene los dedos entrelazados y me observa.

—Tim... te fuiste de Ellery antes de que acabara el curso.

—Más bien me echaron a patadas.

Miro el reloj justo cuando cambia de 5:58 a 5:59. Me queda menos de media hora para la cita con Alice y se tarda quince minutos en llegar, a no ser que pongas las luces de emergencia o excedas el límite de velocidad.

Hester alza el rostro y me mira de frente.

—Antes de eso, fuiste a una fiesta en la piscina de Ward Akins.

¿Sí? Maldita sea, por aquel entonces estaba de pena, peor que nunca. Casi ni me acuerdo de mis últimos meses de clase, solo tengo algunos *flashes*. ¿Ward Akins? Es el capullo que estaba conmigo en el equipo de tenis. ¿He ido a alguna de sus fiestas? ¿A quién voy a engañar? Seguramente fuera a fiestas de todo el mundo. Pero ¿qué más da? ¿A quién le importa a qué fiestas fuera o no?

—Oye, ¿podemos vernos en otro momento? No quiero ser maleducado, pero ¿qué haces aquí?

—Ward es el hijastro de mi madrina —responde Hester, como si su historia familiar contestara a mi pregunta—. Es un miserable, pero, aun así, fui a esa fiesta porque... Bueno, no importa. —Se le ahoga la voz un segundo. Hace presión con los dedos y traga con fuerza—. Una casa grande... muy moderna, ventanas de cristal... piscina interior climatizada. Tienen una barra *tiki*... ¿algún recuerdo?

Ni de la barra me acuerdo.

—No, lo siento. No tengo ninguno.

Su rostro se llena de una mezcla de emociones que, un momento después, desaparecen. Se le suavizan los rasgos y me mira con los ojos, de un azul claro, entrecerrados, como si estuviera apuntándome con una pistola.

—Sí que tienes algo. Tienes un hijo.

CAPÍTULO 15

Tim

Hago lo peor que podría hacer en un momento así: reírme. Miro a Hester a los ojos, me siento a su lado en el sofá y me río. No puedo parar, levanto una mano, me llevo la otra al vientre y ella me mira como si fuera la mayor mierda con la que se ha topado, pero lo hace con los ojos llenos de lágrimas, así que intento controlarme y decir algo. Y, de nuevo, digo lo peor que podría decir:

—Me estás tomando el pelo, ¿verdad?

Se levanta poco a poco, tambaleándose, como si hubiera envejecido cincuenta años al oír mis palabras. Vuelve a alisarse la falda y se mete el pelo detrás de las orejas.

—No es una broma, lo siento.

Está a medio camino de la puerta cuando le pongo una mano en el hombro y la detengo.

—Hester, eso no es posible... no soy tan estúpido.

Estupendo. Cierra el pico ya.

—Lo fuiste —replica con los ojos brillantes—. Lo siento de nuevo. Estabas un poco borracho, para variar. Da igual.

—¿Que da igual? —repito incrédulo.

Hester rebusca en su bolso con movimientos ansiosos. Se golpea la frente con la palma de la mano, la lleva al bolsillo de la falda, saca algo y me lo da.

—Es horrible. No sabía que las fotografías de los hospitales fueran un timo. Te la hacen cuando estás atontada y de repente te encuentras con un montón de copias y una alfombrilla para el ratón por ochenta dólares. Ahora tiene mejor aspecto. —Me pasa una fotografía pequeña de un bebé con los ojos cerrados y expresión de enfado. Tiene el pelo rojo. Mi pelo. Cuando era pequeño siempre se me ponía de punta, justo como a él.

—Se llama Calvin.

¿En serio? Qué horror de nombre. Me quedo mirando la foto, sus ojos cerrados, su expresión desafiante. Busco algo que decir.

«Mierda.»

—¿Dónde está?

—En mi automóvil. —Hester toma la foto, la mete en el monedero y cierra el bolso con mucho cuidado—. Estaba dormido y pensé que sería mejor...

—¿Bromeas? ¡Hace como treinta grados! —Me precipito por los escalones del apartamento.

—¡Están las ventanas abiertas! —grita tras de mí.

Puede que las ventanas estén abiertas, pero el bebé está empapado en sudor y tiene el pelo rojo pegado a la frente. Está sentado en una de esas sillitas para automóvil, con las piernecitas arqueadas. Lleva una camiseta azul, un pañal y un sombrero hortera de marinero. Sus ojos, enmarcados por unas pestañas largas y oscuras como las mías, están fuertemente cerrados y tiene los labios fruncidos, como si estuviera soñando con un beso.

Me inclino e intento soltar la sillita, sudando como un cerdo. Hay dos botones rojos a cada lado y los presiono con fuerza. No sucede nada. Hester se adelanta y pienso que es para ayudarme, pero lo que hace es quitarle el sombrero.

—Aquí está —declara como si estuviera entonando un «tachán»—. Este es Calvin.

—Ya, ¿podemos ahorrarnos las presentaciones? —Estoy presionando y sacudiendo los botones—. Este niño necesita aire.

En realidad no lo sé, solo lo imagino. Si fuera un perro dentro de un vehículo, necesitaría aire. Yo lo necesitaría. Respiro con dificultad y estoy prácticamente dando golpes cuando por fin oigo el clic de la sillita que se suelta. Miro al niño. A mi hijo.

Espera, espera. No, esto no es real. Me despertaré y me daré cuenta de que todo ha sido un sueño. Al menos no estoy desnudo, aunque me siento más desnudo que si realmente lo estuviera, porque...

El pequeño me mira con sus ojos azules y la confusión dibujada en el rostro. Perfectamente podría estar mirando una de las fotos de nosotros de bebés que hay en la pared de nuestro salón. El mundo se ha quedado en silencio, solo oigo un débil zumbido. Voy a vomitar.

Porque...

Al mismo tiempo que pienso «no, no, ni hablar», hay una parte de mí que no se sorprende. En absoluto. Por supuesto, por supuesto que lo hice. Claro.

Los oídos me siguen zumbando cuando oigo que Hester vuelve a hablar:

—Quiero ir a la universidad la próxima primavera. Ahora me estoy tomando un descanso por Calvin, claro. Me han aceptado en Bryn Mawr, allí fue mi profesor preferido y es donde siempre he querido ir. Me tomé este tiempo para poder... ocuparme de él.

Sigo mirando al niño. Sus pestañas oscuras tiemblan y vuelve a cerrar los ojos.

—Mi abuelo, que es con quien vivo, me dijo que tenías derecho a saberlo —añade con la voz tan baja que parece un suspiro—; que merecías la oportunidad de comportarte como un hombre.

«Un hombre.» Mierda. Otra vez no. No quiero ser un hombre, ni siquiera soy bueno como adolescente.

Vuelve a abrir los ojos, azules como... algo azul. Me observa, al principio con la mirada desenfocada, pero entonces estira un puño en mi dirección.

—Levanta un dedo —indica Hester, y lo hago. Calvin golpea el puño contra mi dedo, como si fuera un luchador profesional, y luego abre su pequeña manita con forma de estrella de mar y me envuelve el dedo con ella. La tiene caliente y pegajosa, y me mira bizqueando.

—¿Quieres...? —Hester se aclara la garganta—. ¿Tenerlo en brazos?

«Maldita sea, no. Parece a punto de romperse.» Pero debería querer, ¿no?

—Claro, sí. Por supuesto.

Hester me observa, como si se preguntara si puede confiar en que no voy a romperle al niño. No debería, yo lo rompo todo.

Le quita el cinturón, le pone una mano detrás de la cabeza y la otra debajo del trasero, lo alza y me lo acerca.

Cubro con la mano toda su espalda. Está húmedo de lo que espero que sea sudor y huele a leche. Espero que empiece a gritar, Dios sabe que eso es lo que quiero, pero no lo hace. Se limita a mirarme con sus ojos azules.

—Está muy serio —digo, porque tengo que decir algo.

Tengo en brazos al bebé, a mi bebé, por primera vez y no siento ningún instinto natural, solo ganas de huir.

—Es muy pequeño para sonreír —me explica Hester con voz suave. Me concentro en subirle el calcetín, que está a punto de caérsele, por un pie del tamaño de mi pulgar—. Aprenden con un mes o dos.

Eso espero. Aunque, por otra parte, tal vez este niño no tenga muchos motivos para sonreír.

Nos quedamos junto al vehículo unos segundos, yo meciendo al bebé y Hester mirándonos a ambos. Lo único que puedo pensar es «¿Ahora qué? ¿Qué es lo que quiere?»

—¿Qué, eh..., qué te puedo ofrecer, Hes? —Me sorprende oír tal abreviación salir de mis labios, como si ellos la conocieran mejor que yo.

Baja la mirada y la centra en el asfalto de la entrada. El silencio se ve interrumpido por un rugido. De su barriga. Se ruboriza y se lleva la mano al vientre, como si pudiera acallarlo con ese gesto. O como si quedara algo, o alguien, ahí dentro.

—¿Puedo ofrecerte algo de comer? —Recuerdo vagamente que hay que comer mucho después de tener un bebé. ¿O es antes? ¿Le dará el pecho?

Le echo una miradita a las tetas. Parecen más o menos igual a como las recuerdo: pequeñas.

—Me encantaría —responde, al parecer sin darse cuenta de mi mirada—. Probablemente él también tenga hambre.

Miro la cara de Calvin, esperando todavía que se ponga a llorar, pero me está observando, aferrado con fuerza a mi dedo.

Hester toma lo que parece una maleta pequeña —¡Dios mío!— del asiento trasero del automóvil y sube los escalones dejándome atrás. Con Calvin. Y con lo que puede ser el paso previo a un ataque al corazón.

¿Ha venido para quedarse? Por favor, Señor, dime que no tengo que casarme con esta chica. La maleta no parece lo suficientemente grande como para llevar sus cosas y las de él, aunque las del bebé tal vez sean diminutas. A lo mejor es una experta haciendo maletas. Tiene toda la pinta.

Sostiene la puerta, como si me invitara a pasar a su casa. Pero, como tengo las manos ocupadas con el niño, puede que solo quiera ser útil. En cuanto entramos, le devuelvo al bebé tras apartar con cuidado su pequeña y sudada mano de mi dedo. Justo en ese momento suena el llanto que tanto estaba esperando.

Hester apoya el pequeño pero sólido peso de su hijo contra su hombro, alzándole antes la barbilla para acomodarlo con firmeza. Abre la maleta y saca algo.

Un biberón.

Eso responde a la pregunta sobre la lactancia. Dios, gracias. No podría enfrentarme a su pecho en este momento. Después saca una lata con leche para bebés y la abre. Por espeluznante que parezca, el sonido que produce al abrirse es muy similar al de una cerveza. Me muero por un trago.

—Vierte el contenido aquí y caliéntalo durante treinta segundos. —Hace un gesto hacia el microondas.

—Sí, claro. —Tomo el biberón y la lata, lleno el biberón y observo cómo se calienta en el microondas.

Me da un pequeño mareo y tengo que agarrarme a la encimera. Hace una hora estaba preocupado por la cita. Ahora estoy calentando leche para mi hijo. Alice... mierda.

Le echo un vistazo a Hester, sus labios pintados de rosa y la blusa blanca, inmaculada, sin arrugas y una talla pequeña. «Ni siquiera es mi tipo, por Dios.» Es delicada, frágil. Tiene ojos de cordero degollado. Alguien a quien podría hacer mucho daño.

Misión cumplida. El microondas pita y la mano me tiembla cuando lo abro. El niño sigue lloriqueando, aumentando de volumen poco a poco.

Cuando le paso el biberón a Hester, me mira con los ojos plenos de gratitud e introduce la tetina en la boca abierta de Calvin. El pequeño duda y aguanta la respiración, como si estuviera considerando si continuar llorando o aceptar el consuelo de la leche. Elige el consuelo.

Claro que lo hace, es mi hijo.

«Mi hijo.»

Cierro los ojos y, para evitar desmayarme justo ahora, me acuclillo junto a Hester y apoyo una mano en su rodilla. Ella la mira y me siento extraño, violento, y eso que he hecho algo más que tocarla por accidente. ¿Cómo puede ser posible? La recuerdo de clase. Y de buena clase social. Los ojos atentos, notas claras, nunca me miraba, ni siquiera cuando me prestaba los lápices. Ahora que estoy tan cerca de ella, compruebo que tiene marcas oscuras bajo los ojos y la coleta un poco despeinada. La Hester que recuerdo (vagamente) era una de esas muñecas que siempre iban perfectas.

112

Ahora tiene el vientre algo hinchado, flácido, y la blusa blanca tiene alguna que otra mancha amarillenta.

Yo hice esto. Yo marqué a esta joven, la cambié. Y ni siquiera recuerdo haberla tomado de la mano.

Me ahogo en mi propio pozo.

De acuerdo. Está aquí. Con su bebé. ¿Por qué ahora y qué viene después?

—Hester. —Las palabras me salen un poco entrecortadas, como si tuviera trece años—. Oye, me queda algo de *pizza*, zumo de naranja, leche. Tengo queso, cereales. Puedes tomar lo que quieras, o todo. Pero cuéntame por qué estás aquí exactamente. ¿Qué quieres de mí?

Me mira con sus enormes ojos azules, indescifrables.

—Aparte de complicarme la vida como ya has hecho —digo.

Para mi sorpresa, rompe a reír.

—Pobre Tim, estás aterrado.

Ahora me siento avergonzado, aunque al menos es un sentimiento familiar y más confortable que el pánico.

—Lo siento —me disculpo nueve meses más tarde. Calvin bebe y, mientras, agita los puños cerrados en el aire, como si estuviera luchando contra algún oponente invisible pero formidable.

—Me apetecería un poco de *pizza* —me dice Hester con una pequeña sonrisa en los labios.

De repente siento la necesidad de agradarla. Parece capaz de sobrellevar este encuentro lleno de sombras sin llorar ni apuntarme con un dedo acusador. Jesús, menudo año ha debido de pasar. Ellery no habrá sido un lugar fácil para una adolescente embarazada. Para una anoréxica seguro que sí. Y para una adicta a la cocaína. ¿Pero una embarazada? No, eso es propio de las que van a los colegios públicos.

Me levanto lentamente y miro a Calvin a la cara. Tiene los párpados tan pálidos que se le atisban pequeñas venas azules. También en las sienes y en la punta de las orejas.

—Claro. Marchando.

La *pizza* tiene ya varios días y bastante mal aspecto. Tengo que despegarla de la base de la caja de cartón. Meto dos porciones correosas y duras en el microondas y vierto zumo de naranja en una de las tazas del gimnasio de Joel.

No tengo servilletas, ni pañuelos, y ofrecerle papel higiénico no estaría muy bien, ¿no? Hester parece entender que no deje de moverme de manera frenética por la cocina.

—Tengo toallitas de bebé.

Me envaro. De algún modo, sus palabras me recuerdan el hecho de que tengo un bebé.

Dejo el plato frente a ella. El pequeño ha vaciado casi por completo el biberón y mueve arriba y abajo sus piernas delgaduchas al tiempo que traga. Cada vez que lo miro, me recorre un escalofrío, como si estuviera resfriado. No sé una mierda sobre bebés. Patsy es estupenda, pero ella es una persona de verdad ya, no una ameba.

—Ya sé que todo esto te ha sorprendido —indica Hester tras tomar un trozo de la asquerosa *pizza*—. Yo he tenido varios meses para asimilarlo, tú solo veinte minutos. Aprecio —hace una pausa y continúa— que no te hayas puesto a gritar ni te empeñes en que no es tuyo y todas esas cosas.

Me fijo en su pelo ondulado e igual de pelirrojo que el mío.

—Ya no soy ese chico.

Nada más decirlo me doy cuenta de que es la primera vez en años, tal vez en toda mi vida, que me refiero a cómo era antes y no es en el buen sentido.

Hester asiente.

—Ya lo sé. Bueno, eso espero. Por eso... estoy aquí. —Inclina más el biberón para que Calvin pueda beber lo que queda con facilidad.

Apoyo las manos en la encimera e intento repeler las visiones de un futuro casado con ella —con esta muchacha a la que no conozco—, criamos a un hijo al que no recuerdo haber concebido y vivimos en el apartamento del garaje de los Garrett. Toda la vida. Soy ese hombre que sale a trabajar en, no lo sé, el Hot Dog Haven otra vez o en Gas and Go, y se intenta convencer a sí mismo de que su vida no ha sido una pérdida de tiempo.

Hester mira a su alrededor y, como si me leyera el pensamiento, dice:

—¿Vives con alguien? ¿Tienes... novia?

—¿Por qué? —Mi voz parece más bien un ladrido. Hester se encoge un poco y Calvin deja de tragar un segundo, pero continúa enseguida, con los ojos en blanco de felicidad. Hester desplaza al bebé para hacer un gesto con la mano que abarca el apartamento—. Solo me pregunto por qué vives aquí ahora. Te fuiste de Ellery y... ¿has venido aquí?

—Es de un amigo. Solo necesitaba un lugar... para irme de casa, así que... —No puedo acabar la frase.

Hester asiente con un movimiento brusco de la barbilla.

—Es... —Mira a su alrededor, las paredes vacías llenas de agujeros de chinchetas, la estantería hecha de cartones de leche, la planta marchita junto a la puerta del baño, la canasta sobre la papelera en una esquina del salón—. Espacioso.

Ya veo que acostumbra a ser amable y decir cosas buenas de aquello que no lo es.

—Vamos, por favor, tengo que saberlo. ¿Qué quieres de mí?

Se remueve en el sofá y toma un trozo de peperoni de la *pizza*.

—Cuando nació Calvin, al ver por primera vez su cara, su pelo, supe que tenía que hablar contigo. Así que en cuanto estuve, ya sabes...

—¿En pie?

—Te ponen en pie justo después de dar a luz, Tim. Prácticamente después de cortar el cordón umbilical.

Qué asco. Menudo idiota soy, ha tenido un bebé, un parto, lo que posiblemente conlleve cosas peores y yo ni siquiera soy capaz de soportar que mencione detalles menores.

—Cuando vi su... cuando me di cuenta, empecé a pensar en cómo iba a dar contigo. Pregunté por ahí y me enteré de que estabas... ya sabes, mejor.

—Sobrio —aclaro.

Hester vuelve a ruborizarse.

—Como te he dicho, mi abuelo me dijo que merecías una oportunidad. Así que aquí estoy.

Me palpitan las sienes. Necesito fumar, o beber, o un pelotón de fusilamiento que me aniquile.

—Bien, claro. ¿Qué significa «una oportunidad» para ti?

Baja la voz y estira la camiseta sudada de Calvin.

—Espero... quiero volver al trabajo la semana que viene. Un campamento escolar en el que llevo unos años trabajando en verano y vacaciones. Me conocen y están encantados de tenerme de vuelta, incluso querían que me incorporara antes de que naciera. Pero aún no tiene una plaza en la guardería. Como te he dicho, he renunciado a la universidad, pero no puedo... encargarme de todo. Este niño me ha arruinado. Mi abuelo puede encargarse de él algunos días, me ha dicho que lo hará, para que pueda ocuparme de mis cosas. Pero... —Sus ojos son implorantes, grandes y azules.

Menuda mierda.

—No puede encargarse de él todo el tiempo, tiene que cuidar de mi abuela, que tiene Alzheimer. Está en una residencia, pero ella lo necesita. Además, tiene su trabajo en el hospital y yo tengo que volver a la normalidad. Había pensado que si sabías la verdad, podrías cuidar de él alguna tarde, o algún día, o varios. Conocer a tu hijo, ver qué tal congeniáis. Por supuesto, tengo planes de darlo.

¿Qué? ¿A mí? Yo no puedo con esto.

—¿Te refieres a darlo en adopción? —Por favor, Señor Todopoderoso, que se refiera a eso.

—Claro —responde con esa voz tranquila e inteligente que recuerdo vagamente de clase, como si solo hubiera una respuesta posible y ella la supiera.

Está concentrada en despegar otro trozo de peperoni de la porción de *pizza*. Todavía no se ha comido ninguno, solo los está apilando a un lado del plato. No sé por qué, pero lo metódica que es, colocándolos en perfecto orden, me toca las narices.

—¿Por qué has venido si ya has tomado una decisión, Hes? —El niño ladea la cabeza y cierra los ojos, aunque aún me parece que me está mirando. Bajo la voz, como si el pequeño entendiera cosas que no debería oír—. ¿Eres una sádica? ¿Por qué tengo que saber todo esto si ya está decidido?

—Mi abuelo me dijo que tenías que saberlo —repite—. Es lo correcto.

Cómo no. «Compórtate como un hombre.»

—Bien, ningún problema. Lo haré. —Acepta las cosas que no puedes cambiar, ¿no? Maldita sea.

Hester sonríe y entonces me fijo en lo que no había visto antes: ropa arrugada y manchada, cinco kilos más, piel pálida... pero cuando sonríe está muy guapa.

—¿En serio? Es estupendo, Tim. —Me ofrece la mano, como si hiciera negocios, y paso la mía por encima del niño para darle un apretón—. Había pensado que... podríamos quedar para almorzar mañana. Así tendrás tiempo para... asimilarlo.

«Claro, seguro que para entonces lo he digerido todo.»

—De acuerdo, me parece bien. Sí, está bien.

Parece tan agradecida como cuando le he ofrecido la *pizza*, igual que ante el hecho de que no me haya puesto a gritar.

—¿Quieres ir a algún sitio en especial? —me pregunta, como si se tratara de una cita.

Trato de pensar en un lugar adecuado. Nunca llevo a las chicas a ningún sitio que no sea una habitación desocupada de alguna fiesta. El sudor me perla la frente.

—Hay un restaurante en Riverton, Chez Nous —sigue—. Es pequeño y agradable. Tienen una tarta buenísima. Podemos quedar allí y hablar de los detalles.

¿Detalles? No soy capaz de asimilar la perspectiva general.

Asiento y, como si hubiera activado el piloto automático, abro la puerta para que pase y la acompaño hasta el automóvil, la observo mientras sienta a Calvin en su sillita y deja el bolso de los pañales en el asiento del copiloto, sonrío, asiento y doy un golpecito en el techo del automóvil a modo de despedida, porque soy incapaz de articular palabra.

Subo los escalones y me derrumbo en el superior; me restriego los ojos con el talón de las manos, como si pudiera de ese modo aliviar la presión en mi cerebro.

Entre la niebla, el pánico y las náuseas hay dos cosas que veo muy claras. Esto es una pesadilla.

¿Y la otra?

Acabo de dejar plantada a la chica de mis sueños.

CAPÍTULO 16

Alice

Lo primero que veo al llegar es a Tim inclinado sobre la ventanilla del asiento del conductor de un sedán gris, lo que desmiente mi teoría/excusa/esperanza de que no vino a la cita porque lo atropelló un camión o se vio obligado a marcharse debido a un apocalipsis zombi o cualquier otro desastre improbable.

Detesto la parte de mí que se siente aliviada al verlo aquí con unos pantalones cortos y el pelo demasiado largo arremolinado detrás de las orejas y la frente. Aparentemente está bien. Menudo capullo.

Se pone recto y da un golpecito en el techo del automóvil con aspecto tranquilo. Alza una mano para despedirse cuando el vehículo retrocede.

Ese vehículo. Esa joven.

Cuando el automóvil desaparece por la carretera, se deja caer en los escalones, se palmea el pecho, donde debería haber un bolsillo si su camiseta tuviera uno. Se rasca el hombro en el que le pegué el parche, agacha la cabeza y se pasa una mano por la frente, como si estuviera tomándose la temperatura.

Cierro con fuerza la puerta del Escarabajo, pero esta se vuelve a abrir. Está viejo y no se queda cerrado a menos que eches el seguro. Vuelvo a cerrarla, esta vez con más fuerza.

Tim no reacciona, sigue rascándose la zona del parche.

—Quítatelo —le digo, acercándome con las llaves del automóvil tintineando en una mano—. Ya puedes admitir que no sirve de nada.

Alza la cabeza y mira a través de mí. Tiene la mirada desenfocada y parece confundido. Suspira, pero no dice nada durante un momento.

—¿Eh?

—¿Dónde te has metido, Tim?

Se estremece, como si tuviera fiebre, y sigue mirando en la distancia. Tan solo hay color en sus mejillas, el resto de su rostro está completamente pálido.

—Tim.

Nada. Como si ni siquiera fuera consciente de que estoy aquí.

—¿Estás borracho? Perfecto. Buen trabajo, Tim.

Sacude la cabeza y se encorva, pero no me mira. Increíble. Me coloco delante de él, por una vez soy más alta.

—¿O es marihuana? ¿Pastillas? Dios, ¿quién era esa? ¿Tu traficante? ¿Ha merecido la pena haberme dejado tirada?

Me dispongo a marcharme, paso junto a él, pero en ese momento lleva una mano a mi pierna, justo por encima de la rodilla.

—No es... eso. Te lo juro.

Escondo los pulgares bajo los puños.

—¿Cuántas veces has jurado algo así?

—No... no te he dejado tirada a propósito. Ha pasado... algo.

Me quedo mirando la mano y maldice entre dientes; la aparta y se sienta sobre ella. La vuelve a sacar y se la lleva a los pantalones, a un agujero que tienen.

—¿Entonces qué? ¿Qué es eso tan malo? ¡Estabas haciéndolo muy bien!

—Sí, pero la he cagado.

Tiene ese tono ronco y apagado que emplean los hombres cuando quieren ocultar sus emociones. Sus ojos están fijos en la entrada al jardín, como si al mirar algo más cercano fuera a ponerse a llorar. Parece mucho más joven. Sigue toqueteando el desperfecto que tiene al lado del bolsillo y me descubro tomando su muñeca entre mis dedos y sacudiéndola suavemente.

—Era de esperar, ¿no, Alice? Quería ser alguien mejor —Me mira un momento—. Estás increíble. Dios.

Está claro que ha pasado algo serio, pero no logro entender qué y él no va a contármelo. Yo tengo a toda mi familia. Él, sin embargo, ni siquiera tiene eso.

Los pequeños han dejado las tizas tiradas en la hierba por enésima vez. Empiezo a recogerlas y a meterlas en el cubo.

—A veces se sufren recaídas. Si la gente las supera, tú puedes.

Su risa no suena como tal.

—Eso es lo que tú crees.

—Es la verdad. Pregúntale a mi padre. Él nunca ha tenido una, pero conoce a mucha gente que sí. Suele pasar.

—Alice, no estoy borracho. Estoy sobrio, aunque ojalá... —Se mete las manos en los bolsillos, saca las llaves del automóvil y me las da—. Toma, quédatelas. No me las devuelvas hasta mañana, aunque te suplique.

Tomo las llaves y me acerco a él. Huele a sudor, pero a nada más. Estiro el brazo, tomo su barbilla en mi mano y le vuelvo la cara para que me mire. Tiene el blanco de los ojos bien, no están vidriosos y las pupilas son normales. Está pálido, pero está bien.

Al mirarlo, frunce el ceño.

—¿Quieres comprobar mi aliento, Alice? ¿Que camine en línea recta? ¿Registrarme?

Le suelto la barbilla.

—No seas sarcástico conmigo, perdiste el derecho a serlo mientras te esperaba.

—Entonces he perdido muchas cosas —murmura.

Abro la boca para preguntarle, pero coloca las manos en mis hombros y me mira a los ojos.

—Por favor, Alice.

—De acuerdo. De acuerdo, te creo. Pero me quedo tus llaves por el momento.

—Perfecto —responde al tiempo que se levanta con un movimiento rápido, sin perder el equilibrio.

—¿Tienes algún problema?

—Podríamos decir que sí. O también podríamos afirmar que soy bueno metiendo a otros en problemas.

—Cuéntamelo.

—No puedo, Alice. Ahora no. Solo... —Hace un movimiento con la mano—. Lo siento. Dejémoslo así. Y guárdate las llaves. No voy a irme a ninguna parte, confía en mí.

CAPÍTULO 17

Tim

Guardo la información para mí, como si fuera un sucio secreto.

«Estás tan enfermo como tus secretos» es el lema de Alcohólicos Anónimos y ahora yo me aferro al mío.

Mi carné de identidad falso fue un regalo del traficante de un amigo por mi decimoquinto cumpleaños. Se le daba bien hacer su trabajo, pues nunca me han mirado de forma sospechosa cuando lo he mostrado. Que sea tan alto es una ventaja.

No tengo las llaves del automóvil, eso está bien.

Se me ocurre asistir a una reunión, pero no confío en mis pies. Como Dominic no ha respondido a mi llamada, termino dirigiéndome a la ciudad, al puerto deportivo, y observo los barcos alineados. Encuentro el Cuddy amarrado, balanceándose y chocando contra el muelle de madera. Dom no está, aunque veo su teléfono sobre un impermeable amarillo con el que hago una bola para apoyar mi cabeza sobre él.

Ya volverá. Lo esperaré.

* * *

Me quedo dormido muy rápido, como si me hubiera desmayado. Cuando abro los ojos, pegajosos por el rocío, son más de las diez.

Las tiendas de licores están cerradas, así que estoy a salvo. No obstante, esta sensación, la picazón que siento en la piel... no significa que esté a salvo.

He dejado plantada a Alice, le he dado las llaves... y estoy enfadado con ella por pensar que he recaído, pero, al mismo tiempo, me muero por hacer exactamente eso, emborracharme.

Ese vestido azul. Estaba impresionante.

Esto es lo que debería hacer: asistir a una reunión *on line*, pues a estas horas ya no celebran ninguna; quedar con gente segura, con el señor Garrett, por ejemplo. Ya ha terminado el horario de visita en el hospital, pero podría colarme, robar un uniforme...

Y esto es lo que hago: rebuscar en mi billetera el carné falso, sacar cuarenta dólares en el cajero automático del banco de mi padre y dirigirme al Dark and Stormy, el único bar que hay en el centro de la ciudad. Me quedo mirando la horrorosa mujer pirata de madera que hay sobre la puerta del local.

Es tarde, pero el D&S está abierto. A los turistas les encanta este lugar y Stony Bay suele estar muy concurrida al final del verano, cuando es la temporada de rebajas en la ciudad. Las camareras de la barra son todas mujeres y están disfrazadas de piratas con un escote generoso. Los pobres camareros que atienden las mesas visten de marineros franceses con camisetas a rayas y bermudas. Adivina quién consigue más propinas.

Me adentro en el local a grandes zancadas. Dos minutos más tarde, abriéndome camino entre la multitud de gente con sombreros, me apoyo en la gruesa barra de madera y observo los estantes de cristal iluminados: el ámbar del *whisky*, el amarillo del vino blanco, el azul tropical del *curaçao*. Preciosos. Cuántos problemas detrás de tanta belleza. Inhalo el aroma a madera, al sudor de tantos cuerpos apiñados y el olor químico de las bebidas. Me convenzo a mí mismo de que eso es lo único que haré y que después me iré. Funcionará. O a lo mejor me siento y pido algo... No me lo voy a beber, solo voy a olerlo y después me iré. Sano y salvo.

Qué sencillo.

Porque... porque que me haya convertido en padre no quiere decir que sea tan estúpido como para echar por tierra más de dos meses de sobriedad, destrozar lo único inteligente que he conseguido este año.

Me aparto de la pared y me siento en un taburete.

—Aquí tienes, cariño —comenta una voz alegre y una camarera me regala una sonrisa y me pone delante de las narices un mapa del tesoro que en realidad es la carta de bebidas.

Jesús. La camarera es la señorita Sobieski, una profesora que me dio clase en sexto, encargada también de las clases de los domingos. Lleva puesta una camiseta sin mangas blanca que resalta la parte de su cuerpo que mejor recuerdo de ella.

Abro la boca para escupir alguna excusa, decirle que estoy esperando a un amigo. «¿A Jack Daniels, por ejemplo?»

—¿Quieres algo extravagante o un trago de verdad? —Desliza hasta mí una cesta con cacahuetes y me guiña un ojo.

Lo pillo, no tiene ni idea de quién soy. O quién era antes. Aun así, seguro que sabe que soy menor de edad, aunque no me pide el carné. Tal vez piense que voy a pedir un refresco de cola; es lo que debería hacer. Ser responsable. Pero la parte de mí que quiere y necesita hacer lo correcto está oculta y no puedo escarbar lo suficiente para encontrarla. Me humedezco los labios.

—Yo... —Antes de decir más, se me acerca y me regala una vista excepcional de su par de tetas.

—Dejaste el instituto, ¿no? Suelo ver a tus padres en la iglesia. Me sorprende encontrarte aquí.

A mí también.

Papá no se sorprendería. Ni siquiera alzaría una ceja si entrara aquí y me viera. Me aparto enseguida del taburete.

—Vuelvo ahora.

Caminar hasta la salida no es tarea fácil. Me paro junto a la antigua máquina dispensadora de cigarrillos, meto un montón de monedas y le doy al botón, pero no quedan Marlboro, solo Kool Menthol y odio las cosas mentoladas, tanto que se me quita el antojo de nicotina. Salgo afuera, tambaleándome como si me hubiera tomado unas copas. Me apoyo en la pared de ladrillos, jadeando, atenazado por las náuseas y con la visión llena de puntitos negros.

«Respira aire fresco. Por Dios, bajo ningún concepto vuelvas a entrar.»

—¿Mase? —me llama una voz. Es como si llevara un rato pronunciando mi nombre. Veo a Jase bajarse de la moto de Joel—. ¿Estás bien? —Se me acerca y sus ojos se fijan en el D&S antes de volver a mí.

—Más o menos. —Sigo respirando con dificultad, como si tratara de huir de algo.

Se acomoda a mi lado, con la espalda apoyada en la pared, como yo. No hace nada, tan solo se queda unos minutos en silencio. Mi respiración agitada es el único sonido de la noche, a excepción de los ruidos, las risas y las conversaciones que provienen del interior del bar.

—¿Estás bien? —me vuelve a preguntar.

Asiento, pero no me muevo.

—¿Qué demonios haces en la calle tan tarde?

Mi amigo mira el reloj.

—Solo son las diez y treinta y siete. —Jase tiene un reloj digital y siempre dice la hora exacta—. He ido a correr a la playa.

—¿Estás de broma? ¿De noche? ¿No has visto lo que le pasa a la chica al principio de *Tiburón*?

—Estaba bañándose, yo iba por la arena. Ese enorme tiburón mecánico no puede saltar tan lejos —responde—. Vamos, Tim. —Echa mano del casco sobrante que tiene amarrado en el asiento, lo desabrocha y me lo lanza. Lo alcanzo al vuelo.

—¿Bromeas? No pienso conducir eso.

—Conduzco yo, tú eres el pasajero —me explica pacientemente, como si estuviera hablando con George.

—Ni lo sueñes, amigo. Iré andando.

—¿En serio? —me pregunta. No hay atisbo alguno de acusación en su tono, pero su mirada vuelve a fijarse en las ventanas del D&S.

—No he hecho nada. Nada. —Me llevo las manos al pelo y tiro de él, como si pudiera deshacerme de mis pensamientos.

—¿Seguro? Venga, vámonos de aquí.

—¿Subido en eso? ¿Contigo?

—Por Dios, Tim, sí. Tienes que alejarte de aquí y yo sé cómo hacerlo por la vía rápida. Ponte el casco y súbete a la moto. Puedes agarrarte al asidero de atrás.

—Claro que lo haré, para agarrarse a ti ya está Samantha.

—Que te den —exclama mi amigo, dándole una patada a la pata de cabra.

CAPÍTULO 18

Alice

Jase entra de golpe en la cocina, arrastrando consigo la esencia nocturna de la ciudad, el olor al lodo del río y a hierba húmeda. Deja manchas de barro en los azulejos del suelo a su paso y alza la mirada un instante después.

—Vaya, Al.

—Me ha ayudado Samantha, ¿qué te parece?

Observa mi cabello recién teñido. Es la primera vez en años que lo llevo simplemente castaño, de mi color natural.

—¿Tienes una entrevista de trabajo? —me pregunta—. ¿Te ha amonestado el jefe?

Me paso las manos por las ondas todavía húmedas.

—Es una tontería seguir haciendo algo que empecé con quince años simplemente para molestar a mamá. ¿Me queda mal?

Niega con la cabeza.

—¿Dónde está Sam?

—Toque de queda. —Señalo el reloj—. ¿Va todo bien?

Pienso en Samantha, que ha estado bastante callada y un poco nerviosa. Solo ha conseguido relajarse de verdad con mis hermanos, con ellos siempre es ella misma. Las cosas que me sacan de quicio y me hacen querer salir corriendo nunca le molestan a ella: ni la insistencia de Harry en dormir con los protectores de fútbol americano, ni Patsy llamándola veinte veces desde la cuna, moviendo su taza arriba y abajo como si fuera una prisionera vociferando al guardia. Solo una llamada de su madre ha sido capaz de alterarla. Al colgar, se puso la sudadera y se fue sin decir apenas una palabra, tan solo me miró avergonzada.

—Mmm. —Jase abre el frigorífico y mira el interior, como si la respuesta a la pregunta que le he hecho estuviera en el cajón de las verduras o estampada en la etiqueta del zumo de naranja.

—Habla, J. —Miro el libro de contabilidad, la aplicación de la calculadora en el teléfono móvil, el bolígrafo rojo que uso con más frecuencia que el negro—. ¿Has discutido con Sam?

—Mmm, ¿qué? No. Creo que no. ¿Has visto hoy a Tim?

—Hombres. ¿Por qué tienes que ser tan críptico siempre? ¿Qué quieres decir con «creo»? ¿Es que tú no formas parte de esa relación? ¿No sabes qué es lo que sucede?

Cierra la puerta del frigorífico con un golpe sordo, frunce el ceño, vuelve a abrirla y la cierra de nuevo.

—Me parece que la goma está gastada, pero puedo arreglarla.

—Olvida el refrigerador. ¿Os habéis peleado Samantha y tú?

Alcanza el zumo de naranja y vierte un poco en un vaso.

—No. Simplemente...

—¿Tiene Tim algo que ver?

—¿Qué? No, ¿por qué? —Toma un trago de zumo y tuerce la boca en un gesto que indica que está malo.

—Me acabas de preguntar por él —replico.

—¿Sí? —Se saca el teléfono móvil del bolsillo y lo observa con atención.

Me apoyo en la encimera, estiro el brazo y le doy un empujoncito en el pecho.

—Estás en babia. Tim ha salido esta noche. ¿Qué pasa?

—Nada —contesta, como si estuviera ausente. Guarda el teléfono y se queda mirando las imágenes del libro. Maldice entre dientes—. ¿Lo saben papá y mamá?

Dejo escapar un suspiro.

—He estado ocupándome del libro últimamente. Les he dicho que lo haré un tiempo. Saben que las cosas van mal, pero no tanto. Cada vez va a peor y... yo... A papá le da dolor de cabeza cada vez que mira los números.

—¿Desde cuándo?

—Al parecer, desde el accidente. A veces ve doble.

—¿Qué? Nadie me lo ha contado.

—Ni a mí tampoco. Lo leí en su historial médico esta tarde. Mamá lo sabe, no quieren que nos preocupemos.

Jase vuelve a soltar una larga sarta de maldiciones. Él nunca dice palabrotas y algunas de las que masculla ni siquiera las he oído antes, por lo que me resulta aún más extraño. Dios, hoy todo sale mal.

—Es temporal, ¿no? —pregunta.

—Esperan que sí. Es por la lesión en la cabeza, tiene un músculo del ojo débil. Probablemente sea temporal, pero podría necesitar cirugía. Han llamado esta semana a un especialista.

Mi hermano se da la vuelta, se dirige al fregadero, apoya las manos en la encimera y observa la oscuridad a través de la ventana. Después se pone a dar patadas al armario que hay bajo el fregadero, soltando de nuevo improperios.

—¿Cómo va a volver papá a la ferretería si ni siquiera ve bien? ¿Cómo va a conducir? ¿Cómo va a hacer rehabilitación?

—Puede hacer terapia física sin necesidad de ver perfectamente. De la ferretería puede que no tengamos que volver a preocuparnos, vistas las cuentas.

Jase vuelve a maldecir, tira el zumo de naranja, deja caer la botella de plástico y salta sobre ella con más fuerza de la necesaria.

—No podemos permitir que se vaya a pique, Alice. ¿Qué pasará entonces? Dios mío.

Se me tensa el cuello. Sé lo que tengo que decir, lo que tengo que hacer. Todas estas cuentas me dan la razón.

—Tengo que dejar las clases, es la única forma. Hasta que papá mejore. Mamá no puede hacer esto y me ha supuesto una batalla convencerla. Ella se tiene que ocupar de él.

Por supuesto, discute.

—Yo lo haré.

—¿Y perder la beca? Nunca antes has estado en tan buena forma, así que no.

—Joel... —me interrumpe, pero nos quedamos en silencio.

Joel no. Ha pasado muchos veranos, noches y fines de semana en la ferretería. Por fin ha encontrado su camino en la academia de policía. No podemos dejar —no podemos permitir— que Grace Reed nos destroce la vida a todos. Yo soy prescindible, no es que esté en ningún punto crucial de mi vida. Ya he retrasado mi marcha, ¿qué más da un poco más de tiempo?

—Tengo que ser yo, J.

—No voy a dejar que lo hagas. ¿Por qué tú? ¿Porque eres la chica? Menuda bobada —espeta—. Debe de haber alguien más que pueda hacerlo. Alguien que saque el negocio adelante.

La puerta se abre y aparece Tim con el pelo despeinado por la brisa.

—He venido a por las llaves de mi automóvil.

—Ven a por ellas mañana —responde Jase con tono duro.

—Me dijiste que no te las diera aunque suplicaras.

—Las llaves de mi apartamento están también en el llavero. Lo cerré... sin pensar. ¿Quieres que te lo pida de rodillas, Alice?

—Jesús, Tim, cállate. —La voz de mi hermano suena dura como el acero. Tim da un paso atrás.

—¿Ahora estás enfadado conmigo? ¿Cómo cambia de ese modo nuestra relación cuando ni siquiera estoy aquí para cagarla?

—¡Cari! —grita una voz alegre detrás de mí. Tim mira en dirección a la puerta del salón con los ojos muy abiertos—. ¡Cari! —repite Patsy con ímpetu, con una voz que más bien se asemeja a un rugido.

Entra muy orgullosa de sus habilidades para escapar de la cuna y atraviesa tambaleante la cocina, más segura de su propósito que de sus pies, con los brazos levantados hacia Tim.

—Arriba. Ya.

No solo se ha escapado de la cuna, también se ha quitado la ropa y el pañal. Ha debido de pasarse por mi habitación en mi búsqueda y, de paso, ha abierto mi armario y encontrado la cesta de mimbre que guardo allí. Está completamente desnuda, excepto por uno de mis tangas negros que lleva colgado del cuello, un sujetador de flores que se ha colocado sobre el pecho como si fuera una banda de Miss América y un liguero de encaje rojo que lleva sobre la cabeza a modo de tiara, colgando sobre uno de sus enormes ojos marrones.

Tanto Jase como Tim estallan en carcajadas, abriéndose así una válvula de escape entre ellos. Tim la toma entre sus brazos.

—Patricia Garrett, tú sí que eres mi tipo.

Tim

—Yo acompaño a Tim, ocúpate tú de Pats —dice Alice.

Jase duda un momento.

—A ti se te da mejor tratar con ella, J. —añade—. Conmigo se enfada siempre.

Mi amigo sigue indeciso, pero entonces me echa una mirada rápida, rodea la cintura de Patsy con la mano, me la aparta y la apoya en su cadera. La pequeña toma las mejillas de su hermano entre sus manos y roza su nariz con la de él.

Alice me sonríe, abre la puerta y sale delante de mí. Siempre hace lo mismo: camina delante, como si esperara que la gente la siguiera como unos patitos a mamá pata. Lleva unos pantalones de yoga con una mancha de lejía en la parte trasera de la rodilla y otra cerca de la cintura. El típico atuendo cómodo para fingir que no te preocupa tu imagen. Mientras subimos los escalones intento localizar las marcas del tanga debajo de los pantalones.

Alice mete la llave en la cerradura y abre la puerta con la cadera. Me mira y todo se queda en silencio, excepto por el ruido que hace un automóvil al pasar.

Tiene unas pestañas larguísimas. Se ha pintado con una sombra brillante los párpados, aunque una parte ya ha desaparecido y solo le queda un poco en la parte externa de los ojos. Lleva unos aros de plata con unas campanitas colgando, lo que explica el débil tintineo que oigo cuando se echa el pelo hacia atrás para mirarme a los ojos. Después el sonido proviene de las llaves que tiene aferradas entre los dedos.

—¿Me las vas a devolver o de verdad voy a tener que suplicarte? —le pregunto.

No me responde. Estira el brazo, toma mi mano y coloca la palma hacia arriba.

—¿Puedo confiar en ti?

Sus ojos verdosos están fijos en los míos, como si fueran capaces de descubrir cualquier mentira.

—Soy de fiar.

Sigue mirándome incluso después de dejar en mi palma las llaves, que conservan la calidez de su mano. Si aún se cierne sobre mí algún tipo de oscuridad, como antes, seguro que se da cuenta.

—Por mi honor de *Boy Scout* —remarco.

—Eso no me sirve. Mi padre fue el líder de tu tropa, lo sé todo acerca de tu carrera de *Scout*.

—¿Y eso? ¿Te lo contaba antes de dormir, Alice?

—Tenemos una fotografía en la que apareces. Estás en la fila de atrás, asiendo la corbata del niño que hay delante de ti y encendiendo un mechero justo debajo. ¿Cuántos años tendrías? ¿Nueve? ¿Diez? Una imagen vale más que mil palabras.

No hay nada que pueda decir en mi defensa.

La brisa sopla entre los arces, una fuerte ráfaga proveniente del río que huele a lodo y a plantas acuáticas. Alice tiene el pelo alborotado, enredado en el rostro y sobre la boca.

—¿Ese es tu color de pelo de verdad? —Sin la distracción que provocan las mechas de diferentes colores, parece más joven, sus ojos más oscuros, sus labios más rojos.

—Sí, castaño oscuro. Se parece más al de Joel que al de Jase y Andy. Es mi secreto oscuro.

—Uno de muchos, seguro. —Pero no tan oscuro como el mío.

Se encoge de hombros y se mira los pies descalzos. Cuando alza la mirada, me sorprende verla sonriendo. Esa sonrisa suya de medio lado.

—Aunque ya no tengo secretos sobre mi ropa interior.

—Y ese es el mejor de tus secretos. —Por un segundo todo vuelve a la normalidad entre nosotros, sea lo que sea lo normal.

Sigue mirándome, percibiéndome incluso en la oscuridad.

—Quiero creerte, Tim. Que eres de fiar en este momento, pero tienes que admitir que este no ha sido tu mejor día.

Pues no.

—¿Quieres las llaves, Alice? —le pregunto, y atisbo una ira injusta en mi tono de voz.

—No es eso, Tim. ¿Hay algo que quieras contarme?

Retrasar lo inevitable es uno de los hábitos que pensaba que había dejado atrás.

—Solo que eres más que bienvenida a guardar tu colección de lencería aquí, en mi apartamento. ¿Es muy extensa? —respondo esbozando mi sonrisa de idiota.

Junta los labios en una línea recta y se encoge de hombros al tiempo que se da la vuelta.

—Nunca lo sabrás.

Observo cómo desaparece en la noche su oscura figura, tan solo visible por las manchas de lejía.

CAPÍTULO 19

Tim

Cuando Hester entra en el restaurante al día siguiente y me ve, una expresión mezcla de unas seis emociones diferentes le cruza el rostro. Enfado, tristeza, alivio por comprobar que he aparecido... Deben de ser las hormonas. Me levanto para apartar la silla para que se siente. Puede que mi relación con ella haya sido un aquí te pillo, aquí te mato, pero ahora estoy siendo todo un caballero, ¿no?

—Un momento —comenta—. Me he dejado algo en el automóvil. Quería asegurarme antes de que hubieras venido.

Ese «algo» resulta ser el bebé dormido, acurrucado en su sillita con su sombrero con volantes.

—Hester, no puedes seguir dejando al niño en el automóvil. —Observo cómo deja la sillita encima de una de las sillas y la gira a un lado—. ¿No estaría mejor en el suelo?

Fíjate, actuando como si yo supiera algo de niños. Probablemente Hester ha pensado lo mismo porque dice:

—Está bien aquí, así puedo echarle un ojo.

Sí, como si eso fuera lo que le importara al dejarlo en el asiento trasero de su automóvil. Jesús.

Aparto de nuevo la silla, se sienta y se coloca la servilleta en el regazo.

—¿Has mirado la carta?

Me muerdo el labio para no soltar un resoplido. «Esto no es una maldita cita.» En lugar de ello, digo:

—Necesito entender mejor cómo —las pestañas de Calvin tiemblan y bajo la voz—, eh, cómo sucedió todo.

Mi acompañante asiente, con aspecto preocupado. ¿De qué pensaba que íbamos a hablar? ¿De los platos especiales que hay en la carta?

El camarero nos interrumpe para dejar pan y agua en la mesa, enciende la vela y espera hasta que Hester le pide un refresco.

—Necesito... —Lo que más necesito en este momento es tener las manos entretenidas, así que tomo del cenicero de cristal que hay en la mesa, una caja de cerillas con el logo del restaurante y empiezo a romperlas una a una—. Necesito saber cómo nos enrollamos. —También por qué, pero no voy a preguntarle eso. Menudo capullo sería.

Hester parpadea.

—¿No recuerdas cómo hicimos el amor?

—No. —Menudo idiota. Dicen que es como montar en bici.

Se le llenan los ojos de lágrimas. No, por Dios.

—Perdona, es que... no entiendo cómo pudiste relacionarte con un borracho como yo.

El camarero, que ha regresado con el refresco justo a tiempo para escuchar «un borracho como yo», se aparta con la botella de cristal aún en las manos.

Hester me cubre las manos con las suyas un momento mientras continúo mutilando la caja de cerillas. Cada vez que me toca, o que yo la toco a ella, me siento fatal. Es demasiado pura para mí. En ese momento se me ocurre algo horrible.

—No fue... eh, no fue tu..., habías...

No sé cómo, pero Hester encuentra sentido a mis balbuceos.

—No, no. —Me da un golpecito en la mano—. Tuve un novio, Alex. Alex Robinson. ¿Te acuerdas de él?

Totalmente en blanco.

—El director del periódico escolar. Alto. Estaba en el consejo escolar y era el delegado de su clase.

Rebusco en el banco de mi memoria. Alex Robinson... ¿Ese muchacho con el pelo oscuro y metomentodo? Ah, sí... estaba en mi equipo de tenis. Estaba dos cursos por encima de mí, uno por encima de Hester.

—Ah, sí —respondo.

—La noche anterior a la fiesta, Alex... —Hace una pausa para aclararse la garganta, aunque no sirve de nada. Tiene una voz ronca y áspera que debería resultar *sexy*—. Está estudiando en Choate. Me llamó por teléfono para decirme que una relación a distancia era muy complicada. —El camarero vuelve y deja el refresco antes de salir volando como si este fuera a explotar—. ¡Por Dios! Si hasta estábamos en el mismo estado, a menos de una hora de distancia. ¡Llevábamos saliendo juntos desde la primavera del primer curso del instituto! Él fue mi primer... —Se calla de golpe—. Bueno, esa fue la razón por la que fui a la fiesta. No quería pensar, ni recordar, solo quería divertirme.

Después de destrozar las cerillas de dos cajas distintas, continúo con la cesta del pan. Corto el pan en trocitos que hago más pequeños antes de metérmelos en la boca. Calvin (joder, cómo odio ese nombre) se mueve un poco, pero sigue durmiendo.

—Tú estabas allí... y también parecías triste.

Tomo un poco de mantequilla con el pan, sin molestarme en usar el cuchillo, y le doy un mordisco.

—Por favor, dime que no fue un pol..., quiero decir, que no tuviste sexo conmigo por pena. Hester, dime que no has destrozado tu vida —y la mía— y hemos creado la suya... por pena.

Le da vueltas al anillo que tiene en el dedo meñique.

—No, no fue así. Hablamos mucho. Fuimos a la habitación de Ward y allí seguimos hablando. Eras encantador y un poco torpe, y, sí, estabas triste, pero esa no fue la razón por la que...

De nuevo tenemos al camarero delante, que nos recita una larga lista de entrantes incomprensibles.

—Yo quiero lo mismo que ella —murmuro después de que Hester pida lo suyo.

—Ni siquiera me di cuenta de cuánto habías bebido. No se te notaba. Yo estaba enfadada, quería... no quería ser yo. Te... te besé, y así fue como empezó. Fui una estúpida. Soy una estúpida.

Se le escapa una pequeña lágrima del ojo que desciende por el lateral de su nariz. Se da un golpe para limpiársela, tan fuerte que se oye un pequeño *pap* que me hace estremecer.

—Pero... Hester, ¿no utilicé nada? No me puedo creer que fuera a la fiesta sin nada.

Generalmente, por muy mal que haga las cosas, qué mínimo que eso. Habría pasado de ser Pedazo de Mierda a convertirme en don Idiota Desconsiderado. Después de todo, tengo una hermana.

—Sí, sí lo hiciste. Insististe mucho, te aseguraste de tener a mano tu... tu cartera y todo eso —me asegura, ruborizándose—. Pero después, te... te quedaste dormido sin...

Hace un movimiento indescifrable con la mano que yo entiendo bastante bien. Me quedé frito sin... quitarme ni tirar el preservativo y, claro, se derramó. O se rompió. Todo un príncipe azul.

—Soy un desastre, Hester —comento con tristeza—. Tú eres demasiado inteligente.

—No. —Le da un trago al refresco como si estuviera tomándose un chupito de tequila. El brillo de sus ojos parece ahora más de ira que de lágrimas—. Yo fui idiota y tú no estabas sobrio. Hicimos el amor... —Se queda callada y yo me encojo de la vergüenza.

«Hicimos a Calvin, no el amor.»

—Después te expulsaron. —Extiende los brazos en un gesto de impotencia—. Y eso es todo.

—No todo. ¿Por qué narices no me buscaste o contactaste conmigo antes de que las cosas... cuando te enteraste de lo que pasaba? ¿Por qué no se te pasó por la cabeza que tal vez deberías contárselo al padre, Hester? ¿Enseguida? —El camarero, que se acerca con más bebida, vuelve a marcharse de manera apresurada de nuestra mesa tan volátil emocionalmente.

—No sabía cómo ponerme en contacto contigo.

—Me has encontrado ahora, podrías haberme encontrado antes. Pero en lugar de eso, seguiste adelante y tuviste al bebé tú sola. Decidiste esperar lo suficiente para enseñármelo y que me sintiera culpable el resto de mi vida. No me diste ninguna oportunidad. —Apenas veo a Hester. Es como si el mundo entero se hubiera teñido de rojo y diera vueltas, constriñéndome el pecho.

—Bueno, Tim, yo tampoco tuve mucha suerte —replica enfadada—. Como has dicho, fuiste un desastre. ¿Qué se supone que tenía que hacer? ¿Perseguirte y decirte «oye, puedes dejar la botella de ron y los porros para que podamos tener una charla sobre nuestro hijo»?

Trato de imaginarme mi reacción si lo hubiera hecho. No tengo ni idea de cómo habría actuado. El Tim Mason del pasado se me antoja ahora como un compañero de habitación que tuviera hace años, excepto porque aquel joven volvió anoche y casi me arrastra con él. El camarero deja en la mesa nuestros entrantes y se esfuma sin siquiera mirarnos.

—Además —añade Hester—, yo... —Dibuja círculos en el borde del vaso de agua—. Yo...

Dirijo la mirada a la comida. ¿Qué es todo esto? Da igual.

—¿Qué? —le pregunto al tiempo que tomo el tenedor.

—Es personal.

Me quedo mirándola. Apenas la conozco, pero me parece que ya hemos pasado la barrera de lo personal.

—Ya, menuda bobada a estas alturas. Tengo el periodo muy irregular, y no tuve náuseas, así que tardé en enterarme.

—¿Cuánto? —No puede ser una de esas muchachas que piensan que han engordado un poco y que tienen dolores de barriga y de repente dan a luz a un bebé.

—Diez semanas. Fui a hacerme una ecografía y se estaba chupando el dedo... Era... No tuve elección, debía tenerlo.

—Oh, Hester... Dios mío. —Me he quedado sin apetito, pero sigo comiendo solo para hacer algo que no sea vomitar o decir «lo siento, lo siento, lo siento» una y otra vez, y otra, y otra.

—Está más bueno con limón. —Me pasa un plato con limones, como si fuera lo que más me preocupara en este momento—. No fue tan mal, de verdad.

—No me digas que no fue una mierda ser una adolescente embarazada en Ellery.

—Tengo buenas noticias. —Levanta el vaso para brindar—. Tardó bastante tiempo en notarse. Por supuesto, después tuve que aguantar un montón de bromas sobre *La letra escarlata*, pero... mis amigos de verdad no me abandonaron. Ni mi abuelo.

—He oído que dar a luz es una pasada —murmuro.

—Me medicaron. —Sonríe—. Qué pena que nunca hayas probado una epidural. Son lo más.

—No me puedo creer que estés bromeando.

—Bueno, Tim, aquí estamos. Las cosas podrían ir peor.

«¿Cómo?»

El camarero regresa, prácticamente de puntillas, así que decido cambiar de tema un momento.

—Bueno, ¿y cuánto... tiempo tiene el bebé? —Las palabras suenan distorsionadas, extrañas, como si fuera un extraño preguntando por un niño cualquiera en lugar del que tenemos justo delante, removiéndose en sueños—. Es decir, Calvin.

—Nació tres semanas antes, creo. Casi tiene cinco y media. Ha engordado un kilo desde que nació.

—Oh, eso es estupendo. Eh... —Sigo comiendo de todo esto, sea lo que sea. Está gomoso y sabe raro.

El camarero se acerca esta vez con la carta de vinos. ¿Es que no se da cuenta de que somos menores? Le hago un gesto para que se retire con el ceño fruncido. Hester juguetea con el tenedor.

—Bueno —continúa casi en un susurro—, nació y... encontré tu dirección en el anuario.

—Espera, ¿fuiste primero a casa de mis padres? ¿Con el niño?

—¡No! Llamé por teléfono y hablé con una muchacha. Ella me dio tu nueva dirección. —El camarero retira los platos de los entrantes y los remplaza por otros llenos de cosas que no logro identificar. Me acerco a olisquear la comida.

«Una muchacha.» Nan, claro. Podría haberme avisado. Pero, aun teniendo la manía de ponerse siempre en lo peor, ¿cómo iba mi hermana gemela a adivinar que esa joven cualquiera al otro lado de la línea iba a poner mi vida patas arriba de este modo?

—Bueno —continúa Hester con un tono serio de repente—. Deberíamos hablar de los detalles. —Sea lo que sea lo que tenemos delante, toma algo con una salsa viscosa blanca, le da un mordisquito y lo vuelve a dejar.

—Claro. ¿Cómo vamos a hacerlo exactamente? —«¿Durante cuánto tiempo?» Vacío el vaso de agua de un sorbo. El camarero está completamente desaparecido en combate, evita el contacto visual, espera con los brazos cruzados y la mirada en el techo—. Estoy muy ocupado... tengo un trabajo, estoy sacándome el Certificado de Equivalencia de Educación Secundaria y...

«No tengo tiempo para ti, pequeño.» Calvin frunce un poco el ceño.

—Ya me imagino —responde con la mirada fija en el plato que tiene delante—. Podemos encargarnos de agilizar lo de la adopción. Pero antes de que todo se arregle, quiero que sepas que no estás solo. Vaya, que yo te voy a ayudar y también mi abuelo. Por cierto, quiere conocerte.

Ya, estupendo.

Un momento, ¿ha dicho «ayudar»? ¿Es que voy a ser yo el padre principal? Maldita sea, no. El bebé vuelve a moverse, da una patadita y se queda quieto. Joder, es tan pequeño. Su mano es del tamaño de uno de los tomates cherry de mi ensalada.

—No vayas a pensar que soy una mala persona —advierte—. Pero comprenderás que no puedo suspender mi vida hasta que las cosas se arreglen.

—Es obvio quién es el malo aquí, Hester. Miraré mi horario. Voy a encargarme de él, claro, porque, porque... —Me pongo rígido— Es mi hijo.

Asiente.

—Sí, es tuyo.

Es innegable. Puede que no sienta instinto paternal, pero los hechos hablan por sí solos. Estaba borracho, no usé correctamente el preservativo y hay un bebé. Lección introductoria de cualquier clase de salud.

De repente, empiezan a temblarle los hombros y estalla en un tsunami de lágrimas y sollozos ahogados que suben y suben de intensidad. Alza la voz y me señala con un dedo.

—Ya sé que no quieres esto, pero no puedes hacerte una idea de cómo es para mí... Es diminuto, nació prematuro y se pasa todo el día comiendo para subir de peso y... y.... nunca duerme. Siempre está gritando y llorando, y no tengo ni idea de por qué, de qué le pasa. ¿Por qué no se queda callado? ¿No tengo ya suficiente? Cuando nació, me pasé días y días con el pecho hinchado y goteando, y tengo puntos por desgarre vaginal. Tengo dieciocho años... todo esto está mal.

Dios mío, acaba conmigo rápido. Todo el mundo nos mira.

—¡Lo único que hiciste tú fue moverte! Ni siquiera lo recuerdas. Y ahora estoy gorda, ¿verdad?

Ese parece el último de sus problemas, pero al menos sé la respuesta.

—¡No! Por supuesto que no. En absoluto. Lo cierto es que estás exactamente igual.

«Que la chica de la que no me acuerdo.» El sudor me chorrea por la frente.

—Tienes mejor aspecto.

Da un trago y mira a su alrededor en busca de su servilleta, que ha debido de caérsele. Voy a ofrecerle la mía cuando me acuerdo de que he escupido dentro una de esas vieiras.

—¿Mejor? ¿De verdad?

—Totalmente.

El camarero está en la esquina, examinando un poco más el techo. Las mujeres de la mesa de al lado, que beben cócteles, parecen ansiosas por darme una patada en los huevos, cortarme en trocitos y tirar mi cuerpo por un sumidero. Señoras, por favor, sigan a lo suyo.

Me echo el pelo hacia atrás, me acerco a Hester y le doy un apretón en el hombro.

—Shh, Hes. No pasa nada, lo acepto. Yo tampoco he podido dormir bien, también es culpa mía. Me las arreglaré. ¿Quieres que me ocupe de él esta noche?

¿Qué es lo que estoy diciendo? No puedo tener a un bebé en el apartamento. ¿Toda la noche? ¿Junto a la casa de los Garrett? ¿Junto a Alice? Es como si me encontrara en mitad de un choque en cadena que sigue y sigue, como si estuviera en el infierno y Satán me mostrara un vídeo en una pantalla panorámica.

—Te daré todo lo que necesitas, no te preocupes —me asegura en voz más baja y más ronca de lo normal.

El niño está a años luz de contar con todo lo que necesita. No sé cómo, pero Calvin yace dormido sin preocuparse de nuestra conversación, y sigue así cuando nos dirigimos al automóvil de Hester, yo con la sillita a cuestas. Su madre parece haberse recuperado del ataque de nervios. Menudo asco de hormonas.

* * *

Los asientos de atrás del automóvil de Hester y todo el maletero están repletos de objetos del bebé. ¿Cómo puede necesitar tantas cosas? Pero si tiene el tamaño de una raqueta de tenis.

Lo primero que me da es un bolso con los pañales y, después, una cesta de mimbre que parece de Ricitos de Oro. ¿Se supone que... tengo que llevarme al niño de pícnic o algo así?

—Acabo de lavar la zalea —me explica.

—¿Qué?

Rebusca en el asiento trasero y saca, efectivamente, una zalea, unas mantas y un mono de peluche con el culo rojo. Me quedo quieto con la cesta de pícnic y el bolso de los pañales, que me resulta más pesado a cada segundo. Tengo el corazón en un puño, cada vez más oprimido, al igual que la mano, fuertemente aferrada al asidero de la cesta.

—Pon esto en el fondo y asegúrate de que Calvin esté siempre bocarriba. —Mete la zalea en la cesta y pone encima el mono, que parece observarme con ojos diabólicos. Estas cosas siempre me han dado cague—. Solo un par de cosas más y podéis iros él y tú a pasar el día juntos.

Qué bien.

Aparece esta vez con una manta, un espejo y lo que parece un equipo de paracaídas. La cesta es una cama, de acuerdo, pero parece que me voy a tener que llevar a Calvin a hacer paracaidismo.

—Tendría que haberlo organizado mejor, pero es difícil mantenerlo ordenado.

Yo sí que tengo problemas para aguantar en pie, así que me dirijo a mi vehículo, abro el maletero, aparto el saco de dormir, un paquete de pelotas de tenis, una caja de refrescos y una funda de almohada llena de ropa, y lo meto todo dentro. Dejo el maletero abierto, porque todavía quedan cosas por meter: una tienda de campaña pequeñita y un juguete.

Empiezo a pensar que me está cediendo al niño de forma permanente. Ahora mismo lo tiene en sus brazos, con el sombrero puesto.

—¿Quieres que te ayude con la sillita?

—No, yo puedo —respondo.

Tardo mucho tiempo en colocarla. No soy capaz de estirar los dedos lo suficiente para sujetarla y, cuando lo consigo, el cinturón sale disparado y me golpea los nudillos. Me aparto, chupándome los dedos, y me golpeo la cabeza con la parte superior de la puerta.

—Aquí tienes. Ponle el espejo en los pies para que puedas verlo mientras conduces. —Aún con Calvin en los brazos, Hester me pasa la parte de la sillita donde va sentado. El pequeño está despierto y me mira. Le devuelvo mirada. ¿Tengo que vigilarlo mientras conduzco? ¿Cómo voy a hacerlo?

—Eh, hola, Calvin. —Mi voz suena chillona al principio y después se parece a la de un presentador de televisión. Se le forma una arruga entre los ojos, frunce un poco los labios y el inferior empieza a temblarle.

Hester me suelta al niño en los brazos con rapidez, sin avisar, ¡bum!, y me encuentro sosteniendo a esta cosita cálida con sombrero que se retuerce. Tiene la parte trasera de la camiseta mojada, él también está sudando. Le doy un golpecito en el hombro.

—Todo va a ir bien —le digo. Tiene una mirada seria, expresión ansiosa. Es la versión 2.0 del rostro de Nan.

Cuando lo coloco en su sillita, Hester me da un montón de papeles escritos con una letra redondeada, arrancados de una libreta y grapados, como el borrador de un manuscrito de 1986.

—Soy muy quisquillosa, así que lo he anotado todo. —Sigue hablando sin parar: «Asegúrate de hacer siempre esto y no aquello e imagino que ya lo sabrás, pero solo por si acaso...»

Maldita sea, nunca lo habría imaginado. ¿Cómo iba a hacerlo? Claro, tendría que haber sabido por obra de magia qué parte del pañal es la de delante, cómo ponerle el paracaídas ese, que resulta ser una de esas extrañas bandoleras para llevarlo en el pecho como un canguro, y que tengo que sostenerle todo el rato la cabeza porque se le va a los lados... Todo eso es instintivo, ¿no? Qué fácil.

* * *

Por fin, mil años más tarde, estamos en la carretera. Casi tengo un accidente porque cuando freno por primera vez temo hacerlo hecho con demasiada brusquedad, echo un vistazo atrás para comprobar que está bien y un capullo irritado con barriga cervecera y mala educación casi estampa su moto contra nosotros.

—Jódete, niñato —me grita haciéndome un corte de mangas.

Claro, colega.

Calvin empieza a emitir unos ruiditos agudos cuando me incorporo a la carretera y me doy cuenta de que me he dejado la ventanilla abierta y probablemente le esté dando el viento en la cara. La primera salida es la de Brinkley Bay, una playa privada con unas señales enormes que te hacen pensar que te van a disparar si se te ocurre acercarte al agua. Me detengo en el aparcamiento.

Abro la puerta trasera y me agacho. Llevo la mano a su barbilla y le toco con los dedos la piel, tan suave que parece más bien seda, solo que está llena de babas. Le quito el sombrero y lo lanzo al suelo del vehículo. Tuerce un poco los labios; no es una sonrisa, pero es mejor que su semblante preocupado.

—No vas a llevar volantes. Ningún hijo mío, y toda esa mierda… ups, perdona… en fin, que así está bien.

La arruga vuelve a instalarse entre sus cejas. Le acerco automáticamente el dedo a la frente y se la aliso tal y como mamá solía hacer conmigo cuando me veía poner el mismo gesto de pequeño. «¡Te van a salir arrugas antes de cumplir los nueve!»

Mamá me va a matar, aunque primero llorará.

Papá… Mierda.

Calvin ni siquiera enfoca bien, mueve los ojos como si estuviera bizco. ¿Es eso normal? ¿Es él normal? Ni siquiera he pensado en eso. He hecho millones de cosas mal, Dios sabe lo terrible que podría ser algo que proviniera de mí. A lo mejor también la he cagado con él sin siquiera saberlo.

Estiro un dedo y lo choco contra su pequeño puño, que mantiene cerrado. Probablemente sea aún muy pequeño para hacer eso de chocar puños. Le estiro los dedos y meto mi índice en su mano sudada. Es tan pequeña que se cierra alrededor de la falange superior de mi dedo y le sobra espacio.

—Todo va a ir bien, Cal. Vas a estar bien —le prometo, acariciándole la barriga bajo las correas que espero que estén bien aseguradas. Eso es lo que los padres hacen, ¿no? Dejarse la piel por sus hijos.

CAPÍTULO 20

Alice

Harry debió de olvidar recoger el correo ayer, porque del buzón asoma la esquina de un folleto brillante. Saco las cartas y las ojeo: una carta con unos labios marcados con pintalabios para Joel —¿en serio?—, una revista para Andy, *Justine,* una caja para mamá de la tienda del club de mostaza (un regalo de Navidad para el señor Methuan, que vive una calle más abajo, a quien mi madre acompaña a sus citas médicas de vez en cuanto), la factura de la electricidad, un folleto publicitario de un baile de instituto y una carta del banco. Sujeto el resto bajo la axila y abro esta última.

La leo una vez.

La leo dos veces.

Se me quedan los pulmones sin aire, como si alguien cerrara las ventanas de golpe. ¿Quién ha dejado sin oxígeno el aire fresco de un día soleado de septiembre?

*   *   *

—No me gusta este lugar —se queja George—. Me da dolor de barriga.

—Solo unos minutos más, G. Después vamos a la librería y te compro un libro y una revista. —Soborno es mi segundo nombre.

Patsy está en silencio, toqueteándose la tirita de Winnie the Pooh de la vacuna de la polio que le han puesto. Me mira enfadada, esto es imperdonable. Levanto el dedo índice, que me ha mordido cuando le han puesto la vacuna, y le devuelvo la mirada.

Sí, tengo diecinueve años, pero el banco de Stony Bay me da dolor de barriga también. Y encima llevo una blusa abotonada, mi falda azul de las entrevistas y unas medias que me aprietan.

—¿Cuántos minutos? —pregunta George.

—No lo sé, Georgie. —Intento distraerle jugando al veo, veo, pero no hay muchas cosas en la sala de espera, que parece el resultado de un reto cuyo fin sea eliminar cualquier detalle que le confiera personalidad. Alfombra beis, paredes beis, una máquina blanca que emite un zumbido, murmullos, silencios.

—¿Cuántos minutos quedan? —vuelve a preguntarme mi hermano.

—No muchos.

—¿Vamos a ir a tomarnos un helado después?

—Ni siquiera es mediodía, G.

Todavía tengo que aguantar seis «¿cuántos minutos quedan?» más antes de que por fin se abra la puerta del despacho del director del banco.

Solo hay una silla y George se dirige hacia ella, se sienta con las piernas colgando y se entretiene en darle golpes con ellas a la base de metal de la silla. El hombre que hay tras el escritorio no alza la mirada a pesar del ruido.

—¡Hola! —le saluda George gritando.

Lo mira un momento, levanta un dedo como advertencia y continúa escribiendo. Finalmente, deja el bolígrafo y suspira. Espero que me mire a los ojos, pero su mirada se centra en algún punto detrás de mi hombro.

—¿Tiene algún asunto importante que tratar?

—Sí, este. —Coloco la carta del banco en su escritorio—. Hemos estado recibiendo dinero de un fondo fiduciario. Aquí pone que vamos a dejar de hacerlo, y eso es imposible, señor —echo un vistazo a la placa marrón con su nombre— Mason.

Dios, ¿es el padre de Tim? Es obvio que sí, aunque parece que el reto de eliminar cualquier asomo de personalidad de este lugar lo incluía también a él. Tiene el pelo grueso y con ondas de Tim, gris ceniza en lugar de rojo; los mismos pómulos afilados, pero menos prominentes sin la sonrisa; el mismo cuerpo alto y delgado, pero más bien delgaducho en lugar de esbelto.

Toma el papel y lo lee por encima.

—Sí, la envié yo mismo, siguiendo instrucciones del donante del fondo. Toda transacción va a cesar.

—¿Ha matado usted al ciervo? —pregunta George, mirando con una mezcla de fascinación y horror una vulgar cabeza de ciervo colgada de la pared.

El señor Mason mira a mi hermano sin mutar su expresión.

—Ya estaba en el despacho cuando llegué.

—No pueden cesarla —replico—. Hubo un acuerdo. Mientras haya facturas, tienen que pagarse.

Mi voz ha subido de tono. George se muerde el labio y Patsy acerca su robusto cuerpo al mío tanto que me quedo sin aliento.

—Mandé la carta según instrucciones de mi cliente —repite el señor Mason—. Desconozco los detalles, excepto que, como bien ha dicho, los gastos enviados a esta dirección debían ser cubiertos como una especie de donación... ¿de naturaleza política tal vez? No sé. Puede que se haya llegado al límite monetario de tal donación y...

Sigue sin mirarme a la cara, lo que me desorienta, y más cuando sus ojos son del mismo color que los de Tim. Sin embargo, la parte externa de los de Tim se extienden un poco hacia arriba, como si hubiera una sonrisa perpetua acechando, nada que ver con lo que me he encontrado aquí. El señor Mason no parece enfadado ni triste, simplemente... ausente.

—No había ningún límite. Supuestamente, las facturas...

He alzado la voz considerablemente y hay un cambio en su expresión, aunque esta sigue siendo indescifrable. Alarma, fastidio... no lo sé. Mira la pantalla de su teléfono móvil, como si tuviera alguna aplicación en él para avisar a unos guardias armados para que escolten a la joven loca que le está hablando hasta la salida.

—Si me proporciona el documento legal con los términos del acuerdo estoy seguro de que podremos solucionarlo. Por supuesto, estará validado por un notario.

Por supuesto, no existe. Mis padres nunca pensaron en firmar un acuerdo por escrito con Grace Reed. La mitad de los acuerdos a los que llega mi padre con los proveedores de la ferretería se sellan con un apretón de manos. De todos modos, estoy segura de que la senadora Grace se habría negado a poner nada por escrito, aunque deberíamos haber contratado a un maldito abogado al menos.

Me llevo las manos a la cara y alzo la mirada.

—Fue una deuda de honor. No hay ninguna...

Clase de honor.

—Prueba —termina el señor Mason por mí en voz baja, muy baja, mostrando su solidaridad—. Me temo que no tengo autorización para hacer nada sin documentación.

—Tiene que... dependemos de esto, no podemos hacer nada sin el dinero. Es para pagar las facturas del hospital de mi padre y...

Niega con la cabeza.

—Tengo las manos atadas, señorita —echa una mirada a la carta— Garrett. Lo siento por usted, por supuesto, pero me temo que el banco precisa de algo más.

Abro la boca para replicar de nuevo, pero no serviría de nada. Por primera vez, sé traducir la expresión de sus ojos: estoy en un callejón sin salida.

CAPÍTULO 21

Tim

Suelto la sillita de Calvin en el suelo del sótano de la iglesia con un golpe desafiante y las conversaciones concluyen de inmediato. Dominic, con quien al fin logré hablar por teléfono anoche —se pasó la noche pescando en el barco de un amigo y se le olvidó el teléfono móvil—, murmura un «vaya» antes de volverse y continuar hablando con Jake, mi antiguo entrenador. Un minuto después, todo el mundo se acerca a empujones a Cal. Se ponen como locos y lo único que puedo pensar es «Quédatelo tú. O tú. O tú. Por favor.»

Llevo con el pequeño media hora y ya estoy agotado. Voy a pasar con este niño a saber cuánto tiempo, solo son las tres y no sé qué puñetas hacer con un bebé, por el amor de Dios. ¿Llevarlo a un parque infantil? Está claro que no voy a montarlo en un tobogán ni a subirlo en un balancín. Ni siquiera es capaz de mantener recta la cabeza, se parece a una de esas muñecas cabezonas. Cuando fui a sacarlo del vehículo, se me quedó mirando, como diciéndome: «Eh, hola. Sí, confío en ti para que sepas cumplir como padre, porque, acéptalo, estoy totalmente a tu merced. Por favor, no la cagues. Voy a dormir un poco más».

Lo hace durante media hora más o menos, antes de empezar a moverse de un lado a otro, abriendo y cerrando la boca. Salgo afuera, abro la lata de leche y le doy el biberón, que recibe con entusiasmo. En ocasiones vuelve la cabeza hacia mí, en lo que podría considerar un gesto de Voluntad Suprema: «Mira, aunque lo único que quiero es seguir bebiendo, estoy reconociendo tu existencia, ¿lo entiendes? Porque tengo mucha, mucha sed».

Estoy sentado, inclinado sobre él, mirándole el rostro detenidamente, cuando noto una mano en la espalda y alguien se sienta a mi lado.

El entrenador Somers, Jake, tiene el pelo rubio despeinado y lleva puesta una camiseta sin mangas del equipo de fútbol de Hodges. Alisa con la mano la camiseta arrugada del bebé y le aparta el pelo de la frente.

—No habrá pensado nadie que estoy haciendo de niñera, ¿verdad?

—Bueno, es un niño muy mono —comenta—. Se parece mucho a ti, pero en versión recién nacido.

—Yo no tengo papada —respondo.

—Ya, pero mira, tiene un hoyuelo como el tuyo. —Jake toca con el dedo el punto exacto en la minúscula cara de Cal.

—No estoy negando la paternidad —explico, aunque parezca lo contrario.

Jake se apoya en los codos y me sonríe. Reconozco un débil olor tabaco e inhalo con fuerza. Me muero por encender un cigarrillo, pero ¿qué voy a hacer?, ¿soltar el humo en la cara del bebé mientras bebe? No. No soy un padre de manual, pero aun así. Lo acuno con cuidado en mis rodillas y me llevo el dedo al parche de nicotina que me dio Alice.

Oigo el sonido de la puerta de madera al cerrarse y Dominic aparece detrás de nosotros. Mira a Cal y frunce el ceño. No sabría decir qué está pensando, a veces llora en las reuniones al hablar de su hija. Un hombre como él, todo músculos y pose, llorando.

Hasta el mismo Jake se pone sentimental últimamente porque él y su pareja quieren tener un bebé por medio de una madre de alquiler, pero sin éxito. Ha intentado dejar de fumar por el bien del niño, pero después sigue haciéndolo porque no existe tal niño. Dos personas con el mismo problema en los tres meses que llevo aquí. Estoy rodeado de hombres que desearían estar en mi lugar.

Bienvenidos.

Sostengo su cabeza con una mano e inclino más el biberón en su boca. Se le escapan unas gotitas de leche por las comisuras de los labios que se deslizan por su barbilla. De repente se detiene y estornuda. Parece enfadado, con el ceño fruncido, como diciendo «arréglalo, papá». Lo de «papá» ya me tiene bastante agobiado como para tener que preocuparme por lo demás.

—Prueba a hacerle eructar —me sugiere Dom.

—¿Cómo?

Las instrucciones escritas de Hester están hechas un revoltijo en la guantera, pero no recuerdo que dijera nada de eructos. Ah, sí, pero solo lo leí por encima.

—Dale unas palmaditas suaves en la espalda —me explica Dominic—. Le gustan. —Me extraña que no haya tomado al bebé de mis manos y lo esté haciendo él mismo.

Inclino a Cal con cuidado hacia delante y le doy una palmadita entre los pequeños omóplatos con tres dedos, y después con toda la palma. Es tan frágil.

Y... nada. Se pone a lloriquear y no sé qué hacer. Miro a Dom suplicante, como diciéndole yo también eso de «arréglalo», pero él se limita a sonreír.

—A veces hay que hacerlo varias veces.

Más palmaditas. Y más lloriqueos y grititos.

—Inténtalo apoyándotelo en el hombro —sugiere Jake—. Hacia arriba.

Lo coloco de modo que tiene la cabeza colgando de mi hombro y le doy unas palmaditas más hasta que suelta un enorme eructo, más propio de un hombre gordo y viejo. Por la camiseta me cae un chorro de líquido caliente.

—Mierda —exclamo—. Esto es...

«Asqueroso. Surrealista.» Todo lo que pienso es negativo.

—Real, ¿verdad? —Jake se saca un pañuelo de papel del bolsillo, me lo ofrece y yo devuelvo al niño a mis piernas, que me mira con los labios fruncidos y extiende los dedos para intentar alcanzar el biberón.

—Creo que tiene más sed —les digo, y le pongo el biberón de nuevo en la boca.

—¿Y quién no? —pregunta Dominic soltando una carcajada.

—No te aproveches de esto, Tim —añade Jake.

«Lo sé, lo sé, lo sé.»

Se me escapa por un segundo el biberón y el pequeño da un chillido agudo y desesperado, como si fuera un ratoncito. Ese sonido desamparado del que me corresponde hacerme cargo me sienta como si me clavaran un cuchillo ardiendo en el estómago y lo retorcieran. Me llevo la mano justo ahí, donde noto la presión y el quemazón. Maldita sea Jake y sus barrigas de alquiler, y Dominic, que es como si al perder a su hija hubiera perdido una pierna, y Hester y sus malditas instrucciones, y ese hombre que pasa por nuestro lado justo ahora con un niño a los hombros moviendo sin parar sus rodillas nudosas y con los talones apoyados en el pecho de su padre, riendo. Maldito sea todo el mundo que tenga hijos o quiera tenerlos y sepa qué diablos hacer con ellos. Hago un esfuerzo por tragarme toda esta furia u ocultarla en algún lugar seguro y me pongo a darle patadas a la verja de acero, pero lo único que consigo es sacudir a Cal, que abre los ojos y me mira alarmado, como diciendo: «¿Estás teniendo una rabieta, papá?»

* * *

Cuando termina la reunión, meto al niño en su sillita y camino sin parar en dirección a la playa, como si estuviera en la Marcha de la Muerte de Bataán. No tarda en necesitar un nuevo pañal que yo no tengo. He caminado desde Stony Creek hasta prácticamente Maplecrest. Cuando miro el reloj, son casi las seis, así que me doy la vuelta, regreso al automóvil y cambio al niño. Cuatro horas con él y aún sigue vivo. Tengo que volver a casa.

Con los Garrett.

Con Alice.

*   *   *

Al ver que no hay ningún vehículo en la entrada de los Garrett, no sé si pensar que he tenido suerte o todo lo contrario.

Entre el bebé, la sillita del automóvil y el resto de la mierda con la que me ha cargado Hester, necesito a un sherpa detrás para cargar con todo. Por supuesto, después de cómo me he puesto con Hester por dejarlo en el vehículo, lo primero que hago es llevarlo adentro a él, pero justo cuando llegamos a la puerta empieza a llorar como una magdalena. Se pone morado, con los puños apretados y las piernas flexionadas sobre la barriga; parece una *banshee*. Pruebo a meterle el biberón en la boca, pero lo expulsa. Pienso en volver a hacerle lo del eructo, pero me da miedo tomarlo en brazos, parece poseído. No me extraña que Hester esté desquiciada después de pasar cinco semanas y media así. Maldita adopción, ¿no podríamos dejarlo en la puerta de alguien?

Dejo las puertas del automóvil abiertas con todas las cosas del bebé dentro, visibles a cualquier ojo Garrett. No suelto al niño para cerrarlas, porque está a punto de sufrir un aneurisma. ¿Cómo es que en el restaurante estaba tan tranquilo?

No puedo hacer otra cosa, tengo que llevarlo en brazos mientras transporto sus cosas una a una. En cualquier momento aparece la camioneta, el Escarabajo o el Mustang, y todo se irá al traste.

Las pausas entre sus atroces chillidos son cada vez más largas, posiblemente no le quede aire en los pulmones. A mí tampoco, esto es peor que el día que fui a correr al muelle y tuve que pasarme media hora tirado en la arena para recuperar el aliento. Cuando se queda dormido sobre mi hombro, me tambaleo escaleras arriba, lo coloco en la sillita, lo aseguro y vuelvo al automóvil.

Casi he terminado de transportarlo todo, más de lo que yo mismo me traje al mudarme, y voy con la pesada bolsa de los pañales al hombro cuando alguien me toca en la espalda.

—¿Tim?

Es Andy. Se quita el casco, lo lanza al lado de la bicicleta, que está tirada en la hierba, y se aparta de la cara el pelo castaño y rizado. Me examina en silencio. Oh, oh.

Un vistazo rápido al exterior del bolso de los pañales no revela signos obvios de que sea de un bebé. No está lleno de patitos amarillos ni nada de eso, es simplemente azul oscuro y puede ser perfectamente de un hombre, excepto por el biberón que sobresale de un lado y al que le doy un empujón para meterlo más adentro.

—¿Qué tal, Andy?

—¿Recuerdas que tenía una pregunta que quería hacerte?

—Andy, si es sobre drogas o algo así, no...

Suelta una risita nerviosa, mostrando abiertamente el aparato dental, y me hace sonreír a mí también.

—Va en serio, Tim. Por favor.

—Sea lo que sea, di que no.

Ladea la cabeza, se echa el pelo hacia atrás y entrecierra un poco los ojos. ¿Lo que se oye es Cal lloriqueando de nuevo?

—Vamos, Andy, que tengo prisa.

—De acuerdo. —Y, a continuación, suelta de carrerilla—: Cuandoestásbesandoaalguienperobesándolodeverdad¿dóndepon eslasmanos?

—Eh, bueno... —Asiente, animándome a continuar, con una mirada esperanzada en sus ojos de color avellana—. Los hombros es un buen comienzo. —Es una buena respuesta, nada por lo que Jase vaya a matarme.

—¿Y después?

—Cíñete a lo de los hombros durante al menos un año.

—Venga ya, Tim.

Definitivamente, ese sí ha sido Cal.

—Supongo que en la cintura. O la espalda. No lo sé. No me preguntes a mí, Andy. Haz siempre lo contrario a lo que yo te diga. Lo único que puedo sugerirte es que te lo tomes con calma.

Retrocede un paso, negando con la cabeza.

—Eres muy duro contigo mismo. ¿Qué es eso que se oye?

—Eh... la tetera. —Empiezo a subir los escalones cuando se me ocurre algo y me detengo. Andy camina hacia la casa con los hombros caídos.

—¡Andrea! Espera, ¿quién es él?

—Kyle Comstock.

—¿El idiota que te dejó con un pos-it?

Los chillidos suben de volumen.

—Me dijo que quería salir con Jade Whelan porque yo besaba mal. He pensado que...

—Mantente alejada de ese capullo. En serio, Andy, a océanos de distancia. Si no, se lo contaré a Jase, Joel y Alice.

—¡A Alice no! —Le da un escalofrío, me sonríe y continúa—: Es lo que pensaba hacer. Solo quería preguntarle a alguien que... —Su voz va perdiendo intensidad, por lo que me tengo que acercar para escucharla. O tal vez sean los gritos del bebé que son más fuertes—. Saber qué piensa un cabeza de chorlito como tú.

Sonríe avergonzada

—Está bien, Andy. Me alegro de que mi pasado oscuro sea de utilidad para alguien.

*   *   *

—Eh, Tim. ¡Tim!

Estoy reclinado en el sofá con Cal en mi hombro. Por fin se ha dormido y yo me limito a mirar al vacío, muriéndome por fumar un cigarrillo, reproduciéndolo todo en mi mente: el crujido del plástico al abrir el paquete, la llama, el ligero peso del cigarrillo entre mis dedos, el meloso olor del tabaco antes de encenderlo, la primera calada, el humo, el cerebro al fin libre. ¿Por qué coño estoy tan cansado? No es que requiera un esfuerzo físico cuidar de Cal, apenas hace nada. Gracias a Dios que no tendremos que preocuparnos cuando tenga la edad de Patsy e intente comer piedras y beber del grifo.

—¡Mase! —vuelvo a oír.

Oigo ruidos en el jardín de los Garrett, nada nuevo, así que no les he hecho caso, me he limitado a intentar dormir a Cal. Ahora que lo he conseguido, lo dejo bocarriba sobre un cojín y abro la ventana para echar un vistazo. En el jardín hay mucha gente: un grupo de compañeros del equipo de fútbol de Jase, Mac Johnson y Ben Rylance, gente del equipo de natación de Samantha, unos pijos de Hodges. Jase y Sam están al pie de los escalones que suben al apartamento.

—Vamos a una hoguera a Sandy Claw —grita Samantha. Lleva un pareo azul, una toalla colgada del cuello y rodea a Jase por la cintura—. ¿Te vienes?

Mi amigo hace un gesto con la cabeza señalando al Mustang.

—Sí, vente.

Hay gente alrededor de varios vehículos, riendo y dándose empujones. Se oyen chillidos de unas muchachas que están sentadas en los regazos de unos jóvenes que ríen a carcajadas. Suena divertido. El tipo de diversión que llevo un tiempo sin experimentar.

—No puedo. —No puedo llevarme al niño a una fiesta en la playa. «Lánzame una Coca-cola, pero cuidado con la cabeza del bebé.» Además, lleva un rato dormido.

—Vamos, Tim. No puedes quedarte ahí todo el día, como un trol en su caverna —me anima Sam—. Ponte el bañador, vamos a hacer una competición de natación y necesitamos al nadador más rápido, a ti.

Veo de reojo cómo se mueve Cal y pone una expresión extraña. Justo después oigo un gorjeo. Mierda.

—No puedo, ¿de acuerdo? Ahora no puedo.

Sam empieza a protestar, pero Jase pone la mano en su brazo y me lanza una mirada comprensiva.

—Oye, podemos pasar de todo esto, pedir una *pizza* y salir a dar una vuelta.

Piensa que es por miedo al alcohol, pero yo no le digo lo contrario.

—No, voy a estudiar —las instrucciones de Hester para cuidar del bebé— y dormir. No pasa nada.

Samantha entorna los ojos.

—Pues nos quedamos. —Se apoya en la barandilla, preparada para subir los escalones y descubrir mi pesadilla.

Cal se retuerce y empieza a lloriquear.

—¡No! —exclamo—. Aceptad un no por respuesta, ¿de acuerdo?

—De acuerdo. Entendido —responde mi amiga.

Seguro que piensa que hay alguna muchacha aquí conmigo y Jase posiblemente crea que me preocupa el alcohol. Estoy mintiendo a los dos. Pensaba que ya había dejado toda esa mierda atrás. Me siento tan asqueroso como el pañal de Cal. Bueno, casi.

CAPÍTULO 22

Alice

—¿No vas en el Mustang? ¿Es que vas a compensar una juventud perdida yendo en el autobús escolar, J.?

—No he perdido mi juventud, Al. Sigue aquí, en alguna parte. Y no, demasiado lío para encontrar aparcamiento el primer día. Así solo voy a conseguir agobiarme y abollar el automóvil.

—Y, por supuesto, no quieres abolladuras en tu obra maestra —replico, mirando el vehículo de Jase. Invirtió medio verano arreglándolo después de comprarlo con ahorros para la universidad.

Sonríe y pasa la mano por el lateral. Solo ha pintado el techo de color verde, el resto tiene una imprimación de un rojo anaranjado y el color original metalizado de la década de 1970.

—Un respeto, que aún no lo he terminado.

Lleva unas horas en pie porque ha estado repartiendo periódicos, un trabajo que insiste en conservar, a pesar de que es o muy mayor o demasiado joven para repartir el *Stony Bay Sentinel* al amanecer. Después ha ido a la playa a correr. Apenas son las seis y media de la mañana y ya se ha duchado, se ha comido un montón de huevos y está esperando al lado del buzón, en la parada del autobús. Con un humor decente.

No me atrevo a mencionarle lo de las facturas del hospital y el banco. Ya estaba pensando en dejar el instituto para ocuparse de la ferretería. Y mucho menos se lo voy a contar a mis padres. Me acuerdo del señor Mason en su despacho y noto que me falta el aire y siento una presión en la garganta. Cierro los ojos y los abro, respiro profundamente. Ya pensaré en algo, solo necesito tiempo.

—Andyyyy —grito en dirección a la casa. El primer día de clase y, cómo no, va a llegar tarde.

—Deberías mandarle un mensaje de texto —me sugiere Jase—. Lleva en el baño de la planta de arriba casi una hora.

Justo en ese momento, mi hermana se precipita corriendo por los escalones con unos tacones en una mano, el pelo alisado, una camiseta sin mangas y una minifalda roja.

—Ve a cambiarte —le advierto—. Pareces un trozo de carne en el póster de un adolescente.

—No me da tiempo —me responde sin aliento—. Además, tú no eres la más indicada para decirme eso. Esta falda es tuya, la he visto en la foto de tu primer día de instituto. No me puedo creer que mamá no se haya despertado.

Es mi falda, claro. Ya sé que mamá y yo hemos tenido un montón de discusiones por mi ropa, pero ahora no parezco ella; me estoy comportando como una puritana quisquillosa. Hay días en que ni yo misma me reconozco.

—Está agotada, Ands. Y, créeme, es difícil olvidar esas fotos por mucho que siga rechistando mientras esperamos a que el autobús llegue —comenta Jase—. Pero Alice tiene razón con lo de la ropa.

—Os repito que vosotros no sois papá y mamá —contesta mi hermana—. Además, llevo una sudadera. —Sacude la mochila mientras se pone un zapato con la otra mano.

—Enséñamela. —Me acerco a la mochila.

—Por Dios, Alice. Parecéis poseídos por unos extraterrestres.

Claro que no tiene ninguna sudadera («te juro que la metí»), así que me dispongo a entrar en la casa para buscar algún jersey recatado cuando Jase saca una camiseta de su mochila.

—Usa esta.

Le lanza una camiseta de la ferretería en la que pone: DAMOS EN EL CLAVO. Las hicimos para las rebajas del cuatro de julio. Dios, ¿cuánto nos costaron? «Promoción y prevención, todo en uno.»

Andy la mira vacilante. Desde aquí puedo leer sus pensamientos: «¿una camiseta? ¿De la talla de mi hermano mayor? ¿El primer día de instituto? También podría practicar el haraquiri en clase».

—De acueeeerdo —termina aceptando, y se la pone encima de su camiseta. Ella es mejor persona que yo, o más disimulada. Cuando estira los brazos para metérsela por la cabeza, me doy cuenta de que mi hermana pequeña es más alta que yo. Con razón la falda parece tan corta.

—Veinte dólares a que se pasa el día en la taquilla. O puede que todo el año.

Jase se encoge de hombros.

—No seas así, Alice. Tú también fuiste joven.

—Y encima tengo el periodo —añade Andy, mirándonos a los dos alternativamente, como si nos hiciera falta conocer tal información—. Cómo no, ¿qué mejor que el primer día de clase para que me salgan espinillas? ¿Serviría de algo tomar la píldora o la gente pone esa excusa porque tienen que tomarla por otras razones?

—A mí no me mires —responde Jase.

—¿Por qué no? Sam la toma, ¿no? Y no le salen espinillas.

—Andy, no es asunto tuyo.

—¿Alice? Vamos, tú lo sabes, ¿verdad?

—Háblalo con mamá —murmuro.

Un momento, me las he estado tomando, ¿no? No recuerdo haber sacado la pastilla rosa del plástico, tenerla en mi mano, tragármela. Pero no lo he olvidado, nunca me olvido de eso. Además, Brad ya no está.

O sí. En ese momento suena mi teléfono y es él, que probablemente esté en el gimnasio. Es una fotografía de un cachorrito suplicando: Ya sé que no estamos jugando al balón prisionero, pero ¿me aceptas en tu equipo?

¿Qué ha pasado con lo de que hemos terminado? Entierro el rostro entre las manos.

—¡Alice! —grita Duff desde la entrada—. ¡No encuentro mis gafas! Ni el libro que me mandaron leer en verano.

—¡Alice! —chilla Harry desde detrás de la mosquitera—. ¿Y mi búho? ¡Alguien lo ha sacado del congelador!

—¡Alice! —me llama George desde la ventana de la habitación de Jase—. Esa señora que vivía en un zapato... ¿qué clase de zapato era? Quiero hacer un dibujo.

—Alice —señala Jase, que está colgándose la mochila—, vete a correr a la playa en cuanto nos montemos en el autobús. Te he comprado un envase con tres paquetes de caramelos de menta en Gas and Go esta mañana. Está escondido detrás del paquete de harina para que nadie lo encuentre. También hay una rosquilla.

El autobús escolar chirría al detenerse. Los frenos rugen, exactamente el mismo que me estoy esforzando por reprimir.

Tengo ciento diez años. Soy la anciana que vive en el zapato.

—¡Ánimo! —me alienta Jase, dándose la vuelta con un pie en el autobús—. Solo es un trabajo temporal como madre.

—Gracias a Dios —refunfuño—. Voy a vender a estos niños por eBay y no pienso tener nunca hijos.

Andy sube los escalones apresuradamente. La puerta del autobús se cierra y se vuelven a oír los frenos cuando se pone en marcha, dejando una humareda gris que asciende hacia el cielo azul.

Oigo un silbido y un «¡Aleece!» de un joven que está en la parte trasera del autobús. Jimmy Pieretti. Estuve saliendo con su hermano Tom hace tres años. En circunstancias normales, no podría evitar poner los ojos en blanco. ¿Cuántos años tiene Jim? ¿Los mismos que Jase?

Oh, Tim también.

Tom era divertido y Jim es un encanto. Agradezco cualquier prueba de que no soy tan vieja como me siento, así que le dedico una sonrisa. Los silbidos se disipan y cuando me doy la vuelta es como si tuviera un resorte en los pies.

Tim

Todo es un borrón. Cal duerme, llora, come y descansa sobre mi barriga cuando me tumbo en el suelo del apartamento o en el césped de la casa de Dominic esperando a que me baje la fiebre o a que se acaben los zumbidos y todo vuelva a la normalidad.

Pero no, porque nada de eso es real. Cal sí lo es.

Cuando se queda dormido un rato, me pongo a sudar. No sé si está muerto. Cuando solo duerme un poco, sudo porque estoy cansadísimo y no sé qué le pasa. No sigue ninguna rutina, al menos yo no me he dado cuenta. A veces se toma el biberón entero y después se tira como una hora llorando porque tiene hambre, a veces no bebe nada y se duerme rápido. No sé si es porque es un bebé o porque es mío y no me puedo fiar de él. En cualquier caso, es terrible. Jamás habría imaginado que pudiera sentir pena por mí mismo porque podría estar ahorrándome esta situación.

Esto supera cualquier cosa que mi padre pudiera idear. Podría haberme internado, por Dios, haberme encerrado en algún lugar para que me rehabilitara todo el tiempo que él quisiera. Sin embargo, han pasado tres días y han durado más que toda mi vida.

Qué fácil es todo cuando mis padres no quieren saber nada de mí. Me he pasado la vida poniendo un montón de excusas y dando explicaciones estúpidas. No obstante, con los Garrett no tengo la ventaja de jugar en casa. Hay demasiados ojos astutos, demasiados cerebros pensantes. Y eso que no es que esté metiendo de contrabando Bacardi dentro de un dispensador de gel antibacteriano en un cine, solo me paso el día entrando y saliendo del apartamento con el bolso de los pañales y el resto de cosas. Siempre me doy una vuelta antes para comprobar que no hay automóviles en la entrada y que las luces están apagadas.

Una vez hechas las comprobaciones, corro como el diablo. Ese es el motivo de que Cal y yo pasemos mucho tiempo en casa de Dominic desde que se ha aficionado a pescar. Me siento en los escalones, le lanzo palitos a su enorme pastor alemán y tomo en brazos a Cal mientras duerme, come o se queda mirándome. Mientras, Dom limpia el casco de su barco, recoge leña o pavimenta la entrada de su casa.

—¿Sabes hacer magdalenas, coser y esas cosas? —le pregunto después de observar un rato cómo limpia las alcantarillas.

—No tienes ni idea de lo que es ser un adulto. Y, por cierto, sé hacer unas tartas buenísimas. Lo que te resta hombría es que te tengas que refugiar aquí.

«Lo sé, lo sé, lo sé.»

* * *

La mañana del día tres, hablo con Hester por teléfono.

—Mira, tengo cosas que hacer. Una clase *on line* de Economía que llevo tiempo queriendo seguir, y un examen de Educación Cívica y otro de Física que tengo que hacer a lo largo de la semana. Y todo eso sin contar con el par de días que tengo que trabajar en la ferretería. —Con Alice allí al menos uno de ellos—. ¿Cuándo puedo dejarte a Cal?

Hester (tras una larga pausa): esta mañana. De todas formas, tenemos que hablar.

Ah, ¿sí? No es que me muera de ganas.

* * *

170

En cuanto desaparece el autobús escolar y la puerta de la casa se cierra tras Alice, lo primero que hago es meter a Cal en el automóvil. Hester y yo hemos acordado un intercambio del niño en el parque Willoughby, donde solía comprar marihuana. No quiere que vaya a su casa y la única explicación que me ha dado ha sido: «no es un buen momento».

Cuando llego al parque, voy a darle todas las cosas del bebé, pero lo único que Hester toma es al niño. Casi espero que me dé un maletín a cambio.

Inmediatamente después, se pone a rebuscar en el bolso de los pañales, como si estuviera comprobando lo que hay para asegurarse de que no he robado leche y he traficado con ella o algo así. Se me tensa la mandíbula y noto un latido en los músculos del cuello. No suelo enfadarme nunca y ahora es como si fuera un volcán en constante erupción.

Aparto la mirada y doy patadas a la arena con la punta de las chanclas. Willoughby no es como esos parques bonitos, llenos de vida, con árboles y hierba verde. Está en una zona fea y triste, ideal para traficar con drogas. De hecho, mientras estamos hablando, veo a un tipo haciéndolo. A lo lejos, junto al muro de piedra que delimita el final del parque, está Troy Rhodes, uno de esos jóvenes que hay en todos los institutos, que puede proveerte de lo que quieras o necesites, cualquier día, cualquier noche, a cualquier hora, siempre y cuando puedas pagar.

En otras palabras: mi traficante y, hasta hace unos meses, la persona a la que mejor conocía de la ciudad.

Está dándole un apretón de manos a un muchacho, a la antigua usanza. El joven está delgado, tiene el pecho prácticamente cóncavo, le cuelgan los pantalones y lleva una camiseta de Pokemon que probablemente no sepa que ya ha pasado de moda.

Cuando vuelvo en mí, Hester me está pasando la mano por delante de la cara. Le agarro la muñeca y se encoge, como si fuera a pegarle.

Dios mío, estoy enfadado, pero no soy un psicópata.

—Ya lo sé, Tim.

Ups, lo he dicho en voz alta.

—Tenías la mirada perdida, y sé lo que puede significar eso. Es solo que estás cansado, ¿no? Créeme, tienes mejor aspecto que yo después de pasar varios días con él. Es tu peor pesadilla, ¿verdad? Es como si estuvieras en el infierno.

He pensado eso unas 345.678.900 veces últimamente, pero cuando ella lo dice suena fatal, realmente mal.

Cuando me ve parpadear, vuelve a dirigir su atención al bolso de los pañales.

—Yo no tengo hermanos y en el campamento me ocupo de los mayores. —Se encoge de hombros—. Pensaba que eran como esos bebés que salen en los anuncios.

—Como esos de —pongo mi voz de presentador de televisión—: dale leche maternizada El jinete sin cabeza y tu pequeño dormirá como Rip Van Winkle.

Hester se ríe y es la primera vez que la oigo hacerlo desde el primer día. Se tapa la boca, como si se le hubiera escapado algo vergonzoso. Cuando aparta los dedos, en sus labios sigue habiendo una sonrisa.

—Por eso Calvin existe —dice con un tono acusador.

—¿Qué?

—Me hacías reír.

—Por suerte, no necesito un condón para eso. ¿Cuándo tengo que recogerlo de nuevo? —Eso suena aún peor que lo que ha dicho ella, así que no me sorprende que me mire como si quisiera golpearme con el bolso—. Quiero decir...

—No tienes que volver a hacerlo, no importa. Mira, Tim, he pensado en lo que dijiste, eso de que estaba comportándome como una sádica al meterte en todo esto.

No recuerdo haber usado esas palabras, aunque seguro que lo hice, porque soy un capullo.

—Olvídalo, no debería...

—No puedo. Yo fui la que se metió en este lío.

—Y una mierda, Hester. Esto no es *La letra escarlata*. No me importa hacer de niñera.

Frunce los labios, mira a Cal y después fija la vista en la distancia, con los ojos entornados en dirección al sol brillante.

—Si es tu hijo no es hacer de niñera. Lo que quiero decir es que no tienes por qué involucrarte en esto. Puede acabar aquí.

Cal se quita un calcetín, algo que le encanta hacer, como si fuera algún tipo de reto. Me inclino y se lo subo por su pie rosa y delgaducho. Me mira muy serio. Según he leído por Internet, probablemente todavía no me vea bien desde esta distancia. Podría desaparecer antes de que me viera. Decir «claro, bien, se acabó» y que lo último que haga por él sea subirle el calcetín, aparte de, al parecer, firmar unos papeles. «¿Un bebé? Sí, tuve uno durante un día o dos. No funcionó. Fin de la historia.» Nunca se acordará de que existí y podría intentar olvidarlo yo también. Puedo ver perfectamente la imagen rebobinándose, retrocediendo hasta hace unos días.

Estoy en mi apartamento, descansando después de hacer unas flexiones con la única preocupación de asistir a una cita con Alice en cuarenta minutos. ¡Pum! Todo borrado.

Sin embargo...

Hester sigue mirando el río, así que le giro la barbilla en mi dirección. Se queda rígida cuando la toco y se ruboriza un poco.

—Hes, sucedió, me lo contaste. No podemos viajar en el tiempo y deshacerlo, lo mismo que no puedo cambiar que echásemos un polvo.

«Qué bonito», oigo la voz de Dominic en mi cabeza.

Me mira como si le hubiera pegado una bofetada.

—Tú... yo... —Se le llenan los ojos de lágrimas.

Tampoco puedo retroceder y borrar lo que he dicho ahora, así que me acerco a ella trastabillando.

—Lo que quiero decir es... que estoy en esto. No se trata de una película de la que he visto un avance y decido no ver entera. Es mi hijo, así que tengo que apechugar. ¿Ahora qué?

Parpadea y sus rasgos se suavizan.

—Voy a ir a la agencia de adopción en un rato —me informa de nuevo con su tono remilgado—. Así podremos planificarlo todo mejor.

Hoy parece todavía más desmejorada que el primer día. Tiene el pelo oscuro recogido en un moño que parece un nido de gorriones, lleva unos pantalones de color caqui, pero le están estrechos y no en el buen sentido, y tiene la blusa mal abotonada. ¿A dónde va con esas pintas?

—¿Cuándo tienes la cita?

Se aparta de los ojos un mechón de pelo.

—No importa, no tienes que venir, ni siquiera te lo estaba pidiendo. De todas formas, tu nombre no consta en el certificado de nacimiento.

No se me había ocurrido pensar en el Certificado de Nacimiento, pero...

—¿No debería aparecer?

Me explica, con un tono paciente, que no estaba segura de que fuera a reconocer la paternidad.

—Pues fíjate, aquí estoy, reconociéndola —respondo imitando su tono, como si me estuvieran sacando las palabras una a una.

Toma el teléfono y se pone a buscar algo en él, a comprobar los mensajes tal vez. Normalmente tengo que conocer mejor a alguien para que me ponga tan de mal humor como hace ella.

El muchacho que antes estaba junto a los arbustos comprando, baja ahora por el camino en bicicleta, en nuestra dirección. Tiene la gorra hacia atrás y una expresión de enfado, tal vez porque nos ha visto, o por haber tardado tanto en ir a comprar, o porque es consciente de que ha dado un paso enorme hacia el Camino de la Estupidez. No debe de tener más de doce años, es casi como

Cal. Pasa a gran velocidad, con la mirada al frente, la mandíbula tensa. Sus piernas parecen un borrón.

Me cuesta horrores no interponerme en su camino como si fuera el maldito fantasma de las Navidades futuras.

Alice

Una vez que el autobús escolar se ha alejado, entro en la cocina y me encuentro a Duff y Harry batiéndose en duelo con unos polos de hielo. Y tan solo son las siete de la mañana.

—No soy zurdo —señala Duff con aire triunfal cuando me ve, pasándose el polo a la otra mano y chocándolo contra el de Harry. El suelo se llena de fragmentos morados de hielo azucarado

Harry salta sobre la espalda de Duff, preparado para un combate cuerpo a cuerpo, pero los agarro del pijama y los separo.

—Ya basta o acabáis los dos en el pantano de fuego.

Gracias a que tenemos comida en los armarios y el frigorífico les sirvo el desayuno. Hasta encuentro las gafas de Duff y su libro escondido bajo el castillo de LEGO de Harry, fruto de una complicada trama de venganzas cuyos detalles prefiero no conocer.

—Te queda mucho que aprender sobre las venganzas —le digo a un Harry ofendido que no para de repetir «no es justo, no es justo, no es justo»—. Para empezar, nunca escondas cosas en los lugares más obvios.

—¡No le des pistas, Alice! —me grita Duff—. Pero tú, ¿de qué lado estás?

—Del que mejor me pague. Id a vestiros.

Lo tengo bajo control. Oigo correr el agua, lo que quiere decir que mamá se ha levantado, pero lo menos que puedo hacer por ella es dejar que se dé una ducha, suponiendo que Andy haya dejado algo de agua caliente.

Patsy se ha escapado de su cuna, cómo no, pero ella no es rival para mí. Mis habilidades para cambiarle el pañal mientras trata de huir no están a la altura de mi padre.

Le pido a George que dibuje ocho niños para la anciana del zapato y tenemos una charla sobre cuál sería el zapato adecuado que no acaba muy bien.

—No puede tener un tacón alto —opina Duff—, porque se escaparían todos.

O ella también podría escaparse, pero no lo digo en voz alta. Soy la mejor, aunque se me había olvidado el búho.

—¿Dónde está? —me pregunta Harry, con las mejillas pecosas surcadas de lágrimas. Se pone a buscar frenéticamente por los cajones de la cocina, revolviendo los folletos de *pizza* a domicilio y tirando lápices por el suelo.

—¿Tienes algo que ver con esto? —le pregunto a Duff.

Me mira con expresión inocente y no con esos ojos muy abiertos que siempre me hacen sospechar.

—¡Si fui yo quien lo encontró y se lo dio!

Le envío un mensaje a Jase: ¿Dónde narices está el búho?

Y no contesta; en clase no dejan llevar teléfono móvil, claro.

Harry está a cuatro patas hurgando en el armario donde están todas las fiambreras. Lo tira todo por el suelo, sollozando. Miro sus diminutos hombros huesudos... parece tan desamparado. Podría estar junto a él en el suelo, buscando y gritando. Lo rodeo con los brazos e intento llevarlo hasta mi regazo, como haría con George (que, a juzgar por el ruido, está buscando al búho en el armario de las escobas), pero me mira como si fuera un demonio escapado del infierno.

—Has sido tú, Alice, lo sé. No querías que lo tuviera. Te odio.

—¡Por Dios! —Elevo mi voz, y pienso en Tim—. Cállate.

Un segundo de silencio.

—Se supone que no debemos decir eso —me regaña Duff muy serio.

Patsy está mascando algo que parece salido del cuenco del gato.

«No puedo hacerlo. No quiero. Yo no he elegido esto.»

Tengo el pecho comprimido y no puedo respirar, y...

Llega mi madre, con la piel de un ligero tono verde, y lo arregla todo. Es como si tuviera una varita mágica. El búho sigue misteriosamente desaparecido, pero tiene un montón de fotografías desde todos los ángulos.

—Esto es mejor —le dice a Harry rotundamente—. Seguro que la señorita Costa es alérgica a las plumas. Además, habría sido complicado llevarlo en la mochila.

—Podría haberlo metido en la fiambrera del almuerzo —le responde él de mal humor, pero ya no está enfadado, aunque sigue con el rostro lleno de lágrimas.

Mi madre felicita a George por su dibujo mientras le quita a Patsy de la boca la comida del gato (sí, eso era) murmurando:

—Jase tiene que guardar esto en su habitación.

Manda a Duff a que ordene el armario de las escobas porque a él le encanta hacer ese tipo de cosas, y yo me alegro de ello. Después me mira con los ojos entrecerrados, deslumbrada por la luz que se cuela por la ventana que hay sobre el fregadero.

—Vete a correr, Alice. Yo me ocupo.

Prácticamente hago mi mejor tiempo simplemente dirigiéndome al recibidor, pero después me doy la vuelta.

—Mamá... —«¿Por qué demonios te ocupas siempre de esto? ¿Por qué?»—. ¿Cómo lo haces?

—Tengo acceso a las Artes Oscuras. Vete, Alice.

Y eso hago.

CAPÍTULO 23

Tim

Cuando regreso a la casa de los Garrett me da la sensación de que he pasado al cielo directamente del infierno. Alice está en el jardín lavando el Escarabajo, lleva la parte de arriba de un biquini blanco atada al cuello y unos *jeans* cortos, lo que me hace pensar que tengo muy pocas ganas de que llegue el frío. Esto lo compensa todo: el Certificado de Equivalencia de Educación Secundaria, el calentamiento global y hasta los últimos días de mi vida.

Alice se limpia la frente con la mano y me apunta directamente con la manguera sin darse cuenta.

—¡Oye!

Mi voz la sobresalta, se vuelve y, cuando me ve mojado, esboza una sonrisa tan amplia que podría morirme aquí mismo de felicidad. Tapa la boca de la manguera con el pulgar y la sacude arriba y abajo para empaparme por completo. Miro a mi alrededor, en busca de un arma; echarle un cubo de agua por encima sería brutal. Antes de que pueda alcanzar una pistola de agua del césped, levanta la mano en señal de rendición, pero como tiene aún la manguera en las manos hace el trabajo por mí y se moja entera.

—Siempre en busca de problemas, Tim.

—Has empezado tú. Además, los problemas me encuentran sin siquiera tener que preguntar por ellos.

179

Estamos hechos una sopa. Tiene gotitas de agua en sus largas pestañas y el pelo húmedo. Reina el silencio, excepto por el sonido del agua que sigue saliendo de la manguera.

—¿Dónde está todo el mundo?

—Es el primer día de clase —responde.

Ah, claro, el autobús de antes. «Primer día de clase.»

Se tensa mi garganta. Para mí no, es el primer septiembre, desde que tengo cinco años, que no voy a atravesar las puertas de ningún colegio.

—Ya que lo dices, a partir de hoy soy oficialmente un desertor en el instituto.

Se seca las manos con una toalla, se la pasa por el cuello y me mira directamente a los ojos. Se muerde el labio inferior y entorna los ojos antes de asentir, como si hubiera llegado a una conclusión.

—Cámbiate y nos vemos aquí en cinco minutos, ¿de acuerdo?

Cuando regreso, lleva la parte de arriba de un biquini amarillo y una falda naranja que técnicamente le cubre el trasero, pero puedo advertir las marcas del resto del biquini. Como si fuera capaz de leerme la mente, me toca el parche, situado ahora en mi costado; una pegatina cuadrada debajo de mi camiseta.

—¿Cómo va todo, Tim?

«Tengo novedades.» Abro la boca, pero solo digo una parte de la verdad.

—Bueno, básicamente como una mierda.

Me estudia durante un segundo y se dirige al Escarabajo.

—Venga, vámonos.

A cualquier parte.

Entro en el asiento del copiloto y, como en este tipo de automóviles no hay espacio para colocar bien las piernas, rozo accidentalmente el muslo suave y bronceado de Alice con los nudillos al ponerme el cinturón. Tamborileo con los dedos en mi rodilla, cierro los ojos y tomo una bocanada de aire. Sal, mar, sol, arena.

Alice.

Alice

El Escarabajo se ha encogido. Tim parece ocupar más espacio, más aire, de lo que le corresponde. Acomoda sus largas piernas, con las rodillas encajadas bajo el salpicadero y la mano rozándome la pierna. Me pongo de los nervios cuando meto la marcha atrás. Lo miro por encima del hombro para comprobar si tiene esa sonrisa arrogante, pero me lo encuentro con parte de la cabeza por fuera de la ventanilla y la barbilla apoyada en una mano. Tiene los ojos cerrados y el pelo alborotado en un huracán rojo.

La única ocasión en la que hemos estado juntos en este automóvil estaba borracho en el asiento trasero después de una carrera suicida en su vehículo con Samantha y su hermana asustadiza. Estaba hecho una pena y tuvimos que llevarlo a su casa. Hace apenas tres meses de eso.

Muy poco tiempo.

Abro la boca para decir «es mejor que volvamos, esto no es buena idea» cuando noto la brisa y huelo el asfalto de la carretera, el aire puro y el champú de Tim. Hemos pasado ya la antigua casa de los Reed y el viento nos arrastra a través de los edificios y los patios, lejos de todo.

Solo por hoy.

Llegamos a la intersección de Old Town Road y la ruta 14 y acaricio el plástico del volante con los pulgares, dudando sobre qué camino tomar. Tim levanta un poco la cadera y se saca algo del bolsillo.

—Vamos a echarlo a suertes —dice y me da una moneda—. Cada vez que lleguemos a una intersección, lanzamos la moneda. Cara es a la derecha, cruz a la izquierda.

Lanzo la moneda en su dirección, la alcanza en el aire, rápido como un rayo, se la pone en el dorso la mano y señala a la izquierda. Se inclina para mirar la señal.

—Mejor esperamos unas cuantas salidas para lanzarla de nuevo. No nos esperan muchas aventuras en Stony Bay.

—¿Así que hoy vas en busca de aventuras, Alice?

Me encojo de hombros. Tim vuelve a acomodar las piernas, se toca el muslo y hace una mueca.

—¿Te ha dado un calambre? ¿El entrenamiento de la Marina ya ha acabado contigo?

—El dolor solo es la debilidad abandonando tu cuerpo —recita solemnemente—. Y también la nicotina. La moneda dice que tires por la derecha.

Giro a la derecha, después a la izquierda, y nos dirigimos a la playa de McNair, a tres ciudades de distancia. Es una playa turística porque es mucho menos rocosa que otras que están más cerca.

—Solo para que lo sepas —comienza Tim cuando estaciono en el aparcamiento vacío—, he hecho trampas. Quería playa, era una pena no mojar ese biquini.

Me sonríe con descaro, esperando mi reacción. Me enderezo, echo los hombros atrás y le sonrío, pero después me pongo rígida; he hecho estos mismos movimientos un millar de veces y sé lo que significan: «Adelante, mira. Quiero que lo hagas». ¿En qué narices estaba pensando al ponerme este biquini con él? Debe de estar escrito en el cielo, en un cartel, en una pantalla publicitara: «claro que lo sabes».

Sí, lo sé, pero aun así...

Tim

Alice se quita las chanclas y las deja en el maletero sin decir nada. Echa a andar como si liderara una marcha y yo la sigo con las manos en los bolsillos. Sin mediar palabra, andamos por el camino bordeado de arbustos de la amplia playa en dirección al puesto de perritos calientes y hamburguesas que hay en la orilla, junto al rocoso rompeolas. Me saca cierta ventaja y me doy cuenta de que voy detrás de ella como Brad o cualquiera de los capullos de sus juguetitos.

La alcanzo con facilidad, ya que tengo las piernas más largas.

—No, no eres un perrito faldero, Tim, ya lo sé.

—Que quede claro —respondo con la mirada fija en el aro que tiene en el ombligo, que resplandece bajo la luz del sol.

—Eres demasiado grande para ser un perrito faldero. Tal vez, un setter irlandés.

Se da la vuelta y echa a correr. Me río. ¿Así que solo soy un compañero de entrenamiento? Cuádriceps acalambrados y todo, solo tardo un minuto en alcanzarla esta vez. Al menos no boqueo como un pez al que han sacado del agua.

Le doy un golpecito en el hombro y se vuelve, pero, como no es consciente de lo cerca que estoy, se da de bruces contra mí. Se le borra la sonrisa del rostro, retrocede y cruza los brazos sobre la piel bronceada de su vientre, justo en el lugar que quiero posar mis dedos para enredar mi pulgar en el pequeño aro de plata.

—Vamos... vamos...

—¿Sí? —Me acerco más. Alice, la feroz Alice que siempre me mira directamente a los ojos, parece no saber dónde mirar ahora.

—Vamos a...

Cierro los ojos y noto el latido de la sangre en los oídos.

«Vamos a tumbarnos en la arena. Por favor, permíteme... tener eso.»

Me mira un momento con los ojos entornados, los labios ligeramente separados.

—Dios. —Se queda mirando las olas y después la playa—. Es cierto, el verano se ha acabado. Demasiado rápido.

—No —señalo—. El puesto del Shore Shack sigue aquí. En la tierra de los helados con colores jamás vistos siempre es verano. Vamos, te invito a uno. —Me meto la mano en el bolsillo y saco las monedas y los billetes arrugados que guardé al salir del apartamento—. Siempre y cuando no cueste más de cuatro dólares con veintisiete.

—Qué generoso.

—Eh, la eterna juventud no sale barata. —Acerco la mano a su espalda para conducirla al puesto, pero soy incapaz porque, cuando se trata de Alice, no hay límites a todo lo que quiero tocar. Soy una versión del dóndeponeslasmanos de Andy.

Tenemos una breve charla sobre los sabores más infantiles.

—Napolitano —insiste Alice—. Vainilla, chocolate, fresa. Los básicos. Es el primer helado que toman los niños.

Cal.

«No pienses en él.» Me gustaría aislar este día en el tiempo, del mismo modo que un mago saca una moneda de la nada.

—Es solo un truco para usar toda esa fresa —respondo—. ¿A quién le gusta eso?

—Te lo estás tomando muy en serio.

—Es mi especialidad.

—Vive el momento, Tim. —Su tono es alegre, incluso un poco bromista y, qué narices, ¡sí!, ¡tiene razón!

Finalmente, ella escoge bizcocho, que es rosa y tiene glaseado, y yo elijo chicle azul eléctrico, que lleva bolitas de chicle. Ver a Alice lamer su helado me hace feliz en muchos sentidos. Le doy un mordisco al cucurucho.

—Sabía que eras de ese tipo de personas —me dice, terminándose el suyo.

—¿Qué tipo? —Me trago lo que queda de helado, apartando una de las bolas de chicle duras y rancias que encesto sin problemas en un cubo de basura.

—De las que hacen las cosas mal porque sí.

Después de haber conseguido apartarlo de mi mente durante dos minutos, Calvin me viene a la cabeza como si fuera un cubo de agua fría. Tomo una bocanada de aire.

«Vive el momento.»
Cal no está aquí ahora.
Yo sí, y también Alice.

Alice

Nadie que esté comiéndose un helado parece una persona adulta y Tim, con una mancha azul justo en la mejilla, no es una excepción. Ahora mismo estaría en el instituto si no hubiera tomado el camino equivocado.

Solo hace un año que yo lo terminé, de acuerdo, pero se me antoja muy lejano. Los partidos de *hockey*, el día del Espíritu en octubre, los bailes... la vida de otras jóvenes.

Tim tira la parte final del cucurucho a la papelera, se quita la camiseta. De repente tengo delante un montón de piel desnuda.

—Túmbate —le indico señalando la arena.

Se queda con la boca abierta.

—Eh... ¿qué?

—Túmbate —repito.

—¿Me vas a dar una galleta si obedezco? —Y lo hace, se tumba bocarriba en la arena y yo me pongo de rodillas junto a su cadera. Comienzo a echarle arena encima, empezando por el pecho.

—Solo si te portas bien. Deja de moverte, Tim, no puedo enterrarte si te sigues moviendo.

Estira el brazo y me agarra la muñeca.

—Me dejarás un agujero para poder respirar, ¿no?

—Yo... yo... —Me aprieta con el pulgar justo en el lugar donde me late el pulso. Aparto la mano y sigo cubriéndolo de arena—. Cuando le hacía esto a Andy siempre formaba una cola de sirena de arena sobre sus piernas.

—Ah, pero esta vez no vas a hacer eso.

Estoy empezando a echarle arena por los muslos cuando de repente se sacude, esparciendo arena por mi pelo, biquini, por todas partes.

Sacude la cabeza, salpicándome más arena, y entonces se agacha, resollando como si estuviera corriendo —descalzo— en lugar de tumbado bajo mis manos.

Tim

«Agua fría. Ahora.»

—Vamos a bañarnos —me dice Alice como si me hubiera leído la mente. O el cuerpo—. ¿Una carrera hasta las boyas?

—Uff, eso es de niños. Si buscas acción vamos al rompeolas.

—¿Y no es de niños lo que estamos haciendo? Además, el rompeolas es zona prohibida para los nadadores.

Señalo las sillas vacías de los socorristas.

—Vamos, Alice, corre el riesgo.

—Estira antes la pierna derecha —me avisa.

—Te has olvidado eso de «Simón dice».

Se ruboriza y baja la mirada para colocarse bien la parte de arriba del biquini.

—¿Qué significa eso?

—Que no te comportes como si fueras mi jefa.

Niega con la cabeza, como si quisiera que mis palabras y este extraño tira y afloja que hay entre los dos se disolviera con la brisa.

—No estoy haciéndolo.

—Ah, ¿no?

—No —me responde bruscamente—. Cuando corres, sueles apoyar más una pierna, de ahí que tengas calambres. Yo también lo hago cuando no presto atención y por esa razón me rompí el tobillo hace unos años. ¿Alguna vez te has roto algo?

—¿Aparte del toque de queda y el límite de velocidad? Bueno, he roto unos cuantos corazones.

Menuda mierda acabo de soltar. Espero que me pida explicaciones, que sepa que nadie ha llegado tan lejos nunca. Jamás. Pero en lugar de eso, endereza su postura y apoya las manos en las caderas, como si esto fuera un reto para ella.

—No importa, yo no tengo corazón.

Eso también ha sido una mierda, pero no se lo digo.

—Y dime, ¿cómo puedo arreglarlo? ¿Apoyando más la pierna izquierda?

—Prueba a hacer estiramientos

Me hace una demostración apoyando uno de sus muslos tonificados y bronceados con la rodilla ligeramente flexionada. Tiene la mandíbula tensa y la mirada puesta en el agua con expresión decidida, labios carnosos y dos pequeños hoyuelos en la base de la columna.

«Ay, Alice.»

Intenta no hacer estiramientos delante de mí, gracias.

Alice

Oscilo suavemente en el agua fría, en la delgada línea limosa en la que se encuentran las boyas, y no veo a Tim por ninguna parte; estaba aquí mismo, a unos metros por delante de mí, y ya no está. Ni chapoteo ni signo alguno de unos brazos nadando entre las olas, tan solo veo una gaviota graznando y bajando en picado por el aire.

Nada de nada.

Atisbo el pánico, casi visible, por el rabillo del ojo, como si alguien encendiera y apagara una luz blanca en una sala oscura. Me salpica agua de una ola en la cara y me quedo sin aire.

Esto no.

Aquí no.

Ahora no.

Y él no. ¿Dónde está?

Entrecierro los ojos, miro en una dirección, en la otra, y de repente emerge del agua una cabeza con el pelo del mismo rojo que las boyas. Maldita sea, se está riendo.

—¿Dónde estabas?

—He ido al rompeolas y he vuelto buceando. He ganado.

—Pensaba que te habías ahogado.

Ladea la cabeza y me mira.

—¿En serio? Estuve en el equipo de natación.

—¿Por qué tendría que saber yo eso? Pensaba que te habías hundido —espeto con voz temblorosa—, que es lo último que necesito ahora, que necesitamos. ¿Qué hubiera pasado si te hubieses ahogado? ¿Y si te hubieras hecho daño mientras yo te vigilo?

—¿Vigilar? No eres mi niñera —replica y se pone rojo.

—No quería decir eso. Es solo que... podías haberte golpeado la cabeza o la contracorriente te podía haber arrastrado o...

—Las peores contracorrientes están en la playa de Stony Bay —interrumpe—, no aquí. Además, sé arreglármelas. Soy fuerte, Alice, y no soy responsabilidad tuya.

—No me refería a eso, sino... —Me quedo callada, pues ni siquiera sé por qué estoy enfadada.

Tim frunce los labios y me mira al tiempo que se balancea arriba y abajo por el movimiento de las olas. Está muy cerca y agita con los pies el agua que me rodea mientras trata de mantenerse a flote, con el pelo rojo centelleando.

—No siempre lo hago todo mal, Alice.

Se aprecian los sonidos propios del otoño, a pesar de que aún hace una temperatura cálida y veraniega. Sus ojos son de un claro azul grisáceo, francos.

—Ya lo sé.

A veces dices las cosas automáticamente y sientes en tu interior que todo encaja. La dificultad para respirar y el nudo que tengo en la garganta desaparecen cuando lo miro mientras las olas nos salpican.

Tim

—¡Quema, quema! Se me ha olvidado dejar una toalla encima del asiento —maldice Alice tras instalarse en el asiento del conductor—. ¡Maldita sea! Nunca se me olvida.

—Probablemente te hayas distraído con mi magnífico cuerpo varonil. —Tomo una toalla del asiento trasero y se la paso.

La agarra y se la coloca debajo antes de darse la vuelta y mirarme con los labios fruncidos, la mandíbula tensa y los brazos cruzados. Imagino que empezará a gritarme por algo, por haberle asustado en el agua, porque se ha enterado de lo del niño, porque es capaz de leerme el pensamiento y conoce cada rincón y escondrijo de mi mente.

—¿Qué?

Frunce el ceño y me recorre el rostro con la mirada.

—¿Qué? —vuelvo a preguntar y me rasco la barbilla inconscientemente. No me he afeitado.

Aún con el ceño fruncido, lleva el dedo índice a mis cejas y alisa las arrugas de preocupación que me han salido. Me envuelve la cintura con un brazo y lleva los dedos a mi nuca para tirar de mi cabeza. Me toca con la lengua el labio inferior y después abre la boca. Sabe a sal, y a tarta, y a todo lo que siempre he deseado al soplar las velas de cumpleaños. Le devuelvo el beso, recorro con el pulgar su columna y mantengo la otra mano temblorosa en su cintura tan solo un instante antes de presionar la palma contra su piel suave, atraer su boca más hacia mí, su cuerpo al mío, el mío al suyo.

Estamos dentro de un Volkswagen y yo mido metro noventa; la elegante ingeniería mecánica alemana no fue fabricada para esto, pero ni por asomo pienso detenerme para buscar un lugar más cómodo, por muy encajadas que tenga las piernas debajo del salpicadero o por mucho que se me clave la palanca de cambios en la caja torácica.

—¿Qué estoy haciendo? —susurra Alice, subiendo las manos por mi espalda—. Esto es una locura. —Mueve las caderas para acomodarlas a mi cuerpo—. Eres un niño.

—No soy un niño y lo sabes. —Muevo los labios por debajo de su oreja y bajo por su garganta, su cuello. Después, muy lentamente, muevo la mano y deslizo el pulgar por debajo del triángulo de su biquini.

Dios, Dios, Dios. Aquí estamos, en un vehículo diminuto con las ventanas bajadas en un aparcamiento público. Podrían detenernos por esto, pero nada de eso ocurre.

Retiro la tira de la parte de arriba de su biquini y acerco la boca a su clavícula, al lugar en el que la goma ha dejado una pequeña marca roja. Sus manos están sobre mí y mis labios sobre ella; tensa los dedos y me quedo sin aliento. Respira entrecortadamente y su aliento caliente me roza la piel.

Busco con la mano la palanca para reclinar el asiento, pero en su lugar doy con un aro de plástico con caucho que no reconozco de inmediato pero luego identifico. Un chupete. Para un bebé.

Este es de Patsy, pero...

Alice se va a odiar a sí misma, y también a mí, ¿por qué ha tenido que pasar esto ahora?

—Probablemente... esto no sea una buena idea.

—¿Eh...? —Me besa la clavícula con la palma en mi pecho, sobre mi corazón.

—Alice —Alza la mirada.

—Tenemos que tranquilizarnos —le digo. ¿Justo ahora tengo que hacer gala de mi madurez?

—¿Sí? —Me mira confundida.

—Sí.

—No.

—De acuerdo, tienes razón —responde, apartándose de mí y volviendo a su asiento. De repente me siento helado sin su calor corporal. Tiene la cabeza gacha. Le doy un beso suave en la frente.

—Por si no te resulta obvio, yo no quería parar.

—Ya, ya. —Sigue bajando los ojos.

—Alice, mírame.

Levanta la cabeza poco a poco y traga saliva. Tiene los ojos brillantes y el pelo alborotado, está impresionante. Alza una mano como para acallar cualquier cosa que vaya a decir.

—Dame un segundo.

Rebusca en el asiento trasero una camiseta, se la pone como si fuera un escudo, se lleva las manos a los ojos y las deja ahí un segundo. Y otro. Enciende entonces el motor, mira por encima del hombro y sale del aparcamiento tan rápido que si no fuera porque en el suelo solo hay conchas marinas, quemaría el caucho de las ruedas. Estas salen disparadas del suelo.

Alice

No decimos nada en todo el trayecto. Tim va con la ventana abierta, sacando la cabeza y tamborileando con los dedos en el salpicadero. Solo veo su perfil, y no demasiado bien.

Parece que hubiera corrido kilómetros de lo que me tiemblan las piernas; al aire le cuesta llegar a mis pulmones y me hormiguean los dedos de los pies, como si se me hubieran dormido, lo que tal vez haya sucedido, ya que un momento antes los tenía fuertemente flexionados. Al cambiar de marcha, me tiembla un poco la mano. Me detengo para echar gasolina y Tim tira del freno de mano, rozándome la pantorrilla con el pulgar. Me mira la pierna un segundo, traga saliva y veo cómo se le mueve la nuez de Adán.

—Hay algo que tengo que contarte, pero antes me gustaría saber una cosa: ¿qué ha sido eso? —me pregunta en voz baja.

—¿Qué ha sido qué? —Garabateo mi nombre en el comprobante y tomo la tarjeta que me devuelve el joven de la gasolinera para después incorporarme de nuevo a la carretera.

Tim señala con el dedo por encima de su hombro, en dirección a la playa de la que acabamos de marcharnos.

—Lo sabes perfectamente. ¿Estás jugando conmigo, Alice? Por favor, sé sincera.

Odio que sea mucho más alto que yo y que la cabeza le llegue al techo del automóvil.

—No estoy jugando contigo —respondo y freno ante la luz roja de un semáforo—. Dios, como si yo hiciera eso.

Tim me mira a los ojos.

—Bueno, sí suelo hacerlo, pero no ahora. —Me llevo las manos a la cara—. En realidad no sé qué estoy haciendo, pero no es jugar contigo como si fuéramos el ratón y el gato.

—Entonces... ¿qué es esto? ¿Una cita de prueba después de cagarla en la primera? ¿Una locura temporal? No lo entiendo.

—Yo tampoco —musito—. Además... tú has sido el único inteligente capaz de ponerle freno. —Mi voz suena herida y lo odio.

—No quería hacerlo. Seguro que lo sabes, no puede ser más obvio, pero...

Muevo una mano como para indicarle que lo deje pasar.

—Da igual.

—Alice.

Vuelvo a mover la mano en su dirección mientras trato de recobrar la compostura, volver a ser la Alice de hojalata, la que no tiene corazón.

—Alice, no me digas que da igual. Sí que importa. ¿Puedes mirarme, por Dios?

—Estoy conduciendo, no puedo distraerme.

Exhala un suspiro y yo sigo conduciendo, atravieso una rotonda sin dirigirle la mirada. Sin embargo, cuando llegamos a nuestra calle, estiro el brazo con la palma hacia arriba y, un segundo después, Tim coloca su cálida mano sobre la mía y me da un apretón. Cuando aparco y lo miro, me lo encuentro dándose golpecitos con el pulgar en la pierna. Me vuelvo hacia él.

—Mira, Tim, ¿y si intentamos...?

—Alice, tengo que contarte algo importante...

Se queda callado y dirige la mirada al apartamento del garaje.

—Mierda.

—¿Qué? —Sigo la dirección de su mirada y veo a una joven sentada en los escalones. Es la del automóvil plateado. Lleva un bolso enorme colgado del hombro y a su lado hay una sillita de bebé.

CAPÍTULO 24

Tim

Hester me saluda muy animada, como si hubiera aparecido por su casa con flores y un pastel de carne.

—Mi automóvil estaba muy raro, hacía unos ruidos muy extraños —explica, acercándose a mí y dejando al bebé atrás—, así que lo he llevado a un taller en la calle North y me han traído hasta aquí. Cal está muy inquieto, no debería pasar mucho tiempo al sol.

Alice es una estatua con la mano paralizada en la palanca de cambios, Hester sonríe y Cal está dormido. En este momento vendería mi alma por un buen número de cosas, pero primero y ante todo, por ese estúpido sombrero de marinero, ese maldito gorro, y es que Cal no tiene nada en la cabeza, tan solo el brillante pelo rojo incriminatorio. Hester se da cuenta de que me acompaña una deslumbrante joven en biquini en el mismo momento en que Alice se hace una idea de la situación. A la primera se le borra la sonrisa de la cara, y a la segunda se le queda a cuadros.

—Seguramente haya que cambiarle la correa del ventilador —indica Alice con la voz desprovista de toda emoción—. Y deberías resguardar al bebé del sol.

—Alice —comienzo—. No es... —«¿Qué? ¿No es lo que parece? Es exactamente lo que parece»—. Puedo... —«¿Explicártelo? La verdad es que no»—. Yo...

—Es mejor que no digas nada —me responde al tiempo que abre la puerta para salir.

—Pero... —Rodeo el Escarabajo.

—No. Hables.

Cierra la puerta de un portazo y vuelve a cerrarla cuando esta se abre. Cal se asusta, empieza a llorar y Alice me mira con la incredulidad pintada en su rostro y se dirige hacia la casa.

*   *   *

—Creía que me habías dicho que no tenías novia.

Oigo la voz de Hester por encima de los gritos del bebé, al que acuna en sus brazos. Cal tiene los ojos como platos.

—Y no tengo.

Se queda mirando a Alice mientras se aleja y yo le doy un puñetazo al Escarabajo y después le doy una patada a la rueda para compensar.

—¿Entonces?

—No es asunto tuyo, Hester. —Tengo los dientes tan apretados que no me extrañaría que los molares salieran despedidos.

—A lo mejor te ayuda hablar de ello... —indica con voz suave.

¿Por qué coño me viene con estas? El bebé se había callado, pero empieza a llorar otra vez.

—No te ofendas, pero no me conoces de nada. —Cal sigue chillando—. Maldita sea, dámelo, Hes.

Se muerde el labio y me lo pasa.

—Seguramente no tarden en arreglarme el automóvil. Podrías dejarme en la ciudad o... —me pide con los hombros caídos—. Puedo ir andando, ¿crees que está muy lejos?

Ya, y de camino clávate tú solita en la cruz. Alzo al bebé a la altura de mis hombros y entierro la nariz en su cuello. Se mueve un poco para acurrucarse y sentirse así a salvo. Yo no lo estoy, tengo la garganta tensa y los intestinos se me remueven como si

196

fueran serpientes, así que cierro los ojos y recito en la cabeza una plegaria para serenarme. Lo mejor que puedo hacer es retroceder mentalmente a la playa, el agua fresca, el resplandor plateado en los hombros bronceados de Alice, el centelleo del aro de su ombligo, su sonrisa.

—¿Seguro que no es tu novia? —me pregunta Hester—. Nos está espiando por la ventana.

—Da igual. Vamos adentro con Cal.

—Se llama Calvin.

Me comporto como si estuviera buscando pelea, pero me da igual, no me importa comportarme como un capullo.

—Yo lo llamo Cal. Calvin es una mierda de nombre.

Hester, con sus grandes ojos azules y su piel pálida, se encoge. Acabo de darle una patada a un gatito. Subo los escalones murmurando una disculpa y ella me sigue, pero antes echo una miradita atrás para ver si Alice sigue observándonos.

No lo hace.

* * *

Ya dentro, lleno un vaso con agua del grifo, bebo, dejo el vaso en la encimera y pongo la cara justo debajo del grifo para refrescarme. Hester tiene a Cal en brazos y le da palmaditas en la espalda. Sigue hablando, insistiendo en algo relacionado con la adopción, y mi historial médico, y mi etnia, y papeleo, papeleo, papeleo.

Me martillea la cabeza, tengo calor, y frío y de nuevo calor.

—¿Cuánto van a tardar en arreglar tu automóvil? Ahora no puedo hacer esto. Llama al taller y diles que es la correa del ventilador. Bueno, mejor vamos allí.

—A lo mejor no es eso, a menos que esa muchacha sea mecánica, aunque no lo parece, ¿es...?

—Déjalo. —Tomo el teléfono de la encimera—. ¿De qué taller se trata?

—Oh, no, el pañal está goteando. —Me pasa al bebé como si se tratase de una pila de toallas y se dirige al grifo a lavarse las manos—. ¿Puedes facilitarme tu historial médico? Me lo han pedido. ¿Tienes alguna enfermedad crónica?

—No. —Apoyo a Cal en mi pecho, con la cabeza sobre el hombro, y con una mano busco en el bolso un pañal—. A menos que cuente mi limitada experiencia con el alcohol. —Y mi adicción al sexo, y que soy un idiota.

Cal me clava las uñas en el pecho, como si fuera la gata de Jase.

—Espera —le digo—, primero hay que cambiarte.

Noto algo cálido y pegajoso en la mano y sé lo que es antes siquiera de mirarlo.

—Dios mío, Hes, ¿por qué tiene este color? ¿Qué le pasa a este niño?

—¡Nada! Está bien. ¿Qué le va a pasar?

Muevo a Calvin y lo sostengo con la mano, la misma mano que hace menos de una hora estaba en la espalda de Alice, en su cuello, su cintura.

—Es verde, tiene que pasarle algo.

—Está bien —repite y me ofrece una caja de toallitas, un plástico doblado y, no sé por qué, un gorro de lana con un pompón—. Cámbialo ahí para que no manche el sofá.

—¿Crees que me importa una mierda el maldito sofá? A saber qué puede haber en esos genes o cromosomas o lo que sea con lo que he contribuido. Si te digo la verdad, hasta me sorprende que mi esperma haya sido capaz de llegar al destino.

—Está sano, tranquilo. Lo estás alterando. —Hace una pausa—. Mira, Tim —comienza con voz suave—, ya sé que es duro, para ambos, pero tenemos que llevarnos bien por el bien del niño.

Me tiembla la mano cuando despego el lateral del pañal; la tira se rompe y la caca sale disparada, manchando el sofá y a mí.

—No, no estamos casados y él es una ameba. —Y desaparecerá tan pronto como sea posible.

La llevo en mi automóvil hasta el taller Reynold; haría cualquier cosa menos cambiar yo mismo la correa del ventilador (sí, es eso lo que falla). Me siento culpable por haber comparado a mi hijo con un organismo unicelular, así que acepto quedármelo otra noche. Cuando dejo a Hester en la ciudad me quito un peso de encima.

Alice

Cuando entro en casa, llena de arena y con el biquini todavía húmedo, la encuentro en completo silencio. Dejo la toalla mojada en un rincón de la cocina, tal y como hace cualquiera de mis hermanos, y le doy una patada a un taburete que hay junto a la isla, que se cae al suelo. Aún me duele a rabiar el tobillo tras el asalto al Escarabajo en mi triunfal retirada.

Me alegro de que mi madre no esté aquí, aunque ojalá estuviera. Solo ella, sin nadie más a quien tuviera que prestar atención.

Me siento como si me hubiera tragado un puñado de conchas marinas de las del aparcamiento de la playa y me arden los ojos. Tomo el teléfono móvil para llamarla, pero enseguida lo vuelvo a dejar en la encimera. ¿Qué iba a decirle? «¿Sabes qué? Vamos a tener que regalarle una tarjeta por el día del padre a Tim Mason el año que viene. Por cierto, nos hemos besado, yo no quería parar y ahora tendré que hacerlo, está claro por qué. ¡Ah! ¡Noticias frescas! Grace Reed ha dejado de pagar las facturas de papá, así que tenemos que celebrarlo.»

Enseguida me siento culpable y pesada, como si tuviera a alguien sentado sobre mi pecho, porque mi padre, no, toda mi familia está jodida si no consigo arreglar esto. Y yo, mientras, me dedico a pensar en Tim Mason. Vuelvo a dar una patada al taburete, esta vez más fuerte, y lo estampo contra el cubo de basura, que alguien ha debido sacar para vaciarlo y se ha olvidado de él. Este se vuelca, derramando cáscaras de naranja, un paquete de café y algunos pañales de Patsy en el suelo, que ya estaba suficientemente mugriento.

Me pongo a llorar y estallo en improperios.

Ha tenido un bebé con esa joven, ¿es ella su tipo? Dios, si hasta odio cuando la gente dice que hay tipos, como si comparara a las personas con sabores.

¿Por eso lo han echado sus padres? Lleva aquí tres semanas y el bebé parece mayor. ¿Por eso lo expulsaron del instituto? ¿Quién es ella? ¿Se va a mudar a mi apartamento con él? ¿Va a dormir en su cama, comer cereales con él, ir a la playa y...? Tiene la piel muy blanca, seguro que se quema con el sol. Soy la peor persona del universo.

Me dirijo a mi habitación con la intención de tirarme en la cama y llorar hasta quedarme dormida. Voy a arrasar el dormitorio. No obstante, lo comparto con Andy, y como hoy ha sido el primer día de instituto, ya está en casa. Está tumbada en mi cama (la suya está llena de colada limpia que no se ha molestado en guardar), pintándose las uñas y comiendo galletas de un paquete que hay sobre mi almohada.

Cuando entro se sobresalta.

—No han caído migas en... ¿Qué pasa? ¿Es por papá? ¿Por mamá? Dios mío, Alice, tranquila. —Se pone en pie y me rodea con los brazos, llenándome el pelo de esmalte de uñas rosa al retirármelo de la cara—. Cariño... —me dice, imitando bastante bien a nuestra madre.

—Todo el mundo está bien —aclaro. Me pican mucho los ojos, seguro que llorar me aliviaría.

—Pero tú no. —Me lleva hasta mi propia cama y aparta el edredón (de camino lo mancha con esmalte de uñas, pero ya me da igual todo)—. Cuéntame qué te pasa, Alice.

—¿Y qué? ¿Me vas a trenzar el pelo, pintar las uñas?

Vuelvo a ser la Alice de hojalata, esta vez con mi hermana pequeña, que me acoge con el corazón y los brazos abiertos.

—Si quieres... —me responde—. Tenía planteado escucharte simplemente.

Trago saliva.

—Es...

No puedo, soy incapaz de decir las palabras porque entonces... se convertiría en una realidad, que Tim es padre y que yo soy un desastre, que me ha mentido, no solo con lo que ha dicho, sino con lo que ha hecho. No se me había ocurrido preguntarle si por casualidad había tenido un hijo recientemente. Por un momento pensé que... podríamos... nada serio, pero podríamos... En fin, no, no podemos.

—Es por un muchacho —señala—. ¿Por Brad? No, eso no puede ser.

—¿Por qué no? —le pregunto rápidamente. Lo más lógico sería pensar que es por él; acabamos de romper. Andy estuvo deshecha un mes después de que el imbécil de Kyle Comstock la dejara.

—¿Flip? —prueba—. Me gustaba Flip, me llevó a practicar esquí acuático.

—Eso fue hace dos años. No es por Flip, ¿por qué crees que no es por Brad?

—Nada relacionado con Brad te haría daño. No tenía...

—¿Pelotas?

—Gracia. —Mi hermana pone una mueca—. No. No lo sé, fuerza... intensidad. No necesitabas a Brad.

Me restriego los ojos a pesar de que los tengo secos.

—Lo que no necesito es esto.

—No —replica ella tajantemente—. A la mierda, sea lo que sea. Eres demasiado genial y fuerte como para dejar que algo o alguien te haga daño.

Ya, excepto las facturas, papá, las clases y un exalcohólico pelirrojo con un niño.

No quiero agobiarme. Espero un minuto y me concentro en un punto invisible de mi muslo. Tengo que tranquilizarme, Andy se va a asustar.

—Para que lo sepas, no soy tan fuerte, Andy. No vayas a pensar que yo soy la fuerte para no serlo tú. Solo... solo...

—Venga, Alice, puedes tener un mal día siempre y cuando no se convierta en una costumbre o te comportes como una tocapelotas. Fíjate, lo he dicho. O una mequetrefe o muchos otros calificativos. Me sé unos cuantos: imbécil, estúpida, capulla, idiota, subnormal, repelente, papanatas, mentecata, tarada, rata de alcantarilla. Y esos son los agradables, he estado haciendo una lista.

Sigue rodeándome con sus brazos delgaduchos y apoyo la cabeza en su hombro. Huele a vainilla, quitaesmalte y mi perfume de gardenia. Me río y ella hace lo mismo, chocando su hombro contra el mío.

—Tim me ha enseñado un montón, además de cómo darle una patada en la entrepierna a un muchacho. Me ha enseñado más, seguro que te sorprende.

—Posiblemente ya no —le digo con tristeza, pero no es verdad. Estoy sorprendida; más que eso, estoy atónita. Anonadada. ¿Pero por qué? ¿No es eso lo que todo el mundo espera que ocurra? El chico con más probabilidades vuelve a fastidiarla. Oh, Tim.

«Era de esperar, ¿no, Alice? Quería ser alguien mejor.»

Me tumbo en la cama y apoyo la cabeza en los brazos.

—También me ha enseñado a pegarle a alguien en la nariz para rompérsela, con un movimiento ascendente de la mano, con el talón. —Me tira de un mechón de pelo para mostrármelo.

—¿Vas a hacerle eso a algún idiota de catorce años?

—Solo si es estrictamente necesario, también me ha dado una charla sobre eso. No puedo rompérsela a cualquiera que intente meterme ma... Da igual. Fue estupendo, se comportó como un hermano.

—Ya sabes más de lo que deberías, Ands.

—Joel y Jase habrían querido pegarle por mí, no me van a enseñar a insultar o a defenderme. Me encantaría que Tim fuera mi hermano.

—A mí no —replico un poco más alto de lo que quería.

—Tú no lo conoces tan bien como yo. Hablando de sorpresas, ¿te sorprendería que te dijera que tengo que ir a casa de Megan? ¿O que tienes que recoger a Jase del entrenamiento y llegas tarde? Podrías darme dinero para el Starbucks.

—No, no me sorprendería.

—Alice, te queremos, y si ese muchacho no, es que es un trasero de mandril con piel de rinoceronte y cara de caballo.

—¿También te ha enseñado eso Tim?

—Duff y Harry —me contesta con una sonrisa enorme que deja al descubierto el aparato reluciente—. Tengo muchas fuentes.

Tim

Menuda mierda, literalmente. En el corto trayecto de vuelta del taller, a pesar de que me resulta imposible que pueda quedar algo en el diminuto cuerpo de Cal, vuelve a ensuciar el pañal, la camiseta por detrás y hasta el gorro. ¿Cómo puede ser posible?

Me agacho junto a él mientras se estira en la manta que he puesto sobre el suelo del salón. Ya me había dado cuenta de que pasaba algo cuando lo saqué del automóvil, pero... Me devuelve la mirada con las pestañas húmedas por las lágrimas.

—Tranquilo, ya me ocupo yo. Saldremos de esta —le aseguro con voz varonil, más profunda que la que tengo, cuando la realidad es que no tengo ni idea de si voy a tener suficientes toallitas para arreglar esto. Si existirán suficientes en el mundo.

No me quita ojo de encima. «Lo siento mucho, papi, me parece que se me ha ido de las manos.»

—No pasa nada, Cal, estas cosas pasan —le animo, aunque no sé si es así. ¿El gorro?, ¿en serio? Tal vez sea culpa de mis genes, todo esto no puede provenir de un cuerpo tan pequeño. Solo me quedan dos toallitas y no tengo papel higiénico ni nada similar.

La única solución posible es la ducha. Ya le he quitado la ropa y la he dejado apilada en el suelo para ocuparme de ella más tarde, así que me desprendo rápidamente de la mía, dejo los zapatos en el salón y lo llevo a la ducha. Se queda paralizado cuando ve el agua.

«Por favor, no llores, Cal.»

—Es la ducha, no pasa nada. A la gente le gusta ducharse, dale una oportunidad.

Se me aferra al pecho como si fuera un mono araña, uno con el pelo rojo. Le pongo la espalda bajo el agua y arruga la carita. Maldita sea, el agua está un poco caliente. Le doy al agua fría, pero Cal parece todavía más asustado. Le enjabono la espalda, arriba y abajo, y lo levanto para que estemos cara a cara.

—No te preocupes, Cal, todo va bien —le digo con firmeza.

Tiene sus ojitos redondos y azules fijos en los míos, mueve la cabeza hacia delante, lleva la boca hasta mi nariz... y empieza a succionar. No puedo evitarlo, me echo a reír mientras sigue chupando.

—No vas a conseguir lo que necesitas de mi nariz, peque —le aclaro.

Ni de ningún lugar de mi cuerpo. No obstante, aquí, bajo el agua fresca de la ducha, con él resbaladizo por el jabón y apenas recuperados de la fatalidad del pañal, me siento feliz. Por una vez soy lo que este niño necesita. O mi nariz lo es.

* * *

Diez minutos más tarde, llamo a la puerta de los Garrett con mi gran secreto en brazos.

—Mami, Tim nos ha traído un bebé, ¿podemos quedárnoslo?

La señora Garrett, que está lavando los platos en el fregadero, se da la vuelta, me mira, mira a Cal y vuelve a mirarme a mí.

—Vaya...

—George, este es Cal. —Me agacho para estar a la misma altura que él—. Es... bueno, es mío, así que no te lo puedes quedar.

Ni yo tampoco.

—¡Uy! Tiene un montón de pelo.

Me río. Es verdad, incluso mojado, el pelo de Cal se queda de punta, como la cresta de un gallo. La señora Garrett se acerca y se agacha a mi lado.

—¡Santo cielo! —exclama.

No tengo ni idea de lo que debe de estar pensando, y digo:

—Lo siento, señora G. Me dijo que sería un buen padre, mis planes se han fastidiado un poco. ¿Está Alice en casa?

—Ha ido a recoger a Jase —me responde al tiempo que se pone en pie—. Estoy segura de que tienes una buena historia, Tim. ¿Por qué no me dejas al bebé, comes algo y me la cuentas?

Entre bocado y bocado empiezo a relatárselo todo, en mitad de un frenesí alimentario de proporciones épicas. Aquí no tienen *pizza* rancia, así que me como tres bocadillos de pavo, dos yogures griegos de limón, una bolsa de galletas y me trago prácticamente una botella entera de batido de chocolate.

Se me hace raro explicarle toda la parte de Hester, sobre todo con George (y después Harry y Patsy) ahí sentado, con los ojos como platos.

—Así que... fui a una fiesta el invierno pasado y había una chica a la que no conocía muy bien, y, eh, se llevó el premio gordo, pero yo no me he enterado hasta hace unos días de que había recogido el premio.

La señora Garrett asiente.

—Debe de haber sido una fiesta estupenda —comenta George entre suspiros—. Lo único que he ganado en mi vida ha sido un puñado de chicles, y pelotitas de goma, y pistolas de agua.

—Seguro que a Tim le hubiera encantado ganar algo así, George —le dice la señora Garrett.

Acuna a Cal sobre su abultada barriga y me revuelve el pelo con la mano.

—Podrías haber acudido a nosotros, esto es demasiado para que te ocupes tú solo.

—Es muy chiquitín —señala George—. Yo puedo cuidarlo. Puede dormir en mi cama, seguro que él también se hace pipí. Así me aseguro de tener un hermanito bebé por si el nuevo bebé es otra niña boba.

—¡Cari! —me llama Patsy y estira sus bracitos en mi dirección, dándome codazos en la rodilla con insistencia para dejar claro que mi bebé es ella y que no es una niña boba.

La tomo en brazos, acerco la cara a su pelo y sin previo aviso siento que los ojos me arden, como si estuviera oliendo tabasco. «Mierda, no.» La señora Garrett suspira.

—Es adorable, pero seguro que ya lo sabes. Parece sano. —Asiento sin alzar la mirada—. Pero ya has tenido que tragar suficiente. Lo siento, Tim.

—Está bien —respondo rápidamente, y es que la compasión me hace más difícil controlar las lágrimas—. Yo puedo con todo lo que me echen. Además, sabe que... siempre estoy comiendo aquí.

Cuando alzo la mirada, me doy cuenta de que la señora Garrett no me ríe la gracia.

—Esa muchacha —tantea con cautela—, ¿cómo es?

—¿Está buena? —pregunta Harry.

—¡Harry!

—¿Qué? Joel siempre pregunta eso, y Duff.

Su madre pone los ojos en blanco.

—¿También Duff?

Joel siempre ha sido una hormona andante, pero Duff solo tiene siete años. Patsy me acaricia el brazo con cariño, llamándome «cari» de vez en cuando.

—Ni siquiera sé cómo es. Es... bueno, es muy decente. Sacaba sobresalientes en las asignaturas a las que íbamos juntos, siempre hacía trabajos extra, hace esquemas con la información sobre los cuidados del bebé.

—Eso no parece *sexy* —murmura Harry.

—Harry, cállate y come. —La señora Garrett toma una manzana del frutero y se la da—. Así que... estás conociéndola a ella al mismo tiempo que conoces a tu hijo.

—Sí. Como le he dicho, mis planes siempre se jo... —echo una mirada a George y Patsy— joroban.

La señora Garrett me mira con ojos tristes, pero su voz es enérgica y sensata.

—Seguro que necesitas cosas... ropa y otros artículos. El apartamento de Joel no cuenta con equipamiento para bebés. Aquí tenemos muchas cosas, vamos a echar un vistazo en el sótano.

Ya abajo, la señora Garrett abre unos contenedores de plástico marcados con NIÑO, NIÑA Y ARTÍCULOS y me prepara algunas cosas. Ya que los niños no nos han seguido hasta aquí y han preferido quedarse arriba para jugar con Cal, puedo aprovechar para contarle lo que antes no pude.

—No necesito mucho, ya me ha dado ella un montón de cosas. De todas formas, es temporal. Hester quiere darlo en adopción lo más rápido posible. —Esta misma mañana habría sido perfecto.

Está doblando una colcha azul y se detiene con el rostro desprovisto de cualquier emoción, pero enseguida vuelve a la tarea sin mirarme.

—¿Y tú que sientes al respecto?

—Nada de nada, señora G. —respondo y me encojo al acordarme de la última vez que contesté así.

Se pone recta y me acaricia la mejilla con el dorso de la mano, sin decir nada. Me ofrece un montón de mantas con unas cuantas camisetas dobladas encima. En una de las mantas está cosido DUFFY con hilo rojo.

—No necesitará usted toda esta mierda, ¿verdad? Estas cosas, quería decir.

—No voy a lavarte la boca con jabón, Tim, ya he oído antes esa palabra y también la he usado recientemente. Y no, al menos durante los próximos seis meses, y por esa época Cal ya habrá crecido o se habrá ido. Quédatelo por ahora.

—Pero si yo no sé ni hacer la o con un canuto. —Le explico lo que ha pasado con el gorro y esa cosa verde y se ríe.

—Es normal. Mientras sepas lo que necesita Cal estarás bien. Nadie sabe qué hay que hacer al principio, Tim. El bebé y tú lo descubriréis juntos.

Subo las escaleras con una tonelada de cosas, incluido un gimnasio infantil, sea lo que sea eso («Dios mío, papá, me he dado cuenta de que no tengo los abdominales bien definidos.»), un oso de peluche al que se le tira de una cuerda y canta *Campanitas del lugar* y otro montón que parece estar compuesto de ropa interior.

Cuando llego arriba me encuentro a Alice en la cocina con su biquini amarillo y un pareo, el pelo alborotado, la cara enrojecida y los ojos fijos en los míos. Jase y Sam están a su lado y mi hijo en sus brazos.

Mierda. Reunión de fans.

CAPÍTULO 25

Alice

Tim me mira desde detrás de un montón de cosas para bebés antes de dejarlo caer a sus pies; ladea la cabeza y me sonríe.

—Ya veo que has conocido a Calvin. Supongo que el secreto ha salido la luz, no soy virgen.

—Tim... —me reprende Samantha.

—¿Qué es virgen? —pregunta Harry.

—Algo relacionado con los bosques —le responde George.

—Esto... —zarandeo al bebé y mi madre, que llega detrás de Tim, carraspea— no es una broma. ¡Esto solo te puede pasar a ti!

—Técnicamente —arrastra las sílabas y se apoya en la pared— le puede pasar a cualquier joven al que le funcione la...

—¿Qué narices te pasa? ¡Tienes diecisiete años!

Tim se da una palmada en la camiseta y se mira los pies.

—En diciembre cumpliré dieciocho y, por si lo has olvidado, tú tienes diecinueve, joder. No eres tan mayor como para ser mi madre, así que ya puedes ir retirando esa mierda, nena. Además, no te importaba tanto...

La cocina está en completo silencio. Jase se estaba desatando las zapatillas Converse y de repente sus dedos se quedan paralizados. Sam tiene la mano en la boca. Hasta el bebé parece aturdido.

Entonces Harry rompe el silencio.

—Tim ha dicho palabrotas. Dos veces y de las malas.

Tim mira a George, que nos observa asustado, con lágrimas en los ojos. Le acaricia la cara y deja escapar una risa temblorosa.

—Lo siento.

Acuno al bebé y lo miro a él y a Tim respectivamente.

—Incluso después de verlo... de saberlo... tiene que ser... Es increíble.

—Pero verdad. ¿Por qué estás tan furiosa? A ti te da igual, no vas a tener que hacer de niñera, eso me toca a mí, nena.

—¿Por qué no reservas ese «nena» para tu nene? Y, para tu información, cuando el bebé es tuyo no haces de niñera.

Jase y Samantha intercambian miradas como locos y este se aclara la garganta...

—Muchachos...

—George, Harry —lo interrumpe mi madre tras tomar en brazos a Patsy, que sacude las piernas con fuerza y se retuerce, estirando los brazos en busca de Tim—. Vamos a por algunos de vuestros peluches para prestárselos al bebé, algo suave con lo que ya no juguéis.

Los niños se dirigen a la escalera.

—A *Happy* no se lo puede llevar —grita George.

—¿Quién es ella? Se ve que no es tu traficante. Menudo secreto llevas guardando nueve meses, sin mencionar...

—¡No lo sabía! Me enteré hace... No lo sabía —repite Tim—. Ni siquiera me acuerdo de ella, estoy completamente en blanco.

—Jesús —murmura Jase.

—¿Se supone que eso mejora las cosas? Le has arruinado la vida, pero no pasa nada, nene, porque no recuerdas nada. ¿Eso te libra de toda culpa? —El bebé empieza a protestar, así que lo apoyo en mi hombro y le acaricio la espalda. Los bebés activan los instintos de los Garrett.

—Déjamelo a mí —me sugiere Samantha al ver que sigue quejándose.

—Seguramente tenga hambre. Otra vez —murmura Tim—. Yo me ocupo, dame. —Se acerca a él y me lo quita de los brazos colocando la mano en la nuca del niño—. Ya volveré después para continuar con esto. —Se dirige a la puerta, la abre con el pie descalzo y esta se cierra una vez que sale.

Jase suelta un largo suspiro y Samantha se agacha para recoger la ropa y las mantas.

—Vaya —murmura—. Sus padres estarán... Ni siquiera me lo puedo imaginar.

Ya, el chico con más probabilidades se ha vuelto a superar. Si los Mason lo echaron de casa por temas laborales, ¿qué pasará ahora? ¿Lo van a deportar?

—Es como si su profesión fuera hacerlo todo mal, como si lo primero que hiciera al levantarse, antes de ducharse, si es que se ducha, fuera escribir una lista de las formas más creativas y estúpidas de equivocarse.

Abro la puerta y cuando Jase me pone una mano en el hombro la aparto.

—Esta no es tu lucha, Al —me dice.

—Voy a hablar con él —inquiere Samantha, que intenta bloquearme el paso.

—Ni hablar, vosotros sois demasiado buenos.

*   *   *

—¿Qué quieres ahora? —me pregunta Tim cuando lo alcanzo en la puerta del apartamento que intenta abrir con un codo—. Estoy atareado, Alice, tengo las manos ocupadas.

—Entra. —Abro la puerta yo misma, le pongo la mano en la espalda y entro detrás de él. En el salón hay una bolsa de pañales abierta, una mecedora, algunos biberones en el fregadero y un moisés de mimbre, además de las montañas de ropa sucia y los cuencos con cereales incrustados.

Tim me mira y se pone recto, como diciendo «pégame», esperando, como si ya hubiera soltado todas las cosas horribles que quiero decirle e intoxicaran el ambiente. Frunzo los labios como si así pudiera callarlo todo.

Pasa por mi lado, dejando más espacio entre los dos del necesario, abre una lata de leche para bebé, llena un biberón y lo mete en el microondas, silbando. Cal mueve la cabeza arriba y abajo en su hombro, mirándome con sus enormes ojos azules.

—¿Cómo es que lo haces todo mal?

Le pone el tapón al biberón, lo agita, se sienta en el sofá, coloca las piernas en la mesita y apoya la cabeza del bebé en su muslo.

—A veces la fastidio, es verdad.

—No te atrevas a hacer eso. —El bebé estornuda y salpica leche por todas partes. Tim le limpia la carita con el borde de la camiseta—. No uses tu cantinela de «todo es divertido si lo miras por el lado bueno».

—¿Qué quieres que haga? —me pregunta enfadado.

—No lo sé, Tim, ¿qué planes tienes?

—No tengo un maldito plan, Alice. Ha pasado menos de una semana.

—Tendrás que esforzarte, esta vez no puedo arreglarlo por ti.

—Perdona, ¿pero te he pedido que lo hagas?

Doy una vuelta por el salón. Cal vuelve a estornudar, esta vez en la cara de Tim.

—Puede, parece que tienes un don para olvidar momentos clave de tu...

—¿Por qué estornuda tanto? —me interrumpe, limpiándose la cara—. ¿Estará enfermo?

—No, diría que lo tienes demasiado tumbado, tienes que levantarle la cabeza un poco más.

Tim sube un poco la rodilla.

—Así. —Lo tomo del brazo y se lo muevo para que Cal se apoye en su codo—. Inclina el biberón así o le entrará mucho aire.

212

—Se te da bien esto. —Su voz suena resignada.

—Sí, ¿verdad?

Doy un paso atrás. El bebé se retuerce y le da a Tim en el ojo con la mano. Este se la agarra con la suya y Calvin —Calvin, ¿no?— se cree que va a soltarlo, porque se sobresalta y hace un movimiento reflejo, estirando el cuello y moviendo los brazos con los ojos muy abiertos por el miedo.

—Déjamelo —le pido, prácticamente arrancándole al niño de los brazos. Se ha quedado sin color en la cara.

—¿Qué le ha pasado? ¿Por qué ha hecho eso? ¿Le habrá dado un ataque? ¿Le habré hecho daño?

Tomo una manta de encima del sofá, una roja con unas cabezas de mono muy feas, le doy la vuelta, doblo el borde con un brazo por debajo y otro por encima, y la enrollo para envolver al bebé. Esto se llama experiencia.

—Envuélvelo así —comento—, y se sentirá seguro. Y lávate las manos, por Dios.

Echo un vistazo al apartamento.

—¿Cuándo fue la última vez que hiciste la colada? Te traeré dos cestas, una para él y otra para ti, y... ¿tienes una libreta? Te voy a hacer una lista, probablemente lo encuentres todo en el supermercado, pero...

—Odio esto —me dice con tranquilidad, estudiándome.

—Muy mal —respondo—, porque es tuyo. Felicidades.

Es igualito que él; pelirrojo, de ojos atormentados, más azules que los de él, el cuerpo largo y delgaducho. No se parece a esa muchacha, aunque aún es un bebé, un lienzo en blanco. Además, apenas la miré.

—A él no —aclara—. Esto, no quiero esto.

—Lo siento, semental, póntelo, pónselo —señalo entre comillas—. Estas son las consecuencias.

Parpadea y abre la boca para replicar, pero en lugar de protestar dice con un tono tranquilo:

—No necesito tus consejos, Alice. —Traga saliva y me mira directamente a los ojos—. No quiero esto para nosotros.

—¿Nosotros? —Suspiro—. No hay ningún nosotros, solo somos tú y yo.

—¿Y tres con el bebé?

—Qué gracioso. Por esta vez me llevo tu colada y la juntaré con la nuestra, pero ni por asomo te la voy a doblar.

—Déjalo, no soy uno de tus hermanos, no vas a lavarme los calzoncillos.

Continúo, como si no lo hubiera oído.

—¿Has hecho un horario para...?

—¿Puedes quedártelo un momento? Necesito ir al baño, creo que voy a vomitar.

Se levanta del sofá lentamente, como si el movimiento le diera dolor de barriga. Calvin me mira con sus pequeñas cejas rojas fruncidas en un gesto de preocupación y enfado. Igualito que Tim. Le saco una de sus minúsculas manos de la manta y acerco el dedo a su palma.

—La cigüeña te ha dejado en la casa equivocada —le susurro.

Dentro de seis meses tendré una nueva hermana, o hermano, y seremos nueve. Patsy ni siquiera ha cumplido dos años y sigue en la habitación de mis padres, ¿dónde va a dormir el bebé? ¿Tendremos que dormir Andy y yo con él o ella mientras Tim y Calvin ocupan el apartamento que iba a convertirse en mi nuevo hogar?

Maldita sea.

—Justo lo que necesitamos: otro niño por el que preocuparnos —señalo en voz alta.

No me doy cuenta de que Tim ha regresado hasta que le oigo preguntar:

—¿Estás hablando de Cal o de mí?

Le paso al bebé.

—Adivina, nene.

CAPÍTULO 26

Tim

No puedo mirar a Jase ni a Samantha, a pesar de que son mis mejores amigos de toda la vida. La verdad es que ni siquiera puedo mirarme a mí mismo.

¿Se lo cuento a Nan? ¿A mis padres?

Si apenas puedo mirar a Cal mientras lo atiendo. A él le cuesta enfocar, así que genial.

Dom lleva diez días fuera con sus amigos de la pesca, así que llamo a Jake. Se ha quedado hasta tarde trabajando con el equipo de fútbol americano en Hodges. Es el primer día de clase y también el primer día de entrenamiento. Me hace entrar por la puerta trasera del gimnasio, una por la que pasaba muy a menudo hace dos escuelas. Un día, mientras me liaba un porro en el aula de música, no me di cuenta de que la llama había pasado del mechero a la tela negra de los uniformes del coro y casi quemo Hodges, muros incluidos.

—Te he apuntado para que utilices la cancha —me dice—, puedes usar mi raqueta.

No espera, me arrebata la sillita del bebé y me guiña un ojo.

—Yo me ocupo del niño, tú desahógate. Ven a mi despacho cuando hayas terminado. Me consta que conoces el camino, a la derecha del aula de castigos.

Alice

Mensaje de Brad: Ally-baby, el otro día me pasé. Sin resentimientos. ¿Vamos a correr? Deja que siga entrenándote, te prometo que podremos hablar.

Me ha mandado adjunta una foto de él haciendo flexiones. A mi padre le gusta mucho un dicho: «A veces la mejor solución es no tener una solución», lo que quiere decir: no tomes decisiones para las que no estás preparado. Decide no decidir.

Yo: Bonita camiseta.

Él: Es más bonita en persona.

Brad: ni sorpresas ni lado oscuro.

Otro de los dichos de papá: Menos drama y más comida.

Tecleo con el dedo sin siquiera pensar; a Brad le da igual que piense, no le importa lo que piense.

Yo: ¿Estás demasiado cansado para ir a la playa?

Me responde con una foto de un perrito suplicando.

«Yo no soy un perrito faldero, como tus cromañones.»

Dejo el pulgar posado en el teléfono un momento, dudando, pero finalmente le envío un emoticono con el pulgar levantado.

* * *

Cuando llego a la playa me encuentro a Brad con una enorme sonrisa, arrastrando los pies por la arena.

—Pensaba que no vendrías. El otro día me comporté como un imbécil, ¿verdad?

—Sí. —Me inclino y empiezo a estirar las piernas. Brad me rodea el tobillo con los dedos y tira un poco para ayudarme.

—Pensé —empieza a decir y sacude la cabeza— que me estabas dejando por otro, por ese amigo de tu hermano que siempre aparece en todas partes. Estaba celoso, pero he estado pensando, he hablado con Wally y me he dado cuenta de que no es así. Apenas tenías tiempo para mí, ¿cuándo ibas a salir con otro?

Hace viento, el oleaje espumoso agita el agua del mar, las boyas, distantes, se mueven violentamente y los arbustos de las dunas se mecen con el aire. El mar está de un color verde oscuro y apenas hay luz. El viento arrastra un puñado de arena hasta mi cara, mi boca, y toso.

Brad le quita el tapón a una botella de Gatorade con sabor a naranja y me la pasa con la misma eficacia con la que una enfermera pasa un bisturí. Doy un par de tragos y lo miro.

—Todo sigue igual entre nosotros, no podemos seguir quedando. No nos estamos dando un descanso, hemos roto.

—Ya lo sé —me responde—, pero pensaba que habrías cambiado de opinión.

—No.

—Alice, eres terca. —Le da un sorbo al Gatorade—. Pero con esto te estás equivocando. Voy a esperarte lo que haga falta.

—Mira, no voy a darte falsas esperanzas...

—Ya veremos. Te doy una cabeza de ventaja en la carrera, ¿de acuerdo?

Lo miro con la mandíbula tensa.

—No me trates como a una niña.

Nena. Niña. Sacudo la cabeza para que todos mis pensamientos —niños y bebés— se esparzan con el viento y la arena.

—No necesito ventaja. —Continúo estirando y echo a correr. Cuando ya he recorrido cierta distancia me doy cuenta de que sí que me la ha dado. Él sabe mejor que yo lo que necesito.

CAPÍTULO 27

Tim

*T*oc, toc. *Toctoctoctoctoctoc.*

Apenas hay luz en el exterior. Antes de abrir la puerta ya sé que se trata de Jase. ¿Quién, aparte de un padre adolescente como yo y un joven con un estricto horario de entrenamiento o un trabajo de repartidor, estaría levantado tan temprano?

Cuando abro la puerta me lo encuentro apoyado contra la jamba, con las manos en la cintura. Llevo al bebé en brazos.

Este momento tiene que ser, a la fuerza, un sueño; esta no es mi vida, quiero rebobinar y que me la reembolsen. Cal se pone a lloriquear y Jase se acerca para sujetarlo, coloca una mano en su espalda, mirándome fijamente.

—¿Te vienes?

Después de que su padre tuviera el accidente, cuando Samantha rompió con él durante una temporada, empezamos una rutina.

Una o dos veces por semana, venía muy temprano a casa de mis padres y yo lo acompañaba a hacer el reparto de periódicos. Yo lanzaba los periódicos a las casas que había por mi lado, la mitad del tiempo ni siquiera hablábamos y, cuando lo hacíamos, era sobre el miedo de George a los *tsunamis*, el último envío de pinturas a la ferretería o cómo curar el pie de atleta.

Mi amigo saca la sillita del bebé de mi automóvil y la ancla al suyo. Paramos en Gas and Go, pide dos cafés solos grandes para mí sin tener que preguntarme qué quiero y me pasa un paquete de pastelitos y una manzana.

—A mi madre le preocupa que no comas suficiente.

—Claro, tengo que tener energía ahora que estoy amamantando al bebé.

Sonríe y sale de la gasolinera.

—Madre mía, Tim, ¿pensabas contárnoslo antes de que el niño fuera a la universidad?

Ladea la cabeza en mi dirección mientras conduce; es mi turno. Lanzo el periódico a los escalones de la casa y cae en un lateral.

—Claro que sí. No es que pensara que te fueras a enfadar conmigo... —Estoy cansado de hacerlo siempre todo mal.

Entorna los ojos, apuntando para efectuar el lanzamiento perfecto por su lado, desde mucho más lejos que yo y, cómo no, da en el clavo y el periódico cae en el felpudo.

—Yo también podría si me dejaras usar una raqueta de tenis.

Anoche estuve lanzando pelotas en la cancha de Hodges hasta que me dolieron tanto los brazos que la raqueta me resultaba demasiado pesada. Después fui con Jake a una reunión y, posteriormente, a su casa, donde comí como diez platos de pasta y albóndigas mientras él y su pareja se pasaban a Cal como si fuera el cromo de béisbol mejor cotizado (al parecer, uno de Honus Wagner de 1909, Jake es un fanático del béisbol).

—Seguro. —Jase conduce hasta la siguiente casa, una a la que Samantha, Nan y yo solíamos llamar la casa blanca de las brujas cuando éramos pequeños porque el patio delantero está lleno de estatuas de leones y hombres a lomos de caballos, y tiene una fuente con un niño haciendo pipí.

Repartimos en las siguientes cuatro casas en completo silencio. Jase masca un chicle de canela, yo me termino el primer café de tres sorbos y me tomo un pastelito. Toqueteo la radio, pasando de dial hasta que los compruebo todos y la apago. Nuestro pequeño ritual.

Jase no tiene muchas manías, pero ahora se está mordiendo el labio, sentado en el borde del asiento como si la piel de este estuviera compuesta de púas y rocas ardiendo.

—¿Qué pasa? —le pregunto con la mirada al frente.

—Me gustaría que la vida se pareciera al fútbol. —Vuelve a lanzar un periódico.

—En ese caso se me daría mucho peor.

—Sí, pero... ya sabes, las reglas están definidas. —Suelta una risita nerviosa—. Es un caos, pero está controlado. Aprendes disciplina, usas la cabeza, pones al equipo por encima de cualquier cosa... y funciona. —Suspira—. Desde que mi padre tuvo el accidente todo es un desastre.

Busco algo inteligente que decir.

—Sí, es un asco.

Y fallo por completo.

—Pero —añado— aun así las cosas funcionan. Es decir, estás entrenando, estás logrando lo que quieres. Y con respecto al resto de la familia... todo va bien, ¿no?

Por Dios, ahora soy yo quien le pregunta a él si todo va bien.

—Mis padres dicen que sigamos haciendo lo que hasta ahora. Cada día me despierto y me pregunto qué es más importante.

Pisa el pedal de aceleración con más fuerza de la conveniente y nos pasamos la siguiente casa. Da marcha atrás y lanza el periódico al felpudo. Otro lanzamiento de primera.

—¿Conseguir una beca? ¿Samantha? ¿La ferretería? ¿Los estudios? ¿Ayudar a que las cosas vayan bien en casa? Y el año que viene, asumiendo que vaya a la universidad, ¿seguirá todo bien en mi familia? Y si no, ¿tendré que abandonarlo todo?

—¿Has hablado con tu padre sobre esto?

Mi amigo me entrega dos periódicos y señala la casa que tengo más cerca.

—La pareja que vive ahí siempre se pelea por el periódico. Suelen esperar frente a la casa y hacer un combate cuerpo a cuerpo, así que ahora les lanzo uno extra. Mis padres me han dicho que me centre en las clases y en el entrenamiento, pero la ferretería...

La ferretería está en una situación apurada, está decayendo muy rápido. Préstamos bancarios que vencen, ingresos insuficientes, falta de presupuesto para contratar a alguien más, los gastos de Joel, los asuntos médicos del señor Garrett, el fútbol de Jase, Alice y sus planes.

Levanto una mano al pensar en esto último, pero Jase no me ve porque se ha detenido y me habla con la cabeza apoyada en el respaldo del asiento y los ojos cerrados, como si todo esto fuera una medicina asquerosa que le han forzado a tomar.

—Yo me puedo ocupar de la ferretería, Jase, no hay ningún problema. No tengo nada más que hacer.

Suelta una carcajada.

—Tu vida es una fiesta, excepto por... oh, claro, él. —Señala con el pulgar el asiento trasero.

—Bueno, ¿no existe un día dedicado a llevar a tu hijo al trabajo? Es portátil, pesa menos que tu mochila para el gimnasio. Además, solo voy a pasar unas semanas con él, tal vez un mes. Después será historia. —Tras decir estas palabras oigo un resoplido proveniente de atrás; Cal se está moviendo, como para hacerse notar.

Jase me examina un momento.

—Un mes, ¿eh? ¿Por qué esperar tanto? Por aquí hay muchas puertas.

—Tendrías que hacer tú el lanzamiento —digo entre risas—. Conmigo no aterrizaría bien.

Echo una mirada al asiento trasero. El niño se ha apartado la manta con los pies y no tiene nada encima. Lo siguiente que se quitará serán los calcetines.

Jase menciona el resto de cosas que se supone que me tienen ocupado, como las reuniones, el Certificado de Equivalencia de

Educación Secundaria... y yo les disparo mentalmente como si estuviera jugando al videojuego ese que tanto les gusta a Andy y Duff, *Allied Aces* o como se llame.

—Y no tienes que pagarme, mis padres siguen manteniéndome y he reducido mucho los gastos, ya sabes a qué me refiero.

Seguiré teniendo dinero hasta diciembre. Bueno, seguro que para antes de Año Nuevo Cal ya no está y podré olvidar este capítulo de mi vida. A lo mejor hasta impresiono a mi padre con mi actitud: salvó él solo la ferretería en apuros. Seguro que eso le parece mejor que me mantenga sobrio o que haya engendrado un hijo.

—¿Qué pasó la otra noche? —me pregunta mi amigo, que se agacha junto a mis pies, donde hay otro montón de periódicos atados. Saca una navaja suiza y corta la cuerda.

Ya, eso.

—La cagué —respondo—. Pero no del todo.

Aprieta los labios y por un segundo le encuentro un extraño parecido a Alice. Enciende el motor y avanza. Intento averiguar por su perfil qué piensa, pero solo atisbo una fracción del rostro inexpresivo de Jase, su mirada de «yo solo soy un deportista». Lanza otro periódico, otro lanzamiento que sin intentarlo siquiera resulta ser un éxito, y no sé por qué, pero vislumbro rabia, una luz blanca y brillante en él.

Me encojo en el asiento y murmuro:

—Es difícil de explicar a alguien que nunca comete errores, a alguien que siempre lo repara todo. «Avísame que yo lo arreglo.»

Mi amigo mueve las manos en el volante y tensa la mandíbula. Mira adelante y me reprende con voz débil, pero furiosa:

—Para ya. Ni siquiera puedo hablar contigo cuando sueltas esas mierdas. Es como si estuvieras siempre con el cartel de «soy una pobre criatura desgraciada, nunca lo entenderás». Ya me conoces, como si todo lo que tocara se volviera de oro. Por Dios, Tim, ojalá fuera así.

—Lo siento. Yo... —Me arde la cara.

—No te disculpes. Simplemente céntrate, deja atrás las brumas de tu cabeza. —Se pasa una mano por el rostro—. ¿Quieres errores? Tengo muchos. —Se vuelve hacia mí y apoya el codo en el reposabrazos—. Debería haber grabado un vídeo para la universidad con mis puntos fuertes y subirlo a YouTube hace meses para que los entrenadores pudieran valorarlo para el tema de la beca. No lo hice. Nadie me dijo que tenía que hacerlo y yo fui demasiado tonto o estaba demasiado preocupado con otras cosas como para enterarme. Ninguna de las universidades que me interesan va a enviar ojeadores a Stony Bay, Connecticut. No lo tenía planificado. Y hablando de planificación, Sam y yo casi... eh... —Su rostro de repente se pone rojo—. Estábamos en la hoguera y no tenía...

—Uf, amigo.

—A la madre de Sam le hubiera encantado. ¿Y si no voy a la universidad y el bebé es mío la próxima vez? Justo lo que espera de mí, que eche a perder mi futuro y el de Samantha. —Su voz se torna amarga.

Sí que es exactamente lo que ella espera. Jase es «uno de esos Garrett» para la madre de Samantha, al igual que yo soy un «¿Y ahora qué has hecho, Tim?» para mis padres. Me quedo en silencio mientras trato de encontrar el modo de disculparme sinceramente al tiempo que Jase enrolla unos diez periódicos más, atándolos con gomas elásticas.

—Tengo razón, ¿no? —dice—. Tú la conoces mejor que yo.

—Sí, tienes razón. Probablemente es eso lo que espera —admito—. Mi consejo es que, si vas a cagarla, seas creativo. Hazlo de un modo que Gracie no se espere, no le des esa satisfacción.

Mi amigo sonríe y la rabia se evapora, como si nunca hubiera estado ahí. ¿Cómo lo hace?

—Estuvo mal. Me siento culpable, y también Sam. Ha sido una semana terrible. Además, su madre la ha estado presionando, no sé cómo ni dónde ni por qué. Cada vez que le pregunto, cambia de tema.

—Seguro que encuentras la forma de hacerla hablar —le digo.

Sacude la pierna y hace un gesto de dolor.

—No le he comentado lo que te acabo de contar. Esta semana tiene las pruebas de natación...

—Garrett, eso de ahorrarle disgustos a tu pareja nunca funciona con vosotros.

Me pasa un periódico que lanzo a voleo y aterriza en una rama. Salgo para recuperarlo y el sonido al cerrar la puerta del automóvil despierta a Cal, que empieza a chillar.

Jase aparca, saco al niño y le doy palmaditas en la espalda. Espero que no tenga hambre porque se me ha olvidado el biberón, el bolso de los pañales y todo lo demás. Llevo un nudillo a su boca y empieza a succionar con fuerza.

—Cuando Alice te echó la bronca el otro día probablemente fuera por todo lo que está pasando con mi padre —señala Jase mirándome. Cal agarra y suelta mi camiseta y me concentro en estirar sus pequeños deditos para soltarlos. Me arde la cara y también las orejas.

—Eh, ¿qué?

Seguro que Alice no le ha contado a Jase nada de lo que pasó en la playa, ¿no? Mierda, ¿debería contárselo yo? Aunque no hay nada que contar. Yo y Alice = nada.

Acomodo a Cal detrás y me siento en el lado del copiloto.

—Cuando te echó en cara lo de Cal. —Cambia de marcha al llegar a la zona del río—. A ella no le gusta hacer sentir culpable a otra persona. Las cosas se le están complicando últimamente.

No es el momento para pensar en ella. Jase tiene la vista fija en la carretera, y eso que es recta y vamos como a tres kilómetros por hora. Se aclara la garganta.

—Tal vez no sea el momento para... empezar algo con Alice.

—¿Qué pasa? ¿No crees que mi plan de tirarme a tu hermana, concebir otro bebé y mudarnos todos al apartamento del garaje sea perfecto?

—No seas capullo, Mase. Conozco a Al lo suficiente como para saber que nadie se acerca a ella sin su permiso. Es... Olvídalo, no sé por qué he sacado el tema.

—Da igual. Pero, Jase, por Dios, cuéntale a Samantha lo que sucede. No contar la verdad es el *modus operandi* de la familia Mason y, confía en mí, es un billete solo de ida al mundo donde lo de arriba está abajo y lo malo está bien.

Y como muestra de lo que acabo de decir, atisbo una figura en la acera a unas tres casas de nosotros; lleva una sudadera, los hombros encorvados y se está recogiendo el pelo, muy parecido al de Cal pero un poco más claro. Nano. Delante de ella, apoyado en un destartalado *buggy* antiguo, con el pelo largo peinado hacia atrás, Troy Rhodes.

Le da una palmadita en la espalda con la mano, pero no veo si... ¿Le está metiendo algo en el bolsillo de la cazadora con la otra mano? Mierda, mierda, mierda.

Me agacho y Jase me mira de manera burlona.

—¿Vas a tumbarte en el suelo del automóvil y pedirme que acelere? ¿Qué ha pasado con eso de enfrentarse a los problemas?

—Haz lo que digo, pero no lo que hago. Conduce.

CAPÍTULO 28

Tim

Evito a Alice durante toda la semana siguiente, menos en los casos extremos en los que nos encontramos por casualidad, como cuando bloqueo con mi automóvil el paso del suyo o cuando salgo a ayudarla a llevar las bolsas de la compra, cosa que hago por mucho que me insista en que ella puede sola.

Uno de mis días sin Cal, salgo a correr a la playa y la veo en la distancia, calentando. Me imagino una de esas escenas de las películas malas en las que ella se hace daño y tengo que llevarla en brazos al automóvil y... ahí es cuando mi imaginación se sobrecarga porque, cuando pienso en el Escarabajo, rebobino y revivo aquel día en la playa, y pienso en todas las cosas que habría hecho —o dicho— si hubiera sabido que esa era mi única oportunidad.

Alice

La semana siguiente apenas me cruzo con Tim. Mi nuevo pasatiempo favorito son las maniobras evasivas: olvidarme las tareas de clase, rotación en el hospital, los veinte mil kilos de papeleo que hay que preparar para la rehabilitación de papá, las facturas del hospital sin pagar que se acumulan. Suelo ir a correr y lo hago como si me persiguiera un guepardo, voy a la jaula de bateo con un Brad confundido; parece que estuviera entrenando para una liga. También cuido de mis hermanos y hermanas, parezco Mary Poppins con una sobredosis de anfetaminas. Espero que Tim aparezca con Cal y me pida ayuda, pero no lo hace. Quiero acostumbrarme a la idea de verlo entrar en el apartamento con la sillita del bebé, pero no puedo. Cuando miro por la ventana de la cocina mientras lavo los platos, me parece verlo en los escalones, pero nunca deja la luz de fuera encendida y sin la luz del cigarrillo soy incapaz de localizarlo, podría ser simplemente una sombra.

Está siendo un mes de septiembre lluvioso, fresco para tratarse de Connecticut, y a veces pienso que la última vez que brilló el sol fue cuando fuimos a la playa de McNair.

*   *   *

—Al —me llama Andy en la oscuridad de nuestra habitación, tenuemente iluminada por la lámpara de lava azul, una de las pocas cosas que nos gustaba a las dos cuando redecoramos el dormitorio hace dos años.

—Mmm.

—Cuando veo a Kyle en el pasillo...

—No, Ands, otra vez con Kyle no.

—Cuando veo a Kyle en el pasillo —persevera—, ¿debería ignorarle? ¿Apartar la mirada, poner mala cara, mirarle?

Honestamente, no sé por qué capítulo de Kyle vamos ya... solo que o está jugando partidos o que no le hace ni caso. Sea como fuere, no es bueno para Andy.

—Vive tu vida. No le mires, porque si no se va a creer que te importa demasiado.

Mi hermana suspira.

—Sí que me importa.

—No le des esa satisfacción. De verdad, no merece la pena.

¿Y qué estoy haciendo yo con respecto a Tim mientras le doy este sabio consejo a mi hermana?

«Sí que me importa.»

*　*　*

—Cariño, ya he llegado.

Lo he deseado, lo he temido, sabía que era inevitable y aquí está: Tim y yo trabajando juntos en la ferretería.

Entra a grandes zancadas en la oficina que hay en la parte trasera con una taza de café y una magdalena de arándanos, cargando con toda la parafernalia del bebé, incluido Cal en su sillita y una bolsa de papel marrón con manchas de grasa. Me da lo último y deja el resto en la mesa, menos a Cal.

No lo entiendo, en el momento en que lo veo una ola de pura felicidad me arrasa por completo. Tiene el pelo más corto, lleva puesta una camiseta verde que resalta el rojo de su pelo y unos *jeans*. Parece menos perdido, sus movimientos son más seguros cuando suelta la sillita de Cal.

Busco a tientas las gafas de lectura de mi padre, que he estado usando en su oficina mientras hago cuentas y confecciono listas. Cuando me las pongo sobre la nariz, Tim se vuelve borroso, pero no su sonrisa traviesa.

—Hola, Alice.

Vuelve la ola y me deja sin aliento.

No puedo decir nada.

Bajo la mirada y escribo «pedir cita en el oculista» en la lista de tareas pendientes.

—Un burrito vegano de Doane's. No sabía que hicieran estas cosas, ellos también parecían sorprendidos.

Anoto la fecha en la parte superior de la lista sin mirarlo, estoy demasiado ocupada.

—He venido a salvarte, ya puedes irte. —Me observa con la cabeza ladeada y esboza una amplia sonrisa cuando ve las gafas—. Vaya, tienes aspecto de bibliotecaria, todo un clásico.

Esta vez la ola retrocede y deja en su lugar una mezcla de ira y tristeza, porque, una vez más, la realidad —un accidente, un bebé— lo pone todo patas arriba. Sigo tropezando con cosas que no son como esperaba. Le miro por encima de las gafas.

—¿Así que así juegas tú?

Me pasa el café, que resulta ser un capuchino extragrande con canela, mi favorito.

—No sé a qué te refieres, pero el camarero de Doane's sabía cuál te gusta y pensé que querrías el tamaño más grande.

—No me vengas con maniobras evasivas, soy inmune. —Menuda hipócrita, pero no puedo callarme. Cierro las manos en puños debajo de la mesa.

Tim suspira, apoya la cadera en el borde de la mesa y me dice con un tono paciente:

—¿Cómo juego, Alice?

—Actuando como si las cosas siguieran como antes. Como si Cal no existiera.

—Incluso a mí, con mis refinadas técnicas, me resultaría complicado, ya que Cal está justo delante de nosotros. ¿Quieres un plan mejor? Pégame.

La verdad sale a la luz.

—Me encantaría.

—Ya, me di cuenta la última vez que hablamos. Estoy seguro de que te gustaría, así que ponte a la cola. —Su pose sigue siendo relajada, pero ha endurecido la voz.

Me quito las gafas, me restriego los ojos y miro la lista que tengo delante como si fuera la única cosa que importara en mi vida.

—No voy a desaparecer en una explosión de humo si cierras los ojos, Alice, si es lo que estás pensando. Estoy aquí, y él también, pero tú no tienes por qué estarlo. Vete, estudia, practica

RCP, clávale agujas a un muñeco de vudú con mi forma, haz lo que tengas que hacer, eres libre. Hoy me ocupo yo.

—Y yo.

—Alice, no tenemos por qué estar los dos.

—Pues aquí estamos, así que seamos civilizados. —Me coloco las gafas en la nariz y alzo la cabeza para que no se me escurran.

Tim se echa a reír y me hace un saludo militar.

—Lo que tú digas.

No hago caso de lo que me ha dicho, a pesar de que me arden las mejillas; de repente me tiembla la mano y siento la necesidad de pegarle, algo que nunca le he hecho a nadie, ni siquiera a Joel.

—Tienes razón —respondo—. Ya no tenemos que quedarnos dos personas en la ferretería, así que de ahora en adelante seguiremos un horario y tendremos reglas.

—Otra vez con las reglas, estás obsesionada con ellas. ¿Es cosa de las enfermeras o de las hijas mayores?

—Son prácticas —respondo—. Imagino que habrás acordado algún tipo de horario con Hester.

—¿Y quedarme con el bebé cuando ella pierda los nervios cuenta como horario?

—Si a vosotros os funciona...

Extiende las manos como única respuesta.

Ideo un plan, teniendo en cuenta clases y horas clínicas. A lo mejor puedo pedirle los apuntes a alguien y así puedo compaginarlo todo. Después establecemos sus días de trabajo.

—Cuatro días a la semana en total, alternando mañanas y tardes —concluyo—. Recibimos los pedidos los lunes y los viernes, así que intenta que no esté Cal esos días...

—¿No vamos a coincidir tú y yo, Alice?

—No hay necesidad, ¿no?

—Depende de la que hablemos. —Vuelve su sonrisa de idiota.

—Profesional, imbécil.

—Alice ha dicho una palabrota —canturrea.

Suelto el bolígrafo, me inclino hacia adelante y apoyo las manos en la mesa para evitar la tentación de pegarle.

—Dime la verdad, chico con más probabilidades. ¿Cómo es que te puedes permitir seguir siendo el idiota más sarcástico del mundo cuando no has podido caer más bajo?

En el momento en el que pronuncio las palabras me doy cuenta de que me he pasado. Tim abre la boca, la cierra, mira el techo y se da la vuelta para marcharse. Se detiene y se inclina sobre la mesa, apoyándose sobre los codos.

—Hice algo de lo que no me siento orgulloso, sí, pero tú no eres mi juez, ni mi padre, ni la persona que me mantiene. ¿Quieres que nos ciñamos a lo profesional? Bien. Ni siquiera sé qué significa eso en tu diccionario, pero en el mío significa no hacer juicios personales. Esto no es por ti, ni siquiera por mí. Es por Hester y por este niño, especialmente por él. Así que mi penitencia, o mi castigo, si es eso lo que buscas, es cuidar de él, que es lo que voy a hacer ahí fuera, que es donde puedes encontrarme si quieres continuar nuestra charla profesional sobre cuándo recibimos los pedidos, algo que ya sabía porque he estado trabajando aquí todo el verano y solo olvido las cosas cuando estoy borracho, y ahora mismo no lo estoy. No obstante, si te quieres quedar con las llaves de mi automóvil, sírvete.

Levanta la sillita del bebé y se dirige a la puerta.

—¡Las llaves me las diste tú! —le grito.

* * *

Tres horas más tarde, la ferretería sigue muerta, como nuestra relación. Uno pensaría que es imposible evitar por completo a alguien en un espacio de doscientos cuarenta metros cuadrados, pero no. Abro con el cúter las cajas de pedidos en la oficina, haciéndole un gesto a Tim para que se aparte, cosa que hace con el rostro desprovisto de cualquier emoción.

Mientras hago las reposiciones, él está sentado detrás del mostrador, estudiando trigonometría, dando de comer a Cal, tamborileando con los dedos en su muslo, cambiándole el pañal al bebé, mordiéndose la uña del pulgar o meciendo la sillita del niño con el pie —lleva puestas las zapatillas que le regalé— mientras examina un libro. De vez en cuando se levanta para rellenar la taza de café.

Pienso una y otra vez en algo que decirle, pero las palabras no encuentran el camino hasta mis labios. Sólo son cinco: «me he equivocado, lo siento». Cada vez que me acerco a Tim, se pone a hacer cualquier cosa, y tampoco hay tanto que hacer aquí.

Después de ir, innecesariamente, a recoger el correo, me lo encuentro intentando abrir la base de la caja registradora, que está rota, con un destornillador sin punta.

—No te preocupes por eso.

—Lo menos que puedo hacer es repararla —murmura.

Vuelve a intentarlo con el destornillador. Cal se queja un poco y Tim mece la sillita distraídamente mientras sigue entretenido con la caja registradora. Al menos lo intenta.

—Mira —empiezo—, estaba...

Fija la mirada en mí y enseguida la aparta, con la mandíbula tensa, un gesto que les encanta hacer a los muchachos que están enfadados. Me da la espalda —de hecho, lo hace físicamente— y sigue intentando introducir el destornillador en la base de la caja registradora. Bueno, yo lo he intentado.

—Tim... —vuelvo a probar.

Sigue con el destornillador, de espaldas.

—Da igual.

*   *   *

Brad se deja caer por aquí para pedirme unos consejos de última hora. Va de camino a una entrevista para un trabajo de media jornada como entrenador en el gimnasio. Tim lo mira de reojo por encima del libro de Educación cívica, que subraya con múltiples colores mientras yo le doy a Brad un peine, le quito una mancha de la manga, etc. Tim está bastante retrepado en la silla, con los pies sobre el mostrador, así que Brad ni siquiera lo ve.

—¿Un beso de buena suerte, Liss? —me pide, alzándose el cuello de la camisa que inmediatamente después yo le bajo.

—Acuérdate de llamar al jefe por su nombre durante la entrevista y no Big Mac.

—Se te ha olvidado dejarle una nota con una carita sonriente en la fiambrera —me dice Tim sin alzar la mirada del libro de Educación cívica cuando la puerta se cierra detrás de Brad.

Tim

—Nans, te necesito —murmuro por teléfono. Estoy en el descanso, agachado en la puerta de atrás de la ferretería.

La voz de mi hermana gemela sube de inmediato unos cuantos tonos.

—¿Por qué? ¿Necesitas dinero para una fianza?

—¡Por Dios! ¿Cuándo he necesitado dinero para una fianza?

—No lo sé, hace semanas que te fuiste y apenas he sabido nada de ti. Pensaba que... No lo sé. —Suspira.

—Yo también te he echado de menos. ¿Podemos vernos...?

—Eh, ¿dónde? No estoy preparado para aparecer con *La familia Mason: una nueva generación* en casa de mis padres—. ¿Qué hacen últimamente papá y mamá?

—A saber. Ella está con todo ese rollo de plantar cosas del club de jardinería y él... se pasa todo el día ocupado. Llega a las seis a casa, se encierra en su despacho y después se queda durmiendo como un tronco en el sillón reclinable. Puedes venir, a no ser que quieras quedar en un aparcamiento subterráneo o algo así.

Me río.

—Ni necesito dinero para una fianza, ni me he convertido en un espía para el gobierno, preciosa. ¿Puedo ir a la hora del almuerzo?

—¿Por qué? Esta tarde tengo el programa de liderazgo y tenía pensado ir a la biblioteca y... —Eso de la conexión entre los gemelos es una gilipollez, pero le noto la voz demasiado aguda, puede que por los nervios. O porque se siente culpable.

—A la porra el programa de liderazgo. Esto es importante.

—Estoy en casa —me comunica tras una pausa en la que la oigo respirar demasiado rápido—. Ven cuando quieras.

Alice

No oigo la campanilla cuando entra Hester. Es como si se materializara en la sala, merodeando por la zona de herramientas de jardinería. Cuando alzo la mirada y la veo, la encuentro mirándome con el ceño fruncido.

—Oh, eres tú. No te había reconocido sin el biquini.

Nos observamos la una a la otra como si estuviéramos compitiendo en mitad de unas votaciones. Es alta, tiene el pelo largo, liso y castaño, y lleva ropa pasada de moda y sosa: una falda azul, una camiseta blanca de manga larga y un jersey azul claro. Parece un uniforme. Tiene el rostro con forma de corazón y dulce, parecido a uno de esos antiguos que te encontrabas en los relicarios. Intento imaginarla con Tim, pero me es imposible. Además, ¿por qué lo intento, siquiera?

Todavía me resulta más extraño que me mire de arriba abajo mientras se muerde el labio.

—¿Dónde está Tim? ¿Y el bebé? —Mira a su alrededor un poco desesperada, como si pensara que me he deshecho de ambos.

—Cal está aquí.

—Es Calvin —me corrige—, ese fue el nombre que le puse. Por Calvin O'Keefe.

—¿De *Una arruga en el tiempo*? —pregunto—. Fue el primer personaje literario que me enamoró.

—A mí también me encantó, es obvio. Era tan inteligente, y le gustaba la muchacha rara, y...

—Era pelirrojo —termino.

Oh, Dios, ¿está enamorada de Tim? Se toquetea el cuello y acaricia su colgante, una cadena de oro con una perla.

—¿Tim y tú estáis... estáis...?

—Somos amigos. —Aunque ya no sé si es verdad—. Solo eso.

—Yo soy... —titubea— la madre de Calvin, claro. Seguro que ya lo sabes. Pensaba que Tim me esperaría, llego media hora tarde.

Las dos miramos el reloj, que es lo único que interrumpe nuestro duelo de miradas.

—Es él quien llega tarde.

De repente siento preocupación. No es propio de Tim abandonar a Cal tanto rato, él que tiene como cometido no pedir ayuda con el bebé. Tuve que insistir en que lo dejara aquí durmiendo mientras iba a por el almuerzo. Se puso a explicarme qué hacer si se despertaba, hablando más que durante el resto de la mañana.

—No tardaré. Tengo que ir después a hacer un recado, pero no me llevará mucho. Hester vendrá en cualquier momento. Siempre pone cara de susto cuando abre los ojos si no ve a nadie a su lado, tómalo en brazos o se pondrá a llorar, y... —Se quedó callado de repente—. Bueno, seguro que ya lo sabes.

¿Le digo a Hester que despierte a Cal y se vaya? ¿Le ofrezco una taza de café y hablo de libros con ella?

—¿Entonces... conoces a Tim desde hace mucho? —Vuelve a juguetear con el colgante.

En la pausa que hace Hester a mitad de la frase, oigo un jadeo, como alguien conteniendo la respiración detrás del mostrador y, justo después, un chillido agudo. La muchacha se sobresalta. Me acerco corriendo para alzar en brazos a Calvin, que empieza a llorar, con la cara ya enrojecida y las piernas rígidas.

—Shh, shh. Estoy aquí —le susurro al oído. Acerca la cabeza a mi mejilla un momento para olerme y la apoya ahí, dándome golpecitos con el puño en el pelo. Lo sostengo mientras camino adelante y atrás y él emite quejidos. Hester se nos queda mirando un momento.

—Se pasa el día llorando.

Conmigo se porta muy bien, pero, claro, yo no paso veinticuatro horas con él. Lo toma en brazos con un suspiro y rebusca en el bolso de los pañales con una mano. En ese momento aparece Tim, silbando con una caja de cartón blanca con comida para llevar de Esquidero manchada de grasa y con el olor a pimienta que caracteriza a sus famosas patatas fritas.

Hester me devuelve a Cal y me quedo pensativa; más bien estupefacta. Me lo acaba de pasar como si fuera una patata caliente y ya hubiera pasado su turno.

—Gracias por quedártelo tanto tiempo, me has salvado la vida. En realidad, mi salud mental —le dice a Tim, que asiente sin decir nada, mirándome con una expresión indescifrable—. ¿Alguna vez has padecido alguna enfermedad de transmisión sexual? Se me olvidó preguntarte el otro día —continúa Hester.

Alzo tanto las cejas que casi me llegan al pelo. Tim, que se está comiendo una de las patatas, se pone a toser.

—Eh... ¿no? —Se aclara la garganta y repite la respuesta, sin que parezca una pregunta esta vez—. No.

—¿Tienes ya el historial médico? Lo necesito lo antes posible.

—Te lo mandé por correo electrónico anoche. Es todo lo que necesitas de mi parte, así que deberíamos poder agilizar esto, ¿no?

—Ay, Dios, sí. Qué bien.

Parecen extraños en un ascensor. Y, sin embargo, aquí está Cal, con el pelo de Mason y los ojos inocentes y grandes de Hester.

—Déjalo en la cesta. Gracias, Alice —me indica bruscamente. Tiene la voz ronca, como si llevara mucho tiempo fumando un paquete de cigarrillos al día, pero dudo que sea el caso.

De repente pasa algo extraño; Tim, que nos mira con exasperación a Hester y a mí, toma a Cal de mis brazos, se lo pasa a Hester y ella lo deja en la cesta, se pone recta, nos vuelve a mirar y se centra en Tim.

—Mi abuelo tiene mucho interés en conocerte. ¿Quieres venir a cenar... mañana por la noche? ¿O pasado mañana? ¿O tienes planes... con alguien? —Su voz sube de tono en la última parte y las palabras salen atropelladas.

—No tengo nada que hacer.

—Qué bien, mi abuelo es buen cocinero, así que... —duda un momento, como si esperara que él terminara la frase por ella y así resultara menos extraño.

Pero Tim se limita a tapar a Cal con la manta, limpia una lágrima de su mejilla con el nudillo y le sonríe. Hester se despide de mí y se dirige a la puerta tras agacharse para tomar la sillita del bebé. Intenta abrir la puerta con el pie, con la cesta en una mano y la sillita en otra, pero las hace chocar contra la pared y Cal empieza a llorar, cada vez más alto.

—Ay, por Dios —murmura Tim, que se acerca a ella, toma la cesta, abre la puerta con la cadera y la acompaña afuera.

Tim

La casa de mis padres por fuera es «alegre», una palabra que no suelo usar, pero no hay otra que la describa mejor. Mamá ha plantado flores amarillas en el jardín, hay una pequeña estatua de una muchacha con un vestido de polca con lunares, inclinada con un cubo de agua, y otra de un muchacho que hace sonar un cuerno retrepado sobre el poste de la luz. Llevan en el jardín tanto tiempo que ni me acuerdo, pero la pintura aún está brillante. Seguro que mi madre los repinta de vez en cuando, qué triste. Abro la puerta principal.

—¿Preciosa?

Mi hermana viene corriendo del salón. Al contrario que la casa, Nan tiene un aspecto completamente diferente al de hace unos días. Nunca se maquillaba y ahora se ha pintado de negro la raya del ojo, se ha puesto pintalabios rojo y lleva una camiseta negra y unos *jeans* blancos. Se ha cortado el pelo y lo lleva un poco por debajo de la barbilla.

—Nans, estás diferente.

—¿Diferente en el buen sentido? ¿Con aspecto elegante y urbano y no como si fuera una chica del montón de un pueblucho de Connecticut?

—Exacto, así. Tienes aspecto... —¿Honestamente? Culpable, pero la maldición de Nan es parecerlo siempre. Podría estar contando una verdad insignificante y aun así parecería totalmente culpable.

La casa huele igual que siempre, a humedad camuflada por un ambientador tropical. En la pared hay colgadas las mismas pinturas de mierda de Thomas Kinkade.

Como si fuera un invitado, Nan me conduce hasta el salón, lleno de fotografías de los gemelos Tim y Nan, cada una peor que la anterior.

—Esa es la idea: la nueva Nan, borrón y cuenta nueva —parlotea, mientras ahueca los cojines y coloca bien unos posavasos, sin dejar de mantenerse ocupada.

Apenas la escucho, lo único en lo que soy capaz de pensar es que soy un extraño en mi propia casa. Es como si hubiera dejado todo esto atrás, como si se tratara de un museo que estuviera visitando y no pudiera sobrepasar las cuerdas de terciopelo, uno con cosas de la tienda de regalos Hummel por todas partes, un espacio junto a la ventana en el cual hay un pequeño pueblo con un puña-do de casas con ventanas que mamá ha llenado de enchufes para que se iluminen por la noche y un espejo que supuestamente es un lago. En invierno pone algodón en los tejados de las casitas para que parezca nieve y ahora hay unas calabazas pequeñas y un par de montoncitos de heno. Seguramente mi madre, al igual que Nan y que yo, no sepa qué más hacer con las manos.

—¿Qué pasa? —pregunta mi hermana.

Me siento en el sofá, pongo las piernas sobre la mesita y tiro al suelo un montoncito de libros del estilo *Sopa de pollo para no sé qué* y *¿Quién se ha llevado mi queso?*

—Bien, allá vamos.

Le cuento los detalles rápidamente mientras se muerde las uñas. Cuando termino, Nan exhala un hondo suspiro, como si estuviera agotada tras dar ella el discurso.

—Di algo. ¿Qué?, ¿habrías preferido pagar una fianza antes que descubrir que eres tía de un hijo mío?

Tamborilea con los dedos y se agarra con ellos la frente.

Los mismos gestos que mi padre.

Cuando al fin habla, dice lo último que espero oír:

—¿Cómo estás seguro de que es tuyo?

CAPÍTULO 29

Tim

—¿Qué?

—Tim —me dice Nan exasperada—. Seguramente no fueras el único pelirrojo en Ellery. ¿Qué hay de Mike McClasky, ese muchacho con el que compartías habitación en otoño, que llevaba un pendiente en la ceja? Podría ser él, ¿cómo sabes que Hester te está diciendo la verdad?

—¿Qué crees, que ha aparecido aquí porque piensa que yo soy el perfecto candidato para la paternidad? Ya, claro.

—Bueno, no lo sé. —Mi hermana se deja caer en el sofá, toma el cuenco de cristal que mi madre siempre tiene lleno de golosinas y empieza a enumerar mientras las alza una a una—: No te acuerdas ni de la fiesta, solamente recuerdas verla en clase y no sabías nada del embarazo, lo que seguro que se convirtió en el mayor cotilleo del instituto.

—Me echaron, ¿cómo iba a enterarme?

—¿No mantienes el contacto con nadie? ¿Nadie te contó el último drama acontecido en Ellery?

—No, apenas me acuerdo del grupo con el que salía y tampoco hemos mantenido el contacto *on line*.

La expresión de preocupación de Nan dura tan solo un segundo antes de convertirse en desconfianza.

—Solo quiero protegerte, Tim. Esa muchacha... No sé por lo que ha pasado, pero no tiene muy buena pinta.

Toma unas cuantas golosinas y me ofrece el cuenco. Niego con la cabeza. Menuda mierda gomosa... ¿por qué no me ofreces unos malvaviscos rancios o barritas de pica pica ya que estamos?

—¿Cómo puedes estar tan seguro? —me presiona—. Puede que se enrollara con otro que no haya querido asumir su responsabilidad y haya decidido utilizarte.

—Porque ella no es así, porque eso es propio de una psicópata, porque no soy precisamente conocido por asumir responsabilidades. —Miro a mi alrededor como si esperara que una de las figuras de Hummel fuera la clave para convencer a mi hermana cínica de que soy el padre de Cal. No obstante, debería estar encantado con la posibilidad de no serlo.

Me fijo en una estantería sobre la repisa de la chimenea en la que hay una foto donde salimos Nan y yo en nuestra primera Navidad. Estamos apoyados el uno en el otro sobre un sillón rosa con un peluche de Rudolph a nuestros pies. Yo estoy disfrazado de Papá Noel, y Nan de Mamá Noel (caramba mamá, menudos disfraces). No se me ve el pelo, ya que llevo puesto el gorro de Papá Noel, pero sí se aprecia el hoyuelo que Dominic descubrió en Cal.

—Se parece a mí —comento por fin.

Todavía no siento ningún vínculo de sangre con el niño, pero después de dormir junto a él (yo en el sofá y Cal en la cesta, con mi mano en su barriga la mitad de la noche), lavarlo, alimentarlo y llevarlo a todas partes, es inevitable que me esté encariñando con él.

—Todos los bebés se parecen, Timmy —me aclara con un tono paciente.

Su paciencia me produce sarpullido. Lo que en realidad quiere decir es: «Yo sé lo que está pasando de verdad, no como tú, que navegas en la bruma».

—¿Desde cuándo entiendes de bebés, eh? «Todos los bebés se parecen, Timmy» —la imito con voz chillona—. Pues muy bien, señora Experta, porque la última vez que estuviste con uno fue conmigo.

Espero que se enfade y me grite, quiero que se enfurezca tanto como lo estoy yo, que me ataque, pero en lugar de eso, me rodea la cintura con el brazo y apoya la barbilla huesuda en mi cuello. Nan nunca come lo suficiente por culpa de esa mierda que piensan siempre las muchachas: «estoy demasiado gorda».

¿O es por las drogas?

Suspiro y relajo los dedos.

—Aunque no quiera, es mi hijo. ¿Desde cuándo eres tan cínica? Eso es propio de mí, Nano.

—Tú siempre lo fingías —me responde.

—Menuda tontería —replico y suelto una carcajada.

Mi hermana alcanza una fotografía de una Semana Santa en la que salimos posando junto a un pollo que a nuestro lado parece del tamaño de Godzilla. Ella sale gritando y yo estoy distraído. Mi hermana arruga la nariz mientras recorre con un dedo nuestros gorros con orejas de conejo, primero el mío y después el suyo.

—¿Recuerdas cuántos años teníamos cuando mami dejó de disfrazarnos?

—Unos quince. No tienes cuatro años, preciosa, deja eso de «mami», no le va mucho a tu estilo sofisticado y te hace parecer ridícula.

Empieza a reírse y ajusta más el brazo en torno a mi cintura.

—No te imaginas lo diferentes que son las cosas desde que no estás en casa. —Levanta la cabeza y, maldita sea, debería haberlo previsto por el tono de su voz, está llorando.

—¡Eh! —Le doy unos golpecitos en la espalda con los dedos—. Ya sé que soy un rayo de sol, ¿pero tan diferente es todo?

—Nadie me hace reír, ya no puedo robar dinero del bote de las palabrotas con la seguridad de que tú solo volverás a llenarlo, nadie recoloca las figuras en posturas comprometidas. —Sorbe por la nariz y se limpia la cara con la muñeca.

—Admito que presté un gran servicio a ese respecto.

Me mira con sus ojos grises llorosos, las mejillas mojadas y el labio inferior tembloroso. Esa expresión con la que implora ayuda. Ya no funciona tan bien como antes, no desde que existe Cal, quien no tiene a nadie para que solucione sus problemas y no puede hacerlo por sí mismo.

—Hablando de servicios, ¿me puedes explicar qué servicios está prestándote Troy Rhodes?

Mi hermana se aparta como si le hubiera dado corriente.

—¿Quién te lo ha contado? ¿Samantha?

—Nooo, ¿lo sabe ella? Pensaba que ya no os hablabais.

Nan toma un puñado de golosinas y se lo mete en la boca.

—¿Quién entonces?

—Te he estado espiando, ¿qué es lo que te vende, Nan?

Sigue masticando, por lo que se señala la boca y dice:

—No puedo hablar.

Cuando termina y traga, se cruza de brazos y me mira.

—¿Cuándo voy a conocer a Cal?

—No juegues conmigo, Nan, no cambies de tema.

¿Y esta voz tan severa? Se parece mucho a la de mi padre.

—¿Por qué estamos hablando de mí? ¡Eres tú quien ha tenido un bebé!

—¿Qué está pasando aquí? —pregunta una voz desde la puerta.

No me da tiempo a recomponer la cara, así que probablemente tanto Nan como yo tengamos el mismo aspecto culpable al volvernos hacia mi padre.

Maldita sea, no he prestado atención a la hora... son casi las seis. Tiene la corbata aflojada y la cazadora puesta. Gracias a Dios que aún no se ha bebido el *whisky*, mamá no está en casa para llevarle la cubitera y nunca lo he visto servirse él mismo.

—Hola, papi. Papá —lo saluda Nan, mirándome de reojo.

—¿Qué tal, papá?

Nos mira a uno y a otro respectivamente, tal y como hacía cuando éramos pequeños y se avecinaban problemas.

—Hace tiempo que no te vemos, Tim. ¿Estás metido en algún lío?

—No, todo va bien, solo que, ya sabes, ya no vivo aquí. He venido a ver a Nano.

—¿Para pedirle dinero?

—No, papá —decimos Nan y yo al mismo tiempo y añado—: el trabajo en el contrabando de drogas va estupendamente. Con ese y el de proxeneta me estoy haciendo de oro.

—¿Es broma? ¿Está bromeando? —le pregunta a Nan, que se ha puesto roja con la mención de las drogas. Después me dice a mí—: No le veo la gracia.

—Tampoco tiene tanta —respondo—. Bueno, mejor me voy, tengo algo que hacer. —Vuelvo la cara a mi hermana—. Ya hablaremos en otro momento de ese proyecto tuyo, cuenta con ello.

Nan se retuerce un mechón de pelo y me doy cuenta de que, al otro lado, ha retorcido otro mechón tanto que parece una rasta, lo que no encaja mucho con su nuevo estilo. No me responde.

Mi padre me da una palmada en la espalda y me empuja ligeramente en dirección a la puerta. Casi espero que me tome del cuello y me lance al jardín.

—Te acompaño al automóvil —comenta.

—¿Quieres asegurarte de que me voy?

Camina conmigo y la estampa se asemeja en parte a una marcha de un prisionero, en parte a una de esas escenas de las películas antiguas en las que el padre le da consejos paternales a su hijo. Puedo asegurar, no obstante, que no me va a dar dinero para que invite a nadie a un batido.

Llegamos al Jetta y se queda parado con la vista fija en la calle. Casi espero que de repente aparezcan unos polis de los arbustos, me pongan unas esposas y me metan en el asiento trasero de mi propio automóvil.

Silencio. Papá mira a todas partes menos a mí. Espero a que suelte lo que tenga que decirme. No estamos en su despacho ni tampoco vivo ya bajo su techo. Apoyo la espalda en el vehículo; si él puede esperar, yo también.

Y espero.

Se saca el teléfono móvil del bolsillo, lo mira y vuelve a metérselo, más como un acto reflejo. Me raspo los callos de la mano con el pulgar. Algunas hojas vuelan por la calle, la hierba crece, en algún lugar, acaba de nacer una estrella.

Vuelve a mirar el teléfono, ¿cuántas llamadas telefónicas recibirá el jefe del banco de Stony Bay?

—Papá, he de regresar al trabajo. Me he tomado una hora de descanso para ver a Nan y ya ha pasado. ¿Hemos terminado?

Aprieta los labios y me mira, pero no dice nada.

—Nunca te he entendido, Tim —comenta por fin—. Ni un solo día de tu vida.

¿Qué puedo responder a eso? ¿Merece la pena?

—Hemos terminado —concluyo y me meto en el vehículo, pongo la primera marcha y salgo.

Alice

—Solo amigos —indica Andy, con los codos apoyados en el mostrador, junto a la caja registradora desarmada—. ¿Qué significa eso? ¿Es una especie de código? ¿Quiere decir eso de verdad?

—Necesito el contexto —respondo, alzando la mirada del muestrario de pinturas.

—Es una despedida. —Tim pasa la página del libro de química sin apartar la mirada de él.

—¿De verdad? ¿Ni siquiera es un premio de consolación? ¿Es como un «piérdete»? —Andy parece destrozada.

Tim la mira a la cara y dice:

—No, espera, no siempre. Es importante el contexto, puede cambiarlo todo.

—Imagina que hay un muchacho... —empieza mi hermana.

—Kyle. Pasa de él —interrumpo.

—Uno cualquiera, da igual. Cuando está con sus amigos, ni siquiera habla conmigo, pero cuando me ve a mí sola, es muy simpático, habla, bromea y me dice que quiere que seamos amigos.

—Es un perdedor, pasa de él —repito—. Solo busca una cosa.

—No hacíamos eso —explica—, ni siquiera pensábamos hacerlo, solo salíamos juntos y nos dábamos algunos besos. Teníamos posibilidades.

Tim está otra vez liado con la caja registradora, intentando enroscar una tuerca en un perno con el ceño fruncido. Me lanza una miradita al oír la explicación de Andy, se limpia la grasa de las manos en los *jeans* y vuelve a concentrarse en la caja registradora.

—Si actúa de un modo distinto delante de sus amigos es que es un hipócrita y un mujeriego. Pasa de él.

—No estamos juntos, así que no puedo pasar de él —replica—. Ni siquiera éramos amigos antes de salir juntos. Antes de eso, puede que nos hayamos dicho unas tres frases, o, más bien, fue él quien me las dijo a mí porque yo siempre me quedaba muda. Tiene una sonrisa tan perfecta que lo único que quieres es darle un lengüetazo en la mejilla cuando sonríe. El primer mes del campamento de vela, hace tres años, me dijo: «¿desatas la cuerda de amarre?» y el año pasado me pidió que arriara las velas mientras aflojaba las drizas y...

—Entonces no erais amigos —resumo— antes de la ruptura.

—Exacto. Éramos extraños el uno para el otro, pero había química entre nosotros. O tal vez no. A mí me lo parecía y se ve que a él también porque me pidió una cita. Y, ya sabéis, me besó. Pero no funcionó, aunque yo pensaba que sí, pero, claro, lo hice mal. Por eso ahora dudo de mí misma.

—Conclusión: no os conocíais el uno al otro —traduzco.

—Eso es, así que no hay contexto para poder entenderlo, y por eso os necesito. Entre los dos seguramente hayáis salido con unas cincuenta personas, ¿no?

—Yo no he salido con nadie —responde Tim.

—Y yo con bastantes menos de cincuenta.

Mi hermana pone los ojos en blanco.

—Centraos en lo importante. Necesito la perspectiva de gente con experiencia, porque yo no sé nada. ¿Quiere que seamos algo que antes no éramos...? ¿Ahora que no estamos... que no tenemos posibilidades... quiere conocerme?

—Seguramente no —contesto.

A Andy le tiemblan un poco los labios.

—¿Así que todo es una mierda?

—No tiene por qué —señala Tim.

—Venga ya, Tim, déjalo ya.

—No, déjalo tú, Alice. A lo mejor está arrepentido, puede que piense que se ha equivocado, a lo mejor es uno de esos que no saben lo que tienen hasta que lo pierden, tal vez se haya dado cuenta de lo fantástica que es Andy y quiere conocerla mejor. No todo el que comete un error tiene por qué comportarse como un idiota toda su vida. —Mueve una mano con énfasis y la pieza que estaba intentando arreglar sale volando, rebota en el suelo y desaparece cerca de una lata de sellador para asfalto.

—Ese muchacho sí, solo está jugando con ella.

—Así que eso de «seamos amigos» es un insulto —comenta Andy—. Estupendo, es fantástico. Gracias, habéis sido de gran ayuda. Ahora mismo tengo la autoestima por las nubes.

—Tú no tienes la culpa —intento animarla—. No permitas que un perdedor te haga sentir mal.

—Me hace sentir que se acabaron mis posibilidades. —Alza las cejas y abre mucho los ojos, como si hubiera dado con la respuesta obvia—. En otras palabras, se acabó la esperanza.

—Ands... —decimos Tim y yo al mismo tiempo y nos acercamos a ella. Tim, que rodea el mostrador, llega antes y le pasa un brazo por los hombros.

—A lo mejor estamos equivocados. Puede que...

Tim debería intentar arreglar la campana de la puerta, porque cuando esta se abre no emite sonido alguno. Los pasos de su padre, no obstante, son demasiado enérgicos como para detener a su hijo a mitad de la frase.

—Iré al grano —dice abruptamente con el rostro encendido—: he hablado con tu hermana. ¿Tienes algo que contarme?

—Nosotras nos vamos —comento, haciéndole señas a Andy, que forma con los labios un «¿por qué?», mira al señor Mason y me sigue.

Tim

Mi padre apenas nota que acaban de irse dos personas. Por una vez, su mirada está fija en mí y no en su escritorio o su teléfono.

—He hablado con Nan —repite— y me ha contado algo sobre tu última...

Nano siempre tan dispuesta a airear mis pecados.

—¿Aventura?

Mi padre exhala un hondo suspiro.

—Complicación. Sé lo de esa muchacha y el niño. No me hace ninguna gracia, aunque eso no viene al caso.

Ya estoy acostumbrado a tener las manos ocupadas con el bebé. Me las llevo a las orejas, me las paso por el pelo y finalmente me las meto en los bolsillos. Miro el pasillo que conduce a la oficina, que tiene la puerta abierta. Veo que Alice tiene las piernas encima de la mesa del señor Garrett, paseo la mirada por sus tobillos cruzados, el borde de su falda por encima de las rodillas, la silueta de su cuerpo, su rostro, con esas extrañas gafas. Espero que no esté escuchándonos. Hace un par de minutos he oído cerrarse la puerta trasera, así que al menos Andy se ha marchado.

—No deberías haberte metido en este problema —continúa mi padre, señalándome con el teléfono móvil como si pudiera dispararme con él.

—Ya es tarde para eso, papá.

—Preferiría que no replicaras con una respuesta estúpida mientras tenemos una conversación seria.

—No espero que me saques de esta. —Veo que Alice cruza y descruza los tobillos. ¿Estará escuchándonos?

—No voy a hacerlo, pero eso tampoco viene al caso. —Vuelve a meterse el teléfono móvil en el bolsillo—. Ya tienes suficiente como para encima tener que añadir este tipo de complicaciones.

—Te vuelvo a repetir que ya no se puede hacer nada.

—Joder, Timothy. —Alzo rápidamente la cabeza. Mi padre no dice palabrotas, al menos a mí—. Lo que quiero decir es que no deberías malgastar tu tiempo en esto.

—Es mi hijo.

Vuelve a tener el teléfono móvil entre las manos, le sería muy útil contar con una cartuchera.

—Tienes que centrarte en arreglar tu vida, ese es tu deber. A no ser que quieras casarte con la muchacha, que...

Jesús, espero que no quiera que haga eso, que no me esté dando un último ultimátum.

—No. Vamos a darlo en adopción en cuanto Hester y yo sepamos qué hay que hacer.

—Ese es el primer plan inteligente que has tenido en años. ¿La chica está de acuerdo?

Odio ese tono de voz tan profesional que está empleando.

—Sí, ella y yo estamos contemplando los hechos, valorando las posibilidades; vamos a trabajar en equipo y llegar a una conclusión... —Pero mi padre me interrumpe.

—... Líbrate de él.

—Este es mi problema, me toca a mí resolverlo. Lo he entendido. ¿Algo más que deba saber?

Tengo las manos en los bolsillos y jugueteo con las llaves.

Mi padre se mete la mano en el bolsillo de la americana y saca el billetero, donde seguramente tenga todas las facturas y demás documentos bien organizados. Saca un billete de cincuenta—. Arregla el problema. Toma.

—Gracias, pero no. Úsalo para invitar a mamá a un batido.

Me examina durante un momento y se da la vuelta para marcharse, pero antes se detiene en la puerta.

—Tim.

Dios mío, ya está bien.

—Esto no cambia nada sobre lo que hablamos de diciembre.

Alice

—Hola —digo en voz baja detrás de Tim, que está tomando otra taza de café.

No se vuelve hacia mí y la única forma que tengo de saber que me ha oído es la débil rigidez de sus hombros.

Tiene la cabeza gacha, algo en la postura de su cuello me hace pensar en su mirada derrotada y me dan ganas de acercarme para abrazarlo. No obstante, la situación en la que nos encontramos me obliga a abrazarme a mí misma en su lugar. Este es su padre, el hombre con el que ha crecido. En el banco se comportó de un modo burocrático, ¿pero ahora?

—Tim.

—Si vienes a decirme que tenías razón y que no sería capaz de arreglar la caja registradora...

—¿Lo de diciembre? ¿Qué significa eso, Tim?

—Ya, ya lo sé. —Por fin se da la vuelta con una sonrisa en los labios que no se refleja en sus ojos—. Yo también estoy sorprendido. Pensaba que mi padre ya no me veía como un niño revoltoso.

—Lo siento...

—No —me interrumpe—, no quiero que sientas pena por mí. Estoy... —Se pasa la mano por el pelo de la nuca. Cuando vuelve a hablar, su voz suena avergonzada—. Estoy muy familiarizado con eso. A mi hermana le gusta llamar la atención para dar pena, y también a Hester. Es... no sé. Yo no quiero eso, ¿de acuerdo? Así que si eso es lo que pretendes, no te molestes. —Se da la vuelta, reúne las piezas de la máquina registradora y las tira a la basura.

Sé que en situaciones como estas hay algo adecuado que hacer o decir, pero soy incapaz de reaccionar.

*   *   *

—¿Dónde está la llave de repuesto del apartamento del garaje, mamá? —pregunto al tiempo que me limpio los pies y me quito el abrigo.

Mi madre, que está sentada a la mesa de la cocina con Duff, Harry y una gran variedad de bolas de varios tamaños, apenas alza la mirada.

—Tiene que estar en el colgador para llaves.

—No está, ¿hay más?

—Duff, no cosas el hilo de pescar a la gomaespuma. Ya lo intentó Andy y se rompía con mucha facilidad.

—Otra vez el proyecto del sistema solar no, por Dios. Duffy, prueba a envolver la bola con plástico transparente y después la coses. ¿Dónde puede estar la llave? ¿La tendrá Jase?

—Mira a ver en el bolso de Patsy.

—La antigua cuna sigue en el sótano, ¿no?

—Sí, junto a la pared del fondo. Duff, ata el hilo de pescar en el colgador después de ponerlo en el planeta. Harry, todavía te quedan tres frases por escribir y después puedes ayudarnos a hacer los anillos de Saturno.

—Odio este estúpido proyecto —se queja Duff—. ¿Por qué no podemos decidir nosotros el modelo que queremos hacer? ¿Por qué todos en clase tenemos que hacer exactamente el mismo?

—Y en la clase del año pasado, y en la del anterior y así hasta el principio de los tiempos. Tendríamos que haber utilizado el de Joel —replica mi madre con cansancio.

Las llaves están, efectivamente, en el bolso de Elmo de Patsy que, al abrirlo, parece que abriera la barriga de un tiburón blanco, excepto que en lugar de huesos y botes salvavidas parcialmente digeridos, hay vehículos de juguete, piezas de Lego, tarjetas de crédito, cucharas, galletitas saladas, etc.

Mi madre me mira desconcertada cuando subo del sótano cargando con las piezas de la cuna, una bolsa llena de tuercas y tornillos, y sábanas.

—Imagino que es para Calvin. ¿Te ayudará Tim a montarla?

—De esto me ocupo yo —gruño.

Me llevo todo al apartamento. Por la ventana veo a Duff con el planeta más grande en las manos. Todo parece normal, el típico caos que se respira en mi familia, detalles que hace unas semanas parecían un problema. Por primera vez desde hace tiempo, puede que hayamos superado el naufragio. Excepto por el inminente iceberg que al que no quiero enfrentarme: las facturas.

* * *

Tardo cuarenta y cinco minutos en montar la cuna, una tarea que se le sigue resistiendo a mi padre, a pesar de su experiencia. Una vez que he colocado la sábana bajera, voy a la cocina a lavarme las manos y paso por delante del frigorífico. La lista de la puerta...

«El chico con más probabilidades...» Una frase llena de autodestrucción.

Yo misma utilizaba esas palabras contra Tim. La Alice de hojalata. Tomo un bolígrafo y me quedo mirando el papel sin atreverme a tachar las frases. En lugar de ello, añado al final: «... De tener más leche para bebés que comida en el refrigerador. De seguir intentando arreglar cosas.»

Me muerdo el labio y escribo lo último:

«De merecer...» El boli tiembla en mis manos. ¿Una segunda oportunidad? ¿Todas las oportunidades del mundo? ¿Un padre distinto? ¿Una disculpa?

Tim

Entro en casa justo cuando empieza a llover. El apartamento tiene el tejado de hojalata y el sonido de la lluvia produce pura música, pero estoy demasiado agotado como para apreciarlo. Me quito los pantalones y los dejo junto a la camiseta en una esquina del salón. Necesito olvidar y estoy muy cansado para ducharme; me tiemblan las piernas cuando me desnudo y entro en la cama.

Choco contra una forma cálida, suave y muy femenina.

—¿Qué narices haces aquí? —espeta, incorporándose con tanto ímpetu que nuestras frentes chocan y veo unos destellos de luz incluso en la oscuridad cuando su rodilla se estampa justo ahí.

No siento dolor. Pero pasa un momento y entonces...

—¡Au! —Me echo a un lado de la cama, con los ojos llorosos.

—¿Qué haces aquí? —pregunta Alice desconcertada, pero con voz enérgica.

—Está claro que durante mucho, mucho tiempo no voy a poder hacer nada. ¿Dónde hay un cojín? Dame un cojín.

—Ay, Dios, lo siento. Voy a encender la luz. —Supongo que tantea con la mano al lado de la mesita porque oigo caer una cascada de libros.

—¡No! Dame un cojín. Y hielo. Y... la unción de enfermos.

Me lanza un montón de cojines y empieza a reírse.

—Sí, qué divertido —murmuro, esforzándome por no ponerme a lloriquear. O vomitar—. Ya puedes quitarme el apéndice con un tenedor si quieres.

—¿Hielo? —pregunta—. ¿De verdad sirve eso?

—Déjame morir en paz —gruño—. Y después me cuentas qué hacías entre mis sábanas y si por casualidad no llevas la ropa puesta, porque eso sería un aliciente para aferrarme a la vida.

Imagino que se da la vuelta, porque de repente tengo su cara junto a la mía.

—Estoy vestida, lo siento. Solo había cerrado los ojos un momento, no quería quedarme dormida.

Voy a responderle, pero tan solo me sale un quejido. De repente estalla en carcajadas y la cama vibra. Le doy un golpecito y ajusto el cojín por delante de mí.

—Lo siento mucho, mucho, mucho —repite—. Ha sido un acto reflejo. Y defensa personal.

—¿Puedes traerme un...? —Estoy en pelotas, pero no puedo soportar la idea de ponerme ningún tejido y tampoco tengo una bata ni nada parecido. Me coloco el otro cojín en el trasero y el simple movimiento me hace rechinar los dientes.

—Vuelvo enseguida.

Oigo que se abre la puerta de la calle, el sonido de la lluvia y el viento, y después un portazo. Me deslizo lentamente hasta la parte superior de la cama, me tumbo bocabajo y suelto un improperio. Lo intento de espaldas, pero sin éxito. Me doy la vuelta, apoyo el peso en las rodillas y los codos, y la cabeza en la almohada. No sirve de nada, así que me dejo caer. Levanto las sábanas que más bien parecen tejas de plomo. Todo es un zumbido a mi alrededor.

Como estoy solo, me permito gritar palabrotas, pero después de un rato lo único que oigo es el sonido del viento y la quietud del apartamento. ¿Me ha abandonado de esta guisa?

La puerta se abre y entra Alice, trayendo el olor a lluvia.

—Te traigo hielo —susurra—. Y también ibuprofeno. ¿Sigues vivo? ¿Puedo encender ya la luz?

La oscuridad, la sombra de su cuerpo con forma de ocho bajo la tenue luz del salón, la sensación de que Alice me trae el mundo entero, el olor a hojas mojadas, el silbido del viento y el sonido del río a esta silenciosa habitación.

—No. Déjalo así.

El colchón se hunde cuando se sienta a mi lado. Reprimo un grito de agonía mordiendo la almohada.

—Toma. —Alcanza mi mano, le da la vuelta y deja las placas de hielo en mi palma. Después coloca una botella de agua fresca a mi lado. Trago saliva, suelto un resoplido y apoyo de nuevo la cabeza en el colchón.

—¿Puedo...? —Me muerdo el labio. Parece que el dolor está remitiendo un poco.

Alice se acerca más a mí. No, sigue doliendo a rabiar.

—¿Puedo preguntarte qué hacías en mi apartamento y, sobre todo, en mi cama, Ricitos de Oro?

Silencio, suspiro y por fin:

—Me... equivoqué. Tenías razón, Tim. No se me da bien disculparme, así que... pensé que los hechos valdrían más que las palabras. —Habla atropelladamente y está tan cerca que noto su aliento en la mejilla—. He montado la cuna para Cal. He tardado la vida, seguramente pienses que se puede hacer con los ojos cerrados, pero no. He tenido clase esta noche y ha sido un día largo e intenso en la ferretería, así que pensé en echarme una siesta reconstituyente.

—Y te has reconstituido. Ningún problema.

—No, escucha. No bromees, escúchame. De verdad, lo siento.

—Estás perdonada, pero no lo vuelvas a hacer.

—Te lo prometo —me dice con voz solemne en mitad de la oscuridad, tan cerca de mí que si me doy la vuelta estoy seguro de que me chocaré con ella. Me doy cuenta de que ese movimiento tan simple podría matarme.

—No imaginaba que tenerte en mi cama fuera así.

—Ni yo imaginaba que estarlo fuera así.

—Has... —Hago un movimiento para sentarme. «Au.»

—Shh. —Alice se tumba bocarriba a mi lado, por encima de la sábana debajo de la cual estoy yo. Envuelve mis dedos con los suyos y coloca mi mano sobre el hielo—. Shh —repite, pero no suena como si estuviera intentando calmar a un niño consentido. Parece más bien como si la oscuridad se volviera más clara. Más limpia. Más nítida. Sin líneas borrosas.

Acerca la nariz a mi hombro e inhala. Tiene el pelo húmedo y tiembla un poco. La lluvia repiquetea en el tejado y de repente el viento sopla con más fuerza, lanzando gotas contra la ventana, como si alguien tirara piedras para atraer mi atención. Me propongo rodear a Alice con el brazo, pero la idea me hace estremecer y me produce un dolor horrible, así que no me muevo, ni tampoco Alice, que tan solo se acerca más a mí; sus temblores desaparecen. Sigue con los dedos entrelazados con los míos, cálidos en contraste con el hielo que empieza a derretirse. La tensión de mis músculos y de todo mi cuerpo empieza a disminuir lentamente gracias a su pequeño cuerpo junto al mío.

—¿Tim?

—Mmm.

Se apoya sobre un codo y tan solo atisbo el destello de sus ojos y el brillo de su pelo gracias a la distante luz de una farola de la calle.

—Cuando tenía doce años... —Se queda callada.

—Continúa —susurro.

—Al terminar el verano tenía... —se mira el pecho y se lo señala con las manos— esto.

Mueve la mano con la que sostiene la mía y la presiona contra su pecho de modo que con mi palma, helada por el hielo, abarco...

Dios... uno de sus pechos. Se me tensan los dedos. Con toda la fuerza de voluntad de la que dispongo, aparto la mano.

—Fui la primera de mi clase a la que le crecieron tetas. Sucedió de la noche a la mañana y de repente la gente, los niños a los que conocía desde siempre, empezaron a ponerme motes. Y de nuevo de la noche a la mañana, las niñas me odiaban. Mis compañeros siempre me preguntaban cosas, si me había puesto implantes, si mi padre había tenido que pedir un préstamo para pagármelos. —Me mira—. Joel acababa de empezar el instituto, así que no sabía nada, y Jase todavía estaba en primaria. No quería contárselo a mis padres porque mi madre estaba embarazada de Harry y mi abuelo paterno estaba muy enfermo. No sé por qué te lo estoy contando —concluye.

Sus ojos se encuentran con los míos. Incluso bajo la tenue luz debe de haber encontrado lo que buscaba, porque continúa:

—Así que decidí darle la vuelta a la tortilla. Si la gente me juzgaba yo... no sé... controlaría la situación. Empecé a ponerme ropa para mostrar mi cuerpo y a elegir a muchachos más débiles que yo, y... así fue como controlé la situación.

Admito que nunca había pensado que Alice gestionara así su imagen, como diría un político. Siempre pensé que tenía un cuerpo estupendo y se encontraba cómoda mostrándolo. La atraigo más hacia mí y entierro los labios en su pelo. Tensa su cuerpo, pero enseguida se relaja. Susurra algo, pero tan suave que no lo oigo.

—Eso es lo que haces tú con tu padre. Darle la vuelta a la tortilla. Aceptas cualquier cosa. Y no solo con él, lo haces mucho. «Todo es divertido si lo miras por el lado bueno.»

—Ya —Pestañeo para aliviar la humedad de mis ojos.

Como respuesta presiona su cuerpo contra el mío.

—Puedes meterte debajo de las sábanas —susurro.

—Mejor no —responde en voz baja.

—Nunca en tu vida has estado tan segura a mi lado como ahora. —Sonrío.

Su risotada hace que la cama vibre, pero ya no siento dolor. Se mueve de forma que su pelo me hace cosquillas en la mejilla. Tiene la piel cálida y su pelo húmedo huele a lluvia y a hojas.

El viento arrastra una rama de un árbol en el exterior de forma que esta araña la ventana. La lluvia no cesa... es como si estuviéramos envueltos en un capullo, durmiendo.

Alice

—Mmm —murmura Tim. Bosteza contra la almohada, estira los brazos por encima de la cabeza y vuelve a bostezar.

—Tengo que irme. ¿Podrás dormir?

—Claro.

Lo tapo hasta el cuello con la sábana y la manta, le doy una palmadita en la espalda y, sin pensarlo, me inclino para posar mis labios justo ahí, en el lugar en el que se le riza el pelo, pero me aparto antes de hacer contacto.

—Cierro la puerta.

Escribo una última frase. «El chico con más probabilidades... de necesitar reposo.»

—Dulces sueños —le deseo, pero no recibo respuesta.

Se ha quedado dormido.

Podría haberle besado, después de todo.

Tim

Pensaba que no habría manera de que pudiera quedarme dormido con Alice a mi lado, con una mano en mi espalda y apartándome el pelo de la frente con la otra. Pero entonces me despierto y es por la mañana, la lluvia hace rato que cesó y el sol brilla a través de la ventana, así que es exactamente lo que he hecho.

Alice

Un rato más tarde me encuentro en la cocina bebiendo café, atando los cordones a George, pegando una de las plaquetas nasales, que se ha roto, a las gafas de Duff y preguntándole a Harry cómo se deletrean algunas palabras. Me estiro, dolorida por el colchón duro de Tim. Es en ese momento cuando me doy cuenta de lo que ha pasado.

Me tumbé a su lado, respirando al mismo compás que él, mirando cómo soñaba, acurrucándome contra él, con la cabeza bajo su barbilla, presionada contra su pecho y el calor...

Desde la ventana de la cocina lo veo bajar los escalones con sus largas piernas y las manos en los bolsillos. Atraviesa el jardín en dirección a su vehículo, reluciente después de la lluvia de anoche, con el parabrisas lleno de hojas. Entrecierra los ojos y mira a la casa. Su cara se llena de luz, de una felicidad pura que ya he visto antes en él. Como si el mundo entero vibrara de posibilidades.

En otras palabras, esperanza.

CAPÍTULO 30

Tim

El hombre que abre la puerta de la casa de Hester tres días más tarde parece una versión más delgada del músico Jerry García. Lleva una camiseta desteñida y unos pantalones anchos. Está descalzo, se está quedando calvo y tiene barba.

—Tú debes de ser Tim.

«Y tú no puedes ser el abuelo de Hester», pienso. Terrible, no me pegan para nada.

—Sí —respondo—. Ese soy yo.

—Waldo Connolly. Entra. ¿Te gusta la comida tailandesa?

Entro cargando con Cal y todas sus cosas y miro a mi alrededor. Así no es como me imaginaba la casa de Hester. Hay montañas de pinturas al óleo abstractas, una pared de cristal que da a una habitación que parece un invernadero, plantas por todas partes, alfombras y un montón de muebles que parecen tallados de los árboles, algunos incluso con cortezas. Un *hobbit* se sentiría como en casa, pero yo no.

Waldo Connolly me sonríe con los pulgares en las trabillas del pantalón. De repente me acuerdo de que me ha hecho una pregunta.

—Ah, sí, eh... comida tailandesa, me encanta. Seguro que sí, nunca la he probado.

—Hester, ya ha llegado —grita en dirección a la escalera.

Esto parece un consejo de guerra.

Miro a mi alrededor, las mesas y estanterías. Hay muchas fotografías de Hester con amigos, Hester sola, Hester con Waldo, Hester con Waldo y otra mujer mayor, puede que su abuela. No hay fotos del bebé.

Hablando de él, está mordisqueando mi dedo con su boquita gomosa, así que busco su biberón.

—Ven a la cocina, ahí podrás calentarlo —me indica Waldo, que camina bajo un arco de ladrillo que da a otra estancia.

También la cocina está decorada como la Tierra Media: una tetera de cobre, una estufa de hierro fundido, unos cuantos tejidos colgados en la pared y bolas de cristal frente a las ventanas, un enorme sillón rojo, una mesa que parece tallada de una secuoya centenaria por John Henry o vete a saber quién.

—El microondas está ahí. —Señala con decisión una esquina de la encimera.

Me sorprende que haya un microondas y no una enorme tetera de hierro fundido.

La cocina huele a especias. Waldo toma un cuchillo gigante que parece un machete y se me queda mirando mientras el biberón de Cal da vueltas. Reprimo las ganas de protegerme mis partes, pero enseguida se da la vuelta y se pone a cortar algún tipo de verdura verde y grande en la encimera.

—¿Te gusta la ensalada de papaya verde? —me pregunta.

—Me encanta. —Meto la tetina en la boca de Cal, que automáticamente apoya la cabeza en mi antebrazo, con los ojos medio cerrados de felicidad. Seguro que a este niño le encantará beber, solo espero que también esté bien alimentado.

—Eso es lo que vamos a cenar, además de *tom yum goong*.

—Estupendo. —Lo que tú digas.

—Siéntate y háblame de ti. —Sin mirarme, señala con el machete el sillón rojo.

«Me llamo Tim y soy alcohólico» no sería una respuesta apropiada. «¿Soy sagitario? ¿Normalmente me preocupo por el control de la natalidad, a pesar de lo que piense? Llevo un tiempo sin relaciones sexuales, bastante tiempo, puede que desde que las tuve con su nieta, aunque ya no me acuerdo de eso.»

—Hola, Tim. Hola, abuelo. —Hester aparece en la cocina con un vestido azul ajustado con escote. Tiene el pelo húmedo y suelto, y se ha puesto pintalabios y maquillado los ojos.

—Estás muy guapa —le digo al tiempo que me levanto.

—Gracias, Tim. Abuelo, ¿le has ofrecido algo de beber?

Miro a Waldo, que parece menos amigable que hace un segundo. Oh, claro, qué idiota, seguro que piensa que quieres volver a meterte en su cama. Se acabó lo de ser encantador y, de todas formas, tampoco se me da bien cuando estoy sobrio.

—Sé lo que pensará de mí... bueno, en realidad no, pero quiero disculparme. Seguro que ha sido un año de mierda también para usted. Vaya, que no debe de haber sido fácil. Así que... —Atravieso la cocina y extiendo la mano que tengo libre, por lo que le aparto el biberón a Cal. Este emite un grito de enfado y miro a Hester con el pensamiento de que lo tomará en sus brazos, pero no lo hace. Ni siquiera parece estar reprimiéndose. Mantiene los ojos fijos en mí.

—Es muy maduro por tu parte, Tim —señala Waldo, que no me toma la mano—. Creo que quien merece una disculpa es Hester, lo único que yo he hecho ha sido verla sufrir.

Ahora es cuando utiliza el machete.

—Ya se disculpó conmigo, abuelo, te lo conté —replica ella rápidamente.

Cal se retuerce en mi brazo, tratando de llegar al biberón.

«¿Papá? ¡Papá, ayúdame! Está tan cerca... ¡Papá!»

Vuelvo a acercárselo. Al menos a él sí puedo hacerle feliz.

—¿Quieres *nam dang-mu pan*? —me pregunta Waldo amablemente, como si no acabara de hacerme sentir como una mierda, muy apropiado dadas las circunstancias.

—Es zumo de sandía —traduce Hester—. Te gustará, está delicioso. Mi abuelo fue capellán en Vietnam durante la guerra y después él y mi abuela vivieron en Tailandia unos años.

Un capellán. Como un ministro. Con razón esa actitud suya carente de empatía.

—De acuerdo. —Me pongo muy recto, prácticamente en posición de efectuar un saludo militar. O una genuflexión.

—Relájate, Tim. —Hester me acerca una mecedora que hay en un rincón de la cocina, le da un empujoncito para que se mueva y señala el asiento. Su abuelo la mira con dureza por encima de las gafas y se pone a mezclar algo en un recipiente de madera con lo que parece una maza.

Cal se está quedando dormido con la boca torcida.

Waldo me coloca delante un vaso grande lleno de un líquido naranja rojizo.

—Toma.

—No tiene alcohol, ¿no? —Me fijo en el vaso, rezando por que diga que no. No sé si podré rechazarlo en el caso de que tenga.

—Solo tiene sandía y hielo. Ya sé que estás en un programa de desintoxicación, lo respeto.

No me había dado cuenta de que Hester había salido, y regresa con una fotografía.

—Esta es mi abuela —me cuenta, señalando con el dedo índice el rostro de una mujer morena despampanante riendo con la cabeza hacia atrás—. Él es Waldo, y ella es mi madre.

Ajá, la madre de Hester. Me he preguntado muchas veces cuál sería su historia, cómo moriría, todo eso. Observo la fotografía y me doy cuenta de que se parece mucho a Madonna en su época de *Like a virgin*. Lleva unas perlas falsas, el pelo alborotado y un corsé brillante con el que enseña bastante pecho. ¿Esta es la madre de Hester?

—¿Cuándo, eh... —no digas «palmó»— falleció tu madre? —pregunto.

Hester y Waldo se echan a reír.

—Está vivita y coleando —me asegura ella.

—Vive en Las Vegas, todavía se puede permitir trabajar de cabaretera —explica Waldo con orgullo— con sus piernas y el ritmo que tiene. No lo ha heredado de mí, ha tenido suerte.

No es la situación que había imaginado, si es que había imaginado algo. La visualizaba más bien con un collar de perlas y un blazer azul, y no como una cabaretera. No en Las Vegas. Me quedo mirando a Hester un momento. Es tan pulcra, controla tanto su aspecto. Su abuelo es el guitarrista de los Greatful Dead, su madre, Madonna. ¿Cómo ha acabado ella convirtiéndose en Nancy Drew?

Sorbo la bebida de sandía con extremo cuidado para no despertar a Cal.

—Debería llevarlo a la cama.

—Es por aquí. —Hester me conduce escaleras arriba... hasta su habitación, que, no sé por qué, me rompe el corazón.

Tiene un dormitorio de niña pequeña, eso es todo lo que puedo pensar. Cortinas rosas de flores, una colcha de flores, entradas de conciertos y de cine, tiras verticales con fotos de esas que se hacen en los fotomatones de los centros comerciales en las que sale Hester con otras muchachas, más fotografías en el marco de un espejo. Hay un osito de peluche adorable sobre la almohada amarilla y un montón de libros para chicas: *Jane Eyre*, *Crepúsculo* y otros títulos del estilo.

—La cuna de Calvin está aquí.

En su habitación, no. Está en un pasillo que hay al atravesar su dormitorio. Se trata de una minicuna y no una antigua cuna tallada en roble. Una sábana lisa, una manta azul, sin peluches, ni siquiera el mono. Ya sé que Cal no vive una vida de lujo en mi apartamento, pero tiene unas llaves de plástico, un pato de peluche que le compré y una manta con ositos que me dejó la señora Garret y que le encanta, pues siempre chupa una esquina. Esto es como el equivalente a un motel de carretera para bebés, como si solo estuviera de paso. Cuando acuesto a Cal bocarriba, se pone a mover los brazos y arruga la cara como si estuviera a punto de dispararnos, pero se queda dormido en menos que canta un gallo.

Volvemos de puntillas a la habitación de Hester, ella delante de mí. Le toco el hombro.

—Ya sé que ya me he disculpado, pero lo siento mucho. Siento haber arruinado tu vida.

Hester se sienta en la cama.

—Tim. —Deja escapar un largo suspiro—. No sé de cuántas maneras distintas perdonarte ya. No te culpo por lo que sucedió, fue culpa mía.

—Era yo quien iba borracho, Hes.

Se le llenan los ojos de lágrimas.

—Oh, mierda, no. —Busco frenéticamente por la habitación pañuelos o algo que sirva—. No llores por mí. Hes... para, para, por favor.

—Es extraño, aquella noche me llamabas así. Sigues llamándome «Hes». —Le tiembla la barbilla—. Me gustaba. Hester es muy formal. Me resulta extraño que no recuerdes nada, pero sigas llamándome así. No hago más que pensar que me has mentido y que sí que te acuerdas.

Ni un solo rayo de luz en ese blanco inmenso. Hay veces en las que tengo *flashes* de días o noches que no recuerdo, pero de esta, de la barra *tiki*, de ella...

—No me acuerdo —respondo con dulzura.

Sorbe por la nariz y se limpia los ojos con el dorso de la mano. Vuelve a sorber.

—¿Nada? ¿Ni el color de mi sujetador? No te costó nada quitármelo, ¿recuerdas eso al menos?

—Eh... ¿rosa?

—No. Era azul marino. —Se golpea la frente con el talón de la mano.

Me paso la mano por el pelo de la nuca y miro mi automóvil a través de la ventana.

—No sé por qué es tan importante para mí. Es que... antes de que, ya sabes...

Se queda callada y me siento como un capullo, pero también enfadado. «¿Ya sabes?» ¿Puedes tan siquiera decir «sexo», Hester? Tienes un bebé, todos sabemos lo que pasó.

—Me di cuenta de que estabas borracho y te dije que no deberíamos... porque no te ibas a acordar después, y tú me dijiste... —Hace una pausa para tomar un pañuelo de un lado de la cama y sonarse la nariz—. Claro que me voy a acordar, ¿por qué no? ¿Cómo no iba a acordarme? Me dijiste que yo era especial, que sería inolvidable. Y... te creí. Y... y... tú no te acuerdas.

Se ha puesto a llorar y, o bien despertará a Cal, o bien aparecerá Waldo con su práctico machete. No tengo ni idea de qué más hacer aparte de tumbarme en la colcha de flores, junto a ella, pero no demasiado cerca.

—No tiene nada que ver contigo, Hester. Simplemente... las cosas no se hacen así. Soy alcohólico y bebí mucho, así que la cagué por cómo soy, o por cómo era, no por ti. Podrías haber sido... Marilyn Monroe y no habría habido ninguna diferencia.

Sus sollozos bajan de intensidad. Levanta la cabeza y me mira a través de sus pestañas húmedas, pero vuelve a apartar la mirada. Me acerco un poco más y le aparto el pelo que le tapa una parte del rostro. Sus ojos se detienen en mi boca.

He besado a un montón de muchachas que no me importaban, a las que yo no les importaba. Ni siquiera me importaba yo mismo. Sé lo que Hester cree... piensa que lo que pasó entre nosotros no fue casual, que existía algún tipo de sentimiento, que no era simplemente una necesidad biológica acompañada de Bacardi. Pero... no puedo. Soy un capullo, pero no tanto. Al menos ya no.

Aparto la mano de su espalda, me la paso por el pelo y me pongo en pie.

—Estoy muerto de hambre. ¿Es tu abuelo tan gran cocinero como parece por el olor?

Hester continúa con la cabeza gacha, tiene el pelo a un lado de modo que se le ve la nuca. De repente me acuerdo de un día en que George Garrett me contó que enseñar el cuello o la barriga era el gesto «más vul-erable» de los animales, pues exponían sus partes más suaves y fáciles de destruir. En este momento me odio más que nunca.

—¡Hester! —grita Waldo desde abajo—. ¡Bajad a cenar!

—Es muy bueno, un cocinero de primera.

* * *

Waldo nos mira con las espesas cejas fruncidas cuando entramos en la cocina.

—¿Ha tardado el bebé en quedarse dormido?

—No —responde Hester al mismo tiempo que yo digo:

—Sí, un poco.

—Mmm. —El hombre coloca la bandeja y corta el pan en trozos. A porrazos—. Hablando de Calvin, ¿qué habéis hablado sobre él? —Me señala con el cuchillo y después a Hester.

—Hemos hablado... —responde débilmente.

—Hemos hablado más sobre cómo llegó que sobre qué vamos a hacer ahora con él —suelto.

A Waldo se le ensombrece el rostro y Hester se ruboriza. Reparte un guiso en el que unas gambas con cola incluida asoman monstruosamente en un caldo. Me pasa el cuenco de madera.

—Tenéis que decidir qué hacer, es el momento de las preguntas. ¿Qué os va a guiar en vuestro camino hasta llegar a la iluminación? —Nos dedica una mirada dura, como si con ella pudiera arrebatarnos la iluminación y estamparla en la mesa, junto al guiso.

Eh... meto una cucharada de arroz caliente en el cuenco y me lo trago para ganar tiempo. Hester suspira con los hombros caídos. Pasan los minutos y seguimos con la vista fija en el plato. Waldo empieza a comer y alza la cabeza para mirarnos a través del bosque de sus cejas.

—¿Y bien?

—Yo solo quiero volver a mi vida —señala Hester.

—Y yo solo quiero seguir sobrio.

—Volver a mi vida y seguir sobrio. —Waldo se toma una cucharada del guiso—. Son objetivos, desde luego. Pero, por ahora, hay cosas conocidas y cosas desconocidas.

Hester suelta la cuchara con un ruido sordo.

—Abuelo, por Dios, como vuelvas a citar a Jim Morrison... no, él era tan problemático como Tim. —Su voz suena débil y temblorosa. Waldo abre mucho los ojos y deja de masticar.

—Peor incluso —añado—. A mí no me encontrarían muerto con unos pantalones de cuero.

Waldo se atraganta y Hester toma de nuevo la cuchara.

—Por cierto, ¿cómo vamos con lo de la agencia de adopción? —pregunto.

Hester vuelve a ser la estudiante que saca sobresalientes, como si no hubiera perdido los nervios un minuto antes.

—No vamos a tener ningún problema para darlo en adopción. Los padres adoptivos tienen que superar más pruebas que nosotros: estudios del hogar, pruebas médicas, todo eso. Es su trabajo. —Moja pan en el caldo; tomo una cucharada con los ojos llenos de lágrimas y me tomo de un trago la bebida de sandía. Ella ni siquiera parpadea y Waldo ha tomado el cuenco y se está bebiendo el caldo directamente.

—Así que la pregunta es cuál es el siguiente paso —dice su abuelo—. El camino en el bosque.

—Nos estamos tomando nuestro tiempo —le asegura Hester.

¿Sí? ¿Nos, en plural? Noto un latido en el cráneo.

—Prefiero que hagamos esto rápido —señalo—. Que tomemos al toro por los cuernos, que nos liemos la manta a la cabeza.

Nunca había usado esas dos expresiones.

—Por eso es bueno que Tim forme parte de esto —le dice Hester a Waldo—. Estamos de acuerdo en esto, como una pareja.

Waldo me mira y vuelve a mirarla a ella.

—Sois muy jóvenes, Hester, y no sois pareja. —Me sonríe, pero parece más que me enseña los dientes a una sonrisa de verdad.

—Exacto —aclaro—, no lo somos.

—Eres su padre. —Hester mira su cuenco, como si estuviera leyendo los posos del té—. Y yo su madre.

—Sí, pero...

—Es nuestro bebé, nuestra responsabilidad. ¿Lo entiendes, abuelo? —De nuevo lo mira a él y no a mí—. Tenemos que encargarnos Tim y yo.

Este asiente y se lleva el dedo al cuello, que ladea a un lado y después al otro, haciéndolo crujir.

—Por eso quería que viniera.

—Y aquí está —le responde.

A veces tengo la sensación de que me destrocé el cerebro con mi forma de vida. Oigo lo que dicen, pero no entiendo nada. ¿Qué están diciendo? ¿Estoy aquí realmente? Porque me siendo como un donante de esperma, lo que se acerca mucho a la realidad.

—Lo arreglaremos juntos, ¿verdad, Tim?

—Claro —contesto con la vista fija en el reloj. Oigo un quejido que sube y sube de intensidad.

«Gracias, Cal.» Hago ademán de levantarme de la silla y Hester suelta un suspiro.

—No, yo me encargo. Me toca a mí. —Se endereza, como preparándose para enfrentarse a un arma enemiga en lugar de a un niño de siete semanas. Toma un trago de la bebida de sandía y cuadra los hombros. Por Dios bendito.

—Deja que vaya a ver qué pasa. —Paso por delante de ella y subo las escaleras. No me cuesta adelantarla, ya que camina como si le pesaran los pies—. Y me lo llevo esta noche, no me importa,

¿qué supone una noche más? —«No dormir.» Y probablemente no tendré una visita nocturna de Alice. Vaya por Dios, vivo solo, sin padres, sin normas, sin supervisores, pero ahora tengo un bebé que me controla.

A Cal le ha chorreado el pañal por los pantaloncitos y está empapado.

—Tengo un pelele limpio —indica Hester detrás de mí, sobresaltándome. Se mueve de un modo muy silencioso, como si sus pies no hicieran contacto con el suelo. Sería una asesina excelente.

—Gracias —respondo mientras lo limpio. Le pongo el pañal con más torpeza de lo habitual, ya que Hester me está mirando, y se vuelve a hacer pipí, en mi ojo.

¡Puaj! Es mi hijo y muy mono, sí, pero se acaba de mear en mi hojo. Hester empieza a reírse.

—No tiene gracia —gruño, limpiándome la cara con una toallita, lo que solo me provoca picor y que el ojo me llore. Se ríe aún más, a carcajadas, prácticamente doblada sobre sí misma.

—Perdona, perdona, ya paro. —Intenta poner una expresión seria y me pasa una cosa extraña que parece una funda de almohada con brazos.

—¿Qué es esto?

—Un pelele, pónselo.

Visto a Cal con la prenda. Ha dejado de llorar y ahora me mira nervioso. Me lo pongo contra el hombro y alcanzo el bolso de los pañales. Hace unas semanas, no solía llevar nada encima, tan solo la documentación y la tarjeta de crédito en el bolsillo trasero. Ahora parezco una mula de carga.

* * *

Después de decir un millón de veces que la comida estaba deliciosa y muchas gracias, le extiendo una mano a Waldo, preparado para despedirme. La sostiene entre sus dos manos peludas y la mueve adelante y atrás con la mirada puesta en mí, como si me estuviera leyendo el aura o el alma, o asegurándose de que no tengo las pupilas dilatadas.

Repito tanto «esto está muy bueno» que acaba flaqueándome la voz.

—Estás conectado a Calvin —comenta, y no es una pregunta.

—Eh, en realidad no —respondo. Cal se retuerce y lo levanto un poco, con la mano en su trasero. Huele a crema para las rozaduras del pañal y a jabón—. No sé qué significa eso —añado.

—Esa es la cuestión, ¿no? —Baja la cabeza y me mira a través de sus gafas con las espesas cejas grises fruncidas. Por fin me devuelve la mano y se despide—: Pronto, Timothy.

—De puta madre —respondo, abriendo y cerrando la mano. Me la ha dejado dolorida.

«¿De puta madre?» Madre mía.

*   *   *

Justo cuando estoy a punto de arrancar, Hester toca en la ventanilla. Cuando la bajo, apoya un codo en ella.

—¿Lo has hecho con alguien más? —pregunta en un susurro.

—¿Te refieres a tener relaciones sexuales?

«¿Tan mal lo hice?»

—No... a lo de olvidarte de todo.

—¿Qué quieres que te diga, Hester?

«Sí, tú has sido la única a la que he olvidado por completo. No, has sido una de muchas.» Hasta donde yo sé, la primera afirmación es la de verdad. No obstante, de repente, pensar en ello me agobia. Suelto la palanca de cambios y me imagino a un montón de muchachas a las que he dejado en habitaciones de invitados, asientos traseros, clases vacías... todas con el pelo alborotado, la camiseta mal puesta, una expresión acusatoria y persiguiéndome con bebés pelirrojos en sus brazos.

Al tercer intento consigo arrancar el automóvil.

—Da igual —resuelve.

Cuando me voy, Waldo me está mirando; parece una estatua rechoncha en la puerta.

* * *

—Mira. —Me tumbo bocarriba en el sofá con Cal sobre el pecho— Este es el motivo de que no puedas echar un polvo con un desconocido en un lugar cualquiera y por cualquier razón. Podría tener alguna ETS o podría quedarse embarazada, y no hace ninguna gracia. En serio, de repente te encuentras viviendo la vida de otras personas y ellos la tuya, y no hay salida posible.

Cal balancea la cabeza en mi cuello. Recibo un mensaje de texto y el teléfono vibra. Otra vez Hester. Si me pregunta de qué color llevaba pintadas las uñas de los pies, me da algo.

Hester: No sé cómo agradecértelo.

Yo: Agradécemelo agilizando el asunto de la adopción, te lo digo en serio.

Sostengo el teléfono por encima de la espalda de Cal y escribirle eso con su pelo suave rozándome la barbilla me hace sentir culpable. No obstante, antes de que mi padre dé por finalizada mi prueba, Cal tiene que convertirse en un recuerdo del pasado.

Hester: Que duermas bien.

Qué irónico. Oigo las ruedas de un automóvil en el jardín de los Garrett y me asomo a la ventana. Sam y Jase están apoyados en el Mustang de mi amigo, que está utilizando para enseñarle a conducir. Él tiene las manos en el pelo y ella los brazos alrededor de su cintura y la cabeza sobre su pecho. Yo quiero tener algo así.

Parezco un mirón, pero la escena es tan serena, tan tranquila. Los movimientos salen de forma natural, fácil. Me siento mal por estar aquí observando, sin hacer ningún ruido, sin carraspear para que sepan que estoy aquí. Pero aún me resulta peor desear algo así, y, como si me retorciera por dentro, el deseo es más fuerte que el de beber alcohol o dejar todo esto al fin en el pasado. Es hasta doloroso... y me molesta, es como un mosquito al que no consigo matar. Jase dice algo y Samantha se ríe y apoya la cabeza en él, que encaja perfectamente a pesar de que ella es casi tan baja como Alice y él casi tan alto como yo.

Parezco un idiota, aquí, deseando lo que tiene mi mejor amigo. Él la quiere, ella le quiere... el resto da igual. No hay complicaciones, ni compañeras de clase con las que no te imaginas enrollándote, ni bebés que no recuerdas haber concebido.

Quiero lo mejor para Jase, y también para Sam. Se lo merecen. Pero, al mismo tiempo, me gustaría poder cambiar todos mis errores por las veces en las que lo he hecho bien, que posiblemente podría contar con los dedos de una mano.

¿Con un dedo?

* * *

Hace menos de una semana tenía a Alice aquí en mi cama y ahora tengo a un bebé salido del infierno.

Tiene los ojos azules tan rojos que parece necesitar un exorcismo, respira con dificultad y tiene las piernas flexionadas sobre el pecho. Menuda mierda de mañana. Cal está mal y no tengo ni idea de qué hacer. No quiere acercarse a mi nariz, pero cuando lo tumbo para ir a por el biberón o cualquier cosa, llora todavía con más fuerza. Me duelen los oídos y lo único que quiero es soltarlo, irme a otra habitación y cerrar la puerta. Salir fuera, al jardín, caminar por la calle, ir a la playa. Nadie ha muerto nunca por llorar, ¿no? Tal vez pare cuando se agote.

* * *

No me voy, por supuesto, es lo último que debería hacer. Me quedo en el apartamento y lo sostengo en brazos mientras da bandazos como si fuera un martillo. Llora sin parar y muy alto.

—Cal, no sé qué coj... qué quieres, qué necesitas. Quiero ayudarte, peque. Ayúdame a entenderte. —Se queda callado un momento, como si estuviera valorando mis palabras, pero enseguida vuelve a gritar desesperado.

Aquí estoy, preguntándole qué hacer a alguien que lleva menos tiempo en el mundo del que yo he tardado en rehabilitarme. Lo alzo y me lo pongo sobre la barriga, agarrándole el cuerpo tenso y tembloroso. Se queda quieto, sudoroso; tiene las ondas pelirrojas húmedas y caídas, en lugar de tenerlas de punta como de costumbre. Tras un largo rato, suficiente para recobrar fuerzas, levanta su grande y pesada cabeza y me mira a los ojos.

Sonríe.

Es una sonrisa ridícula y desdentada, y mueve la cabeza adelante y atrás como si tuviera que soportar una carga extra de emoción. Su rostro cambia por completo de preocupación a alegría. «Hola, Cal. Hola, peque.» Le devuelvo la sonrisa.

«Papá. Hola, papá.»

Tal vez sí que desarrolle ese vínculo de sangre, ese «Luke, yo soy tu padre», lo que sea. Un poquito.

Unos minutos después, como si la sonrisa le hubiera arrebatado por completo la energía, deja caer la cabeza a un lado, agarra un mechón del vello de mi pecho, resopla y se queda dormido.

Sigo cubriéndole el trasero con la mano izquierda. La otra la tengo al lado de su cabeza y parece enorme en comparación. Me cuesta respirar, pero tengo claro que no pienso moverme, no vaya a despertarlo. Así que, básicamente, me quedo ahí, oyendo su respiración, contando cuántas veces inspira y espira, y respirando al mismo ritmo lento que él. Es parte de mí. Yo lo hice, y por primera vez la idea no me da nauseas ni me hace sentir culpable o mal. Por primera vez, soy plenamente consciente de que es mío.

CAPÍTULO 31

Tim

—Mamá siempre me deja sentarme delante —me dice Harry, sentando su huesudo trasero de siete años mientras me las arreglo para instalar la sillita de Cal en la furgoneta de los Garrett. El bebé se contonea, tratando de golpearme con el pato de peluche. George se parte de risa.

Capto el olor a sal de Alice antes de verla a mi lado como un espejismo. La sensación de estar volviéndome loco desaparece en ese momento. Aspiro el olorcillo a jabón de pimienta y menta y al caramelo que se acaba de tomar.

—¿Mejor así? —pregunta—. ¿Algún efecto secundario?

—Mamá nunca te deja sentarte delante —replica Duff desde atrás—. Es una mentira cochina, Harry.

—Tim, dile que no diga eso, está mal —dice George.

—Cuida tu vocabulario —le riño.

«Menudo hipócrita.»

Espero que Duff proteste, pero lo único que hace es darle una patada a la parte trasera del asiento en el que está George.

—Totalmente recuperado —le respondo a Alice—. Todo funciona bien. —Me concentro en beber agua de mi botella. Alice no tiene por qué saber que esta mañana me ha acompañado en la ducha.

277

Me dedica una sonrisa diabólica y no dice nada.

—¿Tienes clase esta noche? —le pregunto cuando Andy sale corriendo de la casa.

—¡Uf! Gracias por esperar, Tim. ¿Puedes ir rápido? Llego tarde a la banda y le he jurado a Alyssa que le llevaría unos *donuts* antes del partido. No te importa pasar por el Dunkin, ¿no? ¿Tienes dinero? ¿Tengo bien el pelo? ¿Me he puesto demasiada máscara de pestañas?

—Estás bien —responde Alice tajantemente—. Tim no es tu cajero automático. —Se vuelve hacia mí—. No, anoche tuve que trabajar, pero ya he terminado por hoy. ¿Vienes después del partido?

Toso y casi escupo el agua.

—Eh, ¿tenemos planes? —¿Por qué le pregunto? ¿Acaso importa a alguien?

Se estira y se aparta el pelo de la cara. Hace fresco y ha salido el sol.

—Podemos improvisar.

—¿Podemos salir ya, por favoooooor? —gruñe Andy en el asiento delantero. Harry está atrás ahora.

—¡Harry me ha eructado en la cara! —grita Duff—. ¡Qué asco!

—¿Estarás aquí después del partido? Yo... sí.

Dios mío.

—De acuerdo, sí. —Alice baja la mirada y presiona con el dedo del pie el asfalto de la entrada.

—¡Vamos, Tim! Ya sé que estáis muy ocupados vosotros dos, pero ten piedad de mí.

Miro por el espejo retrovisor, la furgoneta me parece inmensa.

Cal, que se había quedado como un tronco, abre los ojos, completamente despierto. Mira a Alice y le dedica su enorme sonrisa.

—Vaya —se sorprende ella—. Mira eso. —Pone el dedo en la esquina de la boca de Cal. Se quedan mirándose un segundo, como si estuvieran hablando el uno con el otro, y entonces su sonrisa se vuelve más amplia.

—Sí, está empezando a hacer eso.

Alice se acerca más y le alborota el pelo.

—Ahí estás, Tim.

—¿Qué?

—El hoyuelo perdido, lo tiene Cal. —Toca con el dedo la pequeña línea de su mejilla.

Dios mío, no me había dado cuenta, pero tiene razón. Alice retrocede, se cuelga el bolso del brazo y se dirige a la casa, sonriéndome por encima del hombro.

—¡Por fin! —resuella Andy cuando me subo a la furgoneta.

—Cochina —grita Patsy, experimentando. La miro y niego con la cabeza. Se echa hacia atrás, como si la hubiera ofendido.

—¿Por qué los muchachos no incluyen emoticonos en sus mensajes? ¿Cómo vamos a adivinar entonces cómo se sienten?

—Muchísimas veces ni nosotros mismos lo sabemos, Andy —murmuro.

Adoro a los pequeños Garrett, pero ahora mismo tengo la cabeza en otra parte. Además, se pasan casi todo el trayecto peleándose como animales. Cuando llegamos al abarrotado aparcamiento del instituto, hay furgonetas y monovolúmenes por todas partes. Me duele a cabeza y los ojos.

> Hester, por favor, necesito que te lo quedes esta noche. Recógelo en el instituto. Escríbeme si necesitas la dirección. El padre.

Ya sé que lo último es una estupidez, me da igual. Podría quedarme dormido aquí. El café de esta mañana no me ha hecho nada.

—¿Qué tal? —pregunta una voz familiar cuando los niños y yo nos dirigimos a la segunda fila de gradas—. Cuánto tiempo sin verte, Tim Mason.

—¿Qué estás haciendo con mi hermana? —suelto sin ningún miramiento.

Troy se lleva una mano a la oreja y se encoge de hombros. Lleva un audífono en un oído porque su padre le pegaba bastante fuerte y bastante a menudo. Se acerca a mí con los brazos extendidos, como para darme un abrazo, sin darse cuenta de que tengo a una persona amarrada al pecho. Cuando ve la bandolera y la cabeza de Cal, se aparta y me rodea el cuello con los brazos.

—¡Te he echado de menos, amigo! ¿Qué pasa? ¿Es que ahora eres niñero?

—¿Qué? No —respondo antes de darme cuenta de que, en cierto modo, sí lo soy.

—¡Hola! —le saluda George alegremente—. ¿Eres amigo de Tim? —Le tiende una mano—. Me llamo George.

Troy choca su puño contra la palma abierta de George, cosa que no me parece bien. Después mira a Harry y Patsy, que nos observan con curiosidad. Cal se está chupando la mano, haciendo ruiditos de succión.

—No hables con él, es un extraño —susurra Harry a George, desempeñando de repente el papel de Señor Cumpla las Normas a pesar de su comportamiento ilícito con el asunto del asiento delantero de la furgoneta.

—Tim y yo nos conocemos desde hace mucho —inquiere Troy, apartándose el pelo, que lleva demasiado largo, de los ojos. Tiene el mismo aspecto de siempre, el de un traficante de drogas adolescente según el canon de Hollywood. Nunca he sabido si lo hace irónicamente o es pura estupidez. Me parece que lo segundo.

—¿Necesitas algo para relajarte, Mason? Pareces nervioso. He oído que ahora vives solo, ¿es así?

—Estoy bien. —Troy retrocede con las manos extendidas.

—No pasa nada, está bien. Las prioridades cambian.

—Este es el bebé de Tim —le explica George con afecto—. Se llama Cal. Lo consiguió en una fiesta.

—¡Vaya, hombre! —murmura Troy, mirando la cabeza de Cal con su evidente pelo rojo y después a mí—. Había oído rumores. Tu juventud desperdiciada te persigue.

—Mi juventud desperdiciada financió la tuya, Rhodes.

—Es verdad —afirma y parece como si mis palabras le hubieran herido—. Pero yo iré a la universidad sin ninguna carga. Vaya mierda para ti.

—Esperad aquí —les indico a los Garrett y tiro del antebrazo de Troy en dirección a la parte trasera de las gradas.

—Ya sabía que querrías, Mason —me dice burlonamente—. Fingiendo delante de los niños, ¿eh? ¿Qué te puedo ofrecer?

—La verdad. ¿Qué le estás vendiendo a mi hermana? Ya está suficientemente jodida.

—¿Tu hermana? —pregunta pensativo, con su típica expresión de «estoy siendo injustamente acusado» que le ha librado de los castigos desde que estábamos en secundaria—. ¿Te refieres a Nan?

—Déjate de gilipolleces, Troy. Sí, a ella, ¿qué está pasando?

Su voz apagada se torna dura.

—Yo no quiero saber nada de dramas familiares. Si quieres saber algo, pregúntale a ella.

George viene corriendo desde las gradas de delante con el biberón de Cal y me tira de la manga.

—¡Rápido! ¡El equipo está saliendo! ¡Corre! —Tira también de la casaca militar de Troy—. Tú también puedes venir. ¿Es que eres soldado?

—Más o menos —responde él alegremente.

—¿Un luchador por la libertad en la guerra contra las drogas? —pregunto. Suelta una carcajada y me hace un gesto con los dedos, como si estuviera disparando una pistola.

—Exacto. Soy el líder, enano.

—En las guerras mueren más civiles que soldados —le explica George—. ¡Mirad, ahí está el equipo!

Los equipos de Stony Bay y Maplecrest corren por el campo y forman un círculo.

—¡Ra! —grita Cal, agitándose en la bandolera—. ¡Ra, ra, ra!

—Está «llodando», cari. Haz algo. Cal «llodando». —Patsy suena igual que un camionero, una extraña estampa con esa coletita en el pelo.

—¡Ese es mi hermano! —le comenta George a Troy—. Es el número veintidós. Está allí, el que acaba de detener a ese grandote con camiseta naranja.

George, Harry y Duff tienen la vista clavada en el campo.

—Bonito placaje —señala Duff—. Toma esa, instituto Maplecrest, ¡apestáis!

—Duff ha dicho otra palabra fea —canturrea George.

Ahora mismo se me ocurren unas cuantas que le harían sentir mal. Patsy me mira mientras intento dar de comer a Cal con cara triste y el labio inferior temblando.

—Cari... —musita, como si fuera mi funeral.

—A lo mejor puedo darle un paseo —sugiere Troy—. Tengo una medio hermana pequeña. Es mejor que se mueva, amigo.

—¿Estás colocado?

—Yo trafico, amigo, no consumo —Arruga la cara.

«Ya, eres todo un hombre de principios, Troy.» Observo sus ojos claros, su tono de piel saludable. Nunca antes había pensado en eso. En fin, lo primero es lo primero.

—Delante de las gradas, donde pueda verte.

Y aquí estamos, en Surrealistalandia, donde mi simpático vecino, que es traficante de drogas, tranquiliza a una niña que está a mi cargo mientras yo intento cambiar el pañal de mi hijo en el regazo, lo que no es muy buena idea, y Harry, Duff y George animan a Jase. Como si todo esto fuera normal.

—Oh —exclama Duff—. Jase lo ha dado todo en ese pase.

Cal aparta la boca del biberón como si el comentario le hubiera dolido. Vuelvo a meterle la tetina.

—Bebe, peque.

Troy tiene a Patsy sobre los hombros y se pasea delante de nosotros, señalando a Jase en el campo.

—Fíjate. ¿Has visto lo inteligente que ha sido al quedarse defendiendo de modo que el otro jugador no ha podido esquivarlo?

—No —dice solemnemente George, acercándose a Troy—. ¿Pero es algo bueno?

—Es estupendo, pequeño. Fantástico.

*   *   *

El partido se está poniendo aburrido cuando Hester me da un golpecito en el hombro. Me quito la cosa esta de encima y le paso a Cal tan rápido que casi se le cae de los brazos. El bebé me mira, le tiembla el labio inferior y me regala una versión experimental de su sonrisa. «¿Papá?»

Lo vuelvo a tomar en brazos y lo aprieto contra mi hombro.

—Lo siento, lo siento, lo siento, peque —le susurro al oído. ·

Hester me observa con los ojos entrecerrados y la mano en la boca, mordiéndose una uña.

—¿Preparado para que me lo lleve?

Me quedo quieto un minuto, con la mano en su nuca, en el pliegue de piel que tiene ahí, como si existiera un extra de piel listo para cuando crezca. Esto me mata.

—Cuida de él, ¿de acuerdo?

CAPÍTULO 32

Tim

He llegado a la casa en tres zancadas con las zapatillas que me regaló Alice. Alzo la mano para llamar, pero ella se adelanta.

Se me congela el cerebro al ver que lo único que lleva es una pequeña toalla verde. Le gotea el pelo. Huele a champú de bebé.

El silencio se alarga y me mira con las cejas alzadas. Un riachuelo de agua desciende por su cuello y desaparece en su escote. Se ajusta la toalla, subiéndosela por delante, pero haciendo con el movimiento que se baje por un lado.

Me cuesta pensar en algo que decir.

—Yo...

—¿Pasaba por aquí?

—Eso.

—Entra.

Alice

Estamos a oscuras en la cocina, con la luz eléctrica de la hornilla y la que se cuela de la calle como única iluminación. En silencio, excepto por la música que suena en otra habitación y los quejidos insistentes de la gata de Jase, *Mazda*, que algo tendrán que ver con su plato de comida vacío.

Tim se agacha a acariciarla y ella se restriega por su pantorrilla, se levanta sobre sus patas traseras y se ciñe a su muslo. Su mano parece muy grande en su pelo y eso que *Mazda* no es una gata pequeña. Intenta subirse a su regazo, pero está demasiado gorda, así que menea la cola con ese aire de «no me mereces» y se va.

Tim alza la mirada y me sonríe. La misma sonrisa deslumbrante del otro día.

La luz de las farolas de la calle confiere al lugar un toque de tranquilidad, incidiendo en el pelo rojo de Tim y resaltando los tonos más cálidos.

Se pasa una mano por la cara y bosteza.

—Lo siento. —Parpadea y vuelve a sonreír.

—¿Quieres... dar un paseo? Voy a por la ropa.

«Por si las dudas, no pensaba salir con esta toalla.»

—Voy a vestirme.

Asiente, se acerca a la mesa, toma mi taza, con una mancha roja a un lado, le da vueltas y la suelta. Alcanza uno de los palillos de Joel, da golpecitos en la esquina de la mesa y lo suelta.

Cuando abre el frigorífico, mira en el interior y lo vuelve a cerrar, repito:

—Voy a ponerme algo de ropa... en el cuerpo.

—Bien —responde en modo ausente.

*   *   *

Cuando regreso, tras ponerme mis *jeans* preferidos y la sudadera de fútbol de Jase, me lo encuentro sentado a la mesa de la cocina, con la cabeza sobre sus brazos. Le toco la espalda y se sobresalta; se restriega los ojos y me mira parpadeando.

—Tampoco he tardado tanto —le digo con tono divertido—. ¿Seguro que estás bien?

—Sí, vamos. —Se acerca al fregadero, se echa agua en la cara y mira la cafetera, en la que quedan unos cinco centímetros de café de esta mañana. Se la lleva a la boca y se traga la mitad.

—¿No quieres una taza?

—Queremos lo que queremos cuando lo queremos, Alice, ¿recuerdas? —Se limpia la boca con el dorso de la mano y sonríe de modo que su hoyuelo aparece—. ¿A dónde vamos?

Su automóvil bloquea el paso del mío, así que nos montamos en él y conducimos por las carreteras sin pavimentar de Maplewood hasta el ferial de Hollister, donde todo está preparado para la feria del otoño que se celebra este fin de semana, aunque ahora todo está oscuro, excepto el aparcamiento.

La noria parece un aro fantasmal en el cielo, la casa de la risa, el puesto para explotar globos, la atracción que gira y gira y la de las tazas, todo está en silencio.

—Hace años que no vengo aquí —comenta Tim, que sale del vehículo y se queda mirando la noria—. Mi madre siempre participa en el concurso de mermelada y Gracie Reed siempre gana, lo que enfurece a mi madre.

—Seguro que Grace paga a los jueces.

«Pero no las facturas. Mañana —me prometo a mí misma—. Mañana encontraré el modo de arreglar esto.» Hoy había dos nuevas facturas en el buzón, ambas con un sello en el que ponía: URGENTE.

Tim me mira con dureza, pero no dice nada. Ya sé que conoce a la madre de Samantha de toda la vida, ¿pero de verdad se pone de su parte?

Estamos junto a la noria y uno de los cubículos está en la plataforma de metal. Me subo en él.

—Ven.

Tim me toma de la mano y me agarra con más fuerza cuando se mete en el cubículo, a mi lado. No me la suelta, baja la mirada y me presiona los nudillos con el pulgar. La brisa nocturna nos envuelve, las hojas secas, el humo de alguna chimenea. Rompo el silencio, poéticamente hablando.

—Andy siempre vomita cuando se sube, es una tradición.

—Nan también. Le dan miedo las alturas. Yo solía sobornar al operador para que detuviera la noria cuando mi hermana estaba en la parte de arriba, solo para que resultara aún más humillante para ella. Yo también vomitaba, pero era debido a la cerveza.

Doy una patada en el reposapiés y el cubículo se balancea suavemente con un crujido de metal.

—¿Desde qué edad?

—¿Doce? —Se encoje de hombros.

Un año más que Duff, cuya idea de llegar a lo más alto es, literalmente, estar en la zona más alta de la noria.

—¿Tim?

—¿Ajá? —Tiene la cabeza apoyada en el desvencijado respaldo de plástico del asiento. Está mirando la luna, una uña de plata casi invisible. Estira los brazos y se le levanta un poco la camiseta, dejando entrever por el borde de los *jeans* unos calzoncillos de color azul oscuro con pequeñas anclas blancas.

Me mira y me pilla observando fijamente la banda elástica.

—Bonitos calzoncillos —señalo.

—*Sexys*, ¿eh? —Tira de la banda y la suelta—. Con el lema de Ellery: vive con pureza, busca la honradez.

Suelto una risita y me sonríe. Se pasa la mano por la cara como un momento antes, bosteza y me pasa el brazo por los hombros, descansando los dedos cálidos al lado de mi codo.

—Un gesto muy original —observo.

—Y otra excusa clásica. Además, estamos en la noria, es un movimiento reflejo, prácticamente pavloviano.

—No puedes evitarlo, ¿eh? Es por el lema de tus calzoncillos, sin frenos.

—Tal vez deberías quitármelos —sugiere—. Ya que está claro que no son efectivos.

Le doy un codazo. El cubículo se balancea adelante y atrás con un chirrido y cuando se detiene, lo hace en una posición extraña en la que nuestras piernas quedan levantadas.

—Ojalá funcionara —expone Tim—. O estuviéramos en un autocine. El ambiente sería mucho mejor.

—Mejor. Parece que estamos en la camilla de un dentista.

Echo la cabeza atrás y cierro los ojos. Tengo su brazo sólido detrás de mí y mueve el índice alrededor del hueso de mi codo. Podría parecer relajante, pero tengo la piel llena de electricidad estática. Es una noche despejada y un poco húmeda, la luna es una delgada línea y las estrellas parecen un puñado de purpurina esparcido por la negrura. Floto en el espacio, lejos de todo y de todos, excepto de Tim.

Mueve los hombros. Extiende el brazo, me roza el dorso de la mano con la palma y nuestros dedos se entrelazan. Aprieta el agarre. Y después nada.

Solo nosotros.

Su mano, mi mano.

Podría resultar inocente, típico de adolescentes. Pero no lo es.

Es aquí en la oscuridad donde lo veo más claro. No es inocente, es sencillo.

* * *

—¿Y el siguiente movimiento? —digo unos minutos más tarde—. Me parece que es este.

Finjo que tiemblo y me acerco más a él, que emite un sonido de sorpresa con la garganta y me atrae hacia sí con más fuerza.

Trazo con el dedo una línea en sus *jeans* y hago círculos alrededor de su rodilla. Se estremece. Cierra los ojos, avergonzado, como si fuera lo último que deseara pero no pudiera evitarlo.

—¿Tienes frío?

—Ni mucho menos, ¿y tú?

Niego con la cabeza al tiempo que aparta la mano y me roza con los nudillos el costado, de arriba hacia abajo, pasando por la costura del sujetador, descendiendo por mi caja torácica, despacio, despacio, despacio.

En ese momento nos pasa un haz de luz por delante.

—¿Quién anda ahí? —pregunta una voz brusca.

Tim suelta una palabrota, se baja del cubículo, tirando de mí sin darme siquiera tiempo a respirar. Tropezamos en la hierba y nos acurrucamos detrás de un cartel enorme que anuncia Hyman Orchards, la manzana del centro de Connecticut. Miro atrás y veo el reflejo de un automóvil blanco con una franja azul, alumbrando con sus luces el ferial, confiriéndole un tono rojizo.

—¿Es la policía? —pregunto incrédula—. No puede ser.

—No había ninguna señal de prohibido. ¡No estábamos haciendo nada!

—Si nos hubieran dejado cinco minutos más puede que sí.

—¿Quién demonios anda ahí? —grita la voz desde más cerca.

—¿Nos pueden arrestar por esto? ¿En serio?

—Shhh. —Levanta una mano—. No nos van a encontrar. La pasma de Stony Bay se aburre un montón y pasa de esta mierda. Confía en mí.

—Sé que andas por ahí —chilla la voz implacable—. Sal e identifícate.

Todavía de mi mano, Tim se agacha y sale de detrás del cartel para dirigirse a unos arbustos. La luz de la linterna recorre la zona de forma frenética y oigo el zumbido de un *walkie-talkie*.

—En busca de un sospechoso o sospechosos por violación de una propiedad. Cambio.

Se oye un chasquido y una respuesta inteligible.

Me dispongo a levantarme, alisándome la camiseta, preparada para defenderme, pero Tim tira de mí de nuevo hacia la hierba.

—Déjalo, esto es ridículo. —Forcejeo con él para soltarme—. ¿Quiénes se creen que son?

—Alice —susurra—, esta noche no va a pasar nada, a menos que tengan que rescatar a un gato de un árbol. Nos detendrían y no sería plato de buen gusto para Joel.

Me callo y dejo de moverme. Todo por mi hermano y sus estudios en la academia de policía.

Se oyen más chasquidos provenientes del *walkie-talkie*.

—Buscando. Repito, buscando. Cambio.

Un haz de luz lo envuelve todo. Presiono la cabeza contra el pecho de Tim y junto los pies para asegurarme de que no sobresalen por el arbusto, como a la bruja mala del Este. Me quedo quieta, escuchando.

La luz se mueve lentamente, alumbrando el lateral del cartel, la parte de arriba, la de abajo. ¿Qué espera, que escalemos el cartel de Hyman Orchards? ¿Para qué? ¿Para colgarnos de las rodillas y pintarrajearlo?

Más chasquidos.

—No hay señal del infractor. Repito, negativo. Cambio.

—¿Infractor? ¡Si no hemos infringido nada! —susurro—. No había ninguna señalización, no hay ningún cartel de prohibido el paso.

—Alice. Cállate.

Por fin oímos los pasos alejarse. Me empiezo a separar de Tim, pero él me agarra las caderas con las palmas.

—No te muevas.

—¿Qué? ¿Sigue ahí? ¿Está intentando engañarnos? ¿Conoces a ese poli?

—Los conozco a casi todos. No, se ha ido. No te muevas, aunque puedes contonearte, eso ha estado bien. —Me recorre la oreja con los labios, su voz baja de tono y se convierte en un susurro—: Alice, bésame.

—Tim...

—Estoy aquí.

Yo también, no puedo fingir lo contrario.

Me retuerzo para incorporarme un poco, pero agarro su manga y tiro de él hasta que su rostro está por encima del mío y el destello de la luna queda detrás.

Muevo las manos lentamente hacia arriba, centímetro a centímetro, le acaricio una ceja y después la otra con la punta del dedo índice. Recorro su pómulo, la pendiente en mitad de su labio superior, el borde del inferior.

Sus ojos resplandecen bajo la tenue luz. Me observan. Su piel es cálida en contraste con la brisa fresca de la noche. Me giro un poco bajo su cuerpo y aparto la mirada.

Intento reírme, pero no puedo ni respirar; está tan cerca de mí que más que una risa suelto lo que parece un gemido. Me sonríe y apoya los codos a cada lado de mi cabeza, dándome un suave codazo en la mejilla con el izquierdo para obligarme a volver la cabeza y mirarlo a la cara.

—Alice.

Cierro los ojos.

—Te estás aprovechando de la situación.

—Sí, y tú puedes hacer lo mismo. —Su tono de voz es suave, pero su mirada es seria.

Desliza la mano por mi cuello, sube hasta mi oreja y mueve el pulgar por el hueco de mi cuello, donde el pulso late con más fuerza. Espero sus labios pero, en lugar de eso, acerca su mejilla y me roza con tanta suavidad que apenas lo noto.

Siento su pecho subir y bajar, sus piernas moviéndose entre las mías. Y después, calma.

Inhalo.

Otra vez.

Cuando nuestras bocas se encuentran, hay un instante en el que Tim se queda paralizado, con los hombros el cuello totalmente tensos, pero enseguida se sumerge en mí.

Oigo un ruidito proveniente de mi garganta y lo aprieto más contra mí, hundiéndome en él. Estoy temblando, agitándome y emitiendo sonidos... Si pudiera parar me sentiría avergonzada, pero no puedo.

Nos apartamos un momento, con la respiración agitada.

—Tal vez sea un error. —Deslizo las manos hasta sus caderas y las acerco más a mí.

—No. He cometido muchos errores y nunca me he sentido de esta manera.

—¡Os pillé! —exclama una voz. Alzamos ambos las manos rápidamente, cegados por la luz de la linterna. Tim blasfema entre dientes y yo hago visera con las manos sobre los ojos. Mi acompañante se pone delante de mí para protegerme de la luz.

—Levantaos lentamente —indica la voz—. Las manos en los costados, no quiero movimientos repentinos. Apartaos.

—Shhh —susurra Tim, apartando un pie de mi lado—. Va a salir bien. No digas nada.

—Esto es ridículo.

Los dos policías están hablando entre sí en voz baja, aún se oyen los chasquidos de los *walkie-talkies* en la distancia, así que no creo que ninguno me oiga, pero uno de ellos se queda paralizado. Entrecierra los ojos y me apunta con la linterna.

—Maldita sea, es mi hermana.

Tim

Al final no encuentran ningún motivo para detenernos, aunque por poco lo hacen por culpa de Alice.

—¿Desde cuándo merodeas entre los arbustos como si fueras el guardia de seguridad pervertido de un instituto, Joel?

—Estoy efectuando mi ronda, Al. ¿Y desde cuándo te escondes tú en los arbustos con chicos desconocidos? —Joel alza la linterna—. Oh. Hola, Tim.

Levanto una mano.

—Eh... hola, amigo.

—Lo que hago no es de tu incumbencia —sisea Alice—. Y no es un desconocido, así que...

—Muy bien —la interrumpe el superior de Joel—. Dejad esto para el patio de recreo, muchachos. Y, vosotros dos —nos vuelve a enfocar a Alice y a mí con la linterna, como si fuera a tener que reconocernos más tarde—, no es muy inteligente merodear por aquí cuando la feria está cerrada. Podéis haceros daño. No obstante, no podemos arrestaros por haber cometido un error.

—Menuda suerte, Alice.

—Cállate, Joel —espeta ella—. Apenas lo conoces.

—Imagino que no, en comparación contigo. ¿Cuántos años tiene, los mismos que Jase? Cuando te dije que te relajaras no me refería a que salieras con Holden Caulfield.

Me encojo de hombros. Bah, podría ser peor.

Espero que Alice se ruborice, que se aleje y ponga distancia entre nosotros, pero lo que hace es acercarse más a mí y tomarme de la mano. Se adelanta un poco, como tapándome la sonrisa de Joel, haciendo de escudo.

—Apenas lo conoces —repite.

*   *   *

Se mantiene cerca de mí también en el trayecto a casa, moviéndose en el asiento a mi lado, como si estuviera declarando algo, a pesar de aquí solo estamos nosotros. Cuando entro en el jardín y aparco, no sé qué hacer con las manos.

Lo que hemos hecho en el ferial ha surgido de forma natural. Ahora es como si estuviéramos en una escena de una película, en un automóvil, la oscuridad a nuestro alrededor, las luces de la calle resaltando el brillo de su pelo. He visto esto en las películas. Nos veo desde la distancia, esperando una señal: «aquí es donde le apartas el pelo de la cara, te inclinas y ella emite un sonido a medio camino entre un gemido y un suspiro de satisfacción. Entonces la besas y...» Olé yo, pensando en segunda persona.

Alice me mira con la cabeza ladeada. Me la imaginaba enfadada o desconcertada, pero no. Espero a que sea ella la que tome el control, que se suba en mi regazo, que se sincere conmigo, que tome la decisión por mí, pero no lo hace. Me observa un momento más y apoya la cabeza en mi hombro, respirando al mismo ritmo que yo, pero no intenta nada. Así es ella.

No está impaciente, ni confusa. Es como si todo fuera bien, como si fuera normal. No sé por qué me acuerdo de repente de la ducha, del agua empapándome, pero no de las veces en que he pensado en Alice allí. Me acuerdo de Cal chupándome la nariz, de ese momento en que yo era lo que él necesitaba y él me daba lo que yo necesitaba, simplemente su compañía.

Alice

Apoyo la cabeza en su hombro, algo que he hecho con mis hermanos, pero con nadie más. Tim no tiene forma de saberlo, pero yo sí. Me acerca más a él y toma unos mechones de pelo entre sus dedos, los suelta y los vuelve a enrollar, como si no pudiera dejar de tocarme una vez que ha empezado. En ese momento me doy cuenta de algo: creo que estoy enamorada de él.

Tim

—Es la primera vez que hago esto —digo unos minutos más tarde.

Alice se apoya en la puerta, con los hombros en la mosquitera.

—¿Esto?

Sabe a qué me refiero, pero se lo digo igualmente.

—Acompañar a alguien hasta la puerta de su casa.

La luz del porche está encendida, pero la cocina está a oscuras. En la casa reina silencio, algo raro, porque en la de los Garrett nunca es así.

A mi derecha se levanta la verja que separa el jardín de los Garrett del que era de los Reed. Un enorme arce mece sus ramas en el aire y las hojas emiten un sonido parecido a un shhh cuando empiezan a secarse. Las nubes rodean la luna, el viento, proveniente del río, huele a hierbas acuáticas, a barro, a hojas y a hierba seca; es el inicio del otoño.

Todo está más tranquilo de lo que nunca ha estado nada en mi mundo. En paz. Ni siquiera sé qué hacer cuando se respira paz.

Alice inclina la cabeza y me mira a través de sus larguísimas pestañas. Apoyo una mano en la puerta, justo encima de su cabeza.

—Tendría que haberte conseguido un osito de peluche gigante y una de esas piruletas enormes.

—¿En los puestos de la feria? Mejor otro día.

—¿Qué pasa con Joel?

—Él es más del medidor de fuerza, le encanta golpearlo con el mazo.

—Sabes a qué me refiero, Alice.

—¿Que si va a venir a chuparte la sangre porque tenías la mano por debajo de mi camiseta? No tengo trece años, aunque no va a tener misericordia conmigo.

Sonríe y se estremece un poco.

—Deberías entrar. —La voz me sale ronca. Lo que acabo de decir es lo contrario a lo que quiero, pero tal vez sea lo mejor.

Me inclino al mismo tiempo que ella se pone de puntillas con su mano apoyada en mi pecho. Sus labios rozan primero mi boca, después mi barbilla y por fin se juntan con mis labios.

—Buenas noches, Tim.

Llevo los labios a su frente.

—Buenas noches, Alice.

No recuerdo la última vez en la que conseguí algo y no intenté más. Esta vez, sin embargo, retrocedo con las manos en los bolsillos. Ha sido suficiente.

Alice

—¿Ahora sales con él? —La cocina está a oscuras, pero el tono de voz de Brad es aún más oscuro, nunca lo había oído así—. ¿Es eso?

—¿Dónde estás? —Enciendo las luces de la cocina una a una y espero una respuesta. Malditos teléfonos móviles. Andy suele usar el suyo hasta para llamar a la cocina desde el salón, pero que Brad me llame desde mi propia casa es de película de miedo.

—He venido para traerte una copia del nuevo programa de entrenamiento, el que incluye rotación del tronco. Cyn, mi compañera de CrossFit, me ha asegurado que con cinco minutos ha mejorado sus tiempos. Y aquí te encuentro, con ese pelirrojo.

—¿Dónde estás? —repito. Atravieso el salón, abro la puerta del baño, vuelvo a la cocina y me dirijo a la puerta del sótano

—No puedes estar con él. —La voz de Brad suena ahora más alta por el teléfono y pienso que es porque lo he encontrado, en el sótano, acechando, como en las películas, pero no, simplemente ha alzado la voz—. Estás conmigo.

—Hemos roto —replico y me dejo caer contra una pared, junto a la puerta del sótano—. Ya te lo dije, Brad, no estamos juntos.

—Alice. No. Puedes. Estar. Con. Él —repite—. Es un drogadicto y tiene un hijo. Por Dios.

—Está recuperándose y el bebé es solo tempo... —comienzo a decir, pero me detengo. No tengo por qué defender a Tim—. No es asunto tuyo.

—Fuiste tú quien puso fin a nuestro descanso, Alice.

—No era un descanso, era... —Me niego a hablar de esto por teléfono—. ¿Dónde estás?

—Cerca.

De repente estoy muy asustada.

—¡Déjalo! Ya no estamos saliendo y, después de esto, no vamos a seguir entrenando juntos. Hemos terminado, Brad. Esto no está bien.

—Eso es justo lo que estoy diciendo —me dice.

Y cuelga.

CAPÍTULO 33

Alice

Empieza mientras conduzco, algo que siempre he temido.

Me adelanta un automóvil por la derecha, demasiado cerca, y piso el pedal del freno. Voy por el puente que pasa sobre el río, bastante alto, y el viento sopla con fuerza, moviendo los cables del puente. El Escarabajo derrapa un poco, pero puedo controlarlo; me sucede siempre, así que no pasa nada.

Hasta que pasa. Hasta que el sedán negro se mueve entre los automóviles por delante de mí, muy lejos como para suponer un peligro. El Escarabajo vuelve a ir recto, casi he llegado al final, pero lucho por algo que no puedo conseguir.

Respirar. Solo exhalo, no entra aire en mis pulmones. Tengo las manos paralizadas, me hormiguean, porque eso es lo que sucede, así reacciona el cuerpo cuando conseguir oxígeno se convierte en una necesidad, apaga las cosas que no son vitales. Mis manos, sin embargo, sí son vitales, porque tengo que poner el intermitente y reducir la marcha, porque, si no, alguien va a chocar contra mí por detrás o me dirigiré a la barandilla o...

Primero tengo calor y después un sudor glacial me impregna la piel. No sé cómo soy capaz de salir de la autovía a la ruta 7 y de continuar unos pocos kilómetros hasta la salida a Stony Bay. Más tarde, ni siquiera me acordaré de cómo lo hice.

Salida. Pendiente. Giro a la izquierda.

Lo conozco tan bien que lo hago automáticamente, pero cada vez me resulta más complicado respirar, tengo una trampilla cerrada en la garganta, tan ajustada que ni puedo tragar.

Debería parar. Aquí, en el arcén. Pero en esta curva, junto a la rotonda de la calle principal, no hay arcén. La calle es tan estrecha que no hay sitio para parar, así que continúo, sacudiendo los dedos para que reaccionen, pero no lo hacen. Estiro la mano izquierda, después la derecha. Me acerco a la rotonda y las ruedas ascienden en el badén y vuelven a bajar. Una señora que iba a cruzar por el paso de peatones delante del Dark and Stormy me mira porque no he parado para que lo haga. No puedo parar por nada, necesito llegar a casa.

Ahora me hormiguean los dedos de los pies, los noto casi dormidos cuando piso el pedal del freno para cambiar de marchas, cuarta, tercera, segunda. Gracias a Dios, entro en el jardín y aparco detrás del vehículo de Tim. Bajo la ventanilla y entra el aire, pero no es suficiente. Intento deshacerme del papel de lija que me quema los pulmones y me chamusca la garganta.

Agarro el pomo de la puerta de casa, pero esta no se abre. Está cerrada con llave y ya no puedo más, es demasiado para mí. Apoyo la cabeza en el interior del codo; me tiemblan los hombros, me tiembla todo.

En ese momento siento unas manos en mis antebrazos.

—¡Alice, Alice! —grita Tim.

Tim

Si esto fuera parte de otra película, la tomaría en brazos y subiría los escalones a mi apartamento, abriría la puerta con el pie y la dejaría sobre el sofá. Y no me agotaría mientras lo hago.

Con lo pequeña que es Alice, está tan tensa que no puedo hacer que se siente, mucho menos alzarla, así que la conduzco hasta el jardín y me siento con ella rígida contra mi cuerpo. Está temblando y yo estoy asustado de narices.

Resollamos en busca de aire.

—Cuéntame qué te pasa —le pido con un tono que intento que parezca tranquilo, pero se me rompe dos veces la voz en una frase tan corta.

—A... Ataque de pánico. —Se golpea la cara con la mano y respira con dificultad.

—¿Tienes...?

«¿Algo para aliviarlo? ¿Un inhalador... por ejemplo? Aunque no se trata de asma. ¿Una bolsa de papel para respirar dentro? No, tampoco.»

—No pasa nada —la animo—. Respira, todo va bien.

Le acaricio la espalda haciendo círculos con los dedos, como si fuera Cal.

—Estás a salvo. No pasa nada.

Tiene los ojos muy abiertos, llenos de miedo. Me arde el pecho, como si yo tampoco pudiera respirar.

—No pasa nada —repito. Me toma de la muñeca con un movimiento rápido y aprieta. Está sudando. Coloco la otra mano encima de la suya, que tiene helada, a pesar del sudor—. No pasa nada, tranquila. Todo va bien.

Alice

Tardo unos diez minutos en recuperarme, más de lo que nunca he tardado. Estoy tumbada entre las piernas de Tim, con la cabeza en su regazo, y miro hacia arriba, su barbilla, el cielo azul, las hojas del arce que filtran la luz.

«Nopasanadanopasanada.»

No para de repetirlo una y otra vez hasta que finalmente el aire llega a mis pulmones y aguanta ahí el tiempo suficiente para llenarlos. Sigo sin moverme y él continúa acariciándome la espalda, el cuello, los hombros.

Inspiro.

Espiro.

Inspiro.

Espiro.

No sé cuánto tiempo llevamos aquí.

—¿Has vuelto? —me pregunta en voz baja.

—Creo que sí. —Asiento y la voz me sale temblorosa, pero por lo menos puedo hablar. Es un progreso.

—¿Puedes caminar?

Niego con la cabeza.

—¿Quieres agua?

Vuelvo a negar con la cabeza.

—¿Y si te tomo en brazos? Podemos pelar la pava.

—¿Pelar la pava? —pregunto.

—No sé por qué he dicho eso. Por favor, olvídalo. ¿Qué te ha pasado? ¿Me lo puedes contar?

Niego con la cabeza.

Mi respiración vuelve a la normalidad.

* * *

Cinco minutos más tarde, estoy tumbada en el sofá de Tim y él se pasea por la cocina, esperando a que hierva el agua, pero sin quitarme ojo de encima.

—¿Sigues bien?

—Para ya de preguntármelo, me estás poniendo nerviosa.

Se pasa las manos por el pelo y asiente.

—Claro, perdona.

Inspiro. Espiro. Trazo pequeños círculos en mi muslo, concentrada en respirar.

La primera vez que me dio un ataque de pánico, en la escuela, eso fue lo que la señora Garafalo, la psicóloga, me dijo que hiciera. Trazo círculos cada vez más grandes. Ella me ponía música de laúdes, cítaras u otra cosa con un ritmo lento, solo instrumental. Hasta me regaló un CD.

—¿Tienes música que sea instrumental?

Mira alrededor de la habitación tocándose el pelo con los dedos, se agacha, rebusca en una cesta y me da algo. Es un elefante de peluche de color lavanda que tiene una caja de música dentro, porque suena un ritmo que tardo un instante en identificar.

—¿*I am the Walrus*? ¿Soy la morsa?

—Ya, ya, y es un elefante. No preguntes, está claro que es un refugiado de la isla de los muñecos inadaptados socialmente. Cierra los ojos y escucha, Alice. Concéntrate en respirar.

Echo la cabeza sobre el sofá y lo oigo moverse por el apartamento. Un poco más tarde lo noto a mi lado.

—Ya ha pasado antes —me dice y no es una pregunta.

Asiento.

—¿Muchas veces?

De nuevo tengo el cuello tenso.

—Hace tiempo, cuando tenía doce años.

—Ah, antes de que le dieras la vuelta a la tortilla a tu vida.

—Me estaban sucediendo otras cosas, pero sí. No me ha vuelto a pasar desde entonces, hasta hace unas semanas.

Se lleva la mano al bolsillo de la camisa, buscando un cigarrillo. Mira alrededor angustiado y finalmente toma un caramelo de un cuenco que hay sobre la mesa, le quita el plástico y se lo mete en la boca.

—¿Qué pasó hace unas semanas? —Tiene el caramelo a un lado de la boca, apretado contra su mejilla, y las palabras le salen de un modo extraño.

Se lo cuento. Pero solamente digo unas frases cuando Tim se pone en pie y empieza a caminar adelante y atrás como si fuera un coyote enjaulado. Es agotador; cada dos por tres me interrumpe con preguntas:

¿Has ido al banco?

¿Has hablado con un abogado?

¿Se lo has contado a Samantha?

—Lo había pensado —admito—, pero pensé que primero...

—Tienes que hablar con Gracie —indica. Vierte té en una taza que hay junto a mis pies. Me llevo la mano a la garganta y aprieto—. Conozco a Grace Reed, Alice. Sabe recular. Tiene que saber que se está equivocando.

—¿Crees que le importa? Es la mujer que fingió que no había pasado nada cuando estrelló su vehículo contra la vida de mi familia, Tim.

—Hasta que Samantha habló con ella. Y tu hermano. Sí, es una cobarde, los abusones suelen serlo.

—Hay un montón de facturas por pagar. No me sirvió de nada ir al banco —repito, sin comentarle con quién hablé, porque no quiero ponerle las cosas todavía más difíciles.

—No tienes nada que perder —me dice—. Bébete el té y vamos. A las cuatro tengo que recoger a Cal, así que tenemos tiempo.

—No tienes que venir conmigo.

—Yo conduzco, por si te quedas paralizada. Me quedaré fuera, en el automóvil, por si las cosas se ponen feas. Y tendré el teléfono a mano, por si necesitas que me ponga en plan *ninja* y entre por la ventana.

—Pero...

—Shhh.

—¡No me hagas shhh!

—¿Estás enfadada? Qué bien. Venga, vamos a ver a Gracie.

* * *

Grace Reed lleva puesto un peto, eso sí, de diseño, no uno cualquiera, y sostiene un rodillo de pintura con la mano.

—¿Sí?

Se parece mucho a Samantha, excepto por que tiene el pelo rubio platino y liso, y el de Samanta es rubio oscuro y ondulado. Samantha, no obstante, no ha heredado la expresión tranquila y neutra de su madre, ella es fácil de leer, su rostro refleja todo lo que piensa. Seguro que si Grace fuera más expresiva tendría líneas de expresión, arrugas provocadas por la risa, como mi madre, que seguro que es más joven que ella.

Busco en mi mochila y saco un montón de sobres asegurados con una goma.

—Esto es para usted.

Da un paso atrás, mirando los sobres y después a mí, y abre más la puerta.

—Es mejor que pases, puedes dejar las zapatillas ahí.

Trago saliva y me las quito con sumo cuidado. Deja el rodillo en una bandeja, se limpia las manos en los pantalones y me conduce hasta el salón.

Blanco sobre blanco sobre blanco, con algunos toques de negro en los cojines y los marcos de las fotografías de Samantha y su hermana, Tracy. Lo único con color es una enorme pintura que hay sobre la chimenea, hecha de ladrillos blancos. Grace sentada a un piano con Tracy y Sam de pequeñas a sus pies, todas con un vestido verde oscuro y una cinta rosa. Sam tiene el pelo lleno de tirabuzones y los ojos muy abiertos, y Tracy parece irradiar desprecio, típico en ella según tengo entendido.

Grace Reed señala el sofá blanco que parece un iceberg sobre la alfombra blanca.

—¿Te apetece limonada?

«Por favor, esto no es un acto social.» Niego con la cabeza y le tiendo de nuevo los sobres.

—Esto es para usted —repito.

—Creo que tomaré una copa de vino —me informa con una sonrisa—. Antes siempre contrataba a alguien, no sabía que estas tareas de bricolaje fueran tan agotadoras. —Se dirige taconeando sobre el suelo de madera a lo que imagino que será la cocina. El sonido de los pasos no parece terminar nunca. Este sitio es inmenso, los techos son muy altos, todo es muy blanco. Me siento pequeña en este sofá, los cojines son tan voluminosos que apenas me llegan los pies al suelo.

El corazón se me va a salir del pecho, así que respiro profundamente para tranquilizarme.

Dejo los sobres sobre la mesa. Grace regresa con una copa de vino blanco, lo posa sobre la mesa, cruza los tobillos y me mira a los ojos.

—¿Cuál eres tú?

No sé si poner los ojos en blanco —porque, claro, es que «esos Garrett» son una enorme masa indescifrable— o vaciarle el contenido de la copa en la cara. ¿Sabe por lo menos cómo se llama Jase?

—Alice, la hermana mayor de Jase. Yo me ocupo de las facturas del hospital. —Le doy un golpecito a los sobres con el dedo, me vuelvo a acomodar en el sofá y me inclino hacia delante para señalarlos otra vez. Grace frunce el ceño—. Esto es para usted. Hay que pagarlas, lo que afecta a la tarjeta de crédito de mis padres, pues es su nombre el que aparece en ellas. Su banco nos ha mandado una carta para comunicarnos que no iba a seguir pagándolas y cuando fui a hablar con ellos me comentaron que esas eran sus instrucciones.

Grace Reed se dedica a la política y su rostro refleja su aplomo característico. Me ofrece una sonrisa agradable, pero en sus ojos no hay sentimiento alguno. Toma un sorbo y espera a que continúe, mirándome con interés.

—El trato fue que usted cubriría los gastos —señalo—. Así lo acordó con mi madre y mi padre. —Tomo una factura y la alzo—.

A mi padre le han hecho un montón de pruebas en los últimos días y lo han visitado algunos especialistas porque... bueno, porque los necesitaba. El total es más de diecisiete mil dólares. Puede darme un cheque.

—No tenía ni idea de que sería tan caro —responde, inclinándose para dejar la copa, aunque se lo piensa mejor y toma un rápido sorbo—. Por suerte, tu padre es relativamente joven, seguro que se recupera, los médicos te lo habrán dicho ya. —Su tono sigue siendo calmado; parece la empleada de una oficina de correos, es como si esto no tuviera nada que ver con ella, como si lo único que quisiera fuera desearme lo mejor y adiós muy buenas.

—Si cuenta con buenos cuidados, sí, pero si lo echan de la clínica de rehabilitación porque no puede pagar, ¿qué va a pasar?

—No creo que legalmente puedan hacerlo. —Toma otro sorbo y deja en la copa una mancha de pintalabios de color coral—. De hecho, pagué una factura que...

—Ahora no es la senadora, ahora solo es la persona que provocó todo esto.

La mano con la que levanta la copa tiembla un poco y derrama unas gotas en la mesa. Toma un pequeño sorbo, suelta la copa y posa la mano en mi rodilla.

—Escucha, ya sé que esto ha sido duro para tu familia, pero no te equivoques, también lo ha sido para la mía. Ha afectado a la relación con mis hijas, ha destrozado mi relación de pareja. Me perseguirá el resto de mi vida, puede que ya no pueda volver a servir a la gente de Connecticut como alto cargo, esto podría afectar a Tracy y a Samantha. ¿No crees que ya hemos sido suficientemente castigadas por un error que podría haber cometido cualquiera?

—Mis padres no habrían cometido este «error». Mis hermanos y yo, que nunca hemos jurado sobre la Biblia defender la ley, tampoco. Mi hermano de cuatro años habría actuado mejor.

—Alison, tienes que entender mi posición. Mi dinero proviene de un fondo fiduciario familiar. Recibo generosos dividendos todos los trimestres, pero generosos para mí, no para pagar facturas médicas de un importe astronómico. Después de los últimos gastos en tu familia, apenas me queda dinero para pagar los gastos de Tracy en Middlebury.

—Senadora Reed, me importa una mierda. Venda propiedades, venda pinturas, venda sus Manolos. Utilice los ahorros que guarda en el cajón de los calcetines o dentro de su sujetador. Pague las facturas para que mi padre cuente con los cuidados que necesita y a nosotros no nos persigan los acreedores.

Me dirijo a la puerta, pero su voz me hace detenerme.

—Ni siquiera puedo hacer frente a los gastos de Samantha en Hodges. —Se levanta—. Desde aquí vemos el edificio principal de la escuela. ¿Cómo se va a sentir Samantha si lo puede ver pero no puede volver a asistir? Es su último curso, tiene posibilidades de entrar en la universidad que elija. Es su futuro. ¿Tiene tu hermano planes de ir a la universidad? ¿O va a trabajar?

Ser irrespetuosa con esta mujer solo la hará pensar que ella tiene aún más razón y yo menos. Pero...

—Jase ha trabajado desde los catorce años en la ferretería de mi padre. Como mi hermano Joel y yo. Y, sí, va a ir a la universidad. Si consigue una beca. O un préstamo. Si superamos esto sin caer en la bancarrota. Mis padres fueron a la universidad, mi hermano Joel fue a la universidad, yo estudio en la Escuela de Enfermería de la Universidad de Middlesex en White Bay.

—Tuve un recaudador de fondos allí. Bonito campus, muy rural. ¿Es un centro de formación profesional? No lo recuerdo.

Como si los centros de formación profesional y los colegios públicos fueran inferiores. A menos que necesites votos, claro.

—Sí. He solicitado ir a la Escuela de Enfermería de Nightingale, en Manhattan, este otoño. Me aceptaron en verano, pero lo he pospuesto por lo de mi padre. Ni siquiera sé si podré ir.

No le he contado a nadie esto último, solo a Joel. Ni siquiera a mis padres, pues habría supuesto una discusión con ellos.

Otra cosa que añadir a la cuenta de Grace Reed: convertirnos en una familia con secretos. Nunca ha sido así y me hace sentir realmente mal.

—Qué desgracia —dice con tono sincero—. Esa es una escuela maravillosa. Soy una defensora nata del valor de una buena educación.

«Sí, estoy segura de que has dado algún discurso sobre ello.»

Me mira fijamente a los ojos y me dice con un tono todavía más tranquilo:

—Proteges a tu familia y yo hago lo mismo con la mía. Soy madre soltera, Alison, y desde que Samantha nació he tenido que hacer de padre y de madre. Hodges es la única escuela que ha conocido, supone estabilidad para ella.

—No es problema mío, senadora Reed.

—Ese es un comentario muy insensible, Alison. ¿Cómo iba tu hermano...?

El sonido del timbre la interrumpe. Se sobresalta y recorre la habitación con la mirada, nerviosa, como si estuviera asegurándose de no dejar pruebas a la vista, huellas en las facturas o un faro destrozado de su automóvil. La única prueba soy yo, mi cara roja, las lágrimas de rabia que nacen en mi garganta. No puedo hacer nada por evitar mi emoción

—Samantha se habrá olvidado de la llave. Otra vez. ¿Por qué no te acompaño a la salida y la recibo a ella?

Y eso hago, seguir sus taconeos a lo largo del pasillo. No he solucionado nada. Lo único que ha cambiado es que ahora la odio todavía más.

—Samantha, te he dicho una y otra vez que te acuerdes de...

—Buenas, Gracie —la saluda Tim alegremente—. Tienes un aspecto estupendo, como siempre. ¿Todavía ocupada con la casa?

Parece como si Grace intentara sonreír y fruncir el ceño al mismo tiempo, como si alguien le hubiera tocado el trasero.

—Ah, eh...

—Tim —le informa él.

—No te esperaba, Timothy —responde riendo.

—Ya me conoces, me muevo mucho.

Lo miro desde detrás de la madre de Samantha. Se quita unas gafas de sol que no le he visto nunca y las limpia con el borde de la camiseta, sonriendo.

—Sigo siendo bienvenido, ¿no, Gracie?

—Bueno... sí, aunque Samantha no ha llegado todavía. Pensaba que eras ella, mi invitada ya se iba...

—He venido a por Alice, hoy soy su chófer, uno de mis muchos trabajos. Ahora trabajo para los Garrett, de todos los modos posibles.

Como cualquiera de las mujeres de la vida de Tim, Grace no tiene ni idea de cómo actuar con él.

—Tienes... iniciativa —le contesta en voz baja.

—¿Verdad? Intento no dejar pasar ninguna oportunidad. Ah, por cierto, Brendan, tu jefe de campaña, aunque debería decir actual jefe de campaña... me ha llamado esta semana de tu parte para ofrecerme otra oportunidad.

Ladea la cabeza en un gesto de interés. Tim alza las cejas y su sonrisa se vuelve más amplia.

—¿Estás pensando en presentarte a canciller?

—Es solo una posibilidad, no hay mucha competencia y... ya es tarde, así que es poco probable, pero...

—Pero te gusta arriesgar. Además, ya hace un par de meses que te retiraste, en la política eso es prácticamente una vida.

No entiendo de política, pero tengo la sensación de que sus palabras encierran más de lo que parece.

—Sí, bueno... —Grace nos mira a Tim y a mí alternativamente. ¿No quería que se sintiera incómoda? Se le nota en la cara.

—¿Estás lista, Alice? —Me rodea con su brazo por el hombro y me guía al exterior—. Siento haber interrumpido, seguro que Alice retoma la conversación otro día. Ah, y gracias por decirle a

Brendan que me llame, me alegro de que hayas dejado atrás todo lo concerniente a tu antigua campaña. Eso es historia ya, ¿no?

La veo en la entrada mientras Tim, el chófer, me conduce por el implecable jardín de la señora Reed hasta su vehículo.

CAPÍTULO 34

Alice

—Típico de Grace —comenta Tim cuando le detallo lo acontecido en mi visita—. Como si hubiera seguido un guion.

—¿Por qué me dijiste que hablara con ella si no iba a servir de nada? ¿Por qué, si sabías que sería así, que se haría la víctima y que actuaría como si yo fuera una miserable y no movería un dedo? ¿Además, en qué estabas pensando? ¿De qué iba eso de «buenas, Gracie» y la charla sobre la campaña?

—Confía en mí, Alice, ha sido para bien. Seguro se ha puesto a sudar con mis palabras, cuenta con ello. O a transpirar, que sudar es de mal gusto. Si nadie le dice nada, Grace cree que nadie la ve, pero ahora lo sabe. Yo tan solo he usado lo que sé para molestarla.

Toda la rabia que se quedó perdida debajo de la alfombra blanca de la pequeña burbuja higiénica de los Reed vibra a mi alrededor ahora.

—¡Esto no es un juego, Tim!

Se vuelve hacia mí, con expresión dura. Por un instante, veo el aspecto que tendrá cuando sea mayor, cuando las líneas de sus pómulos y la tersura de sus mejillas se junten para formar el rostro de un hombre.

—Pensaba que nos íbamos a centrar en arreglar esto. Yo me lo estoy tomando en serio, Alice. Me lo estoy tomando todo en serio. Pero, oye, gracias por recordarme que últimamente soy un fracasado, casi se me había olvidado.

—No. —Le tiro de la manga cuando posa la mano en la palanca de cambios—. No te veo así, en absoluto. Yo... yo...

Lleva la mano a mi pierna.

—Está bien. No pasa nada. Respira. No te preocupes. Pero deja de decirme eso. No me importa que mi padre me trate como si fuera un niño revoltoso, pero sí que lo hagas tú. Para que esto funcione entre nosotros no puedo estar todo el tiempo atacándome a mí mismo.

Abre mucho los ojos, al parecer asombrado con sus palabras tanto como lo estoy yo, pero entonces añade:

—Hablo en serio.

«Esto.»

Hay un «esto» y un «nosotros». Y lo ha dicho en voz alta.

—A no ser que se trate solo de un rollo, Alice. O ni tan siquiera eso. —Sus ojos buscan los míos y al ver que no digo nada le tiembla un poco la voz—. ¿Puedes decir algo, por favor?

—No, no lo es. Y tú...

Le pongo las manos en la nuca y lo beso, lo beso, lo beso... Sus hombros vibran, se ríe y yo prácticamente me subo a su regazo.

—Vaya. Estamos cerca de Hodges, como nos arresten por escándalo público Joel no va a mostrar piedad.

Me aparta, empujándome con suavidad hasta casi la parte más lejana del asiento, como si fuera magnética o inflamable. Me guiña un ojo, mira atrás con el codo apoyado en el reposabrazos para comprobar que no viene nadie y sale del estrecho aparcamiento. Me quedo mirándolo, con las mangas remangadas, los hombros anchos bajo la camisa de rayas.

—¿Cuándo has desarrollado todo ese autocontrol?

—¿Estás bromeando? Pero si no tengo nada de autocontrol. —Reacciona como si lo hubiera acusado de algo vergonzoso—. Nada. Nada.

—Todas las veces que nos hemos besado, tú le has puesto fin. Empieza a contar con los dedos.

—La otra noche, en el apartamento, cuando me permitiste que me quedara...

—No nos besamos.

—Yo lo habría hecho, pero tú retrocediste. Además, estabas con Brad. En la playa... demasiado público. Además, tenía muchas cosas en la cabeza. En la noria... en esa ocasión fue el policía, también conocido como tu hermano mayor.

—Mi casa estaba vacía.

—Sí, podríamos haber utilizado la habitación de Jase, habría estado muy bien. —Da un golpe al mechero, pone el aire acondicionado, ajusta el espejo retrovisor, se concentra en conducir.

—Tu apartamento también estaba vacío.

—Sí, ya. Joder, cuánto tráfico, se supone que tengo que ir a recoger a Nano antes de ir a por Cal, y Hester se enfada siempre que llego tarde. Dios, ese se acaba de saltar el semáforo en rojo, ¿lo has visto?

—Tim, ¿te has ruborizado?

—No, yo nunca me ruborizo, los hombres no se ruborizan.

—Creo que tú sí.

—Hace calor, Alice. ¿Puedes bajar la ventanilla?

No hace ningún calor, hace una tarde otoñal, fresca y nublada. Además, el aire acondicionado está puesto, lo que es completamente innecesario. Bajo la ventanilla de todos modos.

Él también baja la suya y saca la cabeza por ella cuando nos paramos en un semáforo, refrescándose la cara, que no tiene ruborizada, porque los hombres no se ruborizan.

CAPÍTULO 35

Tim

Da igual dónde tenga lugar: en la ferretería, en la casa de Waldo, en mi apartamento, donde sea; el intercambio de Cal siempre parece extraño, sospechoso. Lo primero es que Hester y yo nos comportamos de un modo tan correcto que parece que estamos hablando en código. No existen conversaciones tan aburridas como las nuestras, excepto en las clases de idiomas para principiantes. En lugar de «mi mamá me mima», decimos «no quedaban Huggies, así que compré blablablá» o «esta mañana solo ha dormido cuatro horas, pero después se ha echado una siesta en el automóvil». Por otra parte, Hester parece una espía; cada vez que quedamos me encuentro con una muchacha distinta: pantalones holgados, *jeans* y camiseta, vestido. Escote, sin escote, cuello alto. A veces está nerviosa, otras tranquila. En ocasiones aparece con anotaciones de todo lo que ha hecho Cal, otras veces se sorprende cuando le pregunto qué tal y me responde «igual que siempre».

La de esta tarde es una de esas ochocientas situaciones extrañas, ya que viene Nan, que va a conocer al mismo tiempo a la protagonista de mi historia de una noche y a su consecuencia. De nuevo en este maldito parque y, encima, Nan sigue a lo suyo.

—Qué raro, ¿quién queda aquí?

—No lo sé, hermanita, el resto de madres de mis hijos bastardos quedan conmigo en los juzgados. ¿Qué más da?

Hester aparece (modelo 2.0: *jeans* y jersey, ambos limpios), le tiende la mano a Nan y esta se la estrecha, mirándola a la cara. Hester le devuelve la mirada, como si se estuvieran analizando. Nan la mira de arriba abajo y justo después se arrodilla para mirar a Cal.

—Qué guapo —le dice a Hester, que se muestra impasible—. ¿Cuándo nació?

—El veintinueve de julio. Tim, me queda poca leche, vas a tener que comprarle. Lo siento.

Me tiende un billete de veinte dólares, que le devuelvo inmediatamente. ¿Qué coño hace? Nunca antes me había dado nada. Nan me mira con cara de «menudo mal padre». Me agacho a la altura de Cal, lo suelto de la sillita, le quito su nuevo gorro con orejas de ratón y le sacudo el pelo.

—Hola, peque.

Hester dice que se tiene que marchar porque tiene que ir a donde sea que trabaja. De nuevo me sorprende lo poco que la conozco. ¿Debería hacer como con Cal y darle una oportunidad antes de que desaparezcan los dos? Hoy me cuesta más que de costumbre escucharla, estoy pendiente de la reacción de Nan. El bebé me agarra el pelo e intenta metérselo en la boca. Por otro lado, una parte de mí está con Alice, me pregunto si estará bien, si estará preocupada por lo de Grace, si sufrirá otro ataque de pánico...

El niño chilla y me da un fuerte tirón del pelo.

—Au, Cal. —Le suelto la mano y enseguida me agarra la oreja e intenta la misma maniobra.

—Te recuerdo que el jueves a las tres tenemos que ir a la agencia de adopción a que firmes el certificado de nacimiento —me comenta Hester cuando ya nos vamos—. Ponte corbata.

—Claro —le contesto mientras Cal me chupa la oreja.

* * *

Nan me mira pero no dice nada. Cal me mordisquea el nudillo del dedo mientras rebusco en mi bolsillo las llaves de mi automóvil. Cuando por fin las encuentro, mi hermana sigue mirándome.

—Bueno... ¿qué piensas? —Me limpio las babas en los *jeans*.

—Eh...

—¿Qué? ¿No se parece a mí?

Me mira y después a Cal.

—Bueno, un poco.

—Nan, míralo. —Le señalo la barbilla para que vea el hoyuelo y muevo la mano por su cuerpo—. Venga ya.

—Pensaba que sería más obvio, que tendría una marca de nacimiento idéntica a una tuya o algo así. No sé por lo que ha debido de pasar ella, pero no entiendo por qué se ha mantenido en silencio tanto tiempo y, de repente, ¡tachán!, aparece con un bebé. ¿Por qué no lo dio en adopción justo al nacer?

Entiendo lo que dice, yo también he pensado lo mismo. Si Hester me hubiera escrito una carta contándomelo y enviado unos papeles para que firmara, si Cal hubiera sido solo una idea y no una realidad, ¿habría hecho algo al respecto? Habría sido mucho más sencillo que todas estas citas incómodas y las conversaciones de Hester con Waldo sobre encargarnos juntos del niño. La última vez, cuando le pregunté dónde estaba el baño, me respondió: «el cuerpo trata de decir la verdad», lo que no era exactamente la dirección al escusado.

—¡Ra, ra, raaaaaa! —chilla Cal.

Localizo las llaves de plástico que me dio la señora Garrett y se las doy.

—¿Qué pasa? ¿Crees que es una loca que roba bebés y ha decidido presentármelo para timarme y quedarse con mis millones?

—No me grites. —Su voz suave contrasta con la mía, cada vez más alta—. A lo mejor solo quiere que... vuelvas con ella.

—Eso implicaría que ya estuve con ella antes, que hubo algo entre nosotros, y no es así. Entonces en la película que te has montado ella quiere estar conmigo y me presenta al niño porque no hay nada que ponga más cachondo a un muchacho de diecisiete años que un bebé.

Cal se golpea en el ojo con las llaves, las tira y empieza a llorar, enfadado. Sonrío, lo suelto de nuevo de la sillita y lo tomo en brazos. Apoya la cara en mis bíceps, deja de llorar y exhala un hondo suspiro.

Nan cierra los ojos y echa la cabeza hacia atrás.

—Estoy cansada de preocuparme por ti, Tim.

—Si quieres podemos pasar por la casa de Troy Rhodes para que te dé algo que te calme los nervios.

Como todas las veces en las que he sacado el tema, Nan repite:

—No es lo que parece.

—Para tu información, esa es la excusa menos convincente de todas. Conmigo nunca ha funcionado. ¿Qué pasa, Nan?

—Como si fuera tan fácil —musita—. Por fin he dejado de tener miedo de que mueras por culpa del alcohol o de que te estrelles con el automóvil.

—Creía que estábamos hablando de ti. Deja de preocuparte, entonces. Volviendo a...

—Y cuando por fin estabas solucionando tu vida, te metes en esta situación.

—¿Sabes qué? Hablas igual que papá. Situación, circunstancia, problema. Intenta decir «bebé». Es tu... sobrino. —Mi propia voz me suena ajena. Mi hermana es tía y mis padres son abuelos. Todo esto me resulta más difícil de asimilar que el hecho de que yo sea padre y no sé por qué.

Nan vuelve a dedicarme su expresión de «otra vez no, Tim» y la rabia me enciende al rojo vivo. Cuando estoy así, hasta tocar a Cal me repugna, pero el pequeño me mordisquea el hombro, ajeno al sentimiento que me recorre las venas. Mi hermana, por el contrario, lo nota. Apoya la espalda en el automóvil, apartándose de mí, recelosa.

—Hay algo que no entiendo, hermanita, y a lo mejor tú me lo puedes explicar. Después de todos los errores que he cometido, papá y tú seguís dándome la patada cuando intento hacer las cosas bien. Esto es temporal.

—Exacto, Tim, es temporal. —Señala a Cal. Tengo la mano en su espalda y él apoya la mejilla en mi camiseta—. Y aquí estás, actuando como un padre normal.

—No estoy actuando como un padre —aclaro—. Solo lo estoy cuidando. ¿Qué quieres que haga, Nan? ¿Quieres que te diga que no sé qué coño estoy haciendo? Pues considéralo dicho.

—No me preocupa que no sepas lo que haces, Tim. Me preocupa que sí lo sepas. Mírate. —Hace un gesto señalándonos a Cal y a mí—. Eso es lo que me preocupa.

El teléfono de Nan y el mío vibran al mismo tiempo cuando llego a la curva que da a nuestra casa. Miro su móvil antes de que se vaya.

¿Sigue en pie lo que hemos hablado? He conseguido las provisiones, así que ya lo tienes todo. T.

—No entiendo cómo tienes la desfachatez de regañarme cuando a ti te está pasando provisiones un camello.

—No sabes de lo que hablas —me responde con odio.

—Sé exactamente de lo que hablo. Nadie lo sabe mejor que yo, así que no...

Estoy tan ocupado discutiendo con ella que no veo el automóvil que hay aparcado detrás de nosotros hasta que oigo a Nan decir «oh, oh». Miro atrás y veo a mi madre inclinada sobre el maletero de su automóvil, sacando bolsas y bolsas de él.

—No creo que se lo tome peor que papá.

—Tú no le oíste cuando se enteró —comenta.

Salgo del vehículo. Mi madre se vuelve y se limpia la frente con los ojos entrecerrados.

—¿Timothy?

—Hola, mamá. —Nan se hunde en el asiento y se lleva las manos a la cabeza.

—Qué bien —continúa mi madre—. Ya estaba preguntándome si volveríamos a verte.

Tomo algunas bolsas. Son todas de tiendas de Navidad, una de las adicciones de mi madre.

—¡Nanette! ¿Qué haces, espiar desde el automóvil? Ven y ayúdame a meter esto. He comprado una alfombra preciosa para tu habitación.

Nan sale con aspecto nervioso. A saber qué será una alfombra «preciosa», pero estoy seguro de que no va a ir con su nuevo estilo. Seguro que tiene una cesta con gatitos. Con gorros.

—¡Mira esto! —exclama mi madre, sacando algo de una bolsa—. ¿Puedes sujetarlo?

Es un elfo de más de un metro con un delantal que dice: EL ELFO AYUDANTE; sostiene un cuenco en el que pone: DULCES. Horroroso. No obstante, de repente siento una oleada de, no sé, compasión, pena, amor. Me acerco a mi madre y la abrazo, justo cuando oigo un estridente «¡raaaaaa!» proveniente del vehículo.

—Oh, oh —repite Nan.

—¿Qué es eso? —Mi madre se estira para mirar a mi alrededor—. ¿Qué ha sido ese sonido?

—Toma, yo llevo estas. —Mi hermana alcanza unas siete bolsas y sube los escalones hasta la casa.

—¿Timothy?

—Ah, sí... bueno, es, eh...

—¡Raaaaaaaaaaa! —Cal parece bastante asustado.

Corro a abrir la puerta trasera y me acerco a él.

«Por Dios, papá, ¡no tenía ni idea de dónde estabas! ¡No vuelvas a hacerlo! Me he asustado y me ha dado hambre. ¡Raaaaaaa!»

Mi madre tiene la mano en la boca y el rostro, normalmente rosado, completamente blanco.

—Timothy Joseph, ¿cómo ha sucedido esto?

Veamos, respuestas posibles:

«Bueno, mamá, tuve relaciones sexuales con una extraña. Pero no te preocupes, no me acuerdo de nada.»

«Dios, no tengo ni idea. Ya sabía que tenía que tomar mejores apuntes en clase de salud.»

«Pues resulta que estábamos equivocados y sí que se pueden hacer bebés con los besos.»

Le cuento la verdad:

—Ha sido un accidente, mamá.

Se acerca a mí.

—Como todo en tu vida, Timothy. Oh, Dios mío, ¡no me lo puedo creer! ¿Qué va a decir tu padre?

Meneo un poco a Cal para tranquilizarlo y este vuelve la cabeza, con esa expresión que siempre pone cuando lo hace, como si le costara un montón de energía y concentración. Mira a mi madre con sus ojos azules.

Ella le devuelve la mirada y me doy cuenta de que sus ojos son del mismo azul intenso. El pelo rojo se está volviendo gris, pero tiene las mismas ondas que yo. Y que Cal.

—¿Cómo has podido? No te hemos educado para esto —me recrimina en voz baja.

«Vosotros me habéis educado bien, mamá. Esto es solamente culpa mía.»

En ese momento aparece el Jaguar en la entrada de la casa, el lugar reservado para el automóvil de mi padre, que está hablando por teléfono. Mi madre chasquea la lengua.

—No sé qué va a decir de esto. Es mejor que estés preparado, muchacho.

No obstante, cuando mi padre sale del vehículo, apenas mira en nuestra dirección. Protege el teléfono con la mano y dice:

—Te veo en mi despacho, Tim. He hecho algunas averiguaciones en relación a tu situación con el niño.

La sorpresa, incredulidad y devastación que refleja el rostro de mi madre son más evidentes que sus arrugas y el maquillaje.

—Supongo que todo el mundo lo sabía menos yo. —Se da la vuelta y se dirige a la casa; se tambalea un instante en el primer escalón y deja unas cuantas bolsas a su paso.

Me dispongo a seguirla para disculparme, para darle un abrazo, hacer algo bochornoso, no sé. Sin embargo, cierra la puerta de un portazo tras de sí y me quedo ahí, con la cabeza gacha, observando a Cal, que me mira con expresión relajada y me regala una sonrisa temblorosa, como si tuviera claro que voy a arreglar esto.

De nuevo estoy esperando instrucciones de un niño. Tomo las bolsas con una mano, sostengo a Cal con el otro brazo y entro en la casa. No veo a mi madre por ninguna parte, y tampoco a Nan. Voy a llamar a la puerta de mi padre cuando oigo unos pasos familiares en las escaleras. Mi madre tiene el rostro enrojecido, los ojos tristes y la piel hinchada; verla así me rompe por dentro. Los Mason somos de lágrima fácil, pero estas lágrimas no las ha provocado algo fácil.

—Bueno —me dice con una sonrisa y la espalda recta—, ahora me vas a hablar de estos episodios que ya todos conocen.

De repente me acuerdo de Alice y de cuando me preguntó: «¿este es tu juego?» Así funciona la familia Mason: sigan su camino, aquí no hay nada que ver.

La conversación se desarrolla como podría esperarse:

Yo: Y entonces... blablablá.

Mamá: ¡Por todos los santos!

Yo: Así que... blablablá.

Ella: ¡Santo cielo! ¡Esto no puede ser bueno para la tensión de tu padre!

Yo: Y entonces yo... blablablá.

Mamá: ¡Santa madre de Dios!

Cal, harto del portabebés o puede que de las exclamaciones: ¡Raaaaaa!

Lo más inesperado es la parte de:

—Es igualito a ti —comenta mi madre—. Más gemelo tuyo que Nan. ¡Dios bendito!

—Dios no tuvo nada que ver con esto, mamá. —Ja, ja. Abro el bolso con la intención de cambiarle el pañal.

Para mi sorpresa, sonríe y coloca una mano en mi hombro.

—Deja que lo haga yo, que tú eres un desastre. Como todos los hombres.

En ese momento, el hombre de la casa emerge de su caverna gris y nos mira.

—Me he puesto en contacto con Gretchen Crawley, que lleva el centro de adopción Crawley, en West Haven.

Cal se ha deshecho de la manta y me da pataditas con los ojos brillantes. Le tomo la cabeza entre mis manos y enredo los dedos en sus rizos rojos.

—¿Perdona? ¿Qué ha pasado con eso de que no ibas a arreglar esto por mí, papá?

—Esto es demasiado para ti, te queda grande.

—Puede que sí, pero pensaba que el trato era que tú no te metías en esto, ni tampoco mamá.

—Tim —intercede mi madre—, no seas...

Mi padre la calla levantando una mano sin siquiera mirarla.

—¿Y qué ha pasado con eso de que esto no cambiaba nada sobre lo que habíamos acordado de diciembre?

—¿Qué es lo de diciembre? —Mi madre parece confundida.

Al parecer tampoco sabe nada de eso.

—Estará encantada de quedar con esa muchacha para hablar sobre el caso.

Me concentro más de lo necesario en la tarea de cambiar el pañal, algo que a estas alturas ya me sale de forma automática. Actúo como si el proceso requiriera grandes reflejos y mucha precisión. Cal me agarra los dedos cuando retiro la cinta adhesiva y se los lleva a la boca, con la mirada fija en mí.

—Y conmigo, ¿no?

Lo que dice es «no es necesario», pero lo que yo entiendo es «no eres necesario».

¿Por qué me molesta tanto que me dejen fuera de algo de lo que no quiero formar parte?

* * *

La reunión después de mi visita a casa trata sobre un tópico: la aceptación, lo que generalmente hace que la gente se muestre o bien elocuente o bien enfadada de narices. Vince, que perdió una pierna y un brazo en Afganistán, grita y lanza el bastón por la sala.

—¿Que acepte esto? Ni hablar.

Otro hombre habla sobre cómo lo aceptó su mujer, a pesar de que pasó años bebiendo y engañándola. Cuenta que cuando por fin dejó el alcohol, le diagnosticaron a ella un cáncer de pulmón y murió antes de que pudiera colmarla de buenos recuerdos para reemplazar los malos. Yo hablo de mi madre, de cómo parece haber aceptado a Cal, y de los Garrett y cómo conviven aceptando a todos. También digo un par de palabras sobre mi padre.

Jake se sienta a mi lado en el último escalón de St. Jude después de la reunión. Abre un paquete de cervezas de raíz con los dientes y me lo tiende sin decir nada. Tomo una y me la llevo a la boca sin más, sentado ahí, con las piernas estiradas y las manos entrelazadas.

—Estoy dejando el tabaco —me dice—. Otra vez. Esta vez espero que funcione. Eres un ejemplo a seguir, amigo. Nunca pensé que te diría algo así.

Lo miro, sonrío y vuelvo la vista a mis manos.

—Cuando mi pareja contó a sus padres que es homosexual, lo llevaron al pediatra con la esperanza de que lo curaran. Mis padres, por el contrario, lo llamaron por teléfono para preguntarle qué quería para cenar.

Jake me mira fijamente, suspira y sonríe.

—A veces, si tenemos suerte... podemos encontrar una familia en los lugares más insospechables.

Alice

—Así que esto es lo que hace la gente normal para divertirse, ¿eh? —pregunta Tim, que saca la cabeza por la ventanilla del asiento del copiloto del Mustang mientras avanzamos dando botes por la carretera llena de tierra.

—A saber. —Samantha se recoge el pelo en un moño desordenado—. Últimamente hemos estado demasiado ocupados con el trabajo y nos hemos divertido poco, así que nos lo merecemos.

—Oooooo —contribuye Cal a la conversación. Está en su sillita, entre Sam y yo, totalmente despierto, y eso que son las once de la noche. Le brillan los ojos y no para de mover los brazos. Lo miro y miro a Tim. Su padre.

«Su padre.» Me quedo pensando. Voy a formar parte de esto.

—¿Está este lugar en la ruta de patrulla de Joel? —pregunta Tim, mirándome por el espejo retrovisor.

Sonrío y él hace lo mismo, haciendo alarde de su hoyuelo.

—No creo que la máxima autoridad de Stony Bay pierda el tiempo en el maizal de la plantación Richardson.

La verdad es que da un poco de miedo. La plantación Richardson tiene una enorme extensión de cultivo junto a las marismas de la costa de Seashell Island. Esta noche tiene un aspecto precioso y desolado, totalmente abandonado.

—Si no vemos a la Gran Calabaza quiero que me devuelvan mi dinero —comenta Sam, que sale del automóvil y rodea con los brazos a Jase, que se está estirando con los dedos entrelazados y la vista fija en el agua.

Saco a Cal y sujeto su pequeño cuerpo contra mi pecho con fuerza mientras busco una manta. Tim se ciñe el portabebés y murmura un «no empieces» en respuesta a la risa ahogada de Jase.

Coloco a Cal en la parte delantera, ajustando bien sus piernas, que no para de mover. Tim le aparta las manos de mi oreja, mi labio superior, mi sudadera y todo lo que está empeñado en alcanzar con sus pequeñas manos. Estamos sincronizados de un modo que solo he visto en mis padres, anticipándonos a los movimientos del otro, compensando, ayudando.

Qué locura.

Lo estoy haciendo. Estoy saliendo con un muchacho que tiene un hijo y aquí me encuentro, actuando como si fuera su madre. Me tropiezo con una piedra oculta en la hierba y profiero un grito.

Todo esto es temporal. Para el año que viene —para primavera—, Cal estará con otra familia. La fecha límite que le ha dado a Tim su padre habrá pasado y puede que para entonces yo esté en Manhattan.

Pensar en ello no me tranquiliza como esperaba. Se me entrecorta la respiración y siento los pulmones demasiado pequeños. En ese momento me vibra el teléfono y no sé si quiero mirarlo.

Ally, por favor. No quiero que lo dejemos. No voy a permitirlo. ¿Dónde estás? ¿Con ese muchacho? Alice, no hemos...

—¿Estás bien? —me pregunta Tim, tomándome del codo. Me mira a la cara y después mira el teléfono móvil.

Asiento y guardo el teléfono en el bolsillo. Estaré bien siempre y cuando no tenga que usar más aire para hablar. Tim se detiene.

—Alice.

Sam y Jase, agarrados por la cintura, van más adelantados por el sendero. Ya casi han llegado al laberinto del maizal.

—¿Qué pasa?

Me acuerdo de cuando estaba en séptimo curso y me di cuenta de que cuando algo sucede, de repente te viene todo de golpe. Lo bueno: Tim. Lo malo: lo que está pasando con Brad. Lo peor: Grace Reed. Todo esto me está matando.

«Vive el momento, vive el momento, céntrate en lo que está pasando ahora.»

Respiro profundamente.

—¿De verdad va a volver Grace a la política? —pregunto—. ¿Es cierto que te han llamado por teléfono?

—Ya veo que este ambiente tan romántico te está afectando, blandengue. Sí, el pelota de Brendan me llamó. No les queda mucho tiempo para formar un equipo, estamos en octubre y las elecciones son en menos de seis semanas. No te preocupes, no voy a volver a trabajar para ella, a pesar de que a mi padre le encantaría, o, por lo menos, le haría sonreír.

—¿De verdad quiere que hagas eso? —Menuda pregunta estúpida, ya he visto a su padre en acción.

—Baaa —grita Cal.

Ya hemos entrado en el maizal y las enormes alpacas de heno nos rodean, alejándonos del sendero que conduce al mar.

—Mierda, se me ha olvidado el chupete. —Tim le acerca el pulgar a Cal, pero cuando me ve la cara lo aleja—. Seguro que sí, que mi padre quiere. No sabe por qué se retiró Grace, casi nadie lo sabe. Tu familia, yo, Samantha, que estaba allí cuando sucedió. Y el yogurín de Grace, Clay Tucker, que tiene sus propios motivos para mantener la boca cerrada. Solo hay un testigo de verdad.

Y no tenemos documentos notariales. Grace Reed puede salirse con la suya de nuevo. Maldigo entre dientes.

—Nosotros encontraremos la solución. Este asunto hace agua por todas partes.

—¿Nosotros?

—Nosotros. Puedes contar con mi destreza en la política y mi mente vil y manipuladora, además de otros de mis encantos.

Cal empieza a lloriquear, golpeando el pecho de Tim con la cabeza en busca de comida. Giramos a la izquierda una vez y después otra. Se está levantando un poco de viento y hace una noche fresca muy otoñal. Volvemos a girar y nos tropezamos con Jase y Sam, muy abrazados contra una pared de paja.

—Eh, vosotros dos, que eso de hacerlo en el pajar es una forma de hablar —les dice Tim, chocando contra ellos propósito.

—Fuera —protesta Jase, que apenas separa sus labios de Samantha.

Tim me toma de la mano y me da un apretón. La tiene cálida. Continuamos por un largo pasillo, pasamos junto a unos espantapájaros viejos colocados a un lado y nos topamos a un desaliñado Jack Sparrow colgado de una estaca de madera. Nos encontramos con un par de giros más y me empuja hasta un rincón, apoyando sus largos dedos a cada lado de mi rostro.

—¿Me has pedido un beso?

—No.

—Tienes razón, ha sido más bien una exigencia. Tú lo que quieres es que pierda el control.

Oigo la risa de Samantha no muy lejos de aquí.

—No es el mejor momento para esto, Tim.

—A veces, simplemente, tienes que aprovechar el momento.

Nos besamos en un rincón del maizal a unos seis metros de mi hermano, con un bebé entre nosotros que no para de moverse.

Tim

—No paro de pensar en sexo —le cuento a Dominic, que camina por la playa conmigo, paseando a *Sarge*, su enorme pastor alemán. Dios no quiera que Dominic no tenga un perro tan robusto como él. Yo, por mi parte, llevo a Cal colgado en el portabebés.

—¿Hay algún límite? —Mi amigo toma un trozo de madera y lo lanza con un movimiento limpio de muñeca. *Sarge* lo alcanza, lo sacude con fiereza y lo suelta a sus pies con un movimiento que significa «conseguido, ¡siguiente reto!»

—A cada segundo. A veces, dos veces por segundo. —Menudo capullo soy. No es en sexo en lo que pienso, sino en Alice. En toda Alice.

—Bueno. —Dom mete su mano en el bolsillo de la americana, saca una pelota de tenis y la lanza—. Parece algo normal, Tim.

—Pero muy poco conveniente y siniestro.

—¿Querer tener relaciones sexuales o querer tenerlas con la madre de Cal?

—No. Por Dios, no. A veces en general, a veces con alguien específico. Me pasa constantemente —continúo, tomando una piedra plana y arrojándola al agua. Siempre que lanzo una piedra se hunde como... sí, una piedra—. ¿No sabes eso de que no hagas nada borracho que no harías estando sobrio?

—Sí, eso dicen, pero me parece una estupidez.

—¿En serio? —Me siento aliviado—. Porque mi hermana no deja de intentar convencerme de que esto es un complot de Hester. Me estoy volviendo paranoico y a veces pienso que a lo mejor Nan tiene razón porque, cuando veo a Hester, no me imagino poniéndome cachondo con ella. Nunca.

Alzo la voz poco a poco y Cal se retuerce, moviendo el cuello como para comprobar que estoy bien.

—Y esto mientras piensas en sexo a cada segundo —murmura Dom—. ¿Me lo dejas un momento? Hace mucho... que no tengo a ningún niño en brazos.

—En ocasiones dos veces por segundo, sí.

Me desabrocho el arnés y Dom mueve las manos como si estuviera decidiendo por qué lado agarrar algo que está caliente para no quemarse. Acaba poniéndolas debajo de los brazos de Cal y lo alza, mirándolo a los ojos. Por Dios, tiene lágrimas en los ojos.

Alcanzo una piedra, a pesar de que no es lo suficientemente plana, paso el pulgar por ella y me concentro en las motitas que flotan en el aire y no en las mejillas húmedas de Dom.

—Es tan pequeño... Se me había olvidado —comenta. Se limpia la cara frotándose con el hombro de su americana y se aclara la garganta una, dos veces. Mira hacia el agua, le pone bien el cuello de la camiseta a Cal y vuelve a pasarse el dorso de la mano por los ojos—. ¿Y por qué siniestro? —Mete los dedos en su bolsillo sin fondo y me pasa una piedra plana—. El truco está en la muñeca.

—No lo sé, no quiero herir a nadie.

—Quieres aferrarte a esa posibilidad y mantenerte célibe.

—Sí, claro, y también no dejar de sacudírmela como si no hubiera mañana.

—Qué bonito, colega. —Dom niega con la cabeza—. Así que... sexo, pero con nadie específico, ¿eh? ¿Es eso posible?

—¿Y si fuera con alguien a quien conozco desde hace un tiempo? —comento aparentando normalidad.

—¿Como...?

—Nadie en particular —murmuro.

Me mira como diciendo «sí, claro» y suspira.

—Tómatelo con calma, Tim. Trabaja en tu autocontrol, estás empezando a pensar con claridad.

Tiene razón, pero...

Sí, sí estoy pensando con claridad... en Alice. Por primera vez en ella, en nadie más, pero...

—Lanza la piedra, amigo —me anima—. Puedes controlarlo.

—No se me da bien.

—Hazlo de todos modos.

—Me siento como un maldito karateca. ¿Estás dándome algún tipo de lección?

—Soy portugués, a nosotros nos gusta mantenernos ocupados. Tampoco te va a hacer ningún daño. Solo estoy intentando enseñarte a lanzar piedras. Es un arte en extinción, como tallar.

—No pienso aprender a tallar.

—Siempre estás diciendo que necesitas algo para mantener las manos ocupadas —señala—, aparte de lo que ya haces. Además, es algo que puedes enseñar a tus hijos.

—Para entonces ya será el hijo de otra persona.

—No me refiero solo a Cal, Tim. —Me mira—. ¿Cómo te va con él? —Arrastro la arena con un dedo del pie, sosteniendo con tanta fuerza la piedra que los filos se me clavan en la palma.

—Ahí va, bien. No va mal. No lo sé.

—Eso son cuatro repuestas distintas, ¿cuál es la de verdad?

Lanzo la piedra y esta se hunde de inmediato.

—¿Sientes que es tu hijo? ¿Que te pertenece?

Sí. Dios mío, sí. Mierda. Pillado totalmente por sorpresa, me agacho, con las manos sobre las rodillas. El bebé me importa. No me siento como si tan solo estuviera cuidando de él, esperando a que sus padres regresaran. Siento que cuando está conmigo, está en casa. O lo que es todavía peor, que yo estoy en casa cuando estoy con él. Y con Alice. Y ese es el problema... dejas que la gente entre en tu vida y de repente están ahí, forman parte de ti, salvo que Cal, y en algún momento Alice, desaparecerán algún día.

—¿Tim? —La voz de Dom flota en mi cabeza, distante—. Contesta, Tim.

Sí, sí, de acuerdo. Es normal que me importe Cal, está bien. Así hay menos probabilidades de que la fastidie y me lo deje por accidente perdido por ahí. Está bien. ¿No?

¿Pero por qué preocuparme tanto por eso? Yo tuve un padre que nunca estuvo a mi lado. Ahora será mi hijo el que no lo estará, lo que me convierte en otro padre que no estará a su lado.

Dominic me coloca otra piedra en la mano, me rodea el cuello con el brazo y me da una palmadita en la espalda.

—¿Este es el momento en el que nos abrazamos?

—Una palmada varonil en la espalda será suficiente. Guarda los abrazos para el niño y para la señorita Nadie en particular.

CAPÍTULO 36

Tim

Autocontrol. Alice me dijo que había demostrado tenerlo, pero estoy bastante seguro de que ambos sabemos que no es así.

Sea lo que sea, estoy cansado de manifestarlo con ella.

Cruzo la cocina en dos zancadas, tan rápido que ni siquiera me da tiempo a ver lo que lleva puesto, ni su expresión ni nada.

Muy lentamente, rozo su suave labio inferior con mi pulgar. No tiene pintalabios ni ningún *gloss* pringoso. Solo es ella, Alice. Baja sus oscuras pestañas e inspira profundamente. Trazo círculos con el pulgar por debajo de su mandíbula y le levanto suavemente la cabeza al tiempo que yo inclino la mía.

Es el beso más tranquilo y lento que hemos compartido hasta ahora, muy diferente a los de todas las ocasiones anteriores, en las que nos hemos abalanzado el uno sobre el otro apresuradamente, como si existiera un magnetismo entre los dos. Todo esto es intencionado, como si encerrara un mensaje. Cuando separa los labios, es una declaración más que una invitación.

Inspiro e inhalo el olor de Alice, salado y dulce, picante, a sol. No me pierdo a mí mismo, lo que hago es encontrarla a ella.

Oh, Alice.

En su garganta nace un gemido que nos envuelve. Muevo las manos por su espalda, bajo hasta la parte superior de sus muslos y la acerco más a mí al tiempo que ella hace lo contrario, subir sus palmas por dentro de mi camiseta, apoyarlas en mis hombros. Siento su piel cálida bajo mis dedos.

Para mi sorpresa, nuestros besos siguen siendo tranquilos. Estamos totalmente alineados; me apoyo en la pared, la atraigo hacia mí y muevo los dedos por su espalda, por sus piernas.

Debería parar. Voy a parar, pero antes voy a aprovechar este último minuto. Y este. Y el siguiente y...

—¡Hala! Mami, Alice y Tim se están besando en la cocina.

Alice se aparta de mí y ambos nos volvemos hacia George, que lleva una camiseta en la que pone: CONOCÍ A PAPÁ NOEL EN EL TREN ESSEX STEAM y unos pantalones rosas.

—Estabais besándoos —repite, por si no lo habíamos.

—George... —Alice mueve la mano en círculos, como si tratara de encontrar una explicación.

—Besáaaaaaaaandooos —canturrea justo cuando la señora Garrett entra con unas bolsas de la compra, seguida de Jase, Andy, Duff, Harry y Patsy. ¿Qué, no viene también un equipo de rodaje?

—Hola, Tim. —La señora Garrett suelta las bolsas en la mesa de la cocina—. ¿Tienes hambre? Se nos había agotado todo, solo quedaban cereales Cheerios, pero ya traemos suministros.

Alzo la mirada hacia Jase. Esboza una sonrisa triste y saca la comida de las bolsas. Es imposible que no haya oído a George.

Alice

No me sorprende que Tim no se quede.

—Gracias, señora G., pero tengo que irme. Después te veo, Jase. Y, eh..., a ti también, Alice —se despide antes de marcharse.

—¿Por qué estabas besando a Tim, Alice? —George no entiende de discreción y me tira del dobladillo de la camiseta—. El beso más largo duró cincuenta y ocho horas. ¿Pararían a beber agua? ¿Podrían haber muerto, Alice? ¿Cómo iban a hacer pipí?

—Seguro que... Yo solo... eh, mamá, te ayudo a sacar eso.

Mi madre no me dice nada mientras llenamos las taquillas, tal vez por discreción o porque quiera torturarme. Jase, que normalmente nos ayuda y que, de hecho, estaba haciéndolo, ha desaparecido, y los demás siempre se esfuman cuando hay quehaceres, así que solo estamos mi madre, George, Patsy y yo en la cocina.

Patsy se me pega a la pierna como una lapa.

—¿Dónde está cari? —grita con la boca llena—. ¿Por qué se ha ido cari? Quiero a cari.

Miro de reojo a mi madre, preocupada por si me pregunta cuánto amor le profeso a cari, pero parece concentrada en sacar la comida congelada e introducir las cajas extragrandes en nuestro abarrotado congelador. Murmuro entre dientes cuando me pone una mano en el brazo y hace un gesto con la cabeza señalando la taquilla bajo el fregadero en la que acabo de meter un bote de helado, un paquete de filetes de lomo, dos cartones de huevos y un tubo de espuma de afeitar, justo al lado del detergente.

—Eh...

Seguro que le doy pena. Me dice que me vaya, cosa que hago, porque soy una cobarde. La dejo vaciando sola las cuarenta y cinco bolsas, o más bien con la dudosa ayuda de George, que lo único que hace es sacar algo, decir «bien, tenemos galletas» y abrir el paquete. Patsy, por su parte, sigue lamentando la marcha de Tim.

—Quiero a mi cari...

Oh, Pats, yo también.

*   *   *

Unos minutos más tarde, sentada en mi cama, hago un esfuerzo por resistirme a ir al apartamento de Tim, cuando se abre la puerta y entra Jase con su serpiente del maíz enredada en el brazo.

—¿Traes a *Voldemort* para que me ataque? —le pregunto. A Jase siempre le han encantado los animales, su habitación parece una tienda de mascotas.

—No, se ha escapado y ha hecho una paradita en el zapatero de mamá.

Se sienta en el borde de la cama de Andy, demasiado masculino para su manta de color lavanda y rosa. He tenido unos cuantos años para asimilar el hecho de que mi hermano es atractivo, pero sus miradas siguen desconcertándome en ocasiones. Inhala una bocanada de aire y la suelta, apoyado sobre los codos, con *Voldemort* deslizándose lentamente por su pecho. Le da una golpecito a la alfombra con la zapatilla.

—Vamos, dilo.

Desliza un dedo por la serpiente.

—Es cosa tuya, Alice. Solo...

Los Garrett nos llevamos unos dos o tres años entre nosotros, lo que llevaría a pensar que estamos muy unidos, pero en la vida real no funciona así. No siempre. Las cosas cambian. No obstante, mi hermano y yo hemos estado muy unidos desde que papá nos llevó a Joel y a mí al hospital a recoger a mamá y a Jase cuando este nació. Para evitar celos por mi parte, como suele pasar, mi madre me lo puso en los brazos y me dijo:

—Este es tu bebé.

Y la creí. Lo estuve llamando «mi bebé Jase» los primeros tres años. Tenía por costumbre colarme en su cuna y tomarlo de la mano por las noches para asegurarme de que durmiera bien, pensando que estaría más seguro conmigo allí. Puede que fuera así, porque ese vínculo entre nosotros nunca ha desaparecido.

Me mira con sus grandes ojos verdes y baja la mirada.

—No te aproveches de él con tu jueguecito, Alice.

—¿Mi jueguecito?

Jase nunca me ha dicho nada sobre ningún muchacho. Yo a él sí (con muchachas, claro), una vez que oí rumores sobre su ex novia, Lindy, y también cuando él y Samantha rompieron durante un tiempo el pasado verano. Lo detuve cuando se disponía a perseguirla para hablar con ella, para hacerla recapacitar. Le dije que dejara que se marchara, que tuviera un poco de orgullo. Al final resultó que estaba equivocada y volvieron a ser pareja.

Tiene todo el derecho del mundo a decirme lo que quiera...

Yo ya le advertí sobre Samantha porque noté que estaba demasiado colado por ella desde casi antes de que hablaran siquiera. Le había visto mirarla mientras ella paseaba por su jardín u observarla por la ventana y perder el hilo de lo que decía. No quería eso para él.

Pero... esto no es igual. Para nada.

Cruzo los brazos sobre mi vientre y me enfrento a la realidad: es exactamente igual, solo que yo soy diferente.

—Tu jueguecito —repite—. El de salir con ellos, dominarlos y abandonarlos. Tim... —*Voldemort* se aleja de su regazo y empieza a descender por la manta de Andy en busca de nuestro armario, de nuestros zapatos. Jase vuelve a enrollarse a la serpiente alrededor de la muñeca, se muerde el labio inferior y suspira.

—¿Qué pasa con Tim?

—Ya ha pasado por demasiado, no necesita más comederos de cabeza ahora.

—¿No vas a pegarle por deshonrarme?

—Estás bastante capacitada para hacerlo tú misma. Si fuera cualquier otro, no me metería. —Una sombra cruza su rostro. Me mira a los ojos—. Es más, ¿qué ha pasado con Brad? Os vi corriendo juntos la semana pasada.

—Se ha terminado. Definitivamente.

—¿Y él lo sabe? —me pregunta con tacto. Se coloca a *Voldemort* alrededor del cuello y lo sujeta cuando este se desliza por su camiseta.

—No quiero darle falsas esperanzas, Jase. Ni tampoco jugar con él. Se lo he dejado claro. No le ha gustado, pero se acabó.

—Cuéntamelo si hay novedades de él. —Se levanta, enrollándose a la serpiente en el brazo esta vez—. O si necesitas ayuda.

—¿J.?

Se detiene en la puerta.

—No se trata de mi jueguecito. Con Tim, no. No sé lo que es, ni siquiera sé lo que estoy haciendo, pero no tengo intención de hacerle daño.

Levanta una esquina de la alfombra con el pie y la suelta.

—Alice...

—¿Qué?

—Puedes hacerlo mejor. —Sale de la habitación antes de que pueda responderle, discutir o defenderme. O contarle la verdad.

CAPÍTULO 37

Alice

—Solo pasaba...

—¿Por aquí? —Tim abre la puerta. Apoya un brazo en el marco, se aparta el pelo de los ojos y su sonrisa pasa de ser dulce a traviesa cuando me mira—. ¿Has decidido no volver a colarte en el apartamento cuando no estoy, Ricitos de Oro?

—La última vez fue peligroso, ahora intento ser civilizada.

—Vaya, volvemos a la profesionalidad y a las normas. Pensaba que ya habíamos superado eso.

—¿Te refieres a lo de que nos hayan pillado? Jase me ha dicho que me aleje, que no te utilice para mi jueguecito de salir con ellos, dominarlos y abandonarlos.

—Ya, yo también he tenido mi ración, pero aquí estás.

—Sí, aquí estoy. Ven conmigo afuera —le pido.

Baja los escalones y caminamos por la hierba húmeda por el relente hasta el patio trasero. No me hace preguntas, aunque se nota que tiene unas cuantas. Lo guío por detrás de la verja de al lado de la piscina, junto a la casa de muñecas que mi padre empezó a construir este verano y que sigue oliendo a hierba recién cortada.

—¿Vamos a acampar aquí? —Tim examina la tienda de campaña verde militar. Hay una luz eléctrica y el suelo está cubierto de mantas, cojines y sacos de dormir.

Me encojo de hombros.

—No hay por qué... Duff estaba celebrando una fiesta de pijamas, pero les ha dado miedo. Ya están todos dormidos y había pensado que...

—¿Vamos a contar historias de miedo? O podemos jugar a verdad o atrevimiento.

—No es lo que había pensado...

—Por mí de acuerdo. —Se pone de rodillas y entra en la tienda de campaña cuando de repente se detiene un momento, posiblemente al ver la caja de preservativos a un lado de la tienda, sobre una pila de libros de Duff. Continúa moviéndose, junta dos cojines, uno al lado del otro, estira los sacos de dormir de nailon verde oscuro, se vuelve hacia mí y estira los brazos por encima de la cabeza.

Bajo la tenue luz todo resulta sorprendentemente vívido: el pelo rojo oscuro despeinado, su mirada atenta, una pequeña sonrisa. Baja una mano lentamente y la coloca, con la palma hacia arriba, sobre la manta. Una llamada silenciosa. Sus ojos fijos en los míos.

—¿Tengo que desafiarte a que te atrevas? —me pregunta con cautela.

Me quedo mirando su mano sobre la manta y siento un leve aleteo en el estómago. La tiene llena de callos y con un pequeño corte en la yema del pulgar, por supuesto, sin tirita.

Hay mucho de Tim en esa mano.

—No —contesto—. Esto es más verdad que atrevimiento.

Me acerco a él y deslizo suavemente mi mano sobre la suya. Ajusto mis dedos y noto en su muñeca que se le acelera el pulso, a pesar de que su rostro sigue igual: pensativo, atento; solo sus ojos se muestran expresivos. Mi cuerpo se tranquiliza y se tensa al mismo tiempo.

—¿Puedo preguntarte una cosa? —Continúo antes de que diga sí o no—: Con todas las veces que has flirteado con gente, ahora que estoy aquí, todo es distinto. Es como si retrocedieras. ¿Qué pasa? No te has cansado de mí, ¿no?

Me acaricia la mano con el pulgar, rozándome cada uno de los nudillos. Se la lleva hasta la boca, la besa y la mantiene ahí un segundo, dos. Finalmente me mira a los ojos.

—No, no. Supongo que... quería... que me buscaras tú. Asegurarme de que estamos en esto... eh, juntos. —Se le rompe un poco la voz al decir la última palabra y sus mejillas se sonrojan—. Además, eh...

Tim

«Dilo.»

—Yo nunca... —La voz vuelve a salirme ronca. Alice tiene los ojos fijos en los míos, las pupilas dilatadas y oscuras bajo la tenue luz de la linterna. Verdes con destellos dorados. Inalterables.

«Dilo.»

—Nunca he tenido relaciones sexuales estando sobrio. A lo mejor... lo hago fatal.

Su sonrisa torcida me deslumbra. Aparta la mirada y ahora su expresión no revela nada, ya no es suave y expresiva como hace justo un minuto.

—No es que sea eso lo que va a suceder aquí —añado rápidamente—. Es solo que... ya sabes, quería advertirte...

Observa nuestras manos entrelazadas. Cuando habla, es como si se dirigiera a ellas.

—Siempre he tenido que llevar el control. Nunca...

Escupe las palabras rápidamente, como si fuera un desafío. No obstante, la miro a la cara y soy capaz de leer su expresión.

Ni desafío, ni bravuconería. Está asustada.

Y yo también.

343

Alice

—Nunca... —repito—. Nunca le he contado esto a nadie. Ni a mis mejores amigos, ni a mi madre, ni al diario que no escribo.

—¿Ni siquiera a ti misma?

—No.

Parece estupefacto. ¿Por qué se lo he dicho? Esto solo añade presión. Sin embargo, Tim no parece alterado, solo sorprendido y un poco triste.

Intento tranquilizarle con la verdad más difícil de confesar:

—Tú me haces sentir cosas que no sabía que podría sentir. Si... cuando...

—No hace falta —responde rápidamente.

—Lo sé, no estoy diciendo que tenga que ser aquí ni ahora, solo que hay cosas que no he hecho y que tal vez no sea capaz de hacer. Tampoco es para tanto, así que no...

—La verdad, Alice.

—Eh... —Esta es la verdad sobre mí, ¿qué más puede haber?

—No finjas. Prométemelo.

Tiene de nuevo los ojos fijos en mí y esboza una pequeña sonrisa, un paréntesis en sus labios. Arquea las cejas, esperando una respuesta. Deseándola. Siento una presión en el pecho, algo parecido al dolor, una puñalada, algo que se escapa, que se libera.

—Te lo prometo. —Las palabras me salen en un susurro.

Sus dedos me encuentran, me cubren el corazón, como si lo supiera. Trago saliva.

—Y si tienes, eh..., sugerencias para mejorar sobre la marcha...

—Por Dios, Tim, ¿hay algo que quieras decirme?

—Una o dos cosas.

Vuelve a sonreír, una sonrisa que le llega a los ojos, que le ilumina el rostro. Me encojo de hombros y él me atrae hacia sí. Me acaricia el brazo, arriba y abajo, y la calidez de su mano hace que se me ponga la piel de gallina. Lleva la mano hasta mi rodilla y presiona con el talón con urgencia, a pesar de que su voz es relajada, casi soñolienta, un fuerte contraste con la intensidad de sus ojos.

—Quiero que me prometas algo más, Alice.

—¿Siempre le das tanto a la lengua? —Mi propia voz, ocho octavas más aguda de lo normal, me sorprende.

—¿A la lengua? —Rompe a reír.

Parpadeo y bajo la mirada. Coloca la mano bajo mi barbilla, obligándome a que le mire.

—Lo siento —me dice—. Voy a decirte lo que voy a hacer: voy a mover tu pierna sobre mi cadera. Prométeme que no me vas a dar una patada.

—¿Vas a narrar todo esto?

—Shh. —Me calla con un beso en la comisura de los labios y su siguiente palabra es solo un susurro—: No.

Tengo la pierna doblada sobre su cadera, presionando con la rodilla su cintura. Apenas me toca, su mano levita sobre mi piel, muy cerca, sus dedos me rozan levemente el muslo, la pantorrilla, el tobillo, el empeine del pie. Esta vez sí me toca, presiona con fuerza con el pulgar, después con delicadeza y traza la forma de mi pie, vuelve a mi pierna, apenas rozándome. Inclina la cabeza sobre mi hombro, sin tocarla, pero lo suficientemente cerca para hacerme sentir su aliento, el latido apresurado de su corazón.

—Voy tener que alcanzar la caja de ahí. Todavía no, porque tengo que...

—Vas a narrarlo todo, ¿no?

—Narrarlo no. Apreciarlo. Dame tiempo para asimilarlo, asimilarte. —Me levanta la camiseta por encima del estómago y baja los tirantes. Me toca con sus nudillos ásperos e inspiro profundamente. Él también. Posa la mano sobre mi vientre; su mirada es seria y en su rostro se refleja la concentración, la determinación. Me observa con tanta intensidad que me estremezco. Presiona suavemente su mano contra mi vientre.

—Déjame mirarte. Eres increíble, Alice. —Me toca el aro del ombligo con el pulgar.

Alza la mirada y vuelve a estudiarme.

—¿Qué pasa?

—Yo... necesito saber en qué piensas. —Mi mente está dispersa, escabulléndose por todas partes. La mirada en sus ojos, la sensación de su cuerpo sólido contra el mío, la aspereza de su voz.

—No pensaba que podría llegar a esto. Tener esto... tenerte a ti. ¿Cómo ha sucedido? Y... y... eres preciosa. Sobre todo pienso en esto último.

Me incorporo sobre un codo y tiro de mi camiseta, que se me engancha a un pendiente.

—¡Au! —Me llevo la mano a la oreja.

Con un movimiento rápido me desengancha la camiseta, la lanza a alguna parte y me besa la oreja, haciéndome cosquillas. Estoy totalmente expuesta y él sigue vestido. Me río entre dientes, en parte por los nervios, en parte por la emoción, en parte por un batiburrillo de sensaciones que no he experimentado antes y para las que no tengo nombre.

Me echo hacia delante y meto un dedo bajo la cinturilla de sus *jeans*, rozando con el dorso de la mano su piel. Apoyo la otra mano en su hombro para mantener el equilibrio.

Estamos temblando.

—¿Apago la luz? Por mí no. —Vuelve a hundir el dedo en mi ombligo y justo después se pone de pie.

—Sí, por favor.

—Como quieras. No te muevas.

Tim apaga la luz, pero antes suelta una sarta de improperios, seguramente porque se ha quemado el dedo con el metal caliente. Después oigo el ruido que hace al echar la tela que cierra la tienda de campaña y sus movimientos en busca de la caja de preservativos. La localizo yo antes y se la doy.

—Póntelo.

—¿Que me lo ponga? —Se echa a reír—. ¿Es que estamos en un anuncio publicitario o qué?

De repente estoy tan impaciente que ni siquiera me siento avergonzada. Me echo a reír yo también.

—Olvida lo que te he dicho. Es solo que... date prisa, ¿de acuerdo?

—Jesús, eres una mandona. Espera.

Oigo el sonido de una cremallera, se está quitando los *jeans*.

—Bien, ya voy. Nada de movimientos de *ninja*.

—Corre. —Se cae a mi lado, riéndose tan fuerte que yo también me pongo a reír. Sus labios están en mi hombro desnudo, encuentran un pecho, lo toma con la mano, me acerca a él... pero solo un instante.

Oigo un sonido que nace en mi garganta, frustración.

—Que corra, ¿eh? ¿Por qué tanta prisa?

—Bueno. Queremos lo que queremos cuando lo queremos —murmuro.

—¿Así que quieres algo, Alice? ¿Un vaso de agua tal vez?

Desliza el dedo índice por mi barbilla, trazando una línea que baja por mi cuerpo.

—¿Cereales? —Su aliento sobre mi oreja me pone la piel de gallina. Vuelve a moverse.

Me aferro a él y me siento muy bien.

—¿Qué necesitas? Pídemelo.

—Poder... respirar... estaría bien.

—Respirar está sobrevalorado. —Su boca vuelve a posarse sobre mí—. Cierra los ojos. Tan solo siéntelo, ¿de acuerdo?

*   *   *

Veinte minutos, horas, semanas más tarde, dejo caer la cabeza en la almohada.

—Vaya.

—Exacto. —Tim me roza la nariz con la suya—. ¿De verdad, Alice? No me mientas. De todas formas, ya lo sé. —Tiene un tono triunfal, pero no me importa.

—Yo... —Tomo una bocanada de aire y después no puedo hacer otra cosa que espirar, abrumada—. Ha sido...

De verdad.

Tim

Alice se queda callada y también yo. El pelo húmedo de las sienes se le pega a las mejillas cálidas. Me siento mareado, a pesar de que haya sido ella quien... Casi me da miedo respirar, romper el hechizo; tengo miedo de que se levante y se vaya y... no sé qué hacer.

Se ríe sin apenas hacer ruido. Su vientre desnudo se agita contra el mío y por un momento temo que esté llorando, lo que sería una mierda. Pero no. Ríe. Levanta un brazo y lo acomoda sobre mi cintura. Cuando se mueve, tan solo es para acercarse más a mí.

Intento apartar las caderas, cederle espacio, tiempo para que se recupere, pero mi cuerpo no entiende de eso. El de Alice tampoco. Gracias a Dios.

Alice

Presiono sus hombros y coloco una rodilla contra su muslo para que se ponga bocarriba. Cuando me sonríe, me doy cuenta de que me duelen las mejillas de lo amplia que es mi sonrisa.

—¿Tim? —Le acaricio el pecho con los dedos, los músculos de las piernas, las líneas de los abdominales y vuelvo a subir para tomarlo de la barbilla y besarlo de nuevo, sin decir nada.

—Mmm.

—¿Quieres otro «yo nunca»?

Sus manos se quedan paralizadas en el aire, levitando, como si no supiera qué hacer con ellas.

—Sí, este. —Se cubre los ojos con un brazo y noto que se le tensan los músculos bajo mis manos—. Te qui...

—Ero.

—¡Alice! No me has dejado terminar de contártelo. Era mi primera vez.

—La mía también. Lo siento, pero tenías que saberlo. Tenía que decírtelo. Tim, te...

—Quiero —termina él—. Deja que te lo diga, por Dios.

—Bien, si insistes...

—Por supuesto, esta vez soy yo quien insiste.

Se da la vuelta en la cama y se coloca encima de mí, apoyándose en los codos.

—Te quiero, Alice.

—Demuéstramelo.

—Si insistes...

Tim

Hacer el amor. Cada vez que Hester decía esas palabras me encogía de vergüenza. Es muy distinto a lo que pasa en realidad entre dos cuerpos, no tiene relación alguna. Haces el desayuno, haces tiempo mientras esperas algo, haces equipo con otra gente. ¿Pero el amor? No. Ahora lo entiendo. Es como hacer fuego, aunque no frotando dos palos para lograr algo. Es más como ser al fin capaz de algo, conocer lo suficiente a alguien, sentirte bien por algo que has construido poco a poco.

CAPÍTULO 38

Alice

Estoy en la cocina silbando mientras sirvo cereales para mis hermanos y los bichos raros de los amigos de Duff, Ricky McArthur, Jacob Cohen y Max Oliviera, que son los que quedan de la fiesta de pijamas de anoche. Harry está de mal humor porque por su culpa se pasó la mayor parte de la noche despierto. Yo también, pero no estoy malhumorada. Joel, que ha aparecido con una caja enorme de donuts, todo un estereotipo policial, me sonríe.

—¿Qué?

—Nada, Al, que hay pajaritos y pollitos revoloteando alrededor de tu cabeza. Solo estoy disfrutando de las vistas.

—Los pollitos no vuelan. Ni las gallinas —explica George con la boca llena de cereales—. Eres tonto, Joel.

—En serio, me gusta verte contenta. Pareces menos salvaje.

—Cállate, Joel —le advierto mientras me bebo el café e intento no hacer caso de la explosión de pedos con la que bromean Duff y compañía. Patsy está enfadada porque Harry le ha quitado la taza y la está levantando a una distancia a la que mi hermana no llega. George, por su parte, está en mitad de una tediosa explicación sobre la diferencia entre salvaje y fiera.

—Arcoíris, unicornios, gatitos —continúa Joel, riéndose entre dientes—. Ohhhh, Al.

351

Tim

Estoy con Hester en el Breakfast Ahoy y en la mesa de la izquierda están los miembros del equipo de natación de Hodges, a los que reconozco vagamente. Están ingiriendo carbohidratos como maníacos, empujándose entre ellos, haciendo apuestas estúpidas, discutiendo sobre quién va a pagar la cuenta, criticando las formas o la actitud de alguien en la última reunión, tirándole los tejos a la camarera y haciendo estupideces en general. Es mi equipo de hace cuatro años, yo mismo podría estar ahí con ellos y, sin embargo, me parecen unos desconocidos a los que observo en la distancia.

Todos mis pensamientos vuelven ahora a Alice y a la tienda de campaña: yo aspirando su aroma, mirándola a la cara. En ningún momento apartamos la mirada el uno del otro, tan solo cuando cerrábamos los ojos.

—Eh, ¿qué?

No tengo ni idea de cuánto tiempo lleva hablando Hester.

—... por eso no he traído a Cal. Pensé que así podríamos concentrarnos mejor. Por Dios, Tim. —Chasquea los dedos delante de mi cara. Por favor, qué aburrimiento—. No estarás colocado, ¿verdad?

—No. ¿Concentrarnos en qué?

Rebusca en su mochila de colores, saca un montón de papeles y me los pone delante.

—Este es el formulario de consentimiento para renunciar a tus derechos como padre... se llama desistimiento. Lo único que tienes que hacer es firmar aquí. —Señala la línea con una x y me entrega el bolígrafo.

El boli es marrón oscuro, brillante, con detalles y unas palabras estampadas en color cobre. No necesito acercármelo para saber qué pone: WINSLOW S. MASON, DIRECTOR DEL BANCO DE STONY BAY, STONY BAY, CONNECTICUT.

—Has quedado con mi padre. —Mi voz está desprovista de toda emoción. En realidad, no siento ninguna. Supongo que debería estar sorprendido, pero no. Así está el panorama—. ¿Cuándo?

—Hace dos días —responde sin dudar—. Vino a casa por la tarde y habló con Waldo y conmigo. Creía que tú le habías dicho que viniera para agilizar el proceso.

Toda mi calma desaparece.

—¿Te obligó a hacer algo, Hes? ¿Te amenazó?

—¡No! Fue muy amable, él sabe qué hay que hacer. —Suelta una carcajada—. No como tú y yo, que no tenemos ni idea. Y ya conoces a mi abuelo, sus consejos son un poco turbios, todo suena muy zen. —Sonríe y me sorprendo devolviéndole la sonrisa, sin saber muy bien qué hacer con la cara. Joder, mi padre hace lo que quiere. Bueno, esto casi ha terminado y eso es lo que cuenta, ¿no?

—¿Solo tengo que hacer eso? —Hago clic en el bolígrafo, le doy la vuelta al papel y dibujo un par de círculos para que la tinta fluya.

—Sí. Él lo ha redactado todo. Lo único que tienes que hacer es firmar y después tu padre se lo presentará al juez. Cuando encontremos a unos padres adoptivos, presentamos otros documentos y ellos lo aprueban todo. No obstante, tienes que presentarte allí antes, ya que no estás en el certificado de nacimiento y el tribunal tiene que saber que estás renunciando a la patria potestad de forma permanente.

Doy la vuelta a los documentos. Una camarera atraviesa la puerta de la cocina y se oyen unos chisporroteos, como si hubiera algo quemándose.

Hago clic en el bolígrafo para esconder la punta y vuelvo a hacer lo mismo para sacarla. Me crujo el cuello.

Desistimiento.

Renuncia.

Todo habrá acabado.

¿Todo?

Me duele una barbaridad la cabeza y de repente me siento agotado. Exhausto.

Las noches sin dormir, los pañales, los momentos en los que me siento aterrado porque ha dejado de respirar o porque el automóvil que viene de la calle perpendicular a la mía va a chocar contra mí justo por el lado del bebé. Tener que llevarme al niño a todas partes como si fuéramos uña y carne. Los dedos sudados aferrados a mi camiseta, los llantos que no sé interpretar.

Y también los que sí entiendo, cuando para en mitad de un grito y se queda mirándome, como diciendo «ya está, esto es lo que buscaba». Cómo una simple sonrisa hace que parezca un niño totalmente diferente. No un niño cualquiera. Mi niño.

No me entero de lo que Hester me dice hasta que lleva un rato hablando.

—... tu padre va a venir a mi casa a recogerlos para asegurarse de entregarlos a primera hora de la mañana. Después será oficial, tu trabajo habrá concluido.

—¿Y esta es mi carta de dimisión? ¿O estoy despedido?

Hester se echa a reír.

—Nunca pensé que te comportarías como lo has hecho. Has estado... genial. Cuando hayamos acabado con esto, tendremos algunas entrevistas con los posibles padres, elegiremos y volveremos a nuestra vida. Capítulo cerrado. —Se aparta el pelo de la cara.

Actúa como si estuviéramos pidiendo comida china.

—No nos ponemos de acuerdo en nada, Hester, ¿cómo vamos a elegir juntos a los nuevos padres? —Mi compañera suspira.

—En este caso ambos queremos lo mismo. Waldo y tu padre estarán ahí para mediar, y también el consejero de la adopción, imagino. No obstante, tu firma es solamente una formalidad, si el padre biológico no hace nada, pierde automáticamente sus derechos cuando se produce la adopción, así que si no quieres, no tienes por qué involucrarte.

Otra vez con estas.

—Me gustaría que dejarais todos de actuar como si pudiera elegir si involucrarme o no. Es decir, yo... él es... yo.... —Echo la silla hacia atrás—. Necesito aire.

Me abalanzo sobre la puerta como si estuviera bebido y me dirijo al exterior del Breakfast Ahoy. El ambiente está cargado, huele a beicon y sirope de arce. Las gaviotas revolotean alrededor de los contenedores y la brisa del río transporta un aire fangoso. Me agarro a la barandilla pero, aun así, siento que me voy a caer.

Tengo que acabar con esto. Con todo.

Vuelvo a mi asiento y me encuentro a Hester escribiendo un mensaje de texto.

—¿Tienes alguna foto de Cal en el teléfono móvil? —le pregunto de repente.

—No —me responde arqueando las cejas—. ¿Y tú?

La verdad es que no, no soy muy de hacer fotos.

Hay algo importante que quiero decir, aunque tengo la cabeza tan llena de mierda que no consigo recordar el qué. Tiene que ver con el espacio tan impersonal en el que duerme Cal en casa de Hester, con el horrible mono de calcetín con ojos pequeños que le compró, con cómo se lava las manos con gel antibacteriano antes de tomarlo de mis brazos y después de devolvérmelo, como si fuera a practicar una operación. Como si yo tuviera piojos. O Cal. Tiene que ver con algo nuevo que hace el niño: abrir y cerrar las manos cuando me acerco, como si estuviera deseando que lo alzara en brazos. Con cómo grita cuando alguien no le presta atención durante un tiempo. Tiene que ver con lo de «capítulo cerrado», como si fuera un libro de texto de clase que no volveré a abrir.

Sin embargo, soy incapaz de adivinar la forma que supuestamente ha tomado este calidoscopio.

Hester me mira las manos.

—¿Qué haces?

He desarmado el bolígrafo sin siquiera darme cuenta y ahora lo tengo todo delante de mí en la mesa: el botón, el clip de metal, el cuerpo, la carga de tinta, el muelle, la punta con la bolita… todo esparcido por la mesa, como si hubiera hecho una disección para la clase de ciencias.

—¿Cómo vas a firmar ahora? —Suelta una risita nerviosa mientras rebusca en el bolso de los pañales exasperada.

—No voy a firmar.

—Toma otro. —Me tiende otro bolígrafo del banco con aire triunfal, pero entonces su mano se queda paralizada en el aire—. ¿Qué?

—Mira…. ¿por qué no nos decantamos por una adopción abierta? Para que los padres nos envíen novedades, fotos y toda esa mierda. ¿Qué te parece? Así podremos saber cómo le va, asegurarnos de que todo funciona bien.

—No, yo no quiero eso. Quiero que se vaya. Definitivamente.

—No —replico.

«¿Cómo?»

—¿Cómo?

—No. —Una vocecita en mi cabeza me grita que me calle, que me deshaga de las palabras que se me agolpan en la cabeza—. No voy a hacerlo. Yo…

Casi todas las veces en las que he dicho algo que ha cambiado mi vida ha sido por mi comportamiento inmaduro e insufrible. Esta vez no.

—Es mío, Hester. No voy a deshacerme de él.

—No puedes estar hablando en serio.

—Sí. —Trago saliva—. Hablo en serio.

¿De verdad?

Sí.

Me inclino sobre la mesa y me agarro al borde, respirando como si me hubieran dado un puñetazo. Como le sucede a Alice.

Madre mía, Alice. ¿Qué va a pensar…?

—¿Tim? —La voz de Hester flota en mi cabeza, distante—. ¿Qué pasa?

Muy bien, respira hondo. Inspira. Espira.

Si me llevo a Cal, si me quedo con él, se acabó ser un muchacho de diecisiete años. Tendré que actuar como un hombre, estar a su lado, ponerlo por delante, cuidarlo, buscar guardería y colegio, y, por Dios, ni siquiera sé... Durante años y años y años, hasta que sea mayor, hasta que tenga treinta y siete años o más. Madre mía.

—Tim, piénsalo. Es una locura. No estás en condiciones de cuidar de un bebé. Vives encima de un garaje.

De todas las razones por las que no estoy capacitado para cuidar de un bebé, esa es la menos importante.

—¿En serio? —suelto, recuperando por fin la funcionalidad de los pulmones—. Eres tú quien siempre está llamándome para ir a recogerlo, o para que me quede con él por la noche porque tú no puedes cuidarlo.

—Sí, lo admito, y no quiero esto. No le quiero. Además, me da la sensación de que estás resentido conmigo por todo este asunto —replica—, así que no entiendo por qué quieres seguir con ello.

Mueve las manos y la camarera confunde el gesto con una señal para traer más café. Hester espera hasta que tiene la taza llena y la camarera se ha retirado.

—No puedes estar hablando en serio. ¡Cal ni siquiera tiene cuatro meses! ¿Cómo vas a cuidar de un bebé? Dejaste el instituto.

—No dejé el instituto, me echaron. —Como si eso fuera mucho mejor—. Y no sé cómo voy a cuidar de él, imagino que del mismo modo que he estado intentándolo desde que apareciste en mi apartamento.

La camarera regresa con la tostada de Hester y mis huevos revueltos con patatas. Hester me mira con expresión incrédula.

—Estás loco, Tim. Eres un egoísta. Cal podría irse con una familia, una familia de verdad, con unos padres que se quieran y... y contar con seguridad, y buenos colegios, y... cosas que realmente importan. Y tú crees que está mejor con un padre de diecisiete años que vive encima de un garaje.

—¿Puedes parar ya con lo del dichoso garaje? No te comportes como si fuera un pueblerino que no tiene donde caerse muerto y te ha dejado embarazada. Los dos íbamos al instituto cuando eso pasó, no lo olvides.

—No he olvidado nada —replica mirándome—. Lo único que digo es que Cal no debería sufrir solo porque cometiéramos un error. Yo tengo planes de futuro.

—Tú has planeado todo esto, yo no he tenido absolutamente nada que ver.

—Exacto. —Me señala con el cuchillo—, lo que me hace desconfiar sobre tus habilidades como padre, y eso sin mencionar que eres alcohólico.

—En proceso de recuperación. Un alcohólico en proceso de recuperación, Hester. Y ya soy padre.

Por una vez no tengo apetito y ver cómo Hester unta con mantequilla la tostada me pone furioso. Pone mantequilla en una esquina, le da un bocado, unta un poco más en otro trozo, le da un bocado. ¿Quién come así? Es como si no pudiera enfrentarse a una tostada entera. La camarera, que parece harta de padres adolescentes y alcohólicos en proceso de recuperación de bebés ilegítimos que viven encima de garajes, me da un apretón en el hombro cuando me llena la taza.

Hester suspira y continúa con tono paciente:

—No quiero pelearme contigo. Si necesitas un poco de tiempo para darte cuenta de que estás equivocado, llévate los documentos a casa. Échales un vistazo. Podemos hablar en otro momento.

—No voy a cambiar de opinión —le aseguro.

Se levanta y me extiende los documentos delante, encima de la mesa.

—Entonces has perdido el juicio. Te veo el martes. Ya te llamaré para comentarte dónde puedes recoger a Cal. —Se cuelga el bolso de los pañales y saca un billete de cincuenta dólares—. Con esto hay para la comida.

—Quédatelo —espeto. Otra vez con el billetito de cincuenta. ¿Qué ha hecho mi padre?, ¿darle una propina?

—No, quédatelo tú. Puedes ingresarlo en el fondo para la universidad de Cal. Tal vez él acabe yendo, a pesar de que tú no irás nunca. —Suelta el billete en la mesa, se da la vuelta y se marcha, con su coleta de caballo moviéndose de un lado a otro tras ella.

Alice

—¿Para siempre? Es decir... ¿para toda la vida?

Tim, con las manos en los bolsillos, mantiene la vista fija en el mar y no en mí. Apenas me ha mirado desde que llegó y me dijo «tenemos que hablar» mientras estiraba después de salir a correr, como todas las mañanas.

De repente me sentí alarmada.

Esas son las palabras que siempre empleo yo, la antesala al «esto no funciona». Pero nuestro «esto» acaba de empezar y para mí sí funciona. Funciona muy bien. Ahora soy yo la que está en el lugar de Brad, y tengo que decir que esto me ha pillado por sorpresa.

—Aquí no —añadió cuando Patsy apretó la nariz contra la mosquitera de la puerta y lo llamó «cari» repetidamente.

Insistió en que fuéramos a la playa y me dijo que camináramos hasta el faro. Echó a andar por delante de mí y tuve que apresurarme por las rocas escarpadas para alcanzarlo. Cuando al fin se volvió hacia mí, tenía los hombros caídos y una sombra le cruzaba el rostro, como si esperara que me enfadara o que le criticara. Fue entonces cuando me explicó lo que sucedía con Hester. Lo que quería hacer con Cal.

Le temblaba la voz, tartamudeaba un poco cuando empezó a hablar, pero se fue calmando poco a poco conforme avanzaba.

—Es lo único que tiene sentido. Me necesita y yo necesito hacer esto. Yo soy el responsable, no puedo actuar como si no fuera así y pasar página. Esta es mi oportunidad para arreglar las cosas, para hacer algo bien.

—¿Por ti o por Cal?

La determinación arde en sus ojos.

—Mira, así están las cosas y no nos van a separar. Él me tiene a mí. Yo le tengo a él.

La escarpada roca en la que nos encontramos aún está húmeda por la marea alta de anoche y tiene algunos pegotes de algas marinas aflorando. Sin duda no es el mejor sitio para caminar, pero, aun así, lo hago mientras trato de incluir lo que me está contando a la imagen que tenía de mi vida.

Mi... novio. Mi... Tim. Su paternidad no va a ser solo una nota a pie de página en su vida, una época que recordar. Va a ser una realidad permanente. El padre de Cal, para siempre, con todo lo que ello conlleva. No va a compartirlo con Hester. La cuna va a ser un mueble fijo en la habitación... hasta que Cal sea lo suficientemente mayor para tener una cama. Tim va a necesitar una guardería si se gradúa en el instituto y va a la universidad. (¿Irá? ¿Cómo?). Si encuentra otro trabajo. Necesitará niñeras si queremos salir juntos por la noche. Tendrá que responsabilizarse de vacunar a Cal y enseñarle a tomar comida sólida y a usar el orinal, y todos esos pasos que tan bien conozco; los deberes, tareas, preocupaciones que pensaba que solo formarían parte de mi vida un tiempo más... solo porque estaba sustituyendo a mi madre.

Tim, padre cuando va a cumplir dieciocho años.

Yo.

Y tres, con el bebé. Ja.

Me siento en la roca y siento que el agua del mar me moja los pantalones. Tim se sienta a mi lado, pero no demasiado cerca, con las piernas colgando del borde, y desliza las manos por sus pantalones.

—Ya sé lo que piensas —dice, dirigiéndose a su rodilla.

—Lo dudo. —Ni yo misma lo sé.

—Me di cuenta cuando se lo dije... a Hester. Es demasiado, lo último que necesitas. Me quisiste por.... mi buena presencia, por supuesto, y por mi dosis de testosterona, pero no por todo lo que arrastro. Lo pillo. Pero, Alice, ¿qué otra cosa puedo hacer?

Intenta emplear un tono de voz suave, pero solo consigue uno monótono. Su mirada es triste.

Flexiono las piernas sobre mi pecho, las abrazo y apoyo la barbilla en ellas. Le miro: la nariz recta salpicada de pecas, el pelo demasiado largo de nuevo, las oscuras pestañas y su largo cuerpo abatido... parece mayor que hace un mes o dos.

—No te reprocharé que quieras marcharte, pero espero que podamos seguir...

—No te atrevas a soltarme el discursito de «seamos amigos», Tim Mason.

—¿Ni siquiera somos eso? Joder, Alice. De acuerdo. Lo pillo.

—Me alegro de que lo pilles, porque yo todavía no lo he hecho. Tienes que darme un poco de tiempo.

Sus ojos se encuentran con los míos, sorprendidos.

—Esto lo cambia todo. Dame tiempo para asimilarlo. —Otra situación, otro escenario.

—Todo el que necesites —me dice—. Todo el que tengo.

—Ya. —Le doy un empujoncito en el hombro—. Tenías que hacerlo, ¿eh? Cargarme con la responsabilidad.

—Nadie me ha dicho nunca que mi vida no fuera un asco.

* * *

Son más de las once y todos están dormidos, menos George y yo. Ha tenido una pesadilla en la que aparecían payasos y yo no paro de darle vueltas y vueltas al asunto de las facturas, los bancos y Grace Reed, así que aquí estamos, bajo la manta de ganchillo de la tía abuela Alice, en el salón, yo leyéndole a George mi cuento favorito, *La reina de las nieves*. Gerda es la mejor protagonista de un cuento de hadas que jamás haya conocido; ella no se queda sentada esperando, no, sale al lugar más frío de la tierra a rescatar al protagonista.

A Georgie también le gusta Gerda, le gusta que ella y Kai, el protagonista, vivan puerta con puerta.

—Como Jase y Sam antes.

Se acomoda más cerca de mí justo cuando oigo un golpe sordo en la puerta y que alguien trajina con el pomo. Tiene que ser Tim, ¿quién si no va a ser a estas horas?

Pero es Samantha, envuelta en una cazadora arrugada que reconozco de Jase, con el pelo totalmente despeinado por el viento.

George se le abraza a las rodillas, le dice que la quiere y le pregunta qué piensa de los payasos. Ella no parece escucharle, tiene la cara roja, no sé si por el frío o por el viento hasta que la miro a los ojos, que tiene brillantes, aunque sin lágrimas. Está enfadada.

George se agarra del bajo de su cazadora.

—Sailor Moon, Jase está durmiendo. He ido a comprobarlo porque he tenido una pesadilla, pero no se ha despertado. Tenía la boca un poco abierta, pero no te preocupes por lo que dicen de que cuando duermes tragas arañas. Es mentira. Como lo de que te crece un árbol de chicle si te tragas uno, no es verdad.

—George... qué bien lo de las arañas, pero tengo que hablar con Alice. —Le sonríe, pero habla con tanta rapidez que las palabras le salen atropelladas, como si le faltara el aliento. Tiene los ojos fijos en mí.

Mi hermano pequeño acepta volver a la cama tras jurarle que mañana podrá ver dos capítulos de *Extrañas parejas de animales*. Y de prometerle que no habrá más payasos. Sube las escaleras lentamente, añadiendo más peticiones:

—¿Y helado después de desayunar? No, mejor para desayunar. ¿Me lo prometes?

Justo cuando dejan de oírse sus pasos, Sam dice:

—Acabo de descubrir que mi madre ha estado rellenando mis solicitudes para la universidad ella misma. Son todas para universidades muy lejanas, por supuesto.

Tengo la sensación de que eso podría esperar a mañana, aunque bien se trata de otro detalle para añadir a la lista de cosas que odio de Grace Reed.

—Pero eso no es todo. Hay algo más... me ha contado que has ido a hablar con ella de las facturas, Alice. Se lo he preguntado a Tim y dice que es verdad, que se mostró impertérrita. Basta ya, eso no está bien. Sé lo que le pasó a tu padre, lo vi. Bueno, estaba dormida, pero sé que pasó algo, y no... Bueno, he venido a decirte que iré a la policía o adonde sea. Voy a hacer todo lo que pueda.

En mitad de su discurso me pongo a dar vueltas alrededor de la mesa de la cocina, me llevo las manos a los pelos, tomo una servilleta y la hago pedazos.

Sam me mira con una expresión divertida.

—¿Quieres un cigarrillo? Estás igual que Tim.

—Qué graciosa.

—Él también me respondió así.

—Sam, ¿de verdad estarías dispuesta a hacer esto? ¿Lo de la policía?

—Sí —responde sin dudar—. Llevo semanas pensándolo, desde el accidente. No puedo dejar de pensar en ello, Alice. Y encima ahora esto. —Cierra los ojos e inspira profundamente—. Pero Tim me ha dicho que deberíais hablar con ella antes, porque si las cosas... se ponen feas, si se celebra un juicio, las facturas de los abogados son caras. —Parpadea y sacude la cabeza—. Que lo de las facturas de tu familia podría quedar en suspenso. Tal vez para siempre.

—Maldita sea, es bueno.

Sam se ríe, actuando como en realidad es ella.

—Seguro que él sería el primero en alardear de ello.

—Ya, pero el último en creérselo.

Mi amiga ladea la cabeza, otra vez con talante serio.

—Me alegro de que te preocupes por él, Alice.

* * *

Al igual que le pasa a Tim con Cal, no veo otro modo de actuar. No lo hay. Pero no lo hago porque tenga un gran corazón, un corazón cálido, sino porque soy la única que puede hacerlo, y tengo que hacerlo sola... él ya tiene suficiente con Cal y Hester.

Cuando abre la puerta, me cuelo por el pasillo blanco sin quitarme las zapatillas. Esta vez no me ofrece nada de beber ni tampoco una pequeña charla. Nada, excepto su mirada, al mismo nivel que la mía, que se traslada al montón de facturas que vuelvo a poner sobre la mesa de cristal.

—Son copias, hay más que la última vez que vine.

—Ya lo veo.

—He leído esto. —Tomo el *Stony Bay Bugle* que hay junto a las facturas y se lo tiendo—. Se especula con que la anterior senadora del estado vuelve a la acción.

—Sí, voy a intentar conseguir el puesto de canciller del estado. Soy buena en la política, Alison. Ayudo a la gente, no creo que tenga que darle la espalda.

Se acerca al ventanal enorme que da a su jardín, todavía verde a pesar de que estamos en otoño. No hay una sola hoja en el suelo.

—No espero que lo entiendas, eres muy joven. Se necesita más perspectiva para comprender que un bien mayor...

—Senadora, no estoy aquí para debatir con usted. Aquí tiene las facturas. ¿Quiere el puesto de canciller? Puede empezar con esto. He hablado con Samantha, resulta que a su hija le preocupa más que el padre de Jase no cuente con los cuidados que necesita que cambiar de colegio. No le importa ir a un instituto público.

Grace me mira con dureza.

—A qué escuela va mi hija no es asunto tuyo.

—Ya lo sé. La decisión es suya. También le parece buena idea acudir a la policía como testigo del accidente en el que estuvo involucrada y resultó herido mi padre.

Grace Reed se pone tan pálida como la reina de las nieves. Uno pensaría que es imposible que se ponga aún más blanca, pero sucede.

—No tienes ningún derecho a meterte en esto.

—¿No? —Me río—. Fue usted quien dejó de pagar las facturas. Si no hubiera sido yo, habría sido Jase. Estamos todos dentro, toda mi familia. Así que necesito su palabra. De hecho, necesito más. Necesito su firma en un documento que diga que pagará estas facturas y todas las que lleguen, si es que llegan más. Si no, Samantha cambiará de escuela, lo que le proporcionará más tiempo para pasar con mi hermano.

Lo último ha sido un impulso. Estoy hecha de hielo.

Cuando me guía hasta la puerta, tengo un cheque en el bolsillo, junto a un documento con su firma. Me doy la vuelta para marcharme y ella coloca una mano en mi hombro. Para horror mío, hay una mirada de admiración en su rostro.

—Serías una buena política, Alison. —Me sonríe—. Me recuerdas a mí.

Que Dios me perdone.

CAPÍTULO 39

Tim

Waldo Connolly me abre la puerta con un vestido puesto.

No sé si podré con esto.

Examinándolo de cerca, me doy cuenta de que, en realidad, es una camiseta larga, por debajo de las rodillas, holgada y con unos espejitos alrededor del cuello. No es un vestido, pero casi.

—Entra, Hester volverá pronto. —Se da la vuelta y la camiseta ondea por la parte de atrás, exponiéndome unas piernas peludas a más no poder. Si no fuera relativamente alto, pensaría que es un *hobbit*. Lo sigo, cargando con la sillita del bebé y con Cal. Empiezo a sentir que mi brazo izquierdo es más largo que el derecho de tanto cargar con esto.

«Acabaré asimilándolo.»

Alice no es la única que necesita tiempo.

A mi padre le va a dar algo cuando se entere. Nano se quedará mi dinero para la universidad, eso seguro.

Suelto la sillita y me siento justo al lado. Se levanta una nube de polvo y las motitas que han entrado por la ventana vuelan en el aire con un movimiento tan loco como el de mis pensamientos.

Waldo toma una tetera, saca algo que parece una hoja de palmera del frigorífico y alcanza su machete. Zas, zas.

—Quieres atender a este niño en calidad de padre.

—Sí. En realidad es lo que soy. Pero... sí, de ahora en adelante, eso es lo que quiero. Necesito un poco de tiempo para estar seguro. Zas.

—Suena valiente. Puede que lo sea. ¿Pero cómo lo harás? ¿Vas a reorganizar tu vida alrededor de este bebé? ¿Poner a Calvin entre tú y tu horizonte? —Zas, zas—. ¿Estás listo para defenderlo por amor?

¿Podría hablar menos como si fuera una galleta de la fortuna? Me duele la garganta y el estómago desde que hablé con Hester y se lo conté a Alice. ¿Me estará saliendo una úlcera? Waldo recoge los trozos que ha cortado, los pone en la tetera y enciende el fuego con un movimiento rápido de muñeca. Parecen hierbajos.

—Mire —comienzo—, no sé qué me está diciendo. A lo mejor piensa que... hago las cosas sin pensar, pero no es así. Tal vez Hester pueda pasar página y olvidar todo esto, pero yo no. Yo no soy así, ya no. Ni siquiera tengo que verla, solo he venido a recoger las cosas de Cal.

Waldo retrocede hasta la encimera y me mira con expresión impasible. Tantea por detrás de su espalda sin apartar la mirada de mí, ¿está buscando el machete? No, solo quiere un colador para el té.

—Has desarrollado un vínculo con ese bebé.

—¿Usted no? Usted le dijo a Hester que se lo quedara un tiempo.

—Yo tengo sesenta y cuatro años, Tim. Sé que esas decisiones irrevocables necesitan tiempo. Michelle, la madre de Hester, no se casó cuando la tuvo y se arrepintió. Hester es demasiado joven para empezar a acumular responsabilidades.

Se da la vuelta y vierte el agua hirviendo y los hierbajos en dos tazas de barro. Me tiende una y la alza la suya, para brindar conmigo.

—La verdad que alberga nuestro corazón puede realmente encadenarnos.

Deja su taza en la mesa, apoya la barbilla en las manos y me mira intensamente desde debajo de sus pobladas cejas. Le devuelvo la mirada. Ya puede ir parpadeando él primero.

—¿Habéis hablado Hester y tú de Alex Robinson?

¿Quién? Ah, sí, el exnovio de Hester que le puso como excusa la distancia. Es la excusa preferida de los imbéciles en todas partes.

—Un poco.

—Quizá deberías explorar esa cueva con una luz mucho más potente. —Alcanza un bote de miel y se echa un poco en el té con una extraña cuchara de madera.

Su tono es serio, el mismo tono que emplea la gente cuando da malas noticias. No sé por qué, pero me da un escalofrío, y eso que la cocina está cargada de vapor.

—¿Puede dejar toda esa mierda? ¿Qué quiere decir?

Waldo se pasa la mano por el pelo canoso.

—Alex y Hester estuvieron saliendo juntos mucho tiempo. —Se concentra en remover con insistencia el té. Todo está en silencio, a excepción del ruido de la cuchara.

«¿Y qué? ¿Qué pasa con...?»

—No oí hablar de ti hasta que el niño tenía varias semanas.

—Hasta entonces, Hester no paraba de insistir en que era de Alex. —Sigue mezclando el té con la cucharilla—. No te mencionó hasta que a Calvin le creció el pelo.

El latido que se oye es el de mi corazón.

—Pero... tiene mi pelo y...

Waldo no dice nada, se retira de la encimera y sale de la cocina para regresar pasados unos minutos con una fotografía en la mano. Me la tiende.

—Admito que el bebé se parece mucho más a ti. Aun así, este es el padre de Hester. Mike Pearson.

Miro la fotografía. La madre de Hester, que sigue pareciéndose a Madonna en sus años mozos, se está riendo; tiene un hoyuelo en la mejilla y otro en la barbilla, y el pelo castaño y rizado sobre el vientre de un hombre descamisado. Un hombre con el pelo casi tan largo como el de ella. Tan rojo como el mío.

—¿Quieres que te sea claro? Hester y tú tenéis una conversación pendiente.

*   *   *

Estoy atrapado en una contracorriente y me siento como si el agua quemara y estuviera pegajosa, como si fuera alquitrán recién vertido. Solo siento confusión.

«Se parece a mí. El pelo, el hoyuelo... Todos lo dicen.»

Todos menos Nan. ¿Pero qué sabe ella? Seguro que está metida en las drogas.

Waldo se ha tomado el té y se ha ido escaleras arriba murmurando entre dientes, como si no acabara de emplear su machete contra mí.

Me llevo las manos a los pelos y tiro con fuerza, me desplomo en la silla y vuelvo a levantarme para mirar al niño. Mirar y mirar y mirar un poco más. Veo su pequeña sonrisa iluminar su rostro cuando bajo un dedo por su mejilla, cómo se contonea y me toma con fuerza del dedo sin despertarse, y eso que suele hacerlo con facilidad. «Como yo, como yo.» Ladea la cabeza y la acerca a mi brazo para asegurarse de que estoy aquí. Ahora lo entiendo todo: es mío, yo lo hice y lo quiero.

Mierda, mierda. Me vuelvo a sentar en la silla y extiendo las piernas sobre una especie de sujetalibros que hay a mi lado sin importarme una mierda darle una patada a una estatua rara de narices de una muchacha con muchos brazos.

Oigo un clic en la entrada principal y Hester recorre el pasillo hasta el salón con su andar silencioso que solo oigo porque estoy esperándola y mis sentidos están agudizados.

Está comprobando el correo y no me mira cuando me acerco.

—Tenemos que hablar.

Se sobresalta y se lleva la mano al pecho, de modo que las cartas caen al suelo.

—¿Sobre la adopción? ¿Has cambiado de opinión?

—Vamos a empezar por otro momento —sugiero con ese tono de voz misterioso que he aprendido tan bien de mi padre—. Digamos, por ejemplo, por el pasado otoño. Vas a tener que contarme algo.

Hester se sienta en una banqueta y me mira con ojos de cordero degollado. Nunca ha mirado a Cal así.

—¿Por casualidad te hizo Alex Robinson una visita a principios de noviembre?

«Deberías poner una expresión confundida. Di que no sabes por qué lo pregunto.»

Pero no parece confundida, ni tampoco me pregunta por qué quiero saberlo.

—Calvin es tuyo. Creo.

—Crees.

Y después una riada de palabras: sí, Alex vino a casa un fin de semana por el día de los Veteranos, pero él es muy responsable. Pensaba que era de él, deseaba que fuera de él, por supuesto, pero después vi su pelo...

Siento como si alguien me diera un puñetazo en el estómago con un puño ardiendo.

—¿Hemos tenido relaciones sexuales alguna vez?

—Hicimos el amor. —Suspira—. Nunca mentiría acerca de eso. Puedes preguntárselo a mi amiga Michaela, o a Jude, o a Buck. Se lo conté a todos después de la fiesta.

—Eso no fue hacer el amor. Fue esperma conoce a óvulo. O puede que ni eso. Cuéntame la verdad.

Toma un cojín del suelo, se abraza a él y empieza a temblar y a sollozar.

—La verdad es que espero que sea tuyo. Pensé... pensé que era de Alex. Tuvimos relaciones, así que quería que fuera de él. Sin embargo, lo único que me dijo cuando se lo conté es que estaba seguro de que yo lo solucionaría. ¡Que lo solucionaría! Como si fuera un problema de geometría o algo por el estilo. Que hiciera lo que hiciese estaría bien. ¡Bien! Nada estaba bien, Tim. Querían expulsarme de Ellery, ¿sabes? Waldo habló con su abogado y les dijo que no podían hacer tal cosa, pero tuve que seguir yendo el resto del año, graduarme, y todo sabiendo que querían echarme. Alex no tuvo que pasar por eso. Tú tampoco. Lo único que tuviste que hacer fue enrollarte conmigo una sola vez.

Soy capaz de sentir mis manos alrededor de su cuello, apretando con fuerza, oprimiendo el pulso, los tendones, la piel. Flexiono los dedos, los aprieto y los dejo sobre mis muslos.

—Ya, muy bien, pues resulta que ya te has enrollado con dos personas.

Me aparto de ella.

—¿A dónde vas?

—A algún lugar seguro. Me llevo a Cal.

—No tienes por qué hacerlo. —Atraviesa el salón y me agarra del brazo.

—Se viene conmigo. No confío en ti.

Alza la barbilla y asiente.

—Muy bien, lo acepto. Puede que lo merezca. Pero yo soy su madre.

—Tiene que ser estupendo saberlo con seguridad. Aléjate de mí, Hester.

CAPÍTULO 40

Alice

Tim yace tumbado sobre la hierba bocarriba, mirando al cielo, cigarrillo en mano, y un remolino de humo flota por encima de él.

Cuando me siento en el último escalón que conduce al apartamento, a su lado, ni siquiera se vuelve. Casi se ha terminado el cigarrillo. Miro cómo saca otro del paquete de Marlboro, lo enciende y tira el primero en una taza de café, donde se apaga con un siseo.

—¿Te ha contado tu madre lo que pasa? —Su voz está vacía de sentimientos y parece como si no le importara la respuesta.

—Ahora mismo. Cal está bien, George estaba cantándole. ¿Dónde estabas?

Da otra calada.

—He ido a la ciudad. Me había quedado sin pañales. Y sin cigarrillos.

—No deberías hacer eso si tienes el parche puesto.

Me acerca la taza. En el fondo, flotando sobre un par de centímetros de café y junto a unas seis o siete colillas, está el parche de nicotina.

Exhala un anillo de humo y de repente se da la vuelta, apoyándose sobre el estómago, y apaga el cigarrillo presionándolo contra el suelo, con una mirada afilada.

—Hay tantas cosas, tantas partes de él que se parecen a mí. No dejo de repetírmelo. Pero es probable que tú sepas más que yo de factores médicos, genéticos o lo que sea.

Se me ocurren unos cuantos factores, como si los estuviera leyendo en la pizarra del colegio.

—No es tan sencillo lo de las características físicas. No se trata solo de genes dominantes o recesivos. ¿El hoyuelo de la barbilla?

Asiente, con los ojos fijos en los míos.

—Puede que sí, puede que no. ¿El pelo rojo? Lo mismo. Cada característica la controla más de un gen. A saber. El hoyuelo de la mejilla es más raro.

—La madre de Hester tiene uno. Así que me estás diciendo que no hay forma de saberlo. ¿Y con un análisis de sangre? —Se remanga la camiseta hasta el codo, como si tuviera un tubo de ensayo y fuera a practicarle una venupunción aquí y ahora.

—Eso solo descarta.

Se restriega los ojos con el talón de la mano, sacude la cabeza y vuelve a dejar caer los puños. Por la expresión de su rostro parece perdido, asustado, frustrado. Barba incipiente y ojeras aparte, me recuerda a la cara que pone George cuando no puedo explicarle de forma exacta, científica, por qué un asteroide no va a chocar contra la tierra, cuando no puedo asegurarle que no hay ninguno que ya se esté aproximando a nosotros.

Me suena *Eye of the Tiger* en el teléfono. Voy a silenciarlo, pero en ese momento las manos de Tim salen disparadas y me quitan el teléfono de los dedos.

—Para ya —gruñe al teléfono.

Se oye un rugido proveniente del otro lado de la línea.

—Te he dicho que pares de una puta vez. Déjala en paz... Sí, te obligaré a hacerlo.

Prácticamente le está mostrando los dientes al teléfono y en un segundo toda mi preocupación se convierte en furia.

—¡Déjalo!

—Es él quien tiene que dejarlo.

Le quito el teléfono de las manos.

—Para ya, Brad, esto no es propio de ti. Si sigues así pediré una orden de alejamiento. Ya está bien.

Cuelgo y enseguida bloqueo su número con dedos veloces. Después lanzo el teléfono a la hierba.

—Ya está, solucionado. Todo controlado, no te necesito... —«para que lo arregles» iba a decir, pero antes de hacerlo, Tim levanta las manos.

—Ya, tampoco me necesitas tú. Qué bien, Alice. Gracias. Tiene que ser fantástico tenerlo todo controlado, saber controlarlo.

—Deja de actuar como si fueras el único que nunca siente nada. Podemos resolverlo. Te...

—Pero no es problema tuyo, ¿no, Alice? No quiero que también me tengas a mí controlado, no quiero convertirme en otro punto de tu lista de gente a quien rescatar, de cosas que arreglar. Paso. ¿Cómo se supone que voy a arreglar esto? Mi hijo no es... puede no ser mi hijo, joder.

Le tiembla la mano al tomar de nuevo el mechero, pero aún le tiembla más cuando intenta encenderlo y no sale la llama. Se lo arrebato, lo enciendo y pongo la llama en el cigarrillo que tiene entre los labios.

Le ayudo a hacerse daño.

Y continúo hablando:

—Fumar no va a ayudar a Cal, seas su padre o no.

—Vaya, gracias. Se me había olvidado lo mayor y sabia que eres. Seguro que hasta eres lo bastante madura como para sentirte aliviada por esto. Ya no necesitas tiempo para asimilarlo —dice entrecomillando las palabras con los dedos—, ¿no? *Bye bye baby*.

—Estás actuando como un crío, Tim.

Se ríe.

—Sí, ya. Gracias por dejarlo claro.

Todavía riéndose, se mete en el Jetta y sale a la carretera. Se va.

Tim

«Voy a ser como él.»

Si Cal no es mío, no podré quedarme con él. Seré otro Mason que no tendrá fotografías de su hijo en las paredes.

Tengo el corazón acelerado, a lo mejor es por la tensión, o por la nicotina, ya que me fumé unos cuantos cigarrillos antes de acordarme de quitarme el parche. Me da igual. Enciendo otro, a pesar de las ganas de vomitar.

Mira que he roto reglas, pero nunca se me había ocurrido entrar en el santuario de mi padre mientras él no estaba, mucho menos colarme en casa. Me desmorono en su silla acolchada y doy vueltas sobre ella con las piernas extendidas. Nunca hice esto de pequeño.

Después de girar otra vez con la silla me coloco de frente al escritorio, en el que hay un montón de carpetas azules alineadas, un lapicero metálico lleno de bolígrafos del banco, un calendario de mesa en el que están apuntadas las fechas de los partidos de *hockey* de Nan y una nota a finales de mes: «Centro de servicios de adopción Crawley, 3:30 p.m. Llevar historiales médicos, certificado de nacimiento».

El único sonido que inunda la habitación es el suave burbujeo de la pecera, pero no hay peces. A mi padre le gustan las caracolas marinas. Ahí están, deslizándose por la pared de la pecera y meciéndose sobre las hojas de lechuga con las que se alimentan cada cinco días o así. No requieren mucha implicación, no hace falta prestarles atención. Ni siquiera necesitan unos cuidados generales.

Doy otra vuelta en la silla y esta vez arremeto con los pies contra la foto de la boda —mi madre con unas mangas acampanadas, mi padre con una corbata brillante de seda—, el lapicero y la foto de la graduación de Nan en secundaria con el birrete de Hodges. Se caen del escritorio y aterrizan en la papelera; menuda canasta perfecta, tan buena como los lanzamientos de periódico de Jase. Y eso que no lo he hecho aposta.

Me parece oír una puerta cerrarse, pero de nuevo todo se queda en silencio.

La cubitera plateada está perfectamente colocada en su sitio, justo al lado de la botella de *whisky* y un vaso alto de cristal. No tengo por qué molestarme en echarle hielo. Queremos lo que queremos cuando lo queremos, ¿no? Echo líquido en el vaso. Un dedo, dos dedos, tres. Se derrama en mi mano y el calendario. Me limpio la mano en la camiseta, pero el calendario ya puede arreglárselas por sí mismo.

«Todavía hay posibilidades de que seas su padre. No hagas nada de lo que te puedas arrepentir.»

Pero Cal no está aquí, está a salvo con los Garrett. No hay nada que detenga mi mano de tomar el vaso, levantarlo, darle la vuelta y fruncir el ceño.

Una costumbre de mi padre.

No creo que haya suficiente *whisky* en el vaso, se me ha derramado una buena parte. Huele a desinfectante o a esa cosa roja que mi madre echa en las heridas.

Estoy inclinando el vaso y separando los labios cuando la puerta del despacho se abre.

CAPÍTULO 41

Tim

—Oh, Tim.

Nan cierra la puerta tras ella tan suavemente que apenas hace ruido, ni siquiera el característico clic del pestillo, y se queda ahí, con la mirada desenfocada y soñolienta que tiene cuando se acaba de despertar, esperando a que el mundo cobre sentido.

No puedo ayudarle con eso.

—¡Salud!

Se acerca a mí, con los dedos presionados contra sus labios. Y de nuevo:

—Oh, Tim.

Ni siquiera parece sorprendida.

Vuelvo a llevarme el vaso a la boca. Mi hermana sacude la cabeza con la misma expresión en el rostro, los mismos ojos tristes de un spaniel y las comisuras de los labios hacia abajo. «Ya estamos otra vez.»

Respondo a las palabras que no necesita articular, ya que las ha dicho tantas veces en esta misma habitación que posiblemente floten entre nosotros. Entonces capto el olor que la envuelve, como a hierba quemada.

—No me juzgues, Nano. No eres precisamente un ejemplo de moral. —Huelo el ambiente con un gesto exagerado.

Levanta el brazo y olisquea la rebeca azul marino de Hodges. Arquea las cejas, como si le sorprendiera el olor, y luego se desmorona, sus ojos se vuelven aún más tristes y su rostro más pálido.

—Tú no...

Me río, un sonido penetrante en la habitación silenciosa, y ella se ruboriza.

—¿Sabes qué? Se me ha olvidado contártelo. Lo único que intentas es escabullirte de todo lo que pasa. ¿Qué demonios haces con esto en la mano?

—Tardar muuuuucho en llegar a mi boca.

Vuelvo a inclinar el vaso, pero como lo sigo teniendo demasiado lejos de los labios, se me derrama en los *jeans*. Jo.

Mi hermana estira el brazo, creo que para quitarme el vaso, pero lo que hace es posar la mano en mi hombro.

—Me gustaba el muchacho en el que te estabas convirtiendo. Me sentía orgullosa de ti. En dos meses has sido diez veces mejor padre que papá.

—Pero quiero a mi hijo. Vaya... al niño.

Me arrebata el vaso de la mano y se lo permito, aflojando los dedos. Lo posa sobre el calendario del escritorio, lo centra, como si le fueran a regañar por no hacerlo, y se vuelve hacia mí.

—Seguro que él también te quiere, pero no sabe demostrarlo.

—Tampoco es tan difícil, Nan. Hay que demostrar a la gente que te importa, hacer lo que tengas que hacer para que lo sepan.

Baja la mano que me ha puesto en el hombro y tira de mí para que nos sentemos en el sofá dándonos la mano, como hacen los niños en los cuentos.

—A Cal se lo va a demostrar un padre borracho.

Y de repente lo suelto todo, sobre Hester, Alex Robinson, Alice.

—Pero ¿qué pasa con esos Garrett? —Suelta una risa áspera como si le hubiera arañado un gato—. Primero cae Samantha y ahora tú.

—Ellos saben ayudar a los demás. Pero ni tú ni yo somos muy buenos en eso.

—Tú sí —replica inesperadamente—. A ti se te da bien.

—Ya, claro.

Me mira a los ojos.

—Te debo mi nota media. Mis altas calificaciones en inglés. Eso. —Señala el recorte de periódico enmarcado en el que sale ella en el desfile del cuatro de julio.

He esperado toda la vida a que me diga algo así, a que lo admita, y ahora no siento nada; es como algo que quieres desesperadamente para Navidad pero que olvidas en el momento en que tiras a la basura el papel de regalo.

Mi hermana, sin embargo, me mira con esos ojos de spaniel, como si me hubiera dicho algo importante y tuviera que decirle lo especial que es, lo mucho que significa para mí. Exhalo un suspiro.

—Ya, Nan. Plagiabas mis trabajos y yo no decía nada. Soy todo un héroe.

—Me ayudaste, Tim. Permitiste que siguiera haciéndolo y no se lo contaste a nadie.

—Igual que tú, que no soltaste prenda acerca de que tenía más drogas que una farmacia. Bien por nosotros, en el próximo desfile del 4 de julio estaré a tu lado. Los Mason al poder.

Voy a tomar de nuevo el vaso, pero ella me da un golpe en los nudillos, como si fuera una profesora antigua.

—Me ayudaste —repite.

—Nan, que te ayudara te hizo pensar que eras una mierda. Te costó tu amistad con Samantha, si no estoy equivocado. Se supone que la ayuda no te hace sentir más débil ni más perdida. Igual que Troy suministrándote toda esa mierda.

—No digas eso —me advierte con voz aguda.

No sé a quién defiende, tampoco me importa. Cierro los ojos. Volvería a beber, pero el vaso está lejos. Me duele la cabeza.

—Me ayudaste.

—Deja de decir eso, Nan. Qué importa. Tal vez vayas a Columbia. Puede ser. ¿Serás feliz allí? Yo no estoy seguro.

Las lágrimas caen por sus mejillas. Suena igual que Cal, perdida, triste y segura de que no hay nada en el mundo que pueda ayudarla. La rodeo con los brazos, le doy unas palmaditas y trazo círculos en su espalda. Hago lo mismo que con el niño, excepto hacerla eructar, y mientras ella sigue llorando, como si esperara una palabra mágica o un gesto de mi parte.

—Podrías haber preguntado —le digo, que es totalmente lo contrario a un intento de animarla—. Te habría... no sé, te habría ayudado sin que tuvieras que apuñalarme por la espalda.

Nan suspira.

—¿En aquel entonces? No me habrías dado un vaso de agua ni estando en el desierto, no me habrías apartado del trayecto de un meteorito. Estabas tocado, Tim, ¿no te acuerdas?

Le doy un apretón en la mano y la acerco más a mí para que apoye la mejilla en mi hombro.

—Parece que no me acuerdo tanto como tú.

Tiembla un poco, pero esta vez también se ríe.

—Supongo. Buen trabajo.

Me aparto y la miro. Está completamente despeinada, a pesar del moño que lleva, y con tanta máscara de pestañas parece un payaso aterrador al que solo le falta un fondo de terciopelo negro. Dios mío, qué desastre. Mi hermana loca y estúpida. La quiero tanto.

—Preciosa... Nan, yo... yo no fastidié mi vida para fastidiar también la tuya. Sé que es eso lo que ha sucedido y lo siento. Lo siento mucho.

Me quito la camiseta, le paso una manga y uso yo la otra.

—Uno, dos, tres, sopla —dice Nan contra la camiseta.

Mi madre siempre decía eso.

Durante unos minutos inspiramos y espiramos al mismo tiempo, actuando por primera vez como gemelos.

—Tú no has sido el único en fastidiarla, así que no te lleves todo el mérito, o la culpa. Yo también hice un buen trabajo, pero... pero Tim, tú y Sam erais mis mejores amigos. Tú me abandonaste de un modo, y después ella lo hizo de otro.

—Preciosa, a mí no podías rescatarme, pero a Samantha... a ella sí. Habría bastado una llamada, lo único que tenías que hacer era decirle que lo sentías.

—Ni siquiera sabes qué pasó —señala, justificándose.

A la porra.

—Sí lo sé. —Me echo un poco hacia atrás para que estemos frente a frente. Su cabeza en mi hombro, mi mano en su pelo. Podríamos estar posando para una de las fotografías de gemelos de mi madre—. Se enteró de lo que hacías y la abandonaste. No es una historia muy original, la he vivido un millón de veces.

—Samantha no es perfecta... —inquiere antes de bostezar, como si esto le aburriera.

—¿A pesar de ese cartel que lleva siempre colgado en el que dice que sí lo es?

Suelta una risita.

—Te odio.

—Ya. —Me pongo en pie ayudándome de su hombro y ella se agarra a mi pierna para detenerme. Alcanzo el *whisky* y sus dedos me sueltan y se quedan en el aire—. Yo también te odio, preciosa.

Vierto el *whisky* en la pecera.

Nan se acerca a mí y nos quedamos mirando el agua clara con las hojas de lechuga moviéndose y sus pequeños tripulantes negros. Me siento culpable.

—¿Acabas de aniquilar a un escuadrón de caracolas?

—Puede. He actuado a sangre fría.

Nan mira por encima del escritorio de mi padre.

—Bueno... te viene de naturaleza.

Brindo con ella con el vaso vacío.

—Bien dicho. Sigue así y dejará de haber fotos tuyas aquí.

CAPÍTULO 42

Tim

Nan frota las manchas que tengo de *whisky* y arruga la nariz.

—Puaj, apestas.

—Y me lo dices tú, Bob Marley. Y ya que estamos desvelando nuestros trapos sucios, ¿qué estás haciendo, Nan? Dime la verdad.

Aprovechando el tiempo que tarda en prepararse el café, estamos comiendo algo en la habitación de mi hermana después de haber vaciado el contenido de la cómoda en su cama. Está mejor aprovisionada de dulces que Doanes's, la mayor pesadilla de los dentistas en Stony Bay.

—Estoy quedando con él, con Troy, pero no por las drogas —me cuenta de corrida.

—Entonces es marihuana, claro. ¿Pastillas?

Niega con la cabeza.

—Al principio era por pastillas. Mi proveedor de confianza se marchó y se desintoxicó.

Pienso que está bromeando y me río. Por todos los dioses, yo nunca le he dado nada a mi hermana. No obstante, la miro a la cara y la encuentro completamente seria.

No. No le hacía caso, la provocaba, no estaba cuando me necesitaba, pero yo nunca, nunca eché a perder a mi hermana. Eso lo sé seguro. ¿Puede que haya olvidado eso también?

—Retíralo —le digo, como si fuera un matón de la escuela.

—No fuiste tú y no fue tu culpa. Tim, fui yo. —Cierra los ojos y los vuelve a abrir.

—Nan, por Dios, ¿por qué? Da igual, ¿qué fue? ¿Oxicodona? ¿Percocet? ¿Vicondin? Por favor, Señor, éxtasis no.

—Nada de eso, Timmy. Ritalin. ¿Te acuerdas de cuando fuiste a ese médico que te dijo que tenías trastorno por déficit de atención e hiperactividad porque eras incapaz de concentrarte?

—¿El mismo que pensaba que era bipolar? ¿Porque siempre iba a las citas tras tomar distintas sustancias? Sí, era un genio.

—Pasaste de lo que te recetó, pero yo no. Pensé que haría milagros con mi concentración. Y así fue, por fin conseguí concentrarme en cómo llevar hechos todos los deberes a clase sin tener que hacerlos.

—Ay, Nan.

—Pero me quedé sin recetas, así que acudí a Troy.

—Ese capullo es...

—No me lo vendió, ni me lo dio gratis, ni tampoco hizo mis trabajos, aunque uno de sus hermanos sí hace esas cosas. Pero él... —baja la mirada para después volver a mirarme, ruborizada— me pidió salir. No me juzgues, esa tal Alice es un millón de veces más cabrona de lo que nunca lo será Troy.

—Eso no te lo discuto.

—Mi hermano está enamorado.

—Sí, y, como siempre, tengo mejor gusto que tú.

Alguien toca a la puerta. Nan se sobresalta como un Chihuahua. De acuerdo, tengo que dejar de hacer tantas comparaciones con perros.

—Seguro que es tu novia. —Me da un apretón en el hombro.

—Nan... —Bajo la mirada a mis pantalones manchados de *whisky*, la camiseta con olor a tabaco, las uñas mordidas—. La última vez que la vi fui un auténtico capullo.

Vuelven a llamar a la puerta.

—Baja antes de que la eche abajo. —Abre la puerta del dormitorio y me empuja.

Cuando abro la puerta de la entrada, cubierta de calabazas sonrientes, no me encuentro con Alice. Es Samantha, acalorada, con el pelo alborotado, vestida con el uniforme de Hodges, con la minifalda arrugada y una boina tapándole la maraña de pelos.

—Todos decían que no habías venido aquí... Oh, Tim. Alice me lo ha contado, todo irá bien. Gracias a Dios que estás bien.

Me rodea el cuello en lo que debería de ser un intenso abrazo, pero más bien se asemeja a un estrangulamiento. Da unos pasos atrás, me toma por los brazos a la altura de los codos y me observa.

—Estás bien, ¿no? Esta noche todo el mundo se ha vuelto loco. Mi madre ha perdido los papeles...

—¿Por mí?

—No, porque hice lo que me sugeriste, le dije a Alice que fuera a saco. Pero Alice sí está aterrada por ti...

—¿Está bien?

—Empezó a perder los papeles, pero ya se ha calmado un poco. Está buscándote. Todos estamos buscándote: Jase, Alice, yo, Andy y sus amigos. Su madre está en casa con Cal, y espera desesperada junto al teléfono. George está como loco dibujando carteles de desaparecido, está asustadísimo. Pero estás bien. Dios mío, Tim.

—Pues qué bien, ¿lo sabe George?

—No eres alguien que pueda desaparecer sin que la gente se dé cuenta.

—Ni tú —dice una vocecita detrás de mí.

Samantha afloja los brazos y se aparta para mirar detrás de mí, hacia mi hermana, que está en las escaleras.

—Nan. —Sam suena nerviosa, y, joder, es normal, porque Nan sigue pareciendo Pogo, el payaso asesino.

Nan levanta una mano, sin decir nada, como si le devolviera el saludo que Sam le lanzó en Hodges hace semanas.

El teléfono de mi amiga estalla con *Life on Mars*.

—Dios mío, es mi madre. Da igual lo que pase, sus problemas siempre tienen que ser los más importantes.

Nan suelta un resoplido, pero sin ser grosera.

—¿Recuerdas lo que siempre decía tu hermana? Grace Reed: la novia de todas las bodas, el cadáver de todos los velatorios.

—Se me había olvidado por completo —responde Sam.

—Yo me acuerdo de muchas cosas —prosigue Nan.

—¿Podéis abrazaros ya? Tengo que encontrar a Alice.

Alice

Ahí está, en la playa, dando vueltas, con las manos en los bolsillos y la cabeza gacha. Me detengo y grito su nombre.

—¡Entra!

Tim sonríe cuando me ve, pero la sonrisa desaparece de inmediato. Se sube el cuello de la camisa y se cruza de brazos.

—¿Estás bien? —Salgo del automóvil y él se aparta, pero lo tomo de la manga—. Tim, habla. Soy yo, ¿va todo bien?

—No. Lo siento, fui un capullo contigo, Alice.

—No, no tenía que haber soltado eso de los factores y la genética. Debería haber hecho esto... —Le rodeo con los brazos y apoyo la cabeza en su pecho. Le noto temblar, puede que esté sollozando. Se agacha y yo me pongo de puntillas, junto mis labios con los suyos, que se separan, cálidos, dándome la bienvenida, con sabor a cerveza de raíz. Posa una mano en mi nuca y la otra en mi cintura.

Solo cuando me separo para respirar detecto un olor a tabaco y a algo medicinal...

Trago saliva. Tim me dedica una mirada arrepentida.

—Sí, es exactamente lo que piensas.

Absorbo sus palabras y me trago cualquier cosa que pueda decirle.

—Solo lo he consumido externamente. Pero ¿sabes qué? Me parece que no es el olor que mejor me va. Necesito algo más almizclado, con algunas notas de cuero y cera.

—No has bebido.

—He estado a punto, pero no.

Tim

Dudo un minuto o dos en la puerta del sótano de la iglesia. No solo huelo a *whisky*, sino que, además, estoy hecho un desastre. Me quedó ahí, acordándome de cuando empecé a asistir a las reuniones, al principio con el señor Garrett; me detenía en el aparcamiento, me alisaba la camiseta y me peinaba, justo lo que mi madre habría hecho si fuera de verdad a la iglesia. Como si tuviera que cuidar mi aspecto externo porque para mi interior no había remedio. Después de un par de pasadas, el señor Garrett se reía y me quitaba el peine de las manos.

—El fotógrafo oficial no ha venido hoy, Tim. A Alcohólicos anónimos puedes venir como realmente eres.

Sí, aquí no juzgan a nadie. Le dije a mi madre que por eso necesitaba a estos extraños.

CAPÍTULO 43

Tim

En la casa de los Garrett todas las luces están encendidas cuando llego. Veo a la señora Garrett caminando adelante y atrás junto a la ventana de la cocina, con el bebé en los brazos. Con Cal. La moto de Joel está aparcada junto a la casa y la alta figura de Jase lleva una garrafa de leche en el hombro y se pasea por la cocina. Duff, Harry y George están sentados en los escalones comiendo de un cuenco lleno de helado.

Y ahí está Alice, con las piernas cruzadas, esperando al lado de mi casa con una cajita de color rojo y azul en las manos, lanzándola al aire y alcanzándola. Cuando me ve se levanta y baja los escalones corriendo. Extiendo los brazos en un gesto de «aquí estoy» y ella se acerca, me toma de la mano y dobla mis dedos alrededor de la caja: una prueba de paternidad por test de ADN para hacer en casa.

—No tienes por qué hacerlo —me dice—, pero es un modo de asegurarse. Si lo haces rápido, solo tarda dos días.

—Para nuestro siguiente aniversario basta con que me regales una corbata —respondo. Me siento en los escalones y abro la caja para leer las instrucciones.

* * *

Al día siguiente mando las muestras que he tomado del interior de la mejilla a Cal y de mí por correo urgente y con acuse de recibo. Cualquier cosa que sea necesaria, excepto acompañarlas de unos guardias armados. Tras dejar el sobre al dependiente de correos, tengo que hacer acopio de valor para no volver a por él.

Esta es la prueba más dura que jamás me ha tocado pasar.

Alice

—Hay un lado bueno. —Al día siguiente en la ferretería Tim me saluda con la taza de café mientras doy buena cuenta de mi burrito vegano. Me agarra la mano justo cuando me dispongo a lamerme un poco de guacamole del dedo índice y lo hace él mismo, mirándome a los ojos—. Querías tiempo para asimilar y ya han pasado al menos cuarenta y ocho horas.

—Mira, sobre eso de asimilar... Yo nunca he pensado... en decirte adiós muy buenas, ni *bye bye baby* ni nada de eso.

—Olvida lo que dije. Ya está bien de tanta autocompasión.

—Que pase lo que tenga que pasar, Tim. Ya me las arreglaré. Ya nos las arreglaremos, siempre y cuando no te escaquees a darte un baño de *whisky*.

—Trato hecho, si tú no vas a plantarle cara a Grace sola. Cuando le pedí a Sam que te ayudara, no pensé que irías sin mí.

—Era algo entre Grace y yo, tú solo habrías sido una distracción. Me parece que le gustas.

—Por Dios, no. Solo ve en mí a una persona sin principios éticos. Uno de los suyos.

«Me recuerdas a mí.» Dios, nunca podré ducharme lo suficiente para deshacerme de eso.

* * *

—Tenemos que hablar de elecciones, Alice —me dice mi padre.

Alzo la mirada del suelo, donde me hallo de nuevo empaquetando cosas. Se va de la clínica de rehabilitación.

Su tono es serio, así que ya sé lo que me va a decir. Mi madre llegó a la ferretería a la hora del almuerzo y nos pilló a Tim y a mí besándonos. Otra vez. No dijo nada, tan solo se ofreció a llevarse a Cal porque iba al parque con Patsy y George. Estoy segura de que mi padre ya se ha enterado.

—Mira, ya sé dónde me estoy metiendo, no voy a ciegas. Tiene un largo camino por delante y mucho que madurar. Está metido en muchos líos, ya lo sé, y como empiece a beber de nuevo se acabará todo. No voy a pasar por ahí, al menos no de la mano con él. Estaré a su lado, por supuesto, porque... se lo merece, pero no me voy a mudar al apartamento del garaje con un bebé y un adolescente borracho, si eso es lo que te preocupa. Puedo cuidar de mí misma, papá. Siempre lo he hecho, ya lo sabes.

—Eso me tranquiliza, Alice, pero no es de lo que quería hablar contigo. Ya hablaremos de ello después.

—Oh. —«¿Qué más he hecho?»—. ¿Es sobre...?

Mi padre levanta la mano.

—¿Sobre qué, Alice? ¿La ferretería? ¿Tus clases? ¿Cuidar de tus hermanos y hermanas? ¿Hacer que todo funcione en casa? ¿Enfrentarte a Grace Reed? ¿Todas las batallas que estás luchando? ¿En tantos frentes? Y eso sin contar tu vida personal, y lo que pasa con...

—¿El padre adolescente alcohólico en proceso de recuperación al que han echado del instituto y del que estoy enamorada?

Me sonríe.

—Mejor lo llamamos Tim. Sí, sin contar eso y lo que pase o no pase con él, ninguna de las otras son batallas que tengas que luchar tú.

Abro la boca para discutir, pero él me lo impide con la mirada.

—Ninguna —repite con amabilidad—. Sin excepciones.

—Eso es ridículo, papá. Yo... formo parte de esta familia, soy una más. Cuando le sucede algo a mi familia...

—Al... sí, pero no es lo único de lo que debes preocuparte, y ya es hora de que seas Alice, no la protectora de tu familia. Puedes devolvernos ese trabajo a tu madre y a mí.

Me encuentro en una cuerda floja, a medio camino entre un inmenso alivio que me deja respirar tranquila y una sensación de vacío. Esta ha sido mi lucha, es mi trabajo. Miro a los ojos verdes e inmutables de mi padre, relajados como siempre han estado, y niego con la cabeza.

—Papá... tengo que hacerlo. Es mi obligación.

—No, Alice, no lo es. Tú no elegiste tener una familia tan grande, lo hicimos tu madre y yo. No estamos en el siglo XVIII, no te tuvimos para que trabajaras en nuestra granja, o en la ferretería.

—Tú no decidiste que te atropellara un automóvil...

—Y tú no lo conducías. Esto —mueve una mano lentamente por su rostro, sus costillas y todo su cuerpo— ha sido un contratiempo, un grano en el trasero. Pero es temporal. Soy deportista, sé lo que es el reposo, cuándo puedo esforzarme y cuándo no. Puedes dejar de preocuparte por eso.

Las lágrimas se me acumulan en los ojos y me escuecen. Parpadeo y trago saliva.

—Ya lo sé. No voy a dejar de lado mi vida para siempre, solo hasta que las cosas vuelvan a la normalidad en casa.

—¿Cuándo será eso, cielo, cuando esté mejor? ¿Cuando nazca el bebé? ¿Cuando Jase vaya a la universidad? ¿Cuando George y Patsy se vayan? ¿Cuando el nuevo bebé tenga que hacer el proyecto del sistema solar? Nunca van a volver a la normalidad para siempre, todo cambia constantemente, y está bien, las cosas son así.

—Pero papá...

Posa la mano en mi brazo y niega con la cabeza.

—Hablando de equilibrio, dame eso. —Señala las muletas, apoyadas en la silla de ruedas junto a todos los demás aparatos: el andador, el alcanzador, el bastón de cuatro patas. Con una bajo un brazo, se pone en pie, toma la otra y anda unos pasos, da la vuelta, vuelve a la cama y se sienta; me mira y arquea una ceja. Está más blanco que mis zuecos de enfermera y suda más que Jase en mitad de un entrenamiento, pero ha caminado.

—Papá —digo, y esta simple palabra lo significa todo.

—Está chupado —responde, sin aliento—. Para cuando el bebé empiece a andar, estaré corriendo maratones, si no antes. Pásame ese alcanzador, si es que Harry no lo ha vuelto a romper.

Se lo tiendo, ignorando que está resollando. Lo engancha a la mesita de noche, tira y se le cae al suelo. Se lo vuelvo a dar. Esta vez, tira de la mesita más lentamente para después, jadeando, levantar una mano. De repente me acuerdo de Tim corriendo en la playa a finales de verano.

—Dame lo que hay encima, anda.

Se trata de dos paquetes, ambos envueltos con cartulina decorada, claramente por George. Reconozco a la familia Garrett en uno de los paquetes, dibujados con palitos y acompañados de varios animales, algunos de los cuales no tenemos, como un centauro y un tiburón ballena.

—El pequeño primero.

Ese también está ilustrado: un cubo, una escoba...

—Nunca me he considerado una Cenicienta, papá. Esto lo he hecho encantada.

—Y obediente, y resentida, e impaciente, y con amor, y de muchos otros modos, Alice. Ya lo sé. Abre el paquete pequeño.

Lo desenvuelvo y el contenido, envuelto en pañuelos de papel, cae en mi mano: una tarjeta con forma de corazón y una estrella dorada en el centro que cuelga de un cordón amarillo oscuro. Mi padre la alcanza y la alza.

—George ha hecho un buen trabajo. Acércate.

—Es un...

Me lo pone en la camiseta y me pincha con el imperdible.

—Tu corazón púrpura, Alice. Buen trabajo, quedas liberada.

Por mis mejillas caen lágrimas cálidas, tantas que me gotean por la barbilla. Me llevo la mano al corazón y después abrazo a mi padre, mi mejilla mojada contra su rostro sudado sin afeitar.

—Casi me da miedo abrir el segundo paquete.

Me acaricia la nuca con su enorme mano.

—Ah, ¿eso? Son bombones, el único chocolate que he podido conseguir. Venga, vete, acuéstate y cómetelos mientras todos están en el partido y la casa está tranquila. Es lo más cercano a la normalidad que vamos a tener.

Tim

Durante los dos días siguientes —cuarenta y ocho horas—, Cal experimenta lo que es formar parte de la familia Garrett.

El señor Garrett sale de Maplewood con la condición de que tendrá que hacer rehabilitación física todos los días en Live Oaks, el mejor centro especializado en fisioterapia de por aquí, según Alice.

—¿No cuesta un ojo de la cara ese sitio? —preguntó Joel cuando él, Jase, Samantha, Alice y yo clavábamos los últimos clavos de la rampa que habíamos construido en los escalones de entrada a su casa. Yo me había quejado, pero todos se empeñaron en que la hiciéramos nosotros y no un profesional, incluso cuando Joel pisó una de las tarimas y esta se destrozó.

—A papá no —dijo Alice con la sonrisa del gato Cheshire.

—Merece la pena cada céntimo —corroboró Sam chupándose el pulgar con el que no había parado de martillear hasta que Jase le quitó el martillo de las manos—. Y todo el esfuerzo.

* * *

Nos encargamos de rastrillar el jardín la tarde que traemos al señor Garrett a casa, pero los pequeños saltan en él para asegurarse de destrozar todo el trabajo. Joel enciende unas brasas en uno de esos braseros de cobre. El señor Garrett llama a los niños y los manda a buscar palos. Todos apilan hojas y palos unos encima de otros para poder mantener las brasas encendidas.

—¿Haces los honores, Duff? —le pregunta el señor Garrett—. Usa las cerillas más largas, pequeño pirómano.

—¡Es que siempre tiene que ser él quien enciende el fuego! ¡Yo nunca! —se queja Harry.

—Tú tienes siete años y mucho tiempo de piromanía por delante. —Jase le da una palmadita en la espalda y lo aparta del fuego.

El señor Garrett extiende una manta en la hierba y Cal da patadas en el aire y sonríe mientras hacemos perritos calientes y hamburguesas. Patsy se sube a mi regazo y se instala ahí, ajustando el trasero como si esperara echar raíces. Cada vez que miro a Cal, la pequeña me toma las mejillas entre sus manos y me vuelve la cara. Más tarde, me cuelgo el portabebés, desde donde Cal puede observarlo todo, mientras todos juegan a perseguirse. Todos estos juegos que antes me parecerían estúpidos, ya no. A Patsy no le gusta nada el portabebés con Cal.

—¡No! —me grita, señalándolo—. No, no, no, cari. ¡Fuera niño! —Le reprende a Cal. En ese momento siento una presión en el pecho, pero respiro profundamente y se afloja. Aún faltan treinta y seis horas, no tengo por qué pensar en ello todavía.

Si la vida es justa, Cal tendrá algo así.

—No estás asándolos —comenta Alice, que se sienta a mi lado y señala un paquete de malvaviscos, galletitas y chocolate que Sam acaba de donar a la causa.

—Vete. Adiós —le chilla Patsy, que no quiere competir por mi afecto—. Mío.

—No. —Alice la mira con severidad—. Mío.

Patsy parece desconcertada y empieza a chuparse los nudillos.

—¿No quieres malvaviscos? —me repite Alice, dándole un mordisco a uno.

—¿Ahora es cuando yo te digo que tú eres lo bastante dulce?

—Ahora es cuando yo te digo que ese momento no existe.

Miro a mi alrededor, buscando miradas reprobadoras. No hay ninguna. Nadie nos mira, solo Patsy, que divide su atención entre Alice y Cal.

Atraigo a Alice hacía mí, le beso la comisura de los labios, las cejas y vuelvo a su boca, agarrándola con fuerza hasta que Calvin suelta un grito furioso que nos separa. Miro por encima del hombro de Alice, veo que el señor Garrett nos mira y siento cómo se me enciende la cara. La señora Garret es una cosa, ¿pero él? Lo único que hace es sonreírme y volver a centrarse en el fuego.

—No sacará la escopeta, ¿no?

Alice pone los ojos en blanco.

—No va a construir una ampliación de la casa para nosotros, pero no, tampoco va a sacar la escopeta.

—Eh, no pasa nada, tenemos el lujoso apartamento. La tienda de campaña puede ser nuestra residencia de verano.

*　*　*

Esa noche, la segunda que pasamos en el apartamento, el cielo se abre y cae un torrente de lluvia tal que parece un huracán. Parece como si en las ventanas hubiera cortinas grises de lo gruesas que son las gotas de agua. Rugen los truenos y Alice toma a Cal en brazos mientras yo cierro las ventanas.

—Parece que estamos atrapados aquí.

Estamos como a seis metros de su casa, pero no discuto.

—Llueve muy fuerte.

Se sienta en el sofá, se quita los zapatos y se coloca a Cal entre las rodillas. La lluvia se oye de fondo, con esporádicos destellos de relámpagos y rugidos de truenos.

—¿Nunca has salido con nadie, Tim? —me pregunta, flexionando los dedos de los pies. Tiene un anillo de plata con una turquesa en uno de ellos. Deslizo mi pie contra el suyo.

—No, eso habría supuesto demasiada atención.

Niega con la cabeza y me mira. Tiene un caramelo de picapica en la boca y la mejilla abultada. Parece una ardilla con una nuez.

—Mmm. —Se saca el caramelo y lo sostiene entre el pulgar y el índice—. ¿Cómo te puede gustar esto? Me arde la boca.

Me acerco y le doy un golpecito en el muslo con la rodilla.

—Me gusta jugar con fuego.

Alice fija los ojos en el techo antes de acercar su frente a la mía. Huele a brasas y a canela.

—Están dando las tres películas de *Posesión infernal* seguidas. ¿Quieres que las veamos?

Se le ilumina el rostro.

—¡Me encantan esas películas! ¿Tienes palomitas?

No, no tengo, mi ritmo de compras no es muy bueno, así que Alice sale disparada bajo la lluvia hacia su casa y vuelve con unas cuantas bolsas de palomitas bajo un impermeable amarillo.

Entra y, al cerrar la puerta, despierta al niño, que se pone a llorar. Se disculpa, pero no le doy importancia. Le doy el biberón mientras ella hace las palomitas en el microondas.

Cal se duerme por fin, recostado junto al brazo del sofá, junto a mí, y Alice apoya la cabeza en mi regazo, al otro lado. No hace mucho, nada de esto me podría estar sucediendo; ni siquiera me imaginaba pasando tiempo con una muchacha, mucho menos que estuviera enamorado de ella, sin hacer nada más que acariciarle el pelo. No sabía sujetar a un bebé con una mano para que no se moviera en el sofá ni se cayera. No me habría sentido feliz con tan solo oír la lluvia y estar aquí dentro. Ni siquiera sabía lo feliz que podría ser.

CAPÍTULO 44

Tim

Al día siguiente la mayoría de los Garrett tienen que ir al colegio, el señor y la señora Garret se van a Live Oaks para las primeras sesiones de rehabilitación con George y Patsy, y Cal y yo salimos con Jase a repartir periódicos. Alice tiene clase todo el día, pero viene a saludarme y se entretiene tanto que casi llega tarde; se pone a correr por el apartamento mientras le da tragos a una taza de café, se coloca bien el jersey y se peina, ya que le he dejado el pelo hecho un desastre.

Cal se ríe a carcajadas de ella debajo de su gimnasio infantil y Alice me lanza el pato de peluche a la cabeza mientras levanto las pesas de Joel.

Todo va bien hasta que nos quedamos en silencio. Demasiado silencio. Decido entonces ir a una reunión, después tomo café con Jake y paseo por la playa, pero hace frío y viento, el cielo está gris y el ambiente es muy invernal, a pesar de que solo estamos a octubre. ¿Dónde pasará Cal la Navidad?

Para entonces, según las instrucciones de mi padre, tengo que tener en orden mi vida. Ante mí tengo un abismo inmenso, pero nada comparado con este momento, en el que estoy a punto de descubrir los resultados de la prueba de paternidad «con solo unos clics».

Hago una lista:

1. Encargarme del Certificado de Equivalencia de Educación Secundaria: hice el último examen el fin de semana pasado sin haber hecho ningún simulacro *online*. Me parece que voy a fallar en el examen de matemáticas, aunque creo que he clavado los de lengua, ciencias y ciencias sociales.

2. Buscar información de centros de formación profesional locales, créditos y guarderías. A lo mejor puedo cursar unos estudios de dos años ahora y pasarme a la opción de cuatro años cuando Cal sea un poco mayor. Es lo que hay.

3. Hablar con Ben Cristopher. El oponente de Grace Reed para las elecciones a senador es un buen hombre y, como ella se retiró, es el favorito. La verdad es que antes de descubrir que tendría que vender mi alma si quería trabajar con Grace, descubrí que me gusta la política.

Oh, a la mierda la lista y las cosas que siguen a estas tres. Hay demasiado silencio, excepto por el ruido que tengo en la cabeza.

«Aunque no sea mío... tal vez podría adoptarlo.»

Sí, porque soy fantástico en el papel de padre.

«A lo mejor mis padres podrían...»

Claro, dale la oportunidad a Cal de ser Nadie para el hombre de ningún lugar. Va a ser que no.

«Tal vez los Garrett...»

Así podría verlo todos los días y, además, contar con la seguridad de que estará bien si yo la fastidio.

Claro, como si necesitaran un décimo hijo.

* * *

Es la hora del almuerzo en Hodges. Puede que tenga el teléfono encendido.

—Nan, ¿puedes venir? No quiero estar solo.

—Solo tengo Educación física esta tarde, puedo faltar.

—Así se habla, como una buena delincuente. Gracias.

—Eso intento. —Oigo la voz de mi gemela demasiado fuerte, como si estuviera aquí conmigo—. Además, tengo algo a lo que quiero que le eches un vistazo.

«Algo» resulta ser *El esplendor de Ellery*, el anuario del curso pasado, que Nan ha desenterrado de mi habitación. Seguramente Alex Robinson conociera a alguien importante y buscara su ayuda, porque está en todas partes, aunque en la mayoría de las ocasiones no es más que otro rostro pequeño y blanco en una multitud de gente. Hay una en la que aparece un primer plano de él en la oficina del periódico de Ellery, sentado cómodamente en una silla, con una mirada penetrante y la mandíbula recta. Hester está a su lado como si fuera su secretaria o la persona encargada de pasarle las páginas.

—No sé —dice mi hermana lentamente, poniendo el anuario al lado de la cara de Cal.

—Es muy pequeño, Timmy. Sus rasgos son tan... suaves. Podría ser el bebé de cualquiera. Tuyo, de Alex, de Leonardo DiCaprio... —la imito.

—Me parece que podemos descartar al rey del mundo.

Cal mueve las manos con uno de esos gestos espasmódicos, abriendo y cerrando los puños, pero todavía dormido.

—¿Me dejas tenerlo en brazos? —susurra mi hermana.

Suelta el anuario, se lleva al bebé al regazo y lo sujeta de una forma extraña. Me acerco para colocarlo bien y luego dejo caer las manos a ambos lados de mis costados. No pienso ser uno de esos padres controladores.

Si es que soy padre.

—Ya lo sabes: papá no va a ayudarte con Cal, a no ser que sigas adelante con lo de la adopción. Mamá... puede. Me dijo que a lo mejor se pasaba por aquí después. Pero, Tim, me duele el corazón cada vez que pienso en lo que vas a tener que hacer para mantener a este niño. Yo no podría, ni tampoco querría.

—Si fuera tuyo te sentirías diferente —le aseguro. No obstante, se me revuelve el estómago, porque quién sabe.

—Holaaaaa. Holaaaaaaa —grita una voz.

Mi madre sigue con la costumbre de no llamar a la puerta.

—¿Está todo el mundo presentable?

Menuda pregunta más estúpida teniendo en cuenta que estoy con mi hermana gemela. Me imagino a mi madre tratando de adivinar su suerte en los posos del té.

—La puerta está abierta —grito. Entra con una caja de cartón y un montón de bolsas de tiendas de Navidad. Socorro—. Dame eso. —Tomo la caja de sus manos. Dentro hay toneladas de cosas de bebé: libros, peluches y una de esas sillitas que tiene gomas elásticas a los lados. Rosa.

—Solo he encontrado el saltador de Nan —me explica—. Ahora que lo recuerdo, me parece que tú rompiste el tuyo. Bueno, he encontrado algunas de tus cosas y las he lavado, excepto los libros, claro.

Saca de la caja el saltador y mira alrededor.

—Hay que colgarlo de una puerta.

Va hacia la puerta del dormitorio, extiende la mano hasta el marco e intenta engancharlo, pero es demasiado baja y no llega, así que me acerco a ella y se lo quito.

—Tienes que ajustarlo a la madera y asegurarlo —me enseña. Unos minutos después, consigo colgarlo de forma segura. Mi madre sienta ahí a Cal, que parece aturdido y la cabeza se le cae a la bandeja que tiene delante.

—Mamá, a lo mejor todavía es demasiado pequeño para esto, y ya sabes que puede que no se quede mucho tiempo.

Como si fuera un huésped de un hotel con fecha de salida sin confirmar.

—Mantendrá la cabeza recta, ¿verdad? —dice con voz aguda.

Cal levanta la barbilla, como si tratara de entender a mi madre. Buena suerte, peque. Posteriormente, estampa los pies contra el suelo y la sillita empieza a balancearse arriba y abajo. Vuelve a hacerlo y nos sonríe. Mi madre le devuelve la sonrisa y me pregunto si era así cuando Nan y yo éramos bebés.

Parece... relajada. En paz, casi... ¿feliz? ¿Tal vez es porque mi padre tiene bajo control el asunto de la adopción y todo esto durará poco?

—Mamá, tal vez no me lo quede mucho tiempo... —repito. Menos de veinticuatro horas.

—Bueno, ya veremos —responde de forma enigmática—. Mira qué más he traído. Este era tu libro preferido de pequeño. *Busy Timmy.* —Me tiende un librito amarillo con un niño pelirrojo en la cubierta. Tiene unos tres años, así que no puedo imaginarme a Timmy ocupado con el tipo de cosas con las que yo he estado ocupado en los últimos años.

Nan suelta una risita. Cal está balanceándose, posando las piernas en el suelo y saltando en el aire, cada vez más alto.

—También le he traído algo de ropa —continúa mi madre—. Siempre te estabas manchando, así que no tengo mucha ropa tuya.

Vaya tela, me cargué mi saltador y mi ropa. Lo próximo que me dirá será que solía destrozar las habitaciones de hotel y golpear las guitarras.

—Podríais vestiros igual.

Por Dios, no.

—Gracias, mamá. Ha sido... una gran idea por tu parte.

Entorna los ojos en mi dirección, sorprendida, y entonces dice con brusquedad:

—Bueno... naturalmente. Es solo un bebé, no pudo evitar el modo en que llegó hasta aquí, ¿verdad que no, Calvin? —Utiliza esa voz que suena como si estuviera canturreando. El pequeño se lo está pasando bomba; se detiene, le sonríe y continúa saltando arriba y abajo, arriba y abajo.

—Llegó hasta aquí del modo tradicional, mami —interviene Nan desde la cocina.

—¡Nanette Bridget! No tenemos por qué discutir ese tipo de cosas. Los dos sabéis a qué me refiero. Los hijos no deberían ser castigados por los pecados de los padres.

Resulta que mi madre también ha traído comida, una especie de rollitos. Un solo bocado tiene como ocho vasos de azúcar, pero saben bien con el café que ha preparado Nan. Cal salta y nos sonríe, y nosotros comemos, como una familia de verdad. Es surrealista.

CAPÍTULO 45

Tim

Hester en su papel de Hester no me deja vivir en mi burbuja con Cal y las cosas buenas. Me escribe:

> No me siento cómoda con cómo quedaron las cosas entre nosotros. Entiendo que estés enfadado, pero hay dos partes involucradas en esto. Quiero que tengamos una conversación como personas adultas.

Le respondo confundiendo las letras, de lo furioso que estoy:

> ¿Eso es lo que somoos? Porque no nto esa enorm responsbildad maternl en ti.

Suena el teléfono justo cuando entra Alice con comida china.

—Soy su madre —me dice Hester con voz suave y temblorosa—. No tienes derecho a actuar como si tú fueras el único que decide. A lo mejor resulta que no mandas en nada.

Le cuelgo. La vuelvo a llamar y me disculpo. Enemistarme con ella es una tontería.

* * *

Han pasado unas doce horas. A lo mejor ha habido algún desastre en el laboratorio o se ha perdido el correo.

*   *   *

El martes voy a tres reuniones, lo que me mantiene ocupado durante cuatro horas teniendo en cuenta lo que tardo en ir y volver.

*   *   *

Llevo al señor Garrett a fisioterapia y, después, a una reunión. Cinco horas.

Alice me pilla en el ordenador y me arrastra hasta la ducha. No sé cuánto tiempo tardo porque no es suficiente, y eso que se agota el agua caliente antes de que salgamos. Terminamos dos pastillas de jabón.

*   *   *

—No tienes que hacer esto. Nadie te obliga —me dice Nan. Nos estamos tomando un helado en Doane's, en el centro de Stony Bay. El de Nan es de *banana-split* y el mío de chocolate y café.

—Habría estado bien que me obligaran, ¿eh? Si alguien lo hiciera, seguro que no lo haría. —Muevo a Cal, alejándolo de Vargas, la mayor atracción de Doane's, un pollo que picotea caramelos con forma de maíz. Cuando era pequeño tenía pesadillas por su culpa, que empeoraban cuando me iba de excursión. Cal sigue mirando con disimulo desde mi hombro, suelta un gritito, se esconde y vuelve a mirar. Nan me apunta con la cuchara.

—En serio, ningún juez va a pedir una prueba. Si se acaba quedando contigo y si no te hace falta probar la paternidad para la adopción, ¿qué más da?

—¡Raaah!

—Shh. No lo mires, Cal. Te comportas como la maldita serpiente del Edén, Nano. Todo eso de «podría ser el bebé de cualquiera»... ¿y ahora no tengo por qué asegurarme? Además, ya es demasiado tarde. Esta noche me enviarán un correo electrónico. O mañana.

Remueve el helado hasta reducirlo a una sopa del color del barro.

—Podrías borrarlo sin leerlo.

La cosa es que no, no podría. Las voces que me hablan en la mente diciéndome que tome el camino fácil o que evite la verdad siempre me han engañado.

*　*　*

¡Felicidades! ¡Aquí tiene usted la prueba de paternidad!

¡¡Haga doble clic en el enlace y siga las instrucciones para obtener los resultados de paternidad!!

¿Dos signos de exclamación?

¿En serio?

Cuánto entusiasmo.

Señalo con el ratón el enlace. Lo retiro y apago el monitor. Estoy solo en el apartamento, con la única compañía de Cal, que se ha quedado frito.

Jase está en clase y también Nan. Podría escribirle un mensaje a cualquiera de los dos para decirles que falten, pero no me parece bien. Podría ir a la casa de los Garrett, sentarme junto al señor y la señora Garret y hacer en ese momento el doble clic. Incluso podría llamar a Hester, ya que ella está tan involucrada en esto como yo. Tal vez más. Bah, o tal vez no.

Vuelvo a poner la mano sobre el ratón, bajo por la pantalla. Clic. Otro clic.

Alice

El apartamento está a oscuras y helado cuando entro, casi a las once de la noche.

—¿Tim?

No obtengo respuesta.

Está dormido, tumbado de lado con Cal acurrucado junto a él. Tim no se mueve, pero Cal abre los ojos y me mira. Llevo la mano a sus rizos pelirrojos.

—Buenas noticias —dice Tim, con voz soñolienta—. Es tuyo.

Me río.

—¿Y?

—Aún no lo sé. —Me agarra la mano—. Pensé que a lo mejor necesitaría un hombro en el que llorar, pero el suyo no me sirve de mucho.

—Tienes unos hombros bastante anchos aquí —le ofrezco, sentándome en la cama a su lado—. Qué curioso, Joel solía decirme que sería una buena defensa en fútbol.

—Y oficialmente me he graduado en el instituto. He aprobado los exámenes para el Certificado de Equivalencia de Educación Secundaria.

Le beso y le digo que es estupendo —lo es— y él me detiene y coloca los dedos en mis labios.

—Tengo que hacerlo, ¿verdad, Alice?

Asiento.

—Tengo que hacerlo —repite y se sienta a mi lado, atrayendo a Cal con él. Se acerca al ordenador—. Un clic. Es muy fácil.

Se sienta y mueve el ratón para encender la pantalla. Coloca las manos en los brazos del bebé, que se pone tenso, y luego apoya la frente en la suya y respira hondo. Me tiende a Cal.

—¿Quieres que lo haga yo? Tú puedes sostenerlo y yo...

Niega con la cabeza, clica en el enlace y lee en voz alta:

—La prueba de paternidad más eficaz y barata le ofrece blablablá... el análisis busca coincidencias de los valores y el número de alelos entre el presunto padre y el hijo... puedes ser incluido como padre con la coincidencia de un alelo... la exclusión conlleva... Dios mío, ¿dónde está el enlace?

Hace clic, cierra los ojos y los abre.

Yo también cierro los ojos.

Silencio.

—¿Lo has mirado?

Silencio.

—¿Tim?

CAPÍTULO 46

Tim

«No haces de niñera cuando el bebé es tuyo.»

—Supongo... —Trago saliva una vez. Otra—. Supongo que he estado haciendo de niñera.

Extiendo los brazos para tomar a Cal y veo que Alice tiene los ojos brillantes y llenos de lágrimas, de un color precioso. Los seco con el extremo de la manta de Cal, que él sujeta por el otro extremo, intentando metérsela en la boca.

—¿Raaah? —Se estira, buscando mi nariz.

Esa arruga entre sus cejas, las líneas de preocupación, como las mías. Pero está claro que no es mío.

De todas formas, pongo el pulgar en ellas y las aliso.

—Shhh, Cal. Estás bien, estoy aquí.

Por el rostro de Alice se deslizan más lágrimas, pero al menos no hace ruido al llorar.

Sigo atrapándolas con la esquina de la mantita azul, una de las pocas cosas que le he comprado yo, además del patito de juguete para reemplazar las distintas versiones de los monos de calcetín de su madre.

Si Hester se queda con Cal, y está en todo su derecho de hacerlo, yo... no podré protegerle de esos estúpidos monos nunca más. No podré protegerle de nada.

Alice me tiende al bebé y se da la vuelta para secarse los ojos. Cal se remueve en mis brazos, acercándose a mí, y yo me aferro a él, tal vez con demasiada fuerza a juzgar por su gritito de enfado. Y, de repente, no sé cómo, estoy en la cama, frente a frente con Alice y el niño entre los dos. Los brazos de ella nos envuelven a ambos. Sería un buen momento para vomitar, o llorar, o hacer algo, pero soy incapaz.

Me siento agradecido por el silencio de Alice, me alivia que no me diga que lo siente, que sus brazos basten. Sé lo que diría todo aquel que me conoce, casi puedo oír sus voces.

Nan: Oh, Timmy, sabía que había algo extraño en todo esto, pero no tienes por qué contárselo a nadie...

Jake: Encontramos una familia en lugares insospechados.

Mamá: Este pequeño no pudo evitar el modo en que llegó hasta aquí.

Papá: Te has librado del desastre. De todos modos, no habrías sido capaz de ocuparte de él.

Jase, Samantha, señor y señora Garrett: Estamos aquí para lo que necesites.

Dominic: Venga, que te voy a enseñar cómo desmontar el motor de una Harley y volverlo a montar, eso sí puedes controlarlo.

Waldo: Sopla el viento de este largo y extraño viaje.

Hester: No tuve elección. Ahora podemos pasar página.

—En fin... —concluyo.

Alice hace una inspiración profunda pero no se mueve, sigue abrazándonos.

—Ya puedo tachar de la lista «con más probabilidades de no graduarse nunca en el instituto» y «con más probabilidades de convertirse en padre adolescente». Qué eficiente, ¿eh?

—Deja espacio para anotar «con más probabilidades de hacer bien las cosas al fin».

Y ese es el momento en el que aparecen las lágrimas.

CAPÍTULO 47

Tim

El tiempo, que tan lento pasaba cuando esperaba a que salieran los resultados de la prueba de paternidad, ahora pasa volando.

Hester no va a quedarse con el bebé. Con Cal. Aunque a partir de ahora se llamará Calvin, o como sus padres quieran. Waldo, la señora con la que habló mi padre para el asunto de la adopción y mi padre, que ya no tiene ninguna autoridad en este tema pero tampoco deja que las circunstancias le frenen, se han reunido en el salón de Waldo. Nos han enviado a Hester y a mí a que preparemos té y llevemos algo para comer o, lo que es lo mismo, a que nos quitemos de en medio. Después de todo el rollo de «compórtate como un hombre», resulta que somos unos niños buenos que tienen que hacer lo que se les dice.

Alex Robinson tiene que firmar el affidávit de paternidad. Se ha hecho la prueba y resulta que todos sus alelos son como deberían ser para reclamar a Cal como hijo suyo, algo que debe hacer para poder continuar con el proceso legal de renuncia a la patria potestad una vez que la adopción se ponga en marcha. ¿Soy yo o esto es una mierda? Es como si te casaras con alguien solo para poder divorciarte.

No obstante, Alex no tiene ningún inconveniente. El único problema es que tiene que estudiar para unos exámenes y le van a

415

sacar las muelas del juicio, así que lo está haciendo a distancia para encajar mejor su apretada agenda. Y también por salud, la verdad.

Capullo.

—Si sirve de algo, me hubiera gustado que hubiera sido tuyo —me dice Hester.

Asiento y le doy las gracias, aunque no me sirve de nada lo que piense, desee o quiera. Nuestra canción podría ser «No te entiendo». La misma que la de mi padre y mía que, al dirigirnos a la casa de Hester esta mañana, decidió hablar conmigo.

—Eh... Tim.

Por supuesto, en ese momento, tuvo que comprobar su teléfono móvil, mirándolo desde la distancia.

—Es bueno que tengas la entereza de admitir que esto no es asunto tuyo y retrocedas. Todo esto demuestra madurez.

Me mira con una expresión que no creo haber visto nunca en su rostro, como si estuviera esperando a oír lo que tengo que decir. Lo más extraño de todo es que no había nada que responder.

Todo este tiempo he estado pensando que significaría mucho para mí que dijera que está orgulloso de mí.

Esas palabras son lo más parecido a eso que voy a obtener, pero me parece que es como ganar un premio en un concurso en el que no has participado. Y es que, papá, lo que demuestra madurez no es que vaya a menos.

* * *

—Si hubiera sabido que te ibas a portar así, me hubiera gustado que estuvieras conmigo en la sala de partos —comenta Hester.

Demasiado tarde.

—Siento haberte hecho daño —añade—, no era mi intención. Tenerte a mi lado en todo esto me ha hecho sentirme mucho menos... sola, pero si pudiera volver atrás, no te involucraría.

—No me gustaría que no lo hicieras —respondo.

Está concentrada preparando café, midiendo la cantidad de un modo metódico, científico, pero al oír mis palabras, alza la mirada y me examina.

—¿No? Si pudiera retroceder en el tiempo, yo no podría decir lo mismo.

La furia que me provoca Hester, esa ira que enciende en mí, aparece, pero se desvanece enseguida. Por vez primera, me parece que es bueno que dé en adopción a Cal. Ni su madre ni su verdadero padre lo quieren, pero él no tiene por qué saberlo nunca.

—Qué raro —continúa—. En algún momento he pensado que todo sería mejor si tú y yo fuéramos pareja. Que de ese modo no se trataría de la típica historia embarazosa de la madre adolescente. Pero no te has enamorado de mí, te has enamorado de Cal. Fuiste... eres... su padre de verdad. En lo que realmente importa.

Quizá debería de abrazarla o algo así.

—Sí, eh... gracias, Hester. Ya sé que todo esto es una mierda para ti. Yo...

«¿Lo siento?» Las palabras se quedan atascadas en mi garganta. El idiota de Alex Robinson es quien debería decirlas.

Me mira con esos grandes ojos interrogativos, igual que los de Cal —claro, es su madre—. Me lamo los labios, trago saliva y encuentro las palabras:

—Ojalá las cosas hubieran ido como planeabas. Espero que en adelante sea así.

Por un momento, mis manos se acercan a sus hombros. Siempre el mismo problema: ¿qué hacer con ellas? Una pregunta que nunca me hice cuando estaban constantemente ocupadas en Cal.

No sabía lo que hacía la primera vez que se quedó conmigo. No sabía cómo funcionaba. No obstante, cuando tuve que devolverlo ya lo había aprendido. Sabía qué tipo de llanto indicaba hambre, enfado, cansancio o soledad. Sabía cuándo necesitaba tener algo en la mano o llevárselo a la boca. Sabía cuándo tomarlo en brazos o cuándo dejarlo tumbado. A lo mejor no es que mi padre no lo intentara conmigo... tal vez sea que yo estaba en una frecuencia que él no entendía. No es culpa suya, pero tampoco mía. Tengo suerte de que no sea el caso con Cal y conmigo, pues me habría arrepentido. Le echaré de menos durante una larga temporada, o tal vez siempre, pero no me arrepentiré de nada.

—Hester, te necesitamos —la avisa la señora Crawley, que asoma la cabeza en la cocina—. Hola, Timothy. ¿Sigues aquí? Está todo controlado, ya puedes marcharte.

De vuelta a mi vida normal.

EPÍLOGO

Alice

—Me tienes a tu entera disposición. ¿Dónde está ese lugar misterioso al que querías que fuéramos? —pregunta Tim, frotándose las manos porque, por supuesto, no lleva guantes. La calefacción del automóvil está puesta, pero llevamos las ventanillas bajadas y tiene que alzar la voz para que lo oiga debido al ruido de los neumáticos.

—¿Sería misterioso si te lo contara? Tú solo gira a la izquierda o a la derecha cuando te lo indique.

—Como quieras.

He planeado —y ensayado— esto igual que solía hacer con mis «ha estado muy bien, pero hemos terminado». Paso la mayor parte del trayecto a la playa de McNair con la mirada fija en mis guantes; me los quito, jugueteo con las cutículas de los dedos, abrocho y desabrocho el abrigo, toqueteo el botón de la calefacción. Cuando empiezo a tamborilear con los dedos en mi pierna, Tim coloca su mano sobre la mía.

—¿Qué pasa, Alice?

Trago saliva.

—¿Voy a tener que insistir? Dilo.

Lo miro de reojo, bajo la mirada a nuestras manos, el hueso de su muñeca, sus nudillos ligeramente agrietados.

—He vuelto a rechazar la plaza en la Escuela de Enfermería de Nightingale. Gira a la derecha.

Tim me mira con el ceño fruncido.

—Pero... pero... aceptaste. Te admitieron...

Por primera vez desde que hice la llamada siento que me quedo sin aire. Pero... sí. Ahora tengo elección, puedo elegir por mí misma en lugar de hacer lo que se espera de mí. Aunque parezca lo mismo.

—Sigo admitida, pero les he dicho que iré el próximo otoño.

—¿Estás... estás haciendo esto por...? Realmente, ¿por quién haces esto, Alice?

—Por mí. Mira, tiene sentido, no me aseguran un alojamiento, lo que es un enorme problema tratándose de Nueva York... y tampoco pueden garantizarme que me den el préstamo. Así pasaré otro semestre en Middlesex, acumularé más experiencia y podré ayudar con el bebé. Mi padre está bien pero, ya sabes, aún le queda trabajo por hacer, y la ferretería no va a funcionar por sí sola, así que simplemente...

—¿He sido yo un factor a tener en cuenta en esa decisión?

—Has acabado siéndolo, sí.

—¿He acabado? ¿Y a ti te ha gustado?

—¡Ay, Tim!

Han acordonado el aparcamiento de la playa de McNair, así que dejamos el vehículo en una acumulación de nieve que hay fuera. Apenas se atisba una franja de mar a través del camino entre dos altas dunas; los montones de nieve se alzan sobre la arena como unas pirámides contra el cielo. Las nubes bajas debido a la nevada nos regalan una tenue luz.

Nos sentamos. Tim me sostiene la mano todavía y me acaricia con el pulgar el nudillo en dirección a la muñeca, con la cabeza inclinada, el pelo rojizo cayéndole por la frente y rizándosele un poco en la nuca. Tiene los labios apretados, como si fuera a ponerse a silbar. No obstante, estamos en silencio, un silencio atronador en la calma invernal. Solo se oye el sonido de la caricia de su pulgar, el crujido de su abrigo cuando se acerca más a mí. Me recuesto, sonrío y él me devuelve la sonrisa, dejando a la vista su hoyuelo.

—Ya sabes que tenemos que ir a la playa —comento.

—¿Ah, sí? Ganaste la carrera al rompeolas, así que abandono.

No obstante, sale del automóvil y lo rodea para abrirme la puerta, lo que requiere un esfuerzo extra por culpa de la nieve que, además, se me mete en las botas mientras caminamos con esfuerzo; en algunas zonas me llega hasta las rodillas. El viento empieza a soplar de nuevo, echándonos el pelo hacia atrás. Tim me sostiene la mano, se detiene y después se adelanta entre la nieve hasta quedar delante de mí. Se inclina y se da unos golpecitos en los hombros con la palma de las manos, por supuesto, sin guantes. Le rodeo el cuello con los brazos y la cintura con las piernas. Me alza y nos encaminamos a la playa.

—Espero que no elijas este momento para estrangularme.

Durante unos minutos lo único que oigo es el crujir de nuestros abrigos y la respiración un poco acelerada de Tim (aflojo un poco el agarre), pero cuando nos acercamos, oigo bien fuerte el rugido de las olas. La marea está alta. La vista es muy distinta al azul verdoso y brillante del mar en verano. Llegamos a la cima del peñasco y nos encontramos el mar enfurecido frente a nosotros. Las olas rompen con fuerza, espumosas, de un gris más intenso que el cielo. Se ciernen sobre la arena y posteriormente se oye el agua al retroceder al mar, arrastrando las piedras, y de nuevo las olas.

Me bajo de su espalda, avanzo unos pasos y Tim agarra la capucha de mi abrigo y tira de mí hacia él, haciéndome caer sobre su abrigo, húmedo por la nieve. Espero que me bese pero, en lugar de hacerlo, me pone las manos heladas en la cara y me dice:

—No he vuelto desde que estuve contigo. Fue un buen día.

—Sí. —Observo su rostro. Tiene los ojos fijos en mí, del mismo color intenso que el del cielo de hoy. Sonrío—. Fue hace exactamente dos meses y medio. Bueno, más o menos.

—¿Síiiiii...? —Alarga la palabra. Cierra los ojos y continúa—: Eh, ¿puedes terminar ya con tanto misterio? Que las muchachas me hablen del tiempo de ese modo... me pone muy nervioso.

—¡No! No es eso. Dios, Tim. No tuvimos relaciones ese día en la playa, por Dios.

—Ya, no, pero...

—Que no es eso. Solo es... algo así como nuestro aniversario.

Se ríe con las cejas arqueadas, pero enseguida se pone serio.

—Me parece que te estás presionando un poco, sabionda, pero ya sé que eres una loca sentimental, minina. —Esboza otra sonrisa que ilumina todo el maldito cielo.

—Déjalo.

Deslizo las manos por sus brazos y se las pongo en el cuello, cálido en contraste con su abrigo helado. Se inclina, exhala un suspiro contra mi mejilla y le rozo los labios. Aparta la boca un instante y después su sabor característico: ácido y dulce; su lengua sabe a limón y azúcar.

—Así que... —susurro, tratando de tomar aliento.

—Ya sabes que no soy nada paciente. —Presiona las manos contra mi espalda, las desliza hacia abajo y me alza de modo que la cara nos quede al mismo nivel y la boca de ambos esté perectamente alineada.

—Hasta ahora te he regalado parches de nicotina, unas zapatillas y una prueba de paternidad. Ya sé que me sugeriste una corbata para nuestro aniversario, pero pensé que merecías algo más romántico.

—Alice... pensaba que todo eso era... un adelanto de Navidad. Ha sido demasiado. Pero esto me va a encantar, sea lo que sea.

Me aparto de él, retrocedo un paso y mis botas crujen al pisar una concha marina sobre la nieve.

—Volví a este lugar hace unas semanas. Tenía mucho que pensar y caminé hasta aquel punto —Señalo un lugar lejano en la playa, donde se ve toda la costa.

—Impresionante.

—Bueno. —Hago caso omiso de sus cejas arqueadas y me bajo la cremallera del abrigo, tomo el contenido del bolsillo interior y lo envuelvo con los dedos. Lo que saco está caliente, por el calor corporal—. Encontré esto. —Lo dejo en sus manos: una piedra rojiza, moldeada por el mar con forma de corazón—. Tiene un huequecito, mira, para que puedas toquetearla, para que te calme cuando... necesites hacer algo con las manos. Dices que aún hay veces en las que no sabes qué hacer con ellas y sé que no vas a querer entretenerte en tallar cosas.

Le miro por fin a la cara. Tiene los labios un poco separados, también algo agrietados, y los ojos tranquilos y tiernos como siempre se los he visto.

—Gracias —responde en voz baja. Se la mete en el bolsillo al mismo tiempo que se inclina y me da otro beso, pero este simplemente es un roce de labios, una promesa, un trato—. No la has envuelto.

—Soy demasiado tacaña como para comprar papel. Además, ¿por qué esconderla y hacer que te esfuerces para conseguirla? Es una tontería.

Tim

Increíble, pero cierto. De hecho, lo marqué en el calendario, algo más propio de Alice que de mí, pero sí. La x que hay en diciembre indica la fecha en la que el plazo de mi padre finaliza oficialmente.

La x es la fecha de caducidad. Hoy.

Cuando marqué esas líneas en el calendario, con el único bolígrafo que encontré —que además se estaba quedando sin tinta, lo que podría ser una señal—, era para mí el día en que se detenía el tictac y estallaba la bomba.

Ahora, con la toalla y recién salido de la ducha, me hago una revisión corporal que forma parte de las nuevas habilidades de Alice para prevenir ataques de pánico. No tengo los ojos húmedos, a pesar de que me he comportado como una nenaza últimamente; no hay un alambre de púas estrangulándome la garganta; no tengo fragmentos de bomba explotando ni en los tejidos ni en los huesos. Siento todo eso, claro, pero no como antes, no como siempre, como en la época de los cereales y en la que tener a Alice conmigo en la ducha no me ayudaba. Excepto por la x, ese espacio del calendario tiene el mismo aspecto que el resto.

Otro día más. Bueno, no tanto, ya que es Nochebuena, y mi primera visita a Cal en su nuevo hogar.

Supongo que, teniendo en cuenta cómo van los procesos de adopción, este ha sido rápido. A mí no me lo ha parecido, y probablemente a nadie, excepto a Alex Robinson. Tuve enseguida muy claro cuáles eran los padres que elegiría, pero Hester no sabía que hacer, Waldo tampoco ayudó mucho y mi padre, que estaba ya metido hasta el cuello en el asunto cuando la cosa empezó a marchar bien, se desentendió cuando «mi trabajo hubo terminado».

Cuanto más cambian las cosas...

El día después de entregar a Cal —día que prefiero no recordar, gracias—, intenté dar tiempo a la nueva familia para acostumbrarse y que así pudieran encariñarse y sentirse cómodos juntos y ser, ya se sabe, una familia. Aguanté tres espacios del calendario, o dos días y medio para ser honestos. Tengo que trabajar mi paciencia pero, como diría Dominic, ¿no tenemos todos que hacerlo?

¿Visitar a Cal en cualquier lugar que no sea el apartamento del garaje cuando está a cargo de otra gente que no soy yo? Sí, bueno...

Me cambio tres veces de camiseta. En serio, como si fuera a una entrevista de trabajo. Estamos hablando del bebé que ha manchado mis camisetas de todos los fluidos corporales habidos y por haber, hasta de sangre, ya que mientras lo vestía el día de la entrega, se golpeó con fuerza la nariz contra mi clavícula, le empezó a sangrar y le salió un pequeño cardenal, así que entregué al niño con el aspecto de un boxeador derrotado.

Después del dilema de la camiseta, hago una maldita lista, porque mi cerebro sigue quedándose en blanco. Quizá aún hay pequeños fragmentos de metralla por la fecha de vencimiento.

1. Llevar los regalos de Navidad a mamá, papá y Nan. Este es el primer año desde quién sabe cuándo que sigo el ritual de los regalos, así que imagino que, regale lo que regale, la intención es lo que cuenta. Una fotografía de Cal con traje de Papá Noel para mamá. Una fotografía de Cal delante de Vargas, el pollo que ataca los caramelos con forma de maíz, para mi hermana... Cal sale llorando y Nan riéndose. Una fotografía en la que salimos Cal, Nan, mamá y yo para papá con una tarjeta diciéndole que la ponga en su despacho. Sigo siendo un capullo.

2. Ir a una reunión. La necesitaré después de visitar la casa de mis padres.

3. Ir a ver a Cal a la casa de Jake y Nate. Todo irá bien, ya he estado allí antes, por Dios.

4. Volver a casa y pasar la Nochebuena con los Garrett. No sé qué significa eso, pero, con suerte, ¿una fiesta de pijamas con Alice? A lo mejor es mucha presión el día antes de Navidad, pero bueno.

5. Después los cuatro espacios siguientes del calendario, y después el siguiente calendario, que no será como este de muchachas en bicicleta que dejó Joel.

Alice

Voy a muy buen ritmo con esto de la cocina navideña. De acuerdo, se nos han acabado algunas cosas, las gotas de chocolate negro que compré ayer, por ejemplo, pero habrá que ser flexible. Eso intento.

Harry me sigue, toma el batidor y lo lame.

—¡Escupe eso! —le grito justo antes de que salga corriendo hacia el fregadero, suelte el batidor y se ponga a echarse agua en la lengua directamente del grifo—. No es para tanto. Eso es lo que pasa cuando comes masa cruda.

—¡Puaj! Y mil veces puaj —se queja él, que se limpia la lengua con un trapo.

—Seguro que no es para tanto —replica mi madre desde la silla de la mesa, donde se afana en coser bolas de algodón a unos leotardos de colores para Patsy, que va a hacer de oveja en la obra navideña de la iglesia de este año. Ya las habíamos pegado, pero Pats siempre encuentra el disfraz y despega las bolas.

—Patsy, la oveja esquilada —la llamó mi padre cuando, sorprendentemente, mi madre perdió los nervios—. Todo irá bien.

Mi madre se limpió los ojos con el talón de la mano.

—Tendremos mucha suerte si no se convierte en Patsy, el coyote rabioso.

—¡Grrr! —contribuyó la pequeña a la conversación.

Me da golpecitos con la cabeza en la pierna diciendo:

—¿Dónde cari?

Me suena el teléfono (Brad, así que no respondo) y Duff prueba la masa y pregunta:

—¿Esto es chocolate... o caca?

Jase y Joel llegan de una especie de sesión de entrenamiento de hermanos con ese perfume a sudor de hombre con un toque de café y una pizca de beicon. Joel toma una de mis primeras galletas y se la lanza a Jase como si fuera un *frisbee*.

—Piensa rápido.

Pero Jase está con el teléfono móvil y la galleta choca contra su pecho y se cae.

—¡Penalti! Ahora te la tienes que comer —canturrea Duff.

—Estáis todos histéricos —comento—. Voy a correr, haceos vosotros las malditas galletas.

Tim

Me encuentro en la puerta principal de casa de mis padres, alegremente decorada con un montón de cabezas de reno de peluche. Solo las cabezas están pegadas a la puerta, con unos ojos negros y brillantes y astas blancas. Parece la venganza de Rudolph: la Navidad en la que los demás renos descubrieron por fin lo que les iba a pasar. Me crujo los nudillos y llamo a la puerta un segundo antes de que me arrase el Huracán Mamá.

—¡Dios mío! No te quedes ahí fuera... Santo cielo, pero usa el felpudo y no manches de nieve la alfombra buena.

No puedo evitar sentirme incómodo los cinco minutos que estoy aquí, en esta habitación con el lago brillante y las muñecas cantoras de Navidad con la boca abierta que en realidad parecen estar gritando y no cantando, y otras tantas colgadas del árbol.

—¡Nanette! —grita mi madre y mi hermana llega con Troy de la cocina, donde estaban, al parecer, horneando bizcochos de chocolate. Claro, por qué no.

—Solo para uso no terapéutico, amigo.

Espero, con los hombros tensos y un nudo en el estómago, a que mi madre o Nan me pregunten o me digan algo de Cal o de sus nuevos padres. Pero no lo hacen. El abrazo de Nan parece más bien la maniobra de Heimlich y mi madre parece sufrir un aneurisma cuando ve que hay un roto a la altura del hombro del abrigo que llevo.

Aparte de eso, no hay más dramas, y ya casi he llegado a la maldita puerta cuando...

—Tu padre quiere que vayas a su despacho.

«Mierda.»

La cosa es que puedo elegir no ir. «Puedes elegir a dónde te llevan tus pies, amigo.» Otra de las frases de Dominic, que es mi Pepito Grillo particular, pero en su versión de pescador portugués.

Pero voy, qué más da.

Cuanto más cambian las cosas...

Han vuelto las fotografías al escritorio, pero en la pecera ya no hay caracolas. Mi padre tiene el teléfono móvil en las manos. Es como si el cronómetro que puso en marcha en agosto para marcar el día x hubiera criogenizado la estampa.

—¿Qué hay, papá? —Me quedo en pie—. Feliz Navidad.

Deja el teléfono y me hace un gesto para que me siente, como si fuera un perro.

«¿Me dará un premio si lo hago?» Ya puedo sentir a Tim, el Idiota correr por mi sangre.

Por primera vez reparo en que el tamaño de su silla lo posiciona automáticamente a más altura que a cualquier otra persona que se siente en el sofá. De todos modos, me siento con los brazos extendidos y el tobillo sobre la rodilla.

Bien por él que puede ganar el concurso de Maravilloso y Poderoso. Se aclara la garganta y yo hago lo mismo. Me paso los dedos por dentro del cuello de la camiseta. Ninguno de los dos dice nada al principio. Él toma un bolígrafo, escribe algo y después tamborilea con el extremo en el brazo de la silla.

Tap. Tap tap tap. Tap.

—Has hecho lo que debías —me dice un siglo después.

¿Es que tiene que ser precisamente mi padre el único que mencione a Cal?

—El dinero para la universidad sigue a tu nombre, seguiré pagando el seguro médico y el del automóvil. No obstante, dejaré de mantenerte, pues ya tienes dieciocho años, pero el resto es tuyo. Te lo puedes quedar. Feliz Navidad.

Antes de que haya terminado ya me estoy levantando, justo cuando dice «mantenerte». Se aferra más a la silla y atisbo alarma en sus ojos.

—Gracias —respondo.

Me gano un giro en la silla para dejar el teléfono.

—Pero Nano puede quedarse el dinero para Columbia, si es que la admiten. *Roar, Lion, Roar*[1]. Feliz Navidad.

—Pensaba que ya habías dejado de tomar decisiones precipitadas, Tim.

Salgo del despacho y él me sigue, incluso después de despedirme de mi madre y de Nan —y de Troy— y bajar los escalones que dan a la calle.

Está nevando de nuevo, y es de ese tipo de nieve que se te aferra a la ropa y se solidifica. Hace viento y los copos me caen por el cuello. Las hojas de los árboles se agitan y dejan caer plastas de nieve a la calle. Los montones que se apilan a los lados de la carretera ya están de un tono marrón y sucio.

Me doy la vuelta hacia mi padre justo cuando se resbala por el hielo y le agarro de la mano para que no se caiga. Recobra el equilibrio y se mete la mano en el bolsillo de la americana. ¿Está buscando el teléfono móvil? ¿Cincuenta dólares? Sin embargo, la mano sale vacía y se queda mirándola mientras yo entro en el automóvil y me abrocho el cinturón.

—Cómprale a Nan una educación universitaria, papá. Y cómprale a mamá un batido.

* * *

Nos han concedido privacidad, a pesar de que nadie la ha pedido. Jake tiene que ir a remover algo que está al fuego en la cocina y su pareja, Nate, está de guardia. Así que estamos Cal y yo, yo y Cal, en el salón con un árbol de Navidad enorme, una *menorá* y un recipiente con el frontal de cristal lleno de guantes de béisbol viejos y usados.

---

1   N. de la T.: canción de los Columbia Lions, los equipos deportivos de la Universidad de Columbia.

Cuando Jake sale de la habitación, me mira y coloca a Cal en algo que parece un platillo volante en lugar de en mis brazos. Puede que, después de estar al otro lado, dejar a Cal en otras manos también resulte duro. Muy duro.

El pequeño abre y cierra las manos con los brazos extendidos, como diciendo «tómame en brazos», y dice:

—¡Bob!

—Ya te has olvidado de mi nombre, ¿eh?

Su nariz tiene mejor aspecto, aunque continúa amoratada. Lleva ropa nueva, unos *jeans* y una camiseta abotonada que está mojada por las babas. No lleva calcetines, están tendidos, como un animal atropellado, cerca del sofá. A este pequeño sigue gustándole desnudarse.

Por supuesto, intenta llevarse el cuello de la camiseta a la boca. Se lo aparto y me muerde el pulgar con los dos dientes afilados que tiene en la parte de abajo. Cuando aparto el dedo, se acerca a mi nariz y la muerde.

—Au, Cal.

—Bob. —Suena ahogado debido a que tiene mi nariz en la boca.

A lo mejor es su nuevo nombre, aunque no es asunto mío, ¿no? Desde el principio odié esa mierda de nombre de Calvin y ahora quiero tatuarlo en el brazo del niño para que permanezca con él.

Es hora de que me vaya, así que llamo a Jake, que viene de la cocina con aspecto desaliñado y enfadado. Me disculpo por lo que sea que haya hecho y él niega con la cabeza, sonríe mirando al suelo y después a mí.

—¿Qué? ¿Crees que voy a hacerte darle diez vueltas a la pista corriendo como cuando eras un estudiante bocazas?

Eso habría sido más fácil.

Resulta que está de ese humor porque Nate adaptó la placa de la cocina a prueba de niños y ahora él no sabe encenderla.

Le doy un beso a Cal en su cabecita pelirroja, me limpio la baba de la barbilla con el borde de la camiseta y se lo paso a Jake tal y como solía hacer Hester: rápido, como si me quemara en las manos. Me dirijo a la puerta con él tras mis pasos, como mi padre pero sin ser igual.

«Dile feliz Navidad, gracias por permitirme visitarlo, y no le preguntes cómo van a llamar al bebé.»

Pero entonces Jake me pregunta eso mismo.

—Yo, eh... me parece bien Calvin.

Me mira de un modo extraño, y es que resulta que la pregunta era que cómo prefiero que el bebé me llame a mí.

—¿Tío Tim? ¿Solo Tim? —pregunta.

—Lo que sea estará bien, siempre que no sea Mala Influencia, No Seas Como Tim.

—Siempre que no sea Espera, ¿Quién Es Tim? —me corrige él. Tira de mí y me da un abrazo, y yo le dejo.

*　*　*

—¿Estás esperando a alguien? —Pregunto con un chupachups de uva en la boca, mi nueva adicción.

Alice se ruboriza. Tiene las sienes perladas de sudor y está muy *sexy* con las mallas negras.

—Solo estoy —«mallas»— quitando la nieve.

Ha quitado la nieve de una parte del jardín, aunque el Escarabajo está cubierto de ella y en la distancia veo las abolladuras y arañazos de la camioneta helados.

Muerde el pulgar del guante, se lo quita, avanza por la nieve y me pone las manos en los codos, mirándome a los ojos.

—¿Qué tal Cal? ¿Y tú? ¿Y Jake y Nate? ¿Cómo ha ido?

Ya, claro. Me pregunto cuánto tiempo llevará aquí fuera. Tiene las pestañas congeladas, los labios agrietados y ya ha quitado la nieve del camino que lleva a los escalones a mi apartamento.

Oh, Alice.

Me saco el chupachups de la boca.

—Bueno, ya sabes. Ha sido emotivo, conmovedor. Hemos llorado y Cal me ha hecho un regalo de Navidad: un pañal usado, pero ya sabes que la intención es lo que cuenta. Jake, Nate y yo nos hemos reunido en torno a un puchero de bebida y hemos cantado «Dime niño, ¿de quién eres?», y después...

Alice lleva dos dedos helados a mi boca.

—Venga ya, Tim.

Me encojo de hombros. Vuelve a nevar con fuerza y se le está llenando de nieve el gorro blanco de lana y los hombros del abrigo rojo. Tiene la nariz rosa. Alicia en el País de las Maravillas en su versión invernal. Lo que deberíamos hacer es entrar y calentarnos —algo que deseo—. No obstante, me meto las manos en los bolsillos, sacudo las botas para quitarles la nieve y a continuación le arrebato la pala.

—¡Tim!

—Ya, sí. Cal tiene una casa preciosa y enorme, y Jake y Nate están contentos, y hay ocho millones de regalos bajo el árbol, y a pesar de que el último peluche que le compré fue un perrito, todo va bien. Han puesto toda la casa a prueba de niños, así que lo que bien acaba... o como sea. —Me inclino, retiro algo de nieve y la echo a un lado antes de que Alice ponga el pie encima de la pala y deslice la mano, de nuevo enguantada, de mi hombro hasta mi cuello, donde el pulso me late acelerado.

—Todo eso suena estupendamente, ¿pero puedes traducirme toda esa mierda? ¿O tengo que ir a por el bastón de la palabra?

—La moraleja es que está en un buen lugar. Eso es lo correcto.

—¿Y?

—Y es una mierda. Durante un tiempo lo va a ser. Pero sobreviviré, tengo mucho por lo que vivir, ardiente Alice.

*   *   *

En algún momento tendré que contarle todo a Alice: lo del dinero para la universidad y lo arruinado que estoy ahora mismo. Pero, con todos los retos que se nos han planteado, no creo que no estar forrado sea importante.

La sigo a la casa de los Garrett. Veo a Patsy en la puerta, forma círculitos en el cristal con el aliento y tiene las manos —estrellitas de mar más grandes que las de Cal— plantadas sobre él.

Nochebuena en casa de los Garrett. No será como el ponche de huevo con *whisky* de mi madre, la cena en el club, el extraño grupo que siempre canta allí, el rostro pálido y tenso de Nan, alguna nena vestida de terciopelo verde que me encuentre de camino a la mesa del ponche y a quien trate de bajar las bragas.

Tampoco será una noche que apenas recuerde después. Las cosas serán distintas. Ya he descubierto en primicia algunos detalles: una buena hoguera que ha encendido Jase, porque es un maldito arquitecto con la leña. El sonido chisporroteante de las llamas. Chocolate caliente y zumo de manzana. Alice con un pijama azul y una bata que le queda... encantadora. Harry y Duff, paseándose con la cara pegajosa de comer tantos bastoncitos de caramelo. El olor a perro mojado que desprenden los guantes de lana secándose al fuego. El señor Garrett leyendo historias, imitando voces y saltándose fragmentos que podrían asustar a George.

Las otras veces en que me senté junto a la hoguera de los Garret, Cal estaba conmigo y me pasaba la mayor parte del tiempo negociando si dejaba a Patsy sentarse en mi regazo e intentando asegurarme de que el niño no comiese palomitas o se acercase demasiado al fuego. Pero esta noche va a ser distinto.

Tienen que poner dos filas de calcetines para que quepan todos. También hay uno para mí y otro para Cal. No sabíamos si lo habrían adoptado para Navidad, pero tengo el presentimiento de que, aun sabiéndolo, habría habido uno para él.

* * *

Nadie sale perdiendo. Cal, no, y no solo porque siga formando parte de mi vida. Lo llevo conmigo, al igual que todos los recuerdos y errores. Empezó siendo un error del que no me acordaba, y acabó siendo... bueno, mi hijo.

A lo mejor es tan engañoso pensar que alguien puede aparecer de repente y darte justo lo que necesitas como creer que puedes hallar la verdad en una botella. Es posible que puedas encontrar lo que necesitas en pequeñas dosis, en personas que están ahí en un momento crucial de tu vida, o en toda una cadena de personas, aunque estas no puedan solucionar tus problemas. Puede que este sea el secreto de las familias grandes, como la de los Garrett... y como la de Alcohólicos Anónimos. La fuerza de las personas puede flaquear, pero nosotros ganaremos en número a los problemas.

AGRADECIMIENTOS

En mi vida como escritora hay cada día más gente a la que quiero dar las gracias. A cada carta que recibo de un lector, noticia de un bloguero, comentario o pregunta de un librero... mi gratitud es infinita. Yo no estaría aquí ni disfrutaría tanto sin el tiempo, el esfuerzo y la amabilidad de todos vosotros.

Todos vosotros: empezando por mi erudita y extraordinaria editora, Jessica Dandino Garrison, que siempre sabe lo que yo, mis personajes, escenas de amor y libros en general necesitamos antes de que lo sepa yo misma, y siempre me espera con adjetivos, ideas para la trama, exclamaciones, preguntas... y magdalenas. Su contribución va más allá de su responsabilidad. No tiene precio.

Gracias a Penguin Random House en general, un poderoso ejército que colabora conmigo aunque yo no lo sepa: Lauri Hornik, Namrata Tripathi, Dana Chidiac, Jasmin Rubero, Maya Tatsukawa, Lily Malcom, Kristen Tozzo, la fantástica Tara Shanahan y todas las personas de comercial, *marketing,* diseño, dirección editorial, producción y derechos que han colaborado para dar vida a estos libros. Al cuidado, la cautela y la amabilidad de Regina Castillo. A la perspicaz Theresa Evangelista. Hay muchos magos detrás de esta historia.

A Christina Hogrebe, mi agente/milagro, una asesora trabajadora/amable crítica/sensata y amiga del alma mía y de los libros. Desde el principio has sido uno de los mejores, más brillantes y maravillosos golpes de suerte que he tenido.

Todas las gracias son pocas, mi gratitud es infinita.

Al resto del equipo de JRA, especialmente a Andrea Cirillo, Meg Ruley, Rebecca Sherer, Jessica Errera y Jane Berkey.

Un enorme gracias a todos los amigos de Tim, que creyeron en esta historia y en este chico desde el principio, a mis incomparables Plotmonkeys: Shaunee Cole, Jennifer Iszkiewicz, Karen Pinco y Kristan Higgins. Sí, la fabulosa KH, tan extraordinaria como amiga y como escritora; generosa como nadie con su tiempo y su amabilidad, siempre dispuesta a colarse en las trincheras conmigo, Tim y Alice y sacar todo lo bueno de nosotros.

Mi más sincero y cordial agradecimiento a Deb Caletti, Trish Doller, Jennifer Echols y (de nuevo) Kristan Higgins por sus comentarios tan amables sobre este libro.

A mis amigos, a los que están cerca y a los que están lejos, que me han leído, escuchado y ayudado con detalles médicos, de vehículos y traducción del argot de los jóvenes. Particularmente a Alicia Thomas, cuyas críticas directas al grano contribuyeron a que este fuera un libro mejor. Un enorme gracias a Kim y Mark Smith, Paula y Roy Kuphal, los maravillosos y geniales Apocalypsies y mi grupo de revisores FTHRWA, en concreto a Ana Morgan, Amy Villalba y Ginny Lester.

Por supuesto, siempre a mi padre, mi hermano Ted, Leslie y Grace Funsten. A Colette Corry, que pasó incontables horas conmigo y con Tim. A Tina Squire, amiga desde hace una eternidad.

A Brian Ford, que antaño fue mi profesor y ahora es mi amigo y compañero escritor. Siempre es divertido, riguroso, generoso y sabio con sus comentarios, críticas y preguntas; nunca ha dejado de decirme «muéstramela» cuando estaba atascada en una escena y pasó casi tanto tiempo en esa tienda de campaña como los personajes y yo.

Finalmente, a la persona que llena mis días de risas, amor, colada y de dicha absoluta: mi marido, John, y a K., A., R., J., D. y el ratón de biblioteca C. Lo sois todo para mí.

PENSÉ QUE
ERA CIERTO

Gwen Castle nunca había tenido tantas ganas de decir adiós a la isla en la que vive hasta que Cassidy Somers, su gran error del verano, acepta un empleo allí como «chico para todo». Él es un niño rico que vive al otro lado del puente en Stony Bay, mientras que ella pertenece a una familia de pescadores y limpiadoras, los que trabajan para que los turistas disfruten del verano. Y a ella, seguramente, le espera el mismo destino.

Pero tras una conversación con su padre, las cosas cambian: saltan chispas y algunos secretos que hasta ahora lo habían sido salen a la luz, al tiempo que ella pasa un verano maravilloso y agotador, debatiéndose entre lo que hasta ahora pensaba que eran su hogar, aquellos a los que ama o, incluso ella misma, y lo que la realidad le demuestra.

PENSÉ QUE ERA CIERTO

De la autora de
En la puerta de al lado
y *No es lo que parece*

Huntley Fitzpatrick

LIBROS de
seda

EN LA PUERTA
DE AL LADO

Los Garrett son todo lo que no son los Reed: ruidosos, desordenados y cariñosos. Y cada día, desde el balcón de su habitación, Samantha Reed sueña con ser una de ellos... hasta que una tarde de verano, Jase Garrett se cuela por su ventana y eso lo cambia todo.

Ambos se enamoran; tropiezan con la timidez y lo maravilloso del primer amor. La familia de Jase acoge muy bien a Samantha. Pero entonces sucede lo inimaginable y el mundo de Samantha se vuelve patas arriba. Ahora tiene que enfrentarse a una decisión imposible. Guardar un secreto que arruinará a los Garrett o confesar la verdad y acabar con la carrera de su madre. ¿Podrá salvar a las dos familias? ¿O ha llegado el momento de que se salve a sí misma?

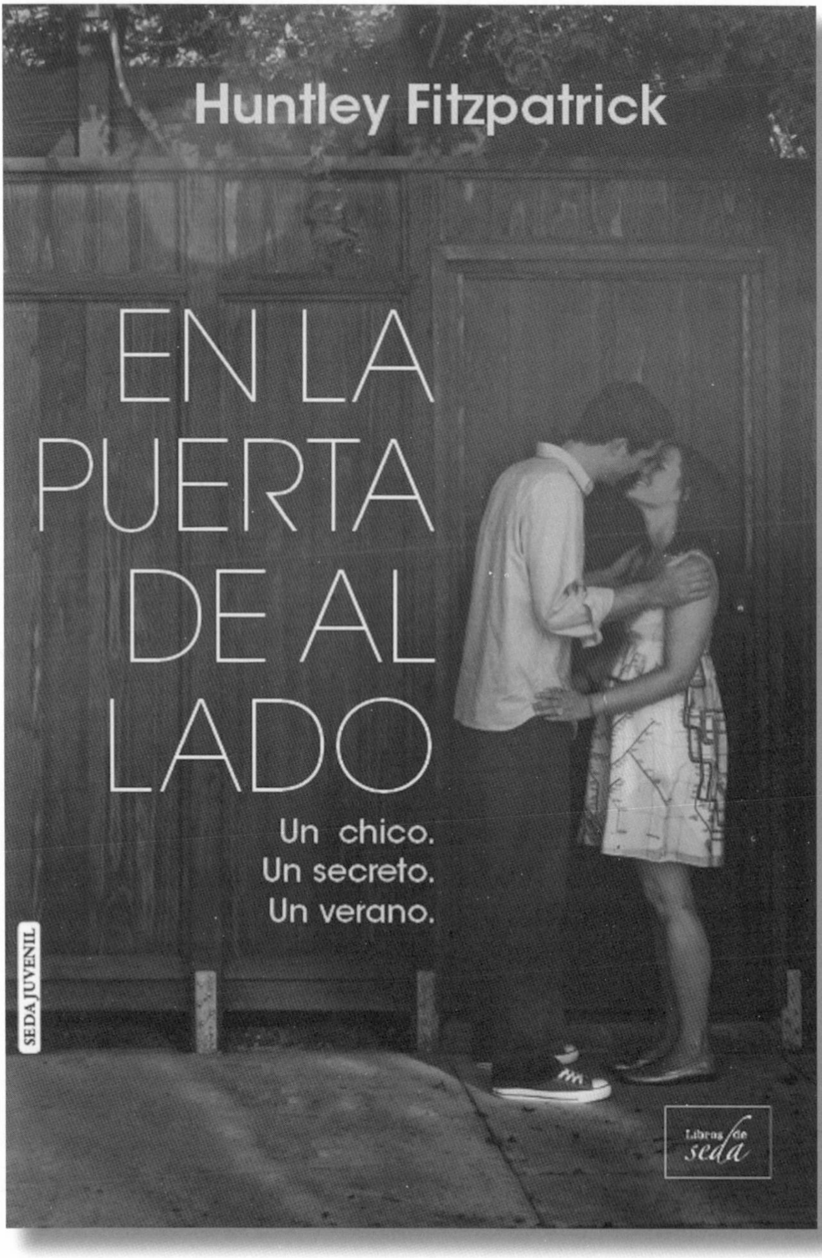
Huntley Fitzpatrick
EN LA PUERTA DE AL LADO
Un chico.
Un secreto.
Un verano.
SEDA JUVENIL
Libros de seda